地理学家喝掉了他的地球

[俄罗斯] 阿列克谢·伊万诺夫 著

吴靷靷 译

北京联合出版公司
Beijing United Publishing Co.,Ltd.

图书在版编目 (CIP) 数据

地理学家喝掉了他的地球 /(俄罗斯) 阿列克谢·伊
万诺夫著 ; 吴骹鲲译 .-- 北京 : 北京联合出版公司 ,
2025. 7（2025. 10 重印）-- ISBN 978-7-5596-8281-9

Ⅰ .I512.4

中国国家版本馆 CIP 数据核字第 2025JK6126 号

The Geographer drank the Globe

© by Aleksei Ivanov

Agreement via Wiedling Literary Agency in cooperation with Andrew
Nurnberg Associates International Limited.

Simplified Chinese translation copyright © 2025 by Neo-cogito
Culture Exchange Beijing Ltd

北京市版权局著作权合同登记　图字 : 01-2025-1464

地理学家喝掉了他的地球

作　者 : [俄罗斯] 阿列克谢·伊万诺夫
译　者 : 吴骹鲲
出 品 人 : 赵红仕
出版统筹 : 杨全强　杨芳州
责任编辑 : 龚　将
特约编辑 : 玛　婴
封面设计 : 山川制本 workshop

北京联合出版公司出版
（北京市西城区德外大街 83 楼 9 层 100088）
北京联合天畅文化传播公司发行
北京启航东方印刷有限公司印刷　新华书店经销
字数 200 千字　889 毫米 × 1194 毫米　1/32　14.75 印张　插页 2
2025 年 7 月第 1 版　2025 年 10 月第 3 次印刷
ISBN 978-7-5596-8281-9
定价 : 72.00 元

目　录

第一章　　　装聋作哑　　　　　　　　　1

第二章　　　地理老师　　　　　　　　　4

第三章　　　相识　　　　　　　　　　　8

第四章　　　富足与不足　　　　　　　　13

第五章　　　土匪们　　　　　　　　　　17

第六章　　　没有感情的教育　　　　　　21

第七章　　　萨莎　　　　　　　　　　　24

第八章　　　屋顶　　　　　　　　　　　28

第九章　　　红学院　　　　　　　　　　32

第十章　　　薇特卡　　　　　　　　　　40

第十一章　　列娜　　　　　　　　　　　44

第十二章　　偏离主题　　　　　　　　　48

第十三章　　逐出梦想　　　　　　　　　53

第十四章　　猛犸象的肉　　　　　　　　57

第十五章　　基拉·瓦列里耶夫娜　　　　62

第十六章　　记忆缺失　　　　　　　　　66

第十七章　　毕业之恋　　　　　　　　　72

第十八章　　格拉杜索夫　　　　　　　　80

第十九章　　布德金　　　　　　　　　　85

第二十章	死人不会流汗	91
第二十一章	庆祝活动	98
第二十二章	老爷们	104
第二十三章	黑夜	109
第二十四章	宏大死亡的阴霾	115
第二十五章	失去的东西	165
第二十六章	野狗的命运	170
第二十七章	倒木村车站	176
第二十八章	有问题的照片	192
第二十九章	对面那双眼睛	196
第三十章	造访者	204
第三十一章	真相和结论	210
第三十二章	你的妻子躺在棺材里	214
第三十三章	混凝土搅拌机	226
第三十四章	寻找一个人	231
第三十五章	让布德金哭去吧	240
第三十六章	踮起脚尖的松树	246
第三十七章	最后的寒流	256
第三十八章	想要和平，就不要备战	262
第三十九章	被诅咒的诅咒	270
第四十章	蠢得像猪	276
第四十一章	在平地的中央	283

第四十二章　维克多·谢尔盖耶维奇·马基雅维利　291

第四十三章　没有必要也不为什么　298

第四十四章　远方的永恒渴望　303

第四十五章　忠诚的理由令人肃然起敬　308

第四十六章　永隔河两岸　316

第四十七章　无法填满的空虚　445

第四十八章　死胡同　450

第四十九章　学会失败　454

第五十章　孤独　458

我们，就是锯末。

——斯坦尼斯拉夫·莱姆

第一章　装聋作哑

"终点站，彼尔姆二号站！"广播喇叭尖叫着。

列车缓缓进站，两个魁梧的检票员一前一后走进车厢，把住两个出口，切断了逃生通路。旅客们变得有些焦躁不安，但是坐在窗户旁不修边幅、满脸皱纹的小伙子，甚至都不瞥他们一眼。

"您的车票，您的车票。"检票员机械地重复着这句话，左转右转，缓慢地向车厢中部挪过去。

窗外，行李推车、备用铁轨上的列车、信号灯、岗亭，还有成堆的枕木。头顶，一些格子状的天花板闪烁着。小伙子出神地看着外面，完全没理会车厢里的状况——乘客们正在被逐渐区分成乖顺的绵羊和不听话的山羊。成群的绵羊，静静地骄傲地坐着，满怀隐秘的尊严。而一些不听话的山羊，红着脸掏出钱包交罚款，或者从座位上站起来，胡搅蛮缠，然后被拽走，施以报复。

"您的票。"检票员站在并不搭理他的小伙子的座位前。

坐在他对面的两位大婶，手忙脚乱地递上已经攥得汗津津的车票。检票员看了一眼，然后用镀镍打孔机，在每张车票上狠狠地打下一个孔。坐在他旁边的姑娘，头都没抬就把票递过去。检票员回敬了她一个尖酸刻薄的孔。小伙子自始至终看着窗外。

"您的票，小伙子。"检票员一边说，一边还紧张地用检票器轻拍着下巴。

小伙子还是完全头也不回。

"喂，小伙子！"检票员不拍下巴了，喊话道。

旁边两位大婶都惊讶地看着这位骄傲的逃票者。

"小伙子，你听到没啊？"检票员语气略带威胁。

检票员背后，是两个被抓现行的逃票山羊，幸灾乐祸地看着小伙子。他正在凝视着远处铁轨上装货物的车厢。在这些车厢的上方，杨树枝安详地摇摆着，已经有了些略微发黄的痕迹。

检票员探过身子，用检票器在小伙子的肩膀上拍了几下。他迅速转身环视周围，一脸疑惑地看着张大了嘴的大婶、愤怒的检票员，还有两个激动不安的山羊。

"有票吗？"检票员在咆哮。

小伙子紧张地瞅着检票员的嘴唇，又转身看了看旁边的女孩，他们四目相接的时候，女孩不由得打了个冷战。然后小伙子把手从口袋里抽出来，在面前比画了几个快速而流畅的手势，又用手指了下自己的嘴角和耳垂。随后，环视了一眼周围目瞪口呆的围观者们。小伙子礼貌地点了点头，转过身继续看向窗外。

"这人咋了？"其中一个山羊茫然发问。

"聋哑人吧。"坐在远处的大婶，压低声音礼貌地说。

女孩则突然紧张起来，仿佛坐在他旁边的不是聋哑人，而是一个死人。

检票员一时不知如何是好。他的同伴这时走了过来，把两队山羊归拢到一起。

"检完了？"检票员乙问。

"喏，就差这个聋哑人了。"检票员甲说。

"什么情况？没票还是咋了？"

"听不见你可怎么问啊？"

"朝他吐口水。"检票员乙建议道，然后高声地宣布，"来来来，所有逃票的，跟着从这边出来。"

列车停住了，广播喇叭几近无声地低鸣着。

乘客们松了一口气，从座位上起身。前面的车门嘎吱嘎吱打开。其中一位大婶亲切地摩挲着聋哑人的膝盖，还对他挥手，并露出了一些同情的笑容，说道：

"到站了！"

聋哑人点点头，然后站了起来。

站前广场上人头攒动，热闹非凡：小公交扎堆挤在一起；小摊小贩跟前排着长队；夏季去城郊度假的居民们在售票处前盘旋；讨人厌的出租车司机扯着嗓子，不停地对每个过路人喊着"到哪儿去"；孤独的卖唱歌手抖着他残破的嗓音向身边匆忙的群众保证，他不是一个苦命的酒鬼。车站上方的天空，像水晶棱镜一样现身——空旷而苍白，仿佛是刚刚关闭的电视机屏幕。

聋哑人瞥了一眼车站挂钟上的时间，伸了个懒腰，踉跄着走去最近的小卖部。他伸长胡子拉碴的脖颈，越过前面排队的人的肩膀，向窗口递进去一张皱巴巴的钞票。

"一瓶啤酒，现在开瓶喝。"他嘶哑地说道。

第二章　地理老师

抽完两支烟，把玩着口袋里的火柴盒，这位刚才的聋哑人维克多·斯鲁什金，现在变了个样——干净利索，衣着得体。他迈步朝着滨河新区的一所学校走去。高层建筑的玻璃时不时反射着亮光，这让太阳看起来像是被一块块小碎片包裹着。附近的某个院子里，传来拍打地毯时砰砰砰的声音。

学校在一片绿色的空地上拔地而起，被一圈铁栅栏环绕着。后面是一片铺了沥青的运动场，几棵孤零零的高大松树，奇迹般地在新小区建设中幸存了下来。校门右边是一个废弃的温室大棚，只剩下生锈的骨架，没有一块玻璃。校门大开，满怀渴望地直冲着天空，仿佛学校里有什么人在祈祷，快将他们从新学年即将到来的痛苦中解救出来。学生们在院子里窜来窜去，用稀疏的齿状耙子耙草坪，把沥青渣渣扫干净，然后把废物搬到温室大棚里去。远处的角落里，高年级学生们在抽烟。某个教室里播放着音乐。走廊上，小屁孩们互相喊叫着，拽出一张破课桌，把它卡在门口。

在粉刷一新的门厅，斯鲁什金向清洁工打听了校长姓甚名谁，然后在二楼找到校长办公室，敲门进去了。校长秃头，戴个金框眼镜，人高马大，体态肥硕。他坐在一张宽大的桌子后面，对面堆满了文件的桌子旁，坐着一位漂亮丰盈的女士。

"我是来求职的，"斯鲁什金先开口道，"贵校需要教师吗？"

"嗯？"校长很惊讶，对着一张椅子点了点头，"先请坐吧……"

斯鲁什金在墙边毕恭毕敬地坐下。刚在跟校长说话的女士背朝斯鲁什金而坐，后背被人盯着，这让她有些恼火。但她又不愿意像提香[1]笔下那些妇人似的侧身而坐，这样斯鲁什金在办公室就没地方坐了。

"您能教什么课程呢？"校长问。

"植物学、动物学、解剖学、普通生物学、有机化学。"斯鲁什金不慌不忙地列举着。

"您在哪儿读的书？"女士侧过身子问道。

"乌拉尔大学生物系。"

她的背变得更加不怀好意了。

"所有课程我们都已经有老师在教了。"

斯鲁什金沉默了，恭维地笑了下。女士开始紧张地翻阅文件。最后校长哼哼着开口道：

"地理课好像没人教吧，罗莎·鲍里索夫娜……"

"怎么没人？尼娜·彼得罗夫娜已经答应要教了。"

"她都退休了，而且已经领了一个半月的退休工资。"

"但是我们不能聘用没有师范院校学历的人啊，他还不懂这门学科。"罗莎·鲍里索夫娜冷冰冰地指出。

---

[1] 提香·韦切利奥（Tiziano Vecellio），意大利文艺复兴后期威尼斯画派的代表画家。

"生物学、自然科学、地理学——这些都大同小异……"校长含糊地说了一句,尴尬地揉了揉鼻子。

"不,"罗莎·鲍里索夫娜坚决反对,"九年级的自然科学和经济地理,不是一回事。"

"罗莎·鲍里索夫娜,对我来说,熟悉这些课程并不困难。"斯鲁什金讨好地说。

美丽的罗莎·鲍里索夫娜因愤怒而脸颊泛红,把她的文件拢出一条完美的直线,然后用冰冷的语气说:

"归根到底,您是校长,安东·安东诺维奇,您来决定。"

"我不过只是一个管理者,"校长做了一个带有屈膝礼的手势,甚至在桌子下面弯起了膝盖,"您是和教师们一起工作的教导主任,罗莎·鲍里索夫娜。如果没有得到您的支持,我不想做任何决定。"

罗莎·鲍里索夫娜又把文件摊开成扇子样,然后转向仍在微笑的斯鲁什金。

"您怎么称呼……这位……"

"维克多·谢尔盖耶维奇。"斯鲁什金亲切地提示。

罗莎·鲍里索夫娜顿了一下,像在消化这个名字。

"维克多·谢尔盖耶维奇,"她的嘴唇有些厌恶地一张一合,"老师的工作是什么?您对青春期的心理健康有什么看法吗?您能为自己的工作制订一个方案和计划吗?您知道如何使用教具吗?您知道学校是个什么样子的地方吗?"

"大体上,还是知道的。"斯鲁什金小心地说。

"我想,问题已经清楚了,"校长打断道,用手拍了拍桌子，"还有两天就到 9 月 1 号开学日了，罗莎·鲍里索夫娜，我们将无法找到别的老师。写一份入职申请，维克多·谢尔盖耶维奇。如果需要，我们会帮助您。这里有纸和笔。"

第三章　相识

房间的沙发上铺开着几个行李箱。娜佳把她的东西从里面拿出来，搭在肩上，然后放到衣柜里。旁边，四岁的塔塔正在整理下方抽屉里的娃娃。一只毛茸茸的大灰猫坐在书桌上，平静地看着这场骚动，黄色的眼珠一动不动。斯鲁什金出现在门口，用厨房毛巾擦着手。

"娜佳，快八点了，布德金要来了，"他说，"我们要不要把桌子摆上？"

"我没叫他来！"娜佳固执地反驳道，"我也想找这样一个小伙子，为他收拾桌子，为他打扮……我还倒要看看，这人到底什么样。最好别让我怀疑……"

"他就是一个美国间谍。已经放火烧了两个公共汽车站，昨天还在阳台上向一名警察吐口水。"

"而且他的姓氏还很蠢。"娜佳强调。

"长什么样的脸，就有什么样的姓氏。你是准备嫁给他吗难道？"

"我不在乎我和谁结婚，只要能摆脱你就行！"

娜佳幽怨地在衣柜里晃了晃肩膀。她有一张美丽而傲慢的脸，一双深色的长眼睛和高高的斯拉夫式颧骨。

"我还以为你夏天在乡下的度假屋休息好了，结果还是老样子……"

"你别惹我，也别跟我唠什么酒鬼嗑！"

突然，过道上的门铃响起。斯鲁什金瞥了一眼他的手表。

"布德金真准时，跟猪一样，"他说，"守时是猪的礼节。"说罢，就去开门了。

过道里站着一个微笑的身材高大的小伙子，罗马式的鼻子，浓密的眉毛和短短的黑色卷发。娜佳和塔塔走出来看了看客人。

"介绍下，这是布德金，我发小，现在是我们的邻居。你去乡下看你外婆的那阵子，他在四单元买了一套公寓……布德金，这是娜佳，我妻子。这是塔塔，我女儿。我今天早上刚从火车站把她们接回来……这只小怪兽，普吉克，你早就认识了。"

"很高兴认识你，"布德金殷勤地说，递给娜佳三朵玫瑰花，并礼节性地亲了下她的手，"我听过很多关于你的事情。"

"我也……听过你的很多事情。"娜佳面无表情地回答。

布德金蹲下身子，抚摸着塔塔的头，塔塔正从她母亲的腿后面惊恐地看着他。

"我很善良的，"布德金告诉她，并拿出了一根巧克力棒，"给你的。"

"Bounty 牌的？"斯鲁什金有点诧异。

"天堂般的享受。"[1]布德金确认道。

"娜佳，我可以现在全都吃了吗？"塔塔问她妈。

---

[1] 20 世纪 90 年代，Bounty 巧克力棒风靡俄国，经典广告语就是这句。

"只能吃一半，不然牙齿会坏掉。"娜佳嘱咐道。

"外面巧克力，里面椰子蜜，入口甜又腻，吃完拉肚皮。"斯鲁什金打趣道。

塔塔惊恐地看着她的父亲。

"吃吧，吃吧，"娜佳安慰她说，"你爹就是个傻子。"

"我还带了别的东西，娜佳。"布德金深情地补充道，掏出一瓶利口酒。娜佳哼了一声，但还是接受了。

"进来吧，"她不情愿地投降了，"去厨房喝，当然不是在房间里。"

大家落座在厨房的一张空桌旁，娜佳打开冰箱。普吉克立即跳上窗台，这样就能看清楚要吃什么了。它一下子就变得让所有人嫌弃：塔塔被它绊了下，斯鲁什金踩在它的尾巴上，娜佳差点用冰箱门夹住了它的头，而布德金几乎坐到了它身上。

"你找到工作了吗？"布德金询问道。

"找到了，在学校里教地理。"

布德金讥笑了一声，就仿佛他自己今天刚当上了财政部长。

"你会成为一个好老师的。"娜佳跟着讽刺道。

"胡说八道，"斯鲁什金挥手道，"在学校，所有人都鄙视我：甭管做好做坏，全都不理不睬。但凡有谁能体恤我，对我恭敬点，我也不至于想上吊。"

"你还记得谁发现了北极吗，地理老师？"布德金问道。

"要么是阿蒙森，要么是安徒生……我教的不是这种地理课，我教经济地理。"斯鲁什金犹犹豫豫地回答。

"你肯定有记不住的东西。主要还是，你得自信地撒谎，"布德金建议，"或者看看地图，那里都画着呢。"

"还看地图！"斯鲁什金讪笑，"今天我去教导主任的办公室，她在那里给我准备了四件教具：一个地球仪、一块长石、一张马达加斯加地图，以及一张拉彼鲁兹[1]的肖像。完蛋了！"

"别扯了，"布德金鼓励说，"要是他们觉得你不够资格，把你给踢了，我就请你来给我当秘书。"

"你是干什么工作的？"在一旁切香肠的娜佳插嘴问道。

"溜门撬锁的。"布德金开玩笑说。

"净瞎说，跟我丈夫一个德行，满嘴胡话。"

布德金并不觉得尴尬。斯鲁什金提醒娜佳：

"跟你说过的，他跟他父亲在技术服务站有一个下属公司。他在那里搞技术服务赚钱。楼下就停着他那个棺材似的破车。"

"那个扎波罗热[2]是公司的，"布德金靠着墙，有些得意地说，"干脏活开破车，是够邋遢的。但进城，我就换沃尔沃了。"

"我们连个破车都没的开呢！"娜佳懊丧地看着窗外说。

"啊哈！"斯鲁什金突然起劲儿了，"布德金在学校里还到厕所翻人口袋！偷零钱的是你，背锅的倒成我了！"

---

[1] 拉彼鲁兹伯爵（让-弗朗索瓦·德·加洛），法国海军军官、探险家。1785 年，他奉国王路易十六之命，带领一支探险队环游世界。
[2] 苏联知名汽车品牌。

"你太懒了，兄弟，"布德金嗤笑解释说，"一个理想主义者和一个蠢货，只会动嘴皮子的人。"他拿起旁边的一瓶利口酒然后把盖子拧开，"兄弟，你家还有度数再高点的不？"

斯鲁什金露出惊恐的表情，扭头看向娜佳。这时她正在灶台前忙活。他做出一个拳打下巴的动作。

"我们没有伏特加！"娜佳咄咄逼人地宣布。

布德金伸出手朝向自己胸口，又用两根手指头在桌上做出逃跑的动作，接着用大拇指和小拇指比画出打电话的样子。

"布德金，你在跟谁比画？"塔塔突然问道。

"跟小猫咪。"布德金甜甜地回答。

斯鲁什金沉重地叹了口气，然后带着负罪感请求道：

"求你了，娜佳，就给我们拿一瓶吧……"

"自己去拿，"娜佳格外冷漠地说，"是你喝，不是我喝，求什么求？"

"庆祝大家相识一场，亲爱的。"布德金也挺乐意，"对吧，塔塔宝贝？"

"刚认识半小时，就'亲爱的'，就'塔塔宝贝'……"

斯鲁什金沉默地打开柜子，从里面取出一瓶伏特加。

"娜佳，别闹了，坐下来。"他吩咐道。

愤怒的娜佳抱起塔塔，坐在她的位子上，然后把塔塔放在膝盖上。

"我们家现在没钱养酒鬼，"她看着斯鲁什金的眼睛，坚定地说，还特意为布德金补了一句，"将来也不养！"

斯鲁什金忧伤地摩挲着瓶子，悠悠地说："有心当好人，无心学敲门……"

第四章　富足与不足

伏特加喝完了，布德金也走了。窗外天色渐暗。娜佳在洗碗，斯鲁什金在干净的饭桌旁喝茶。

"我在这儿忙前忙后，你连搭把手都不，"娜佳嘟囔着，"每天就知道喝，也不知道你在想什么……"

"怎么不知道？明摆着，想着你，想着塔塔。"

"如果你为我着想的话，就应该帮帮我。"

"我现在来帮你，别在水槽前待着了。"斯鲁什金答应道。

"已经晚了，"娜佳报复似的说，"要帮你早就帮了。"

"那我去哄塔塔睡觉……"

"哄上一个半钟头？换我她五分钟就睡着了。"

"我给她读书，她听得进去。"

"你当是过家家呢！"娜佳咬住不放，"现在开始装有爱心的父亲了，是吗？如果你真关心，就不会把别人拉到家里来，也不会把钱都给喝光，也不会把自己喝成个熊样！我要不吼布德金两句，他现在能走吗！"

"他明天要去干活，所以就先走了，根本没理会你吼没吼。要是他乐意喝，还管得着你？啤酒白酒，喝他一宿。"

"我不喜欢那个布德金，一个自以为是、头脑简单的粗人。"娜佳直言不讳。

"是啊，你谁都不喜欢。我是个小丑，薇拉是个婊子，萨莎是个蠢货，布德金是个粗人……"

"是什么样，就是什么样。你的朋友都是一群疯子，我有什么办法。你都哪儿认识的这些人？"

"不是我找朋友，而是他们自己本来就存在着，"斯鲁什金带哲学味儿地点评着，"我跟布德金三年级就认识了，你最好别叨叨他。他人挺好的，就是被金钱和女人给惯坏了。"

"他身上有什么东西？"娜佳轻蔑地撇着嘴说。

"有什么东西？有房子，有车子，有票子，有女人……"

"房子、车子、票子，怎么就不是东西了。所有人都需要！这有什么特别的吗！"娜佳开始数落他。

"我也是这么想的……它们到底有什么特别之处吗？"

"如果你什么也不想要，那是你的问题！也不为我和塔塔考虑考虑？"娜佳开始叫喊。

斯鲁什金有先见之明地闭嘴了。

"每个女人都有权利活得像个人样。有房，有车，有钱！这并没有什么不妥！我宁愿嫁给一个有钱人——至少我可以有一个属于自己的快乐生活！而这五年来，除了上班带孩子，和你在一起我得到了什么？我早就应该听我母亲的话，我应该去把孩子打掉！你毁了我的人生！除了笑话和贫嘴，你给了我什么？先给我房子、车子，还有钱，然后我再看看我是否需要那些别的吧！还去关注别人有这有那，自己狗屁都没有！"

"那啥，房子倒还是有一个……"斯鲁什金胆怯地喃喃道。

"有吗？就这个狗窝？你自己看看吧。是啊，房子，你父母名下的房子。"

"那你要我怎么办？"斯鲁什金挥起手。

"想办法，做点啥！你是个男人！"

"哎……我还是去阳台上抽支烟吧。你消消气，娜佳，一切都会好起来的。"斯鲁什金站起身。

"走吧！抽吧！"娜佳绝望地尖叫着，把餐具摔个粉碎。

斯鲁什金躲在阳台上抽烟。直到娜佳上床睡觉去，他才蹑手蹑脚地溜回屋里。塔塔已经在小床上熟睡了，发出呼呼的鼾声，一条肉肉的小腿从被子里露出来。娜佳脸冲着墙侧身而睡，盖着又老又旧的毯子，满是灰尘和普吉克的味道。斯鲁什金给塔塔盖好被子，悄悄脱掉衣服，躺在娜佳身旁，小心翼翼地把手伸向她那边。

"上帝啊……"娜佳说。

"我想你了……"斯鲁什金带着歉意低语。

娜佳重重地呼吸着，并没有转身。

"听着，"娜佳突然轻声说，"我早就想跟你挑明了。别再弄这些有的没的。我们都心知肚明。我不需要你这一套，我完全对你没兴趣。"

"可我对你有。"

"你找别人去，最好别让我知道。"

"可我不想找别人……"

"不想……"娜佳有些激动地强调，"你这辈子什么都不想要……我也不会从你身上指望什么了。"

"你曾说过爱我的……"

"我从没说过这么愚蠢的话。总而言之，我累了。我要睡了。你最好去沙发上睡，那里更宽敞。"

　　"行吧，我去沙发上睡了，"斯鲁什金识趣地从床上起身，"明天就会好起来的。夜晚总是比白天难熬。"

　　"一样难熬。"娜佳强硬地回了句。

第五章　土匪们

地理课教室极其简陋——黑板、讲台、三排桌椅，没了。斯鲁什金站在打开的窗户前抽烟，把烟吐向外面。门被反锁上了。外面传来吵闹的喧哗声。

挨着教室的走廊里，一阵阵追逐打闹的声音。有人在拽门，书包被重重地摔在地上。

"门从里面锁住了。"外面有人说。

"他坐在那里，蠢货。"

"靠，缝太窄了，看不到……"

"巴斯卡科娃，看到新来的地理老师了吗？他长啥样？"

"比你好看多了……"

有个人透过锁眼，用明显变调的嗓音恶狠狠喊道：

"地理老师，把门打开，别自讨苦吃！"

"红头发，用你的笔敲门，像教导主任那样。"

"你自己去敲。怎么着，你自己没笔吗？"

"妈的，你个杂种，干吗拿我的笔？"

门被钢笔尖锐而清脆地敲击着。然后，是短暂的沉默，等待有人开门。突然，上课铃声响了。

斯鲁什金刚刚把门闩滑开，门就被立刻冲开。一堆九年级学生大喊大叫，熙攘推搡着进来了。先是一群男生，互相拥挤着架着彼此,把书包从人堆里扯出来。斯鲁什金默默地坐在讲台后面。女生跟在男生后面进来了,她们满怀兴致地看着新来的老师。女孩子们的个头明显要大些,相较之下,男生就跟一个个小土豆似的。但其中也不乏极个别发育超前的,块头跟斯鲁什金相仿。

斯鲁什金一直等着学生们挨个落座。他们吵着拼桌坐下,室内逐渐从喧嚣过渡到嗡嗡低语。大家开始满心期待地盯着新老师。终于,他站了起来。

"这样啊,大家好,九年三班的同学们。"斯鲁什金开口道。

"你好!"班级后面有几个人在吱吱。

"我看啊,这是一个挺爱热闹的班级。先来自我介绍下吧,我叫维克多·谢尔盖耶维奇。我在接下来的一年里,会是大家的地理老师。"

"之前的老师呢?"后排有人喊道,"之前的比你强多了!"

"管好你自己的嘴,"斯鲁什金警告说,"要不然就到门外面去说。"

顶嘴的学生好像丝毫不受威胁,气势依然。

"课程要求,每人必须准备一个笔记本。"

"笔记本?"前排的女生们齐声愠怒。

"是的,地理笔记本,"斯鲁什金强调,"把你们的聪明的想法记下来,愚钝的也记下来。总之,有什么就写什么。"

"我们什么想法都没有!"

"之前都不需要准备笔记本的!"

"休想！我是不会准备的，绝不！"红发大鼻头的小男孩拖着嘶哑的海盗般的嗓子说。

这句话引起全班的共鸣，他们跟着立即大声起哄，一刻不停。

"绝不接受！"后排大喊，"哪儿凉快哪儿待着去吧！"

"安！静！"斯鲁什金呵斥，"都给我闭嘴！"

骚动，就像风中的麦子，一浪接一浪地迅速重新掀起。斯鲁什金勇敢地走下讲台，磕磕碰碰地朝着吵闹的学生们走去。可是一不小心，就踢到了一个放在地上的书包。

"你为什么踢我书包！"一个女生愤怒地质问。

"别放在过道上！"斯鲁什金厉声回复。

"要是弄坏了，赔我个新的……"女生低下头，闷声说。

斯鲁什金继续向前挪步，可是教室里的吵闹并没有一个"震源"，他走到哪里，那里就以他为圆心形成了一个安静的圆环，而四面八方的外围则被躁动的风吹拂着。斯鲁什金反身回到讲台前。

"有班长吗？"他气势汹汹地问。

"没有！"学生们雀跃道，"人人都是班长！"

"埃尔金是班长。"红发大鼻头的同学说。

"埃尔金，起立！"斯鲁什金信以为真了。

没有人起立，但所有眼光都转向了一个未知的点。

"埃尔金！"斯鲁什金用更高的音调重复着。

"起立，跟你说话呢！"几个声音帮腔着喊道，"起来，浑蛋，你聋了吗？"

突然，后排一个小男孩被同桌推倒在过道上。斯鲁什金等他自己爬起来。孩子个头很矮，一张坦然的呆小病[1]人的脸。他腼腆地笑嘻嘻喃喃自语："我……我什么……我了？"周围的人哄笑一团。

"坐下！"斯鲁什金狠狠地命令，顺手抓起来班上的成绩簿，准备开始点名，"行啊，九年三班，现在我开始挨个点名。要是我没念对名字，记得纠正我……阿加丰诺夫！"

"巴加丰诺夫！杰列丰诺夫！索尔达丰诺夫！"斯鲁什金检查着名单。

"格拉杜索夫！"

九年三班的同学们高兴得咆哮了起来。

"别再嚷嚷了，一帮丑八怪！"红发大鼻头的男孩用他沙哑的嗓子吼着。但是后面的人早一步先开了口，红发男孩照着他眉毛就是一拳。可怜的孩子翻身倒地，把课桌也掀翻了，女生们跟着一通大呼小叫。

斯鲁什金把成绩簿摔在桌上。

"全体起立！！！"

九年三班的学生们东倒西歪，左摇右晃地站起来。

"后排的也站起来！！！"斯鲁什金狂喊，"站整齐了！！！坐下！！！起来！！！坐下！！！起来！！！"

---

[1] 先天性碘缺乏症候群（又称矮呆病、克汀病、呆小症）是指因产妇对碘的摄取不足，使得婴儿先天性缺乏甲状腺激素（先天性甲状腺机能低下症），而导致严重阻碍身心发展的一种症状。

第六章　没有感情的教育

"您怎么能在这里抽烟，维克多·谢尔盖耶维奇？"教导主任问。

"哎……我在窗边抽烟，窗户也打开了啊……"斯鲁什金困惑地说。

"维克多·谢尔盖耶维奇，我请求您以后再也不要在教室里抽烟了。这是学校，不是酒吧。而且，请您以后再也别在学生面前叼烟了。我们的学生已经够难管理了，老师再给他们树立一个坏榜样，这怎么可以呢，您给九年三班的课讲得如何？"

教导主任缓慢地环顾着教室：歪七倒八的桌椅板凳，一地碎纸屑。

"惨不忍睹。"斯鲁什金忧伤地说。

"发生了什么？"罗莎·鲍里索夫娜露出有些不合时宜的惊讶。

"这班学生完全没有任何纪律可言。"斯鲁什金解释说。

"别的老师告诉我，您上课时吵闹声挺响的。为什么您的课上就没点纪律呢？您是新老师，学生们怕生，他们应该安静而害羞地听您讲课的。"

"他们一副天不怕地不怕的样子……"

"维克多·谢尔盖耶维奇，很明显，您才是做错的那一个。班级的纪律永远取决于老师。老师不光要自己懂得课程，还要教会别人这门课程。这项技能只能在师范学院这样的高等学府里习得。如果您没有在那里学过，那么就不应该去做您完不成的工作。"

"我的感觉就是，九年三班的这些人根本管不住。他们就是一帮小土匪。"斯鲁什金解释说。

"这只是您的个人看法而已。其他老师来九年三班上课的时候，就没有纪律问题。孩子终究还是孩子。"

"我试过了……最开始，我好说歹说，然后才吼的……我不想在第一堂课就给他们不及格……"斯鲁什金开始给自己找借口。

"学生不学无术的时候，才能给他们不及格。不及格的是您的师范学历。至于吼叫，在任何情况下都不应该出现。他们在家里已经被吼了太多了，学校应该纠正家庭教育的不足，而不是重复同样的错误。这只会让事情更糟糕。"

"学校不是孤儿院，我是老师，不是保姆。三十个学生，每个人都有自己的想法，我不可能管得了所有人。最好是把害群之马开除了，省得他们带坏了其他孩子。"斯鲁什金反对道。

"您说这里不是孤儿院，是学校？"教导主任有点生气了，"您还说，教育孩子的最好方法就是把他赶出学校？您的观点太怪了。学生们到这里，是来上课的，而您负责教他们。怎么教他们是由您的经验和能力决定的，如果您教不了，这不是学生的问题。归根结底，是国家在为您的能力付工资。如果把学生赶走，这就是在中饱私囊。作为教导主任，我绝不允许这种事情出现。"

"我懂了，罗莎·鲍里索夫娜。其他九年级的班也跟这个一样对吗？"斯鲁什金服软了。

"当然。"

"那好……我边教边看吧……"斯鲁什金希望和平地结束谈话。

"不，维克多·谢尔盖耶维奇，"教导主任用冰冷的口吻提醒他，"学校不接受这样。骑驴看唱本的消极态度，绝不容忍。"

第七章　萨莎

斯鲁什金下班后并没有回家，而是去了老滨河区。整个区由一片两层楼的木屋构成，像是搁浅的护卫舰。楼前的花园绿意盎然。一排排发黑的棚子戳在大片齐腰高的秋牛蒡中。斯鲁什金越过"卡马号"陡峭的船头，向船厂走去。高大的建筑映在宁静的河水中，穿过云层发出微光。深红的浮标从远处看去就像是花楸树的叶子。狭窄的马蹄形堤道环绕着船坞，咽喉处像戴项链一般挂着一段生锈的浮桥。堤道上栽着古朴而高大的白杨，倒映在褐色的水湾中。白色的摩托艇凝固在水面上。

建于十月革命前的红砖办公大楼，威严地矗立在陡岸边，远眺过去，就像是布列斯特要塞，或者是澡堂，抑或是缠绕在古老的猛犸象心脏上的血管。入口处，破败的列宁像被遮蔽在茂密的刺槐中。

工厂设计院大楼的一扇门微开着，看到斯鲁什金后，里面的女人大喊：

"鲁涅娃，你的新郎来了！"

斯鲁什金在门口的楼梯间等到了萨莎。她微微一笑，借着他的烟头续火抽上。萨莎的美丽中有淡淡的忧伤，这好像有些夸大，也可能她的美最近就是这样。

"什么事情让你耽误了这么久？我好想你啊……"她责备

地问。

"被事儿缠住了。学校还是老样子……"斯鲁什金有些内疚地说。

"学校、地理……"萨莎梦呓似的说，"你啊，维佳[1]，总是这么浪漫……亚马孙丛林、北冰洋、印度洋……我真希望能去哪里把这些狗屁事情抛开。我真受够了……"

从船坞传来轮船的汽笛声。

"最近有什么新鲜事吗？"斯鲁什金问。

"我能有什么新鲜事，一点儿都没有。"萨莎耸肩叹息着，"和邻居们挤在小破公寓里，不是吵架就是在削土豆。"

"你的那些追求者呢？还在烦你吗？"

"哪儿来的追求者？"萨莎冷笑，"最近倒是有一个总来腻歪我的，但有什么用呢？"

"屁股有针，想坐无门，"斯鲁什金附和着，"这个幸运哥们，是啥样的人？"

"条子。"萨莎略带杀气地说。

"也太差劲了吧！"斯鲁什金有些气恼，"你觉得我怎么样？"

萨莎笑出了声，把手搭在斯鲁什金的肩膀上说：

"你不错，维佳，"她用手捋了捋他的衬衣领子，"在你身边，非常放松……说说看，那谁怎么样？"

"我的谁还是你的谁？"斯鲁什金调侃。

萨莎把鬓角贴在他的脸颊上。

---

[1] 维佳是维克多·斯鲁什金的昵称。

"那家伙过得不错，"斯鲁什金报告说，"过得滋润，人缘又好，还会挣钱。昨天我去了他家里一趟，发现床底下有一大袋子空的啤酒瓶，搞得我没心情待了。最近我算了一下，如果我不吃不喝，把所有的钱存起来买车，只需一百五十二年，就可以买辆扎波罗热小汽车了。而娜佳，别看她挺物质的样子，即便布德金有一个停车场，她还是骂人家无赖。"

"你的娜佳是个明白人。"萨莎同意道。

"她说她很蠢，因为嫁给了我。"

"甭管怎样，布德金就是个无赖。这个我知道。但心里话我不会说出来。"

"你还在想他吗？"斯鲁什金带着同情心严肃地问道，"没用的，萨莎。如果你们真能过到一起去，也不至于弄成这样。已经很明显了。"

"我给他写了一封信……"

"哎哟。接下来就要让我当信鸽吧。"斯鲁什金猜测。

"确实……"萨莎难为情地从口袋里拿出一张折了又折的纸条，"请读读吧，维佳，你的态度对我很重要……大点儿声读。"

斯鲁什金哼哼着从她手里接过纸条，然后打开。

"没有你我非常疲惫。我觉得我们的争吵是一个误会，一个意外。它毫无道理。如果你认为是我的错，那么我知错，请原谅我。你对我非常宝贵和重要。我永远等你。来找我吧。"斯鲁什金读完了。

萨莎认真地听着自己写下的字句。

"简明又诗意，"斯鲁什金说着，把纸条叠起来塞进兜里，

"德拉古拉伯爵也会潸然泪下的。但是布德金不会。"

"你觉得这没用吗？"萨莎伤心地叹气，又补充道，"但总得做点什么吧……虽然你，维佳，阻止我这么做……但我是真心会听你的。你是我最好的朋友。"

"男人和女人之间并不存在友谊。"斯鲁什金教训说。

"你会告诉我，他看到信是什么反应吗？"

"之后会告诉你的。或者，现在说也行，那我开始了？"斯鲁什金应承着。

第八章　屋顶

"前几天我碰到萨莎了。"斯鲁什金慵懒地说。

"在哪儿？"布德金也同样慵懒地问。

"嗨，碰巧路过，"斯鲁什金说，"在她上班的地方。"

屋顶正中铺着报纸，他们俩光着膀子躺在上面。在秋老虎退去的温热中，他俩晒着日光浴喝着啤酒。他们中间放着一个三升的大酒桶，还有一个撕开的牛奶盒，用来代替杯子放烟头。他们头顶的一根杆子上，是他俩刚装上的电视信号接收天线，像翼手龙的骨架一样悬挂着。

"萨莎给你写了一封信。"斯鲁什金说。

"没有收到，实话实说。"

"所以她让我来转交给你。"

斯鲁什金伸手到口袋里，掏出一张纸条递给布德金。布德金打开它摆在眼前，然后在明晃晃的太阳下，开始阅读。他读了好长一段时间。

"我根本就没和她吵架，"布德金放下信说，"是她对我有看法。去年冬天我跟她还在一起的时候，我计划了好多去滑雪的事情。但最后，没叫上她。所以她觉得被冒犯了。"

"为什么不叫她呢？很难决定吗？"

"我想叫她一起的，但最后肯定会难堪……她总得买滑雪的装备吧。但是她哪里有钱买这些呢？最后她肯定要穿着个雪地靴或者长简靴就来了，牛头不对马嘴的……滑雪场的所有人肯定都会笑话我的。"

布德金起身喝了几口啤酒，又继续躺了回去。

"然后你跟她接下来怎么样了呢？"

"没怎么样……接下来我就很忙，没时间去找她。所以她就觉得，我在闹脾气。总之就是她太孩子气了。"

"那就去找她啊！"斯鲁什金建议。

布德金若有所思地把信折成一个纸飞机。

"我不想去，"他坦白道，"我受够她了。当然了，她是个好姑娘，但是我已经厌倦了。如果我去了，她非得给我演一出生离死别的戏不成。这太难过了，摆不脱。"

布德金熟练而轻巧地把纸飞机投掷了出去。它一个俯冲，又跃升起来，跨越楼顶的边缘，直冲进院子里划出一条美丽的抛物线。接着掠过白桦树枝上挂着的黄绿色布条，却突然毫无预兆地翻腾着坠下，消失在湖泊般的阴影里。

"布德金先生啊，一个贪心的人。拒绝了这样一个美好的姑娘。布德金先生可真是个浪荡公子。千金来如风，去时两手空。"

布德金笑了几声。

"萨莎应该跟你好的，维佳，"他说，"你们两个肯定会很恩爱。"

"我跟谁都能处得来，"斯鲁什金的回答并没有虚伪的客套，"不过换我也会抽身走开的。"

"我不需要这样的女孩。"布德金看着暖意融融的天，浮想联翩地说。云层深处有一些不易察觉的气流正在涌动，仿佛正释放出冬天的寒气。

"找到一个人……命中注定的那个人……"他边闪烁其词，边晃动着手指。

"这太大了，你这是童话故事。"斯鲁什金嘟囔着。

"不是的，维佳。我不信童话，我信生活。信童话的是别的那些人。那些围在我身边转的女孩们，她们把我当成了摇钱树：我的车子、房子、票子、我的自由生活——这些对她们来说就是神秘的香巴拉。所以她们要缠着我撒娇。但是她们都不知道这背后的我！"

"然而萨莎知道。"

"萨莎恰恰相反。她对于我与生俱来的那些东西欣然接受。这些东西，我自己却并不满意。即便我光着屁股住在草屋里，她也无所谓，她也还爱我。但是真住在草屋里，我自己都瞧不起自己。总而言之，无论我有钱没钱，我都觉得自己最宝贵的东西没有得到尊重——我的生存能力。"

"那是种什么能力？挣钱的能力？"

"不只是。有了这种能力，我就可以什么也不依靠，谁也不求着。独立自主……"

"无依无靠。那么，你身上还有什么是值得珍视的呢？"

"生命本身就值得珍视，维佳，而不是生存的能力。活着是结果，不需要理由。我希望找到一个女孩，她珍惜生命中所有美好的东西，但不去追逐或者唾弃它们。她能看穿光鲜外表之下的我，并尊重我是一个有能力拥有这些东西的人。并且，她会适度地去使用它们，不偷不抢，不大手大脚。总之，我需要一个会持家的女人，而不是一个强盗或者崇拜者。"

"那么……"斯鲁什金有些迟疑地窃笑，"我们去找点吃的吧。"

晚上，斯鲁什金和女儿塔塔一起下楼去小花园里。走出单元楼刚五步，他就突然转身沿着人行道翻越护栏去了公园里了。他在灌木丛里摸来爬去，四处打量，终于跳起来从一根白桦树枝上拽下来一架纸飞机。

第九章　红学院[1]

"怎么样，红学院，准备好了吗？"斯鲁什金欢快地问。

在他的坚持要求下，前三张课桌都空了出来。

"前面的课桌上放了笔和卷子，"斯鲁什金拿起成绩簿，"斯别霍娃、斯塔科夫、库兹涅佐娃、米特罗法诺娃、凯德林。"

斯鲁什金等了一下，直到刚才被点名的人都坐下，每个人也都拿到卷子了。

"你们每个人有二十分钟。别忘了把答案写在卷子上……其他人，打开作文本，开始写作文，题目是'独联体国家的经济区划'。"

"又要写！"九年一班开始抱怨，"文学课写，外语课写，代数课也写……"

"就是要写，"斯鲁什金严肃地重申，"否则你们天天在课堂上交头接耳，什么也不听，什么也记不住。"

"这样我们也记不住！"邪恶的斯卡奇科夫喊道。说罢打

---

[1] 红色教授学院，全名"哲学和自然科学红色教授学院"。位于莫斯科，是十月革命后第一所新型高等学校与马克思主义社会科学理论研究机关。主要从事哲学和自然科学的理论研究，以及培养高级理论干部。文中用此名，带有明显的反讽意味。

开身前的"外交官"牌书包,把头塞进去。

"维克多·谢尔盖耶维奇,我们所有人整堂课都安静地坐着,但我们什么都不写,怎么样?"漂亮的好学生玛莎·波尔沙科娃建议说。

"你们既安静地坐着,也把作文给写了,怎么样?"斯鲁什金反问,"斯卡奇科夫,你怎么了,睡着了吗?"

"我没兴趣。"斯卡奇科夫在书包里反抗着。

"那谁有兴趣写?"斯鲁什金有些意外,"难道是我自己吗?"

"您还是别干了吧。"第一排的大个子,未来的运动健将,斯塔科夫建议说。

"那么谁来养活我的孩子,还有我的老母亲呢?"斯鲁什金问道,"你吗?要不然这样,你们给我钱,我让你们都不上课了,还给你们记优秀。行吗?"

"行!"红学院随声附和。

"那么就把钱交到讲台上吧,然后就可以走了。"

九年一班的同学们没有钱。

"所以,没有什么好争的了。"斯鲁什金开始总结,"我懂经济地理,那么我就有钱拿。你们不懂,你们也拿不出钱。那就继续上课。作文的标题你们懂什么意思吗?"

"不知道……"同学们稀稀落落地回答。

"现在开始记笔记:经济区划,指的是经济按照地理区域进行了划分。现在清楚了吗?"

"不清楚!"红学院回答。

"他们都听懂了,只是在逗你玩。"玛莎·波尔沙科娃说。

"你们越装，要写的东西就越多。斯卡奇科夫，课后记得把笔记本给我看。我要把分记在成绩簿上。大家继续写：每一个经济区，都由一个当地的主力生产部门来主导。我们滨河区的主导部门是什么？"

"酿私酒！"第一排的斯塔科夫又喊道。

"斯塔科夫，用笔写字，而不是用嘴。"

受斯塔科夫的启发，同学们觉得当地的生产主力应该是烧汽油[1]。

"想想，卡马河边的工厂是什么？"斯鲁什金提示说。

"运输机械制造业。"玛莎·波尔沙科娃抢答。

"很好，玛莎，给你加一分。"斯鲁什金赞许着。

"哈！给玛莎加一分，那我呢？"斯卡奇科夫还在书包里义愤着，"不公平！"

"现在就轮到你回答……"斯鲁什金从眼前放下成绩簿。

"别别别！"斯卡奇科夫有些怕了，胆怯地退场。

"现在打开课本，看第二、第三、第五张地图，比较一下，然后试着把国家版图按照经济区域划分出来。想象下，给你一个国家，你会怎么来划分经济区域。"

"我们不想划分，"斯塔科夫说，"我们把国家租给外国人，让他们来开发好了。"

"已经过了十分钟，斯塔科夫，你还没有写任何东西。"

"肯定写，我过两分钟就动笔来回答这个问题。"斯塔科夫

---

[1] 变相吸毒的一种方式。20世纪90年代，在俄罗斯小城市，许多人靠闻（吸食）汽油来获取快感。

保证，"但我有个拙见……维克多·谢尔盖耶维奇，为什么我们现在要学这些废话，它们一百年前就过时了。"

"去玛莎那里看看教科书，翻到最后一页，仔细找找上面的作者姓名。"斯鲁什金建议。

全班都开始翻书，仔细审读最后一页上的文字。只有玛莎一个人用手敲打着斯塔科夫宽阔的后背。

"作者里有叫斯鲁什金的人吗？"

红学院陷入了集体迷惑，又重新看了一遍名单。

"找到了！"最后一排的两个差生大叫着，他们其实不应该在九年一班，而应该跟三班的那帮土匪一个班。

"我不在名单里，"斯鲁什金说，"我就不明白了，斯塔科夫，为什么你要问我那个问题？"

全班因为斯鲁什金的名字不在教科书上，而陷入一片激动，在底下窃窃私语。

"真会找借口。"斯塔科夫佩服地说，轻蔑地把教科书甩回玛莎的手里。

"行了，大家继续看地图。现在我们试着在地图上找到，比方说，农业区域。"

同学们圈出了他们找到的所有地区，包括永久冻土的北极地区。

"很好，"斯鲁什金评价说，"写个小标题，农业地区，标上数字 1。在它下面，写个小写的 a，后面写上能在这里发展农业的原因。你们能想到什么原因呢？"

吱吱呀呀，左询右问，课程继续。

"停笔吧，时间到了。"斯鲁什金最后宣布，起身走到第一排。

斯塔科夫把满满一页字迹潦草的卷子递过去。斯别霍娃则在面红耳赤地焦躁地奋笔疾书。一对可爱大眼睛的中等生米特罗法诺娃站起身，边交卷子边说：

"我几乎什么都没有写，维克多·谢尔盖耶维奇。"

"不行啊，我要给你不及格的。"

"随便吧，你也好不到哪里去。"她气愤地坐回到自己的位子上，"你不能在成绩簿上随便就给人不及格。你应该在放学后单独跟我聊一下然后给个中等。"

"我很喜欢你，米特罗法诺娃，哪怕，你还是个小女孩。我很乐意跟你在放学后单独聊聊。"

学生们发出一阵惊叹声，玛莎有些害羞，刚才的两个差生则开怀大笑。

"这就是你教地理的目的吗，"斯塔科夫讥讽道，"你可以靠地理娶姑娘，我们能用地理干什么？"

"胡扯。"米特罗法诺娃对斯塔科夫说。

"当然了。"斯鲁什金同意道，"没人会在你找工作的时候，问你那些石油工厂都在哪里。"

"对吧！"斯卡奇科夫从书包里探出头开心地说，"那还学个什么劲儿？"

"我们班都偏科，我们喜欢文科。"斯塔科夫解释说，"为什么要学经济，我们将来都要当自由艺术家。"

"自由艺术家，就是一个光脚鞋匠。"斯鲁什金反驳道，"什么都能干，却什么都没有。我之前就是一个自由艺术家，但你们也看到了，现在，不教地理课我就活不下去。"

"那你是什么艺术家？写诗的吗？"斯塔科夫不依不饶。

"一个无名小卒。"斯鲁什金点头说。

后排的两个差生笑到了地上。

"能读一读你的诗吗……"玛莎·波尔沙科娃微笑地请求道。

"你们应该知道……"斯鲁什金挥手说，"它们都印在文学课的教材里了，我用的是笔名。"

"读一下！"红学院的学生们大呼，"还没有人给我们读过诗！"

斯鲁什金看看表，还有五分钟下课。他也没有足够的时间去讲授新的章节了。

"好，我现在读读。"他同意了，"但是下面的章节你们要在家自学，然后下次课的时候我会做小测验考你们的。"

全班点头如捣蒜。

"享受艺术，需要付出。"斯鲁什金解释说。

"行吧行吧，看您说的！"斯塔科夫转身向全班大声喊着，"小测验！我们会做！您就读吧，维克多·谢尔盖耶维奇。"

教室里弥漫着恭敬虔诚的寂静。

斯鲁什金在凳子上坐下。

"这首诗是我在九年级的时候，为一个叫彼得罗夫的同学写的生日诗。他是一个胖胖的好学生，学校的共青团小组长，大概就是这样。诗歌叫作《彼得罗夫的墓志铭》。对于不太灵光的人，我会解释说：墓志铭，就是刻在墓碑上的铭文。诗句非常简单，没有意义，也不押韵，想笑就随意笑出来吧。"

慢点走，偶然的过客，

在这些花岗岩石板的旁边，

在橡木棺材里躺着的，

是彼得罗夫·阿廖沙的尸体。

与普通的风景相比，

他比雪山更洁白，

每一个坏人，

也都会立刻向他看齐。

可是有一天早上，

在黎明破晓前，

叛徒斯鲁什金从后面向他走来，

还有他的帮凶们。

斯鲁什金对他说：

"为了良心，为了众多善行，

你的故事将要终结，

最后一章，《行刑队》。"

彼得罗夫听后，

骄傲地撕开胸前的毛衣

"开枪吧，帝国主义侵略者，

你们无法逃离红军的手掌心！

我的生命将会成为颂歌，

我将化作绵延的铁路，

把我的唾沫挂在资本主义的皮夹克上！"

斯鲁什金举起他的猎枪，

冲着彼得罗夫扣动了扳机。

彼得罗夫倒下了，

倒在区党委授予他的表扬信上。

子孙们，列队，立正，

向旗帜低头鞠躬：

英雄彼得罗夫的灵魂，

走向了某个主义！

红学院的同学们非常喜欢这首诗，但他们下一堂课的小测验却答得一塌糊涂。

第十章　薇特卡

斯鲁什金按响门铃，门后先是非常安静，紧接着不知为何，有一阵吵闹声，然后门突然急促地打开了。

"你好啊，是我，你的小可爱。"斯鲁什金边说边走进门。

"维佳！"一头漂亮黑色卷发的高个子女人叫嚷着，把头靠在斯鲁什金的脖子上。

斯鲁什金用脚关上身后的门。一个愁眉苦脸的五岁小孩，从房间里跑向过道。

"你好哇，舒鲁普。"斯鲁什金说着，松开搂着的女人。

"你给我带什么了，维佳叔叔？"愁眉苦脸的小孩立刻问。

斯鲁什金翻着夹克兜，然后从里面拿出来一个塑料兵人——一个狗脸的怪物，长着刺，戴着头盔，拿着镭射枪。

"你已经给过我一样的了，只不过是蹿稀一样的绿色。"

"舒鲁普！"妈妈大喊，"跟你爹一个德行，粗鲁得很！"

"回房间去吧，自己玩会儿。"斯鲁什金建议。

"去你的吧。"男孩说完回到自己的房间去了。

斯鲁什金脱掉外套，然后问：

"你老公在哪儿呢？"

"科列斯尼科夫？在上班，不然呢？"

"谢天谢地。"边说着，斯鲁什金从外套里拿出一瓶酒。

"我的维佳啊！真有你的！"女人拿起瓶子喊起来，"是波特酒啊！我一百年都没喝醉过了！赶快喝起来！"

走向厨房的时候，斯鲁什金淡淡地说：

"一瓶酒你是喝不醉的，薇特卡。"

"把你家塔塔从托儿所接过来，我就可以多喝点儿了。塔塔跟舒鲁普能玩到一起去。"

"不行的，薇特卡。"斯鲁什金叹息说，顺手把瓶塞给拔掉了。

"真遗憾，"薇特卡说，把酒倒在茶杯里面，"你在学校怎么样？有没有什么年轻的女老师？"

"有倒是有，但你太抬举我了，"斯鲁什金抽完喝完，不情愿地说，"没谱的破事儿……还是讲讲你吧。你跟你的情人咋样了？那人还想找你去演电影吗？"

"卡兹洛夫？对，是他。"薇特卡略带感情地说，"我早把他打发了，有多远滚多远。我现在跟另一个人相爱了，维佳。一个飞行员。确切地说，是前飞行员。他有次跟科列斯尼科夫喝醉酒的时候交换了电话号码，就邀请到家里做客。老公把我也带上了。结果我老公自己喝醉了，栽倒在桌子下面。我就跟这个飞行员反锁在浴室里，搞了一下。我当时特别害怕，我老公会突然过来敲门……"

"干得漂亮，在浴室里乘坐俄航航班翱翔了一下……"斯鲁什金低声嘟囔。

突然从房间里传来沉闷的响声。薇特卡骂了一声，跳起来，跑开了。斯鲁什金打开窗户，又点起一支烟。

薇特卡的房子离卡马河不远，就在幽暗的船坞锅炉房附近。斯鲁什金抽着烟，看着又高又长的内河班轮驶过码头，驶过展开的浮桥，在航行后返回锚地，仿佛在龇牙咧嘴地嫌弃着什么。阳光透过堤道上的树丛投下灿烂的金色光影，班轮缓缓航行其中，让滩涂的水显出白兰地一样的深木色。它驶过红褐色的斜坡，上面堆积着各种生锈的垃圾——线缆、皱巴巴的浮标、一些从船上扯下来的弯曲破烂的部件。它驶过被灌木覆盖的早已陷入地下的油轮，驶过有鲜艳救生圈的老巡逻船，驶过网格状的港口起重机，以及悬着长长的煤烟管道的工厂建筑。

薇特卡回来了，斯鲁什金把烟屁股弹掉。

"你跟娜佳现在关系咋样？"薇特卡问，又把波特酒倒入杯中。

"将就着过吧，"斯鲁什金说，想了想，又补充道，"前不久，我们决定停止所有的床事，就是这样。她不情愿，我也没兴致。那就干脆别折腾了。"

"哈！天哪！"薇特卡睁大了眼睛，惊讶道，"那你现在跟谁干这事啊？"

"没人。"

"你可真行！"薇特卡说着干了半杯波特酒下肚，"你那个傻姑娘，她叫，鲁什么娃……"

"萨莎·鲁涅娃，"斯鲁什金提示，"她喜欢布德金。"

"那又怎么样呢？"薇特卡真心有些疑惑。

"这个……跟你不好解释。反正就是，没戏。"

"找个情人去。"薇特卡建议说。

"找你得了。"斯鲁什金同意。

"是吗！太棒了！"薇特卡兴奋起来，"就跟我们之前放学那次一样，还记得不？都喝蒙了！你不要有什么心理负担。想想看！管他的。我还挺喜欢你的，维佳，真的。从七年级开始……不对，是九年级。我给你打电话，等科列斯尼科夫啥时候出远门的时候。过来吧，跟之前一样，尽情耍一下。"

"我会的，"斯鲁什金点点头，"耍开心，当然了。然后你老公就开着警车在楼下堵我了。"

第十一章　列娜

一个灰蒙蒙的清晨，斯鲁什金从单元楼里走出来，牵着塔塔的手。

"爸爸，我不想去托儿所。"塔塔说。

"可我想去，"斯鲁什金说，停下来点起支烟，"我想不明白，我们为什么不换一换？你替我去上班怎么样？"

"他们会打人吗？"塔塔有些感兴趣。

"打人，"斯鲁什金诚实地说，"你们托儿所难道也打吗？"

"安德烈·斯涅格里耶夫总是在找我麻烦。拧我，推我。"

"你也打回去。"爸爸建议说。

"他会向老师告状。"

"那你也向老师告他的状。"

"然后他就会更厉害地欺负我。"

"好吧……"斯鲁什金拖长声音说，"一个永无止境的循环。这样吧，我去跟他妈妈谈谈，你把她指给我就好，行吗？"

他们在一个十字路口前停了下来，地上有一摊星星形状的脏水。在它中心，一辆外国牌子的汽车妖娆地在"棕色的面团"里打滑，从车轮下溅出喷泉。斯鲁什金从腋下抱起塔塔，把她从另一条人行道搂过街去，膝盖高高地抬起。

"爸爸，你今天晚上会给我买恐龙口香糖吗？"

"会买的。"斯鲁什金保证。

"动物园里有恐龙吗？"

"它们很久很久以前就灭绝了。"

"它们为什么死了？"

"同类互相吃，直到最后。"

"那最后一个呢？"

"最后一个饿死了，因为没有同伴可以吃了。"

"爸爸，它们很邪恶吗？"

"怎么说呢……"斯鲁什金陷入了沉思，"大部分恐龙都是善良的。有一部分过于善良了。但善良的总是最先被吃掉。"

斯鲁什金和塔塔来到了托儿所门口。塔塔松开手，跑向大门。她穿着长长的蓝色雨衣，戴着青色的帽子，就像一朵风铃花似的。

斯鲁什金跟在塔塔后面进了更衣室。这里就只有一位母亲，正手忙脚乱地带孩子。斯鲁什金把塔塔放在椅子上，蹲下身，解开她的鞋带。

从后面走来一个拿着玩具手枪的小男孩。

"我要开枪大事（打死）你！"小男孩用枪指着塔塔说。

塔塔惊恐地看着斯鲁什金。

"安德留沙[1]，到我这边来！"妈妈叫道，小男孩走开了。

"爸爸，这个就是安德烈·斯涅格里耶夫。"塔塔说。

"嗯……"斯鲁什金有些惊讶，"现在懂了……"

---

[1] 安德留沙是安德烈的小名。

他给塔塔换了衣服，把出门穿的东西都放到门边画着杉树的小柜子里。塔塔从椅子上下来，斯鲁什金亲了亲她的脸蛋，她跑去了队伍里。从那里，传来了响亮的声音：

"马琳娜·彼得罗夫娜，您好！"

斯鲁什金走到安德烈·斯涅格里耶夫的妈妈身边，友好地开口说：

"您的孩子挺机灵的。"

"是的……"女人转身回答道。

"列娜？"斯鲁什金有些惊讶地问。

"维佳？"女人充满困惑。

她立刻低下头，给儿子扣好衬衫的扣子，但斯鲁什金发现了，她的耳朵变得有些粉红。震惊的斯鲁什金沉默了。

"快跑，安德留沙！"列娜对儿子说，轻轻地拍了下他的屁股。

安德留沙从叔叔身边划出一道弧线，跑去队伍里了。

列娜和斯鲁什金互相看了看，沉默地走向门廊。

"也就是说，你现在是斯涅格里耶娃，而不是安菲莫娃了……"

列娜窘迫地笑了笑：

"安德留沙之前还跟我说，塔塔·舒施金，塔塔·舒施金……我还寻思，希施金，还是斯鲁什金……"

"或者是普希金。我们有多少年没有见过了？"

"中学毕业后。"列娜安静地说。

"你还是那么漂亮……"斯鲁什金若有所思地说，"只是有点发福了……"

"你还是那么口无遮拦。"列娜回答。

"对不起。"斯鲁什金尴尬地说。

"没关系！"列娜轻柔地碰了下他的手肘，"是在有奥莉雅之后胖起来的。"

"哪个奥莉雅？"

"我女儿。我还有个女儿。年龄还小。"

"我是想跟你说……"斯鲁什金刚找到开口想说的话，却突然改口道，"所以说，你有两个……"

列娜莞尔一笑。她的声音温柔而轻弱。

"我得赶紧走了，维佳，"她解释说，"老公在家带奥莉雅，我得赶紧替他，他得上班去了。那就，再见了。"

她又冲着斯鲁什金笑了一下，然后走去托儿所门口：浅金色的头发，可爱的年轻的女人，穿着廉价的暗红色风衣。女人，不是姑娘，更不是小女孩，不是他认识的那个样子。回忆在斯鲁什金脑中袭来。

"列娜！"斯鲁什金突然在背后喊道，她回头看了下，"列娜，所以现在我们每天都要见面了，不是吗？"

一位刚进托儿所大门的妈妈，充满敌意地看了眼斯鲁什金。列娜沉默地低着头，渐渐走远。

第十二章 偏离主题

斯鲁什金在九年二班做小测验。他把手背在身后，像条蛇一样蜿蜒在课桌之间。

"巴尔曼，你这样眼睛会瞎的。别特列娃，把书从桌子里拿出来抄啊。邱金，你抄错页了。波斯别列娃，我已经从你这里收了两份小抄了，别再让我收走第三份！切比金，我实话告诉你，你同桌全是在胡写，就别绞尽脑汁跟着抄了。季米涅夫，你乖乖地把别人的名字一起抄全好不好。"

讲台上堆满了没收的课本和小抄。斯鲁什金一个翻身回头，大声呵斥："卢卡维什尼科夫，如果你敢从我的讲台上偷书的话，我立马给你不及格。"

同学们小声嘀咕着，交头接耳，如坐针毡。黑板上写着两道问题，选项 A 和选项 B。

"时间到！"斯鲁什金在最后时刻一声令下，他毫不客气地从受尽折磨的学生手底下搜出卷子。

收齐了试卷，斯鲁什金打开成绩簿，发话说："现在我们来弄清问题的答案。第一题，波斯别列娃来回答。"

斯鲁什金随机在同学中点名，花了很大力气，他才把学生跟卷子对上号，忙活半天，就给十个人打了分。

"所以谁能够正确回答所有问题？"

只有一双手在九年二班的上空举起来。

"奥维契金，优秀！"斯鲁什金说，说罢他在成绩簿上画了一笔，把卷子还给奥维契金。"你们真笨，"他友好地向大家解释说，"兵不厌诈，斗智斗勇。你们知道的，我还没有记住所有人的名字。你们完全可以串通好把答案写得一模一样，也不留名字，这样至少你们都能及格。"

"你早就应该提前说的，维克多·谢尔盖耶维奇！"九年二班的同学们怒喊。

"为什么，我自己跟自己作对吗？"斯鲁什金咧嘴一笑。

"我和季米涅夫就是这么干的！"沙霍夫兴高采烈地报告说，然后斯鲁什金就立刻笑嘻嘻地给他俩在成绩簿上打了不及格。

"只有傻子才会相信童话。"他在全班的笑声中解释说，"这样，记下来本节课的标题'俄罗斯历史上经济地区的演变'。"

同学们俯身在笔记本上，哭泣哀叹着动笔记录。

"维克多·谢尔盖耶维奇，请问您去过您讲述的那些地区吗？"切比金疑惑地问。

"去过一些。"

"书上写的黑海，您去过那里吗？"

"黑海是很大一片地方。"斯鲁什金认真地回答。

学生们开始轮流喊出他们知道的黑海边城市的名字，不知为何，里面竟然有尤尔马拉（波罗的海边的拉脱维亚城市），以及克拉斯诺亚尔斯克（西伯利亚中部城市）。

"维克多·谢尔盖耶维奇，你能不能带我们全班去南边的什么地方啊！您可是地理老师啊！"切比金还在叽叽喳喳。

"不可能啊，伙计们。"斯鲁什金拒绝，"南方太贵了，掏不起路费……"

"确实啊，兜里没钱。"同学们同意，"那去野营吧……您肯定去野营过吧？"

"去过。"斯鲁什金点头。

"您能背得动多少公斤的旅行背包啊？"波斯别列娃睁大眼睛问。

"也就……三百公斤吧。"斯鲁什金漫不经心地说。

"那您的野营路线是什么样的呢？徒步、爬山，还是沿河？"巴尔曼一丝不苟地抓住细节问不停。

"我喜欢沿河漂流。"

"我们的物理老师也喜欢野营，她答应过带我们去的，但从没有成行。"邱金说。

"维克多·谢尔盖耶维奇，带我们去野营吧！"学生们你一言我一语地恳求呻吟着，"带上我们吧！维克多·谢尔盖耶维奇！求求了！趁着天气还暖和，去河边吧！"

"那上课怎么办？"斯鲁什金有些为难地问。

"学校会同意我们走的！他们摆脱我们会很高兴的！"

"好吧，让我想想看……"斯鲁什金有些疑虑地同意了。

"不要！别再想想看。物理老师也说再想想，就没下文了。您应该立马答应我们。我们会认真跟您学习所有地理知识的！我们野营时会全程安静听话的，就像教导主任在旁边一样！您就答应了吧！"

"让我们课后再商量一下吧。"斯鲁什金有些妥协了，"我应该再给你们讲一段新的课文……"

"不想听！不想学地理！"喊声从四面八方传来，"给我们讲讲您之前的野营经历吧，我们想听这个！"

"那历史上的经济区化演变呢？"

"我们回家可以自己看课本！"

"九年一班之前也这么答应过我，都是骗人的，就跟库图佐夫欺骗拿破仑一样。"

一浪接一浪的吼声席卷了整个教室。

"不能用九年一班的事情来判断别人。"奥维契金意味深长地发言说。

"好吧，就这么办，"斯鲁什金最终还是服软了，"你们自己在家看书，周二过来上自习课答题。问题会很难的，做好准备。谁得了优秀，我就带谁去野营。"

斯鲁什金叹了口气，坐回到讲台后面，开始讲述皮划艇如何在激流中倾覆，河水如何将船员们从船上冲下来，春天暴涨的河流如何冲毁森林，夏天的峡谷里如何长满牛蒡，古老的木桥如何在头顶吱吱作响，帐篷如何在风中飞舞，黑色的陡峭河岸在夜间如何燃烧着红色的火焰，正午的空气如何在滚烫的岩石上颤抖，船桨如何在紧张的手中被划动，以及从河岸悬崖的顶部如何瞭望辽阔的远方。对斯鲁什金和其他所有人来说，这是最有趣的地理。下课铃声响起，九年二班的学生们云里雾里地挤在他的桌子前，向斯鲁什金提出各种关于野营的问题。

"等会儿！等会儿！"斯鲁什金摆手说。

"维克多·谢尔盖耶维奇，这是要去野营的名单。"奥维契金将一张写满了名字的皱皱巴巴的纸，从一堆手肘间塞过来。

　　"周二我们才会知道，谁去谁不去。"斯鲁什金没好气地说。

第十三章　逐出梦想

星期一，早班结束之后，在物理教室召开了第一次教职工大会。斯鲁什金是最早入场的人之一，他坐在了后排的位置。房间里的老师慢慢多起来。他们中的大多数，是面容慈祥的老太太，以及动作粗犷、声音恼人的中年妇女。进来一个男体育老师和两个女体育老师，他们都长得跟马一样，穿着运动服，胸前挂着哨子。也有一些年轻的女老师，但她们的面庞上都或多或少有一些瑕疵，即便其中最漂亮的，也只能让人想跟她握握手而已。

校长走了进来，眼镜片反着光。身后，教导主任罗莎·鲍里索夫娜一边跟两三个老师交谈着，一边飘然出现。所有人都就座到位，讨论声逐渐归于安静。就在会议要开始的时候，突然响起了敲门声。教导主任默不作声地怒了。

"非常抱歉。"迟到的老师冷冷地说道，然后沿着墙边走到教室最后。

"教职工大会的时间对所有人都是一样的，基拉·瓦列里耶夫娜。"教导主任冷若冰霜地开口。

斯鲁什金饶有兴趣地盯着基拉·瓦列里耶夫娜，他之前还从没在教师休息室里见过她。她端庄的黑西装和犀利又轻蔑的美丽，让人毫不怀疑，她绝对拥有在世界上任何一个员工会议迟到一分钟、一小时，甚至是一整年的权利。基拉·瓦列里耶夫娜坐在斯鲁什金的邻桌，不慌不忙地打开面前的一本色彩鲜艳的时尚杂志。

斯鲁什金完全没听进去任何校长和教导主任的话。他谦恭地在腿上叠起手，看着窗外。寒冷的秋日在窗外徘徊，只看得见高楼大厦的房顶。那些屋顶，像一条水线，切断了沿着天际线缓慢航行的灰蓝色云团的底部。云团就像是一艘航空母舰，伴随着这飘移的背景，基拉·瓦列里耶夫娜的侧脸看起来格外生动而深邃。

斯鲁什金的名字在教导主任的发言里被提来提去，弄得他心烦意乱。索性收回了注视。

"纪律的问题非常关键。"罗莎·鲍里索夫娜强调，"我理解，维克多·谢尔盖耶维奇没有任何教学经验。但是，话说回来，课也上了一段时间了，是可以总结一下有哪些问题的。隔壁教室的老师跟我抱怨，说地理教室里总是吵吵闹闹的。"

地理教室在走廊的尽头，挨着它的只有历史教室。女历史老师坐在一旁，表情痛苦而不自在，她完全不敢看向斯鲁什金。

"地理课上，老师跟学生不停说来说去，非常不成体统，"教导主任喋喋不休，"一个老师，没有老师的样子，搞不好师生关系，跟学生吵架，坐在课桌上，上课跑题聊其他的，开低俗玩笑，还朗读自己胡诌的诗歌……"

从老师们中间传出笑声和讨论声。斯鲁什金两颊铁青，表情木讷，眼神放空，突然他眼角瞥到刚才在航空母舰般云层背景前停留的侧脸，换成了正脸。

"很明显，教师的这种行为会误人子弟。其后果是灾难性的，课堂纪律越来越差，学习成绩越来越糟。还有，上周五我被告知，过不了几天，维克多·谢尔盖耶维奇竟然准备跟九年二班一起去野营。他居然认为没有必要与校方协商。这种野营怎么可能被允许呢？我不是质疑维克多·谢尔盖耶维奇的徒步旅行经验，但如果他在旅行中的纪律和他在学校的纪律一样，最后没准以灾难收场。我是不会批准这种事情的。"

在训完斯鲁什金之后，教导主任转到了其他话题。愤愤不平的斯鲁什金赤红着脸，一直等到会议开完，立马冲到她面前。

"我已经表达完我的意见了。"教导主任冷冷地说。

"那么，罗莎·鲍里索夫娜，请把刚才的意见，再跟想要和我一起去野营的同学们表达一下吧。"斯鲁什金绝望地说，"我不想在他们面前成为一个说话不算数的人，毕竟这还是您的错。"

罗莎·鲍里索夫娜从头到脚打量了斯鲁什金一遍。

"是您的错，"她一字一顿地重复道，"如果您没有找到勇气来跟我讨论野营的话，那么，请您找到后再开口。这是您自己弄的烂摊子，自己去收拾吧，抱歉。"

"我没有跟您商量是因为，我跟同学们说，只有自习课测验拿了优秀的同学才可以去。然而，自习课明天才上。"斯鲁什金解释说，"我还没有愚蠢到，要带一群不听我话的孩子去野营。"

"如果他们测验全都拿了优秀呢？"

"他们只要拿到我觉得满意的分数，就可以。我不准备给很多人打高分，打低分永远没问题。"

"您给学生打分的标准还真是有趣，恐怕这有悖于传统的道德标准。基于您的班上已经出现了好多不及格的学生，看样子您已经开始积极实践自己的打低分标准了。"

"每个班上都有人地理不及格，即便是九年二班这样的好班。我跟他们班上十到十五个学生一起去野营，完全是另一件事情。"

"您错了，维克多·谢尔盖耶维奇。课程的成绩好坏，取决于老师。根据我以往的经验，就没有一个好老师能带出一个全不及格的班级。总而言之，成绩不好，只能说明您不是一个好老师。我不希望让坏老师通过野营受到不应得的欢迎。幸好，哪怕没有野营，您自己也已经搞砸了。"

第十四章　猛犸象的肉

扎波罗热牌小汽车剧烈地颠簸着，布德金坐在方向盘后面，开心地嘿嘿直笑。车子沿着千疮百孔的水泥路行驶，车后面叮当作响。平行于路面的一侧延伸着铁轨，时不时地会闪过一堆废弃的车皮。在他们身后，灰蓝色的卡马河像条潮湿的丝带一样躺着。天空是浑浊不清的白色，像是被谁偷走了似的，只留下半透明的天柱，废墟般伫立在宽阔的河湾上。远处岸边是褐色的沙坡和泊岸的桅杆倾斜的挖泥船，它们几乎被溶解在了流水一样的空气中。一个孤独的浮标散发出微暗的粉色。

水泥路和铁路一直通往工厂。堤坝出现在眼前时，道路的右边，光秃秃的低地上闪烁着洪水淹没草地后的一个个平湖。河湾的臂膀终结于这些湖泊里。路边的灌木丛和稀疏的树木孤零零地站着，无精打采，被晨雾的冷气打湿。

斯鲁什金和娜佳坐在车的后座上。娜佳抱着穿着红色连体服的塔塔，斯鲁什金开始还夹着书包，后来就把它的拉链拉上，放在膝盖上，垫起来看报纸。

"布德金！"娜佳烦躁地说，"如果你等会喝酒的话，我现在就跟塔塔走人。我们宁可走路回去。"

"胡说八道，"布德金自信地笑着说，"我在这条路上走了无数次。我们三个就喝了两瓶葡萄酒，能有什么事儿。维佳酒量不行，我一拿出口琴吹，他就要喝晕到桌子底下去了。"

"你说点儿什么啊，当爹的！"娜佳愤愤地看着斯鲁什金，而他却自责地叹着气。

"报纸上写，在亚马孙丛林的一个泳池里，发现了二战时期纳粹的一个秘密基地。"

"那里有什么呢？神秘法西斯？"布德金感兴趣地问。

布德金一打方向盘，把车开上了通往灌木丛的土路。

"有个罐子，里面装了七吨希特勒的精液。"

"脑子真的有病……"娜佳无力气地唉声叹气。

车子冲过裹满了迷彩外衣似的灰色树叶的刺槐，开到河岸边的一块平地上。它被一片稀疏的高大杨树林围了起来，风景如画。地面上光秃秃的，散布着蓝色的炉渣。中间，有一个生锈的火盆和靠在木炭上的板条箱。远处可以看到一艘船，白白的，浸没在黑色的沉静的水中，在周围阴暗背景的衬托下，耀眼极了，看起来就像一只沉睡的独角兽。每个人都下了车：布德金麻利地把塔塔抱了出来，斯鲁什金一直摆弄着书包。

"这地方好在哪里？"娜佳忧郁地四处张望着。

"我们经常来这里烧烤。夏天的时候，这里很棒，草很茂盛。我们可以在这里裸泳，周围一个人都没有。"布德金解释。

"你们的脑子里就只装着这个……"

"娜佳，我们到了吗？"塔塔问。

"到了。"娜佳重重地叹气说。

塔塔坐下来，开始用铁铲去挖厚厚堆积着的炉渣。

"动起来吧，"布德金一副在公司里发号施令的样子，"现在，我，老酋长，去捡柴火，你，小娜娜，把肉拿出来，然后穿到烧烤签上。"

"我难道是家庭主妇吗？"娜佳反驳道。

"小娜娜，不要顶嘴！"布德金开完笑似的说，顺手搂住她的腰，在她脸颊上轻拍着，"男主人去打猛犸象了，女主人就要在家生火做饭。"

"谁是男主人？"娜佳轻蔑地问。

"再回嘴试试！"布德金冲她喊，"嚯！"

他向白杨树扔去一把登山斧。斧头准确地击中树干，嵌了进去。布德金回到车里，把内置录音机开到最大功率，然后像个拳击手似的，慢步跑跳着，头也不回地向着斧头的方向，进了小树林。

"粗人一个！"娜佳说着，把肉搬到烧烤架上。

"爸爸，沙子挖不动了。"塔塔说。

"去他的沙子……我们去看看那些船吧。来吧，坐在我脖子上。"斯鲁什金建议道。

"别把她弄丢了！"娜佳在身后喊道。

斯鲁什金架着塔塔，爬过岸边的沟壑，踏上拖拉机的车辙，向船的方向走去。

"爸爸，布德金去哪里了？"

"打猛犸象去了。他把它切成烧烤串大小，妈妈把它烤熟，然后我们就开吃。猛犸象是一种野生的、多毛的大象。"

"它会疼吗？"

"不，你别这么想。它是一个特殊品种的肉。当它被切成肉串的时候，它只会笑。"斯鲁什金安慰女儿说。

"为什么我们开车过来的时候没有看见它呢？"

"你没有，但我看见了。它们都是小小的，烤肉串用的猛犸象，和我们家的猫咪普吉克一般大。"

"那可以把普吉克切成烤串吗？"

"当然，"斯鲁什金保证说，"要这样的话，我们必须提前用精心挑选的老鼠来喂它一段时间，但它在家里就只吃了土豆跟面条。"

斯鲁什金走到最近的船边。船侧躺着，靠在炉渣堆上。它仿佛睡着了一样，枕在脸颊下面的，不是手，而是整个地球。船底的红漆已经剥落，露出锈迹，敞开的舷窗在斯鲁什金头顶张望着，桅杆看起来像斜插在被杀死的猛犸象身上的长矛。

"船在陆地上做什么呢？"塔塔问。

"在睡觉。它们像熊一样，会上岸来冬眠。春天的时候，它们又醒过来，然后到处游走。去非洲，去亚马孙，去南极。也可能，去往风暴之海。"

"我们能上船吗？"

"当然了！"斯鲁什金信誓旦旦。

他把塔塔扛在肩上，爬上了礁石堆。在浅水区的船后面，躺着一艘废弃的驳船，一边船身跟水桶似的，被灌满了水。驳船后面延伸着装卸架，成堆的废旧金属，还有变黑了的吊臂。周日的工厂大楼寂静而沉闷。对岸有一帮抽烟的人站在码头边，从远处看就像哨子。在漆黑的、一动不动的船坞水湾中，陡峭的堤岸上的工厂大楼就像一具棺材，倒映在黄叶之间。

斯鲁什金朝另一个方向看去，火盆已经冒起烟了，布德金和娜佳并排坐在一个板条箱上。从布德金的手势中可以看出，他在向娜佳讲述有趣的事情。娜佳的笑声掠过水面，传到斯鲁什金耳中——那不是她平常的笑声，而是害羞和愉悦的笑声。

第十五章　基拉·瓦列里耶夫娜

斯鲁什金正坐在教师休息室里填写学生成绩簿。除了他以外，还有四名教师在批改作业。确切地说，只有美丽的基拉·瓦列里耶夫娜老师，在认真地批改——她拿着笔，逐行检查学生潦草的字迹，时不时厌弃地皱着眉头，而其他三位老师——一个年老的，一个上年纪的，一个年轻的——正在聊天。

"柳波芙·彼得罗夫娜，昨天，我排了好久的队，都没能看上肥皂剧《不速之客》的第六十二集。"上年纪的老师抱怨道，"发生什么了吗？女主角发现她女儿怀孕了吗？"

"不，还没发现，"年老的老师说，"费尔南德斯从匣子里偷了那封信。他当时在医院里，趁他做手术的时候，她翻了他的衣服，找到了钥匙。"

"所以说，何塞自己拿走了小匣子……"

"原来他这样啊。那她呢？"

"丽贝卡，她给阿玛兰塔下了毒。"年轻的老师补充说。

"丽贝卡用假名与何塞住在一起，她做了整形手术，他根本没认出她。"

"为什么？他其实无意中听到了她与雷米迪奥斯的谈话啊……"

"他只来得及听到阿卡迪奥的情况，然后蒙卡达先生给他打了电话，他分心了。"

"如果我是阿卡迪奥，我不会让那个男的出现在我家门口。"上年纪的老师说。

"这是因为，只有我们俄罗斯人才会这样做。"年老的老师如此解释，"他们的日子比我们要好多了吧？他们不会理解的。"

"谁说更好？"年轻的老师反驳道，"费尔南达只是一个护士，你看看她住什么样的公寓？"

"她不过是靠那个美国情人在养活。"年老的老师带着批判的口吻说。

"要是我能找一个情人来养养多好，"年轻的老师梦呓般说道，"我只用承诺来喂养他，别的什么也不给……"

斯鲁什金合上成绩簿，把它放到一边，然后开始穿衣服。

外面天色渐暗，细雨绵绵，落叶漂浮在水沟里，像一封封被撕成碎片的信，信里面，是夏天在解释它为什么逃去了另一个半球。斯鲁什金在门廊的房檐下抽烟，望着灰色水彩画般的黄昏时分镶嵌着马赛克的发光的窗户。

门在他身后关上了，基拉·瓦列里耶夫娜走到门廊前。她一只手拿着个装满作业本的背包，另一只手拿着一把折叠雨伞。

"麻烦帮忙拿一下。"她请求道，把背包递给斯鲁什金。

"挺沉的。要不，就交给我拿着吧？"斯鲁什金提议。

"我就住在附近。"

"此话怎讲？"

"看您怎么理解了。"基拉·瓦列里耶夫娜讥讽说，撑开了伞。

"我想送您回家，"斯鲁什金扔掉烟蒂，它懊恼地滋啦一声熄灭了，"把伞也给我拿吧，您挽着我胳膊就行。"

基拉·瓦列里耶夫娜双唇紧闭，把伞递过去，轻轻地拉着斯鲁什金的手肘。两人缓步离开了门廊。

"来猜个谜语吧，"斯鲁什金提议，"我四岁的女儿编的：开开合合，帽子会破。这是什么？"

"雨伞，"基拉·瓦列里耶夫娜干巴巴地说，"我真没想到，您有一个这么大的女儿……"

"嗯，我就是个上了年纪的人……"斯鲁什金咕哝道，"您有什么人吗？儿子，女儿，孙子，孙女？"

"所以您是想知道，我有没有结婚？"

"难道还能找到一个男人对这事儿不感兴趣吗？尤其是那种英俊潇洒、聪明绝顶的男人？"

基拉·瓦列里耶夫娜高傲地笑了一下。

"没结婚。"她瞟了一眼斯鲁什金，挑衅地回答道。

"我也希望如此。对了，您教哪门课呢？"

"德语。"

斯鲁什金回忆说："我以前在大学也学过德语。但现在脑子里只剩下'Russisch schwein（俄国猪）'和'Hände hoch（举起手来）'。您能告诉我，这首十四行诗的德语是啥吗：Eine Kleine，一头猪在大街上乱窜？"

基拉·瓦列里耶夫娜笑了下。

"您难道是教文学的吗？"

"地理，看在上帝的份上。"

"对啊，我想起来了，"她疑虑地点着头，"上次教职工大会说了你的事情……你在课堂上给学生们朗诵诗歌来着，是吗？"

"我本将心向明月，奈何明月照沟渠。"斯鲁什金承认道。

"您不能拒绝自我批评。"

"自嘲，就是剥夺别人批评的机会。"斯鲁什金教诲说，"这不是我说的，这是一个伟大的诗人说的。"

他们在一栋九层高的单元楼门前停了下来。

"我们到了。谢谢。"基拉·瓦列里耶夫娜拿回自己的背包和雨伞。

"基拉，我们能再继续逛逛吗？"斯鲁什金请求说。

"我们把酒言欢称兄道弟了吗？"

"这有什么难的吗？"斯鲁什金笑道。

"那行，再看吧，"基拉冷笑着，"你叫什么名字……维佳？维佳，再见了。"

她转过身去，走进了楼道。

第十六章　记忆缺失

斯鲁什金身穿黑色大风衣，头戴皮帽，举着一柄黑伞，正跟在塔塔身后，在托儿所里踱步。天空中布满了邋遢的云朵，雨点敲打着伞面，就像电波世界的永恒躁动。斯鲁什金没有像往常那样从托儿所周围的栅栏洞里钻进去，而是优雅地绕过栅栏，从正门进入院内。在门廊的遮雨棚下，他看到了列娜·安菲莫娃和安德留沙。

"嗨，你站在那里干什么？"斯鲁什金说。

"我的雨伞坏了，我们在等雨停……"列娜有些愧疚地说。

"嗯，快入冬了，很快会放晴的。"斯鲁什金看着天空喃喃自语道，"让我打伞送你一段吧。"

"要不，你还是先去接塔塔吧？我们得去公车站……"

斯鲁什金看了下表。

"来得及，时间足够。"他保证。

他伸出胳膊肘。列娜微笑地挽着他的胳膊。列娜带着安德留沙。三人慢悠悠地向大门走去。

"列娜，跟我讲讲，你现在过得怎么样啊，"斯鲁什金请求，"因为我现在还啥都不知道。"

"真没有什么可说的，维佳，"列娜耸了耸肩，"我的生活一点儿意思也没有。结婚后，就是一个产假接着另一个产假，从早到晚做饭、洗衣服、熨衣服、打扫卫生、照顾奥莉雅和安德留沙……我都有点忘了，我是一个人，而不是一台机器……我已经三年没看过电影了……"

列娜并没有抱怨，她只是如实相告。

不等列娜说完，斯鲁什金就欢快地说："我可以带你去看电影，非常乐意……"

"不，维佳，我不是这个意思……"列娜沉默了一下，"我没时间，而且在我丈夫面前也不太方便。"

"你丈夫是谁啊？你们关系怎么样？"

斯鲁什金把伞递给列娜，抱起安德留沙，跨过桥上的小水坑，然后把手伸向列娜，列娜无助地靠在上面，像靠着栏杆。

"他是司机，每天忙着开公交车，总是不在家。关系？能有什么样的关系呢？在安德留沙出生之前，还有点儿感情。但现在带着两个拖油瓶，还要什么关系呢。我们能平静地生活就够了。对我来说，去工作赚钱已经太晚了，而且我已经忘记了如何……"

"他赚很多钱吗？"斯鲁什金天真地问，"我听说司机钱多得都数不过来。"

"我还听说老师……"列娜说着，俩人都笑了出来。

"你爱他才结婚的吗？"斯鲁什金直截了当地问。

列娜，一反常态，并没感到尴尬。显然，对她来说，这事儿太遥远了。

"为了爱情。可现在有什么区别呢？"

"列娜，告诉我，"片刻沉默之后，斯鲁什金问道，"你和科列斯尼科夫的校园恋情是怎么结束的？"

"你不知道吗？"列娜很惊讶，"你是薇特卡的朋友……不过，确实没有什么可说的。"列娜耸了耸肩，"就那样吧。高中毕业后我们又好了半年，然后他参军了。起初，我给他写信，等着回信。然后我开始忘记。然后我遇到了萨莎，我未来的丈夫。就这样了。然后，科列斯尼科夫也不太在意。他在我的婚礼上喝得酩酊大醉，不厌其烦地跟所有人讲他的部队故事，缠着在场的每个女孩……"

"全班都对你和科列斯尼科夫的关系特别崇拜！好家伙，一个十年级学生，开着车，来追求我们的列娜·安菲莫娃！"

"汽车是你唯一在意的东西啊？"列娜笑着说，"现在我丈夫有一整辆公共汽车，那又怎样？"

"嗯……是啊……"斯鲁什金抻着身子说，"这一切在某一时期似乎很重要，而现在却发现，它们又什么都不是了。只剩下一个可悲的笑话。你是班上最漂亮的女孩……大家都以为你会去巴黎吃菠萝什么的……"

列娜脸色有些泛红。

"而他们认为你，维佳，会成为一个伟大的诗人……"

"咳，咳，"斯鲁什金尴尬地咳嗽着，"一心想当沙皇，最后吊儿郎当……而我吧，列娜，我当时特别喜欢你……"

"我知道，"列娜笑了，"全班同学都知道。"

"在你和科列斯尼科夫亲热的时候，你没有为我感到难过吗？"

"不，"列娜轻轻地说，"那时候，还可以无限地挥霍。总有人爱你，自己不用珍惜。我们当时还年轻。"

他们俩沿着一片嵌入新住宅区的古老而高大的松树林走

去。这里的灌木丛被儿童和狗踩踏遍了。安德留沙趁着妈妈和拿雨伞的叔叔聊天的间隙，在水坑中穿行，用靴子踢起黑色的风暴。公共汽车站——公路边上的一个光秃秃的平台——出现在眼前。

"我把你送上车吧。"斯鲁什金说。

他们沉默不语，凝视着道路上朦胧的雨中街景，汽车嘶嘶作响，飞驰而过，与细雨交织。斯鲁什金将伞移到另一只手上，稍微拥抱了一下列娜，似乎想给她一点儿温暖。

"安德留沙，站到我身边来，"列娜命令道，拉着她儿子的胳膊，"你的帽子都湿透了……"

"你还记得四年级的时候，切库什卡是怎么给我们做媒的吗？"斯鲁什金问列娜，"总是让我们坐同桌……"

列娜无力地笑了笑。

"列娜，说真的，在迪斯科舞厅那次，你是当真想亲我还是不小心在黑暗里碰上了？"

"我不记得了，"列娜惊讶地说道，并笑了起来，"维佳，3月8日，你是不是在我的书包里塞了一张纸条？"

"我也不记得了，"斯鲁什金诚实地回答，"你还记得在胜利日，我们两个人是如何被安排朗读《请等着我》[1]的吗？

"你还记得吗？"

列娜慢慢地变了——疲劳和不甘从她的脸上消失了，在她的眼睛里闪耀着什么，就像暗哑云层后面的太阳。列娜甚至召回了几乎被遗忘在学校里的青春情愫——她向斯鲁什金投去狡

---

[1]　卫国战争时期，苏联著名的战争情诗。

黯的目光，就像她曾经在学校的走廊里经过他时的样子。斯鲁什金自己也打起精神，开始大笑和手舞足蹈，甚至没有注意到进站的公共汽车。

他们同时陷入沉默，愤恨地盯着打开的车门。列娜开始沮丧。而斯鲁什金突然将伞向前倾斜，把它像盾牌一样抵挡着公共汽车，并大胆地将嘴唇压在列娜冰冷坚硬的嘴唇上，忘情地颤抖着亲吻着。

"去吧，我们还会见面的……"他说。

公共汽车扭动着大肥屁股，沿着公路蜿蜒而行。

斯鲁什金若有所思地踉跄后退。他走了有五分钟。突然，他振作起来，迅速收起雨伞，飞快地跑起来。雨水在他的帽子上跳舞，水坑在他的脚下爆炸，大风衣的下摆摇摆飘荡，像快被扯下来一样。斯鲁什金径直跑过草坪，穿过污泥，跳过沟渠，钻过托儿所周围的一个栅栏洞，飞快地冲进更衣室。

这个地方已经空了。教室的门是开着的，斯鲁什金在门槛前停了下来。在礼堂远处的角落里，一位老师正坐在桌子前写着什么。小桌子上有小椅子，倒扣着。刚擦洗过的地板闪闪发亮。塔塔——独一无二的塔塔——正在用大块积木建造一个歪歪扭扭的塔。在黄色墙布的映衬下，穿着绿色衣服的她，看起来就像秋天里最后一片生机勃勃的叶子。

"塔塔！"斯鲁什金嘶哑地喊着。

塔塔环顾四周，犹豫了一下，默默地冲向礼堂对面的他。斯鲁什金本能地蹲下身子，抓住她，把又脏又湿的外套贴在她的脸上。

　　"塔塔，我再也不会迟到了……"他低声说，"爸爸说真的，再也不会了……我发誓……"

第十七章　毕业之恋

早上，草坪变成了灰色，空气变得凝重。水洼淡淡地揉了揉眼睛。人们走过坚实、晶莹的寒气，像走过一串串无尽的旋转玻璃门。

黎明时分，大风扫帚一般扫过滨河区，扫过人行道，使这个准备过冬的城市看起来就像待葬之人一样。依然没有下雪。然后，仿佛时间本身起了骚动——第一场雪喷涌而出，就像长期沉默的悲痛之后的第一滴眼泪。

斯鲁什金去看萨莎，但发现她没在单位。在托儿所放学之前，他还有一个半小时的自由时间，于是他就沿着河边散步，去看看船。

雪下得又厚又实，就像被拍过一样。在门房，斯鲁什金突然看到了奥维契金，他浑身发抖，正手舞足蹈取暖，头上还顶着一个雪堆。

"你在这儿干吗呢？"斯鲁什金拖长了声音问。

"等……等个人……"奥维契金咬着牙说。

"最好在五月去谈恋爱。"斯鲁什金建议道。

冷水重重地冲刷着浮桥生锈的两侧。浮桥摇晃着，中间的木板也调皮地摇晃着。

堤坝上，在光秃秃的杨树枝头，潮湿的积雪大块大块地堆着，像毛线团一样。码头上的船只密密麻麻，看起来像一个建筑工地。桅杆、天线、绞盘都像脚手架一样伸出来。船顶和甲板上的雪均匀地铺展开来。舷窗目不转睛地盯着斯鲁什金，心不在焉，斜视着，仿佛一个即将睡着的人，却因某种原因突然睁开眼睛那样。

斯鲁什金在锯木厂的棚子前停了下来，棚子下，电葫芦沉闷地摇晃着，它的链条叮当作响。在白色的雾气中，卡马河以一种反差强烈的黑色条纹的样态吸引着路人目光，落在水面上的雪，神奇地消失了。斯鲁什金站着抽烟，凝视着最近的一艘机动船的巨型船头，这艘船的船尾有锚伸出来，像公牛鼻孔里的一个环。

一个被风雪覆盖的娇小人影出现在小路上，斯鲁什金惊讶地认出了她，来自九年一班的玛莎·波尔沙科娃。

"喂，玛莎！"他冲她喊着。

"哎呀！维克多·谢尔盖耶维奇！"玛莎也被惊到了。

"你在这里做什么？"

"我去找爸爸。妈妈让我带一张纸条给他。"

"所以你是奥维契金在门口等的那个人吗？"

"是的。"玛莎承认了，脸唰地红了。

"呃，好吧，"斯鲁什金叹了口气，"我送你过去吧……"

"到门房还有很长的路。"玛莎害羞地回答。

他俩并排慢慢地走着，没有看对方一眼。雪像破布一样不断地从天上落下。最后玛莎抬头看了看斯鲁什金，忍不住笑了。

"那你在这里做什么，维克多·谢尔盖耶维奇？别跟我撒谎哦。"

"确实什么也不做。只是闲逛。我在这里能做什么呢？旷工偷懒？我走来走去，走着走着就想起来，我等待姑娘的时光了。"

"为什么是在工厂？"

"这……怎么说呢……工厂汽笛下的生活。我就是想看看有什么能勾起我的回忆。结果就是这艘船，湖光号。"

"关于船的事情我一无所知……你想起来了什么故事呢，维克多·谢尔盖耶维奇？"

"我中学阶段的最后一段感情。"斯鲁什金郑重地解释说。

"跟我讲讲吧。"玛莎说道，狡猾地笑着。

"噢，小玛莎"，斯鲁什金抱怨道，"这是一个非常古老的故事。又臭又长，有泪水有打架。你不会觉得有趣的。"

"非常有趣，维克多·谢尔盖耶维奇！"玛莎狂热地保证。

"好吧，"斯鲁什金满意地同意了，然后拿出烟，"那是六月，我马上十年级毕业，期末考试即将来临。当时我和另一个同学是朋友。她是一个漂亮的女孩，但她有一个坏脾气，看在上帝的份上，天哪。她是一个好斗、较真、自大的女孩，比阿拉法特还糟糕。她的名字叫娜塔莎·维金娜，她的绰号是薇特卡。我们已经做了很长时间的朋友，没有什么特别之处：我们只是一起闲逛，聊天，去电影院，偷偷接吻。但是，当大家都清楚地知道全班同学要永远分开的时候，事情就变复杂了，关系紧张起来。我从小就聪明，我只是平静地躺在沙发上。而薇特卡，显然，决定要在最后抢一块大蛋糕，并开始追求我们班的另一名同学。他的名字叫斯拉夫卡·斯梅塔宁，他的绰号是酸奶油[1]。他是个挺英俊的家伙，一直是优等生，但他完全没有插足的感觉。我一看，我成了第三者，他俩每天都在一起腻歪着。我想，他妈的这算怎么回事？我试图找薇特卡理清头绪，她对我大声说：'别过来，离我远点儿。'当然，我优雅地愤怒了。好吧，我想，小样儿，有你哭着来求我的时候。

"有一次化学考试。我早上到学校，看到薇特卡和酸奶油牵手走在一起。我一下子就知道，今天肯定会有人流血。化学老师打开教室门，就离开了。薇特卡也走了。就只有我们两个人，我和酸奶油。我在酝酿我的怒气。酸奶油在看他的笔记本。我得交代一下，房间里有一个很大的讲台。上面贴了瓷砖，以免被酸腐蚀。讲台侧面是一个带玻璃的大通风柜，顶部有一根管子。我心里盘算了一下，然后站起来，从酸奶油手中抢过他的笔记本，把它塞进了通风管道。酸奶油勃然大怒，先是在课桌之间追赶我，然后爬到通风柜里找笔记本。他一进柜，我就跳起来，关上门，用尽全力锁住了门闩。然后我走出教室，啪的一声关上了门。

"然后到了考试时间。教室里有一群人。监考官也进来了，打开门，迈步进来了……而这个蠢货就坐在讲台侧面的通风柜里，像个马戏团的猴子。老师一下子尖叫起来，其余的人都笑了起来。而最重要的是，没有人能够打开上面的门闩，因为我把它别了进去。当他们在寻找锁匠的时候，半个学校的人都来看热闹。面对这个奇迹的创造者和发明家，他们二话不说，给了我一个化学不及格，想狠狠教训我一下。我并不担心，每次

---

[1]　俄语里，他的名字是酸奶油的意思。

想起薇特卡脸都气绿了的表情，就高兴得很。"

玛莎笑了。兴奋之余，斯鲁什金还一展嘹亮的歌喉。

"那天晚上，我正坐在家里，突然门铃响了。我刚打开门，薇特卡就立刻抽我的脸！我像一只被枪射中的麻雀一样，立刻低下身。她用尽全身力气把我的手砸在门框上，整个房子都在颤抖！我母亲在轰隆声中跑到过道上。我母亲特别高兴有女孩来看望我。她抓住薇特卡的手，拖她进厨房，倒茶，端出点心，各种招待。她对我说：'维佳啊，给我介绍一下这个女孩吧……'恶魔鬼使神差地扼住了我的喉咙。我说了些有的没的，然后说这是我的未婚妻。听到这话，薇特卡都气冒烟了。完后，她喝完了茶，向我母亲文雅地告别，转身走了，连看都没看我一眼。我想着，好吧，维克多·谢尔盖耶维奇，你将不是为荣誉而战，而是为地球上的生命而战了。"

斯鲁什金停顿了一下，抽了几口烟。玛莎微笑着，等待他继续。他们继续向前走。斯鲁什金嘴里的香烟，像巡洋舰的烟囱一样冒着烟。

"毕业那天，我们在欢快的气氛中领取了毕业证。学校安排了毕业乘船旅行。我们一群毕业生上了这艘船，湖光号。船上有迪斯科舞厅、自助餐和其他垃圾食品。天气是金灿灿的。于是我们就在船上乱逛。船舱里播放着音乐，每个人都在跳舞。薇特卡，这个魔鬼，正和酸奶油一通狂舞。我邀请她跳舞，她比了一个恶心的手势给我。我把她拉到一边问她什么意思？她没有回答，而是把我的棒球帽从我头上摘下来，扔到了水里。我受不了了，就离开了。而当我回到群魔乱舞的客舱时，我从旁边的桌上拿了一罐真的酸奶油，坐在酸奶油旁边。

既然薇特卡不愿意和我一起跳舞，她就不能和别人一起。我抓住了酸奶油这畜生伸手够香肠的瞬间，他一抬起屁股，我就将半罐酸奶油倒在了他的椅子上。'瞧瞧看，你的名字不是斯梅塔宁，是酸奶油。'然后我就走了。而酸奶油就像被粘在了椅子上似的，薇特卡拖着他去跳舞，但他只是笑着说他的腿疼。

"后来我们的船靠岸了，这样我们就可以在树林里玩了。我也上了岸。过了一会儿，薇特卡向我走来，满面春风，面带微笑。她说：'我们到旁边去，就一两分钟。'我们走开了，而且走得很远。我们停在小树林里，突然她冲我扑过来，就像苏联第一骑兵军冲向敌人似的。紧接着砰的一拳打在我下巴上。我立刻咬紧牙关。而在另一边，第二颗手榴弹已经呼啸而来了。我设法抓住薇特卡的手。她生气了，用她那只要命的鞋子踢在了我身上什么地方，我的脑袋差点没搬家。然后我一怒之下打了她的小腹——她一下就弯成两半。我围着她转了一圈，踢了她的裙子下面。她飞进了灌木丛，就像飞进了坟墓，没有回答，没有声音。我等着，等着，然后去找她。我看到她艰难地站着，喘着粗气，吼叫着。我对这个蠢妞产生了一丝怜悯。我把她抱起来，把她悠了两下，向她道歉并把她往回拖。我们终于到岸边了，然后呢？船已经开走了！扬长而去！就这样，我们留在了树林里。"

"然后呢，你们没能赶上毕业舞会？"玛莎好奇地问。

"是啊，当然没赶上。我确认了下方向：离最近的码头大约有十公里。该怎么做呢？我们慢悠悠地踱步。当我们像《德尔苏·乌扎拉》故事里一样在穿越丛林的时候，夜晚来临了。天气突变，大雨倾盆。我们被淋湿了。但我们很幸运。我们路过一个大坑，一台挖掘机就停在坑边。我们总不能在雨中待一晚上吧。于是我们进了驾驶室。我坐在司机的位子上，她倒在我的腿上。坐稳了，暖和起来，擦干身体。我给了薇特卡一些糖果，这是我在宴会上出于习惯从桌上偷来的。她似乎已经平静下来了。然后我们就开始接吻！我们整晚都在接吻！她的肥臀占满了我的腿，简直要了我的命。凌晨四点，天刚蒙蒙亮，我们决定再次上路。薇特卡先走出了驾驶室。当我打算移动冻僵的双腿时，她抓起树棍什么的，把它顶到了门把手上——这下她把我锁在了驾驶舱里，蛇蝎心肠啊！我被锁住了，而她自己则安静地走了。

"我喊了又喊，把门撞了又撞，一点儿反应都没有。然后我生气了，扯出一块硬铁，打破了窗户。我跳了出来，但我没有跳好。直接摔到了坑底，扭伤了腿。真是一团糟啊！我爬起来咆哮着，折了根木棍，拄着它蹒跚地走了起来。我已经不指望能追上薇特卡了。

"我先走到了村子，然后来到码头。薇特卡已无处可寻。啊，我想，见鬼去吧，老蠢妞。我买了一张票，然后渡船开过来了。我上了船，坐下来四处打量。突然就看到码头上薇特卡的身影，像个鼻烟壶中出现的幽灵，乞求检票员放她上船。原来她没有钱买票！接着，我像个贵族一样，下了船，去了售票处。当我拖着我半瘸的腿准备登船时，我们的船开走了。哎，我操，真是倒霉！

"这时，我和薇特卡已经累得一塌糊涂，我连骂她的力气都没了。下一艘渡船，要五个小时后才来。我跟薇特卡和解了，我们去了村子后面。找到一片小沙滩，游泳，晒太阳。薇特卡一言不发——她是有罪的，也是善良的。最后，我们终于等来了船，并排坐到了船上。薇特卡一路上都靠着我的肩膀睡觉。我们终于上岸了。我的脚踝肿了，很疼，几乎不能走路。薇特卡把我送回家，一路搀着我。我们在门廊前告别。就在我想最后一次吻她的时候，她却踢了我的伤腿！我疼得蜷了起来，大声呻吟着。她却跑走了。我之后再也没见过她。"

斯鲁什金陷入了沉默。

"再也没见？"玛莎小心翼翼地同情道。

"再也没见。"斯鲁什金悲伤地肯定道。

玛莎想着什么。他们两个人正走近浮桥。玛莎摇着头说：

"维克多·谢尔盖耶维奇，您告诉我的这些，就像是在看电影一样。我从没想过，会是这样……"

"但这并没有发生，"斯鲁什金笑道，"这些都是我编的，好让你不觉得无聊。"

玛莎惊呆了。斯鲁什金微笑着抚摸着她的头。

他说："你自己过去吧，我再站会儿。否则奥维契金会嫉妒我的。"

第十八章　格拉杜索夫

铃声响了。斯鲁什金像一尊雕像一样，撞向密密麻麻地挤在九年三班教室门口的人群。他推开大喊大叫的同学，默默地打开了锁，抓住门把手。手柄是湿的。四周响起了欢快的叫好声。

"不是我们吐的口水！我们也不知道谁干的！"喊声从好几个方向传来。

教室里，斯鲁什金把成绩簿放在讲台上，用一块沾满粉笔灰的抹布小心翼翼地擦了擦手，确保大家看到了。然后他看了看自己的手表。从上课到现在已经过去了 1 分 40 秒。还剩下 43 分 20 秒。

斯鲁什金像美国警察一样把双手背在身后，站在黑板前，沉默地等待着。一般来说，这种等待不过是一种善意的姿态，一种仪式。对这帮小土匪来说，这种仪式不过是繁文缛节。学生吵闹着。斯鲁什金在心里默数着一分钟过去。

"闭上你们的臭嘴！开始上课了！"他喊道。

他沿着讲台移动，抬头看着天花板。他没有松开背在身后的双手，努力把嗓门扯到极限，他开口吼道：

"打开！笔记本！写下来！课程的！标题是！机械制造！综合体！"

确实有人打开了笔记本，但噪声只增不减：斯鲁什金说话声非常大，学生们不得不更大声才能听到彼此。斯鲁什金声嘶力竭地挤出一个大纲，因为不可能展开或解释什么了。斯鲁什金的音调是这样之高，以至于他的每一个断句之后，人们都想山呼"乌拉！"。

五分钟……十分钟……十五分钟……把提纲听写下来，只是一个开始。当开始检查家庭作业时，会发生什么呢？二十分钟。是时候了。斯鲁什金向窗外看了看，以示告别。

"好吧，现在我们来回顾一下上节课的内容。问题，石油化工综合体主要涉及哪些行业？"

像是吐在火车站的口香糖。斯鲁什金一头扎进了旋涡中。

"还要大喊大叫多久！！！"他喊道，"都过了一个学季了！！！一片不及格！！！而且还没有人愿意听讲！！！"

在斯鲁什金怒发冲冠的时候，前排红头发、爱管闲事的格拉杜索夫正兴冲冲地跟同桌交头接耳。

"他也有一个，但是是蓝色的。我问他，你这个蠢货，从哪里搞的？他说，在房梁上。我对他说，你胡扯的吧！"

在耗尽了耐心和道德信念后，斯鲁什金决定找一个倒霉蛋杀鸡儆猴。他把成绩簿摔在格拉杜索夫的桌子前。

"闭嘴！！！'保持安静'我已经说一个小时了，而你却还没有闭上嘴巴！！！你难道比我更了解地理吗？告诉我，石油化工综合体主要涉及哪些行业？"

"这个我……上节课我生病了……"格拉杜索夫思索着。

"站起来，我就站在你面前！"斯鲁什金咆哮着。

格拉杜索夫不情愿地做了一个奇怪的肢体动作，以半站半卧的姿势扭动身体。

"如果你上节课不在，这节课就更应该认真听讲！！！"

"这……这是你的地理课……"格拉杜索夫轻蔑地嘟囔着，逐渐从最初的迷惑中恢复过来，"我听课了！"

"这不是我的地理课，而是你的地理课！"斯鲁什金挤出一句，"我在十年前就学会了所有的地理知识！你都听了些什么，你知道什么是地理学吗，还跟我埋怨？刚才我讲到秋明地区，你给我说出那里的主要城市！"

"莫斯……"格拉杜索夫又迷糊了。

"不及格！！！"斯鲁什金胜利地吼道。

"你才不及格，"格拉杜索夫笑着说，重新坐回他的座位上，"反正你将来要把分数改过来的……"

"我们走着瞧！"斯鲁什金抓起成绩簿说，"姓名？"

而这正是他的战术误判。即便他可以砍掉格拉杜索夫的头，但不能征服他。格拉杜索夫还在端着架子。

"忘了。"他一笑置之。

"他叫什么名字？"斯鲁什金问班里的其他同学。

然而这是他的第二个战术错误了，因为这帮学生们都是一伙儿的。

"叶尔金！巴斯卡科夫！巴拉不拉格拉多拉杜索夫！沃罗比约夫！施瓦辛格！"

"那不是我的名字，别给错了分数！"

"行吧，那我就自己来弄明白。"斯鲁什金打开成绩簿，"阿加丰诺夫，不及格！沃罗比约夫。好的，戈罗霍夫！"

"他是戈罗霍夫！戈罗霍夫！"喊声从教室的后面传来。

"戈罗霍夫在医院里！"女生们喊道，"你为什么不敢承认，格拉杜索夫？丢人不？！"

"一群母牛！"格拉杜索夫愤怒地对女生吼道。

"现在交作业。"斯鲁什金吩咐道，顺手在成绩簿上打了一个不及格。

"我把它落在家里了，"格拉杜索夫皱着眉头说，并把他书包里的笔记和反光镜扔在桌子上，"如果你不相信我，就去搜吧。"

"我不信。"斯鲁什金同意道。

他想退缩已经太晚，他的傲慢被打乱了。斯鲁什金用两根手指夹起打开的挎包的底角，将里面的东西全部倒在地上。

"去你妈的！"格拉杜索夫咆哮，"现在给我收拾好！"

斯鲁什金用鞋尖拨开几本教科书。

"没有作业本，没有教材，也没有笔记本，"他嫌恶地说，"回家去拿你的作业本，否则我不会把包还给你。"

他示威似的把书包扔在椅子上。

"我……我为什么要去，我在这里很好。"格拉杜索夫龇牙咧嘴，像面团一样摊在桌子上。

斯鲁什金走到他旁边，拎起他的耳朵。

"手拿开！啊呀！"格拉杜索夫喊道，从桌子后面爬出来，"给我把手拿开！"

斯鲁什金俯下身子，拉着他的耳朵小声说。

"你反抗一下试试看，浑蛋，我就把你的脸塞进墙里。"

他把弯着腰的格拉杜索夫领到门口，把他踢到了走廊里。

"什么狗屁地理！"格拉杜索夫还在外面嚷嚷。

"我们继续讲课。"斯鲁什金面无表情地对同学们说，顺手关上了门，"那么，石油化工综合体的主要产业有哪些？"

第十九章　布德金

一个星期天，水管工把水给断了。于是，娜佳不得不在厨房里用水壶里的水叮叮咣咣地洗盘子。房间里，桌子上，磁带杂乱地摆了一堆。布德金戴着耳机，正在将一盘磁带里的东西转录到另一盘。伴随着别人听不见的音乐，他点着头，张着嘴，面无表情地跟唱着。塔塔在地板上玩耍——把小猫普吉克塞进婴儿车里。

"睡吧，乖女儿。"她一边说，一边用儿童毯子给猫盖上。

斯鲁什金躺在床上，批改九年一班的作文。他看了斯卡奇科夫的作文，用红笔在本上写道："你地理及格就行，关我屁事。"斯卡奇科夫本来可以拿个优秀的，但斯鲁什金只给了他及格。

布德金按下暂停键，摘下耳机，站起来，伸了个懒腰，跨过普吉克，走进厨房。

"娜佳，我们什么时候吃饭？"他温柔地问。

"这是你的食堂还是什么？没人给你做饭！"

"我独自生活……没有人爱我，没有人养我……"

"我对这个不感兴趣！"娜佳打断了他的话。

"好吧，给我吃半厘米的香肠就行……"布德金嚼着东西，回到房间，和斯鲁什金一起在床上坐下。

"普吉克，咪咪，咪咪。想吃香肠吗？没有！"然后他把香肠放进了嘴里。普吉克用眼睛盯着他。

"布德金，不要吵醒我的乖女儿！"塔塔愤怒地说道。

"好吧，我不吵。"布德金同意道，"听着，维佳，我可以借你的蓝衬衫穿吗？我明天要见一个客人。"

"去拿吧。"斯鲁什金淡淡地说。布德金打开衣柜的一扇门，开始翻找东西。突然，他掏出一个长长的胸罩。

"维佳，你穿这个干什么？"他不解地问。

胸罩从布德金的手中飞出，对面，被激怒的娜佳猛烈地指责他打开自己的衣柜。

"你拿我内衣做什么？！"她喊道。

"维佳让我这么做的……"布德金愚蠢地回答。

"你怎么回事儿，彻底疯了吗？"娜佳冲着斯鲁什金喊。

"那里之前放着我的东西，他把抽屉弄混了……"

"要翻回自己家翻去！"娜佳怒火中烧，"他在这里就跟个主人似的！我没有嫁给他！"

"不如就嫁了吧。"布德金搂住她的肩膀说笑道。

娜佳歇斯底里地摆动着身体，把他的手掌甩开。

"把你的手从我身上拿开，不要碰我！赶快离开这里！"

"娜——佳——"斯鲁什金略带警告地说。

"娜什么佳，你去他那里住吧！他自己也有一个公寓！每天就往那里一坐，不用换衣服，不用休息！每次来都大吃大喝，现在又开始翻衣服！没有羞耻，没有良心！我已经厌倦了这一切！"娜佳喊道，跑出房间，把自己锁在浴室里。

塔塔静静地坐在地板上，惊恐的目光从她的母亲扫向她的父亲。普吉克从儿童毯子下钻出来，跳到斯鲁什金的床上。布德金犹豫地嘿嘿一笑，掏出了一盒磁带。

"浴室里没有水……"他喃喃地说。

斯鲁什金沉默不语。

"我出去逛二十分钟。等她平静下来的时候……我再回来吃饭。"布德金做出了决定。

"回来吃饭吧，不过如果娜佳把你的骨头给敲碎了，这可不是我的错。"

布德金嘿嘿地笑着，穿好衣服，趿拉着鞋子离开了。

"他们告诉我，伏尔加河流入里海，而我说，我将无法长期忍受这种悲痛。良好。"斯鲁什金在另一个作文本上批改道。普吉克在他身边扭了一下，就像在雪堆里踩了一个圈似的，然后倒下来，对着斯鲁什金推来踩去，抖动胡须嘟囔着什么。塔塔抓起一个娃娃。

娜佳狂怒着从浴室里跳了出来。显然，停水这件事在火上浇油。

"他在你面前搂我的时候，你为什么这么安静？"娜佳质问斯鲁什金，"你最好说点什么，你还是个丈夫！如果他开始脱我衣服，你甚至不会吱声！"

"我会的。"斯鲁什金不同意道，继续看着他的作文本。

"天啊，真是个白痴！"娜佳在房间里快速踱步。

"娜佳！别碰到我的猫猫托儿所！"塔塔喊道。

"我不会碰你玩具的！"

"不要对她大喊大叫。"

"如果我知道你是这样的人，我绝对不会嫁给你！"

"我是什么样的人？"斯鲁什金平静地问。

"从你那里得不到一句人话，都是笑话！"

"没有笑话的生活是可怕的。"

"所以你除了笑话，什么都没有！你的灵魂是空的！你只是用笑话来掩饰你的空虚！你只想得到你自己的安宁！你很自私，想想你有多自私，我就觉得可怕！"

"思考总是可怕的……"

"我不仅不爱你，也不尊重你，这些都是不可能的！"娜佳不肯停嘴，"你就是一个小丑！一个失败者！一无是处的家伙！"

"你的面条快烧焦了。"斯鲁什金回答说。

"你和你的面条一起滚蛋吧！"娜佳爆炸了。

她冲进了厨房。斯鲁什金拿起一个新的作文本，本子的一角被咬过，他在上面批改道：你为什么要咀嚼笔记本？为了得到一个新的吗？地理学是不可食用的。作文本下面夹着一张纸条：不是我咬的，是我的狗。斯鲁什金批改完作文，打完分数，然后继续写道：可以把本子扔了。狗也可以一起扔了。我不想第三次再看到这个破本子。他把作文本放在普吉克的身子下面，就像压一块镇纸似的，然后从床上站起身。

"塔塔，不要进厨房，我准备在那里抽烟。"他吩咐。

"好的，"塔塔坚定地同意，"那我去读童话了。"

娜佳站在窗边，眺望着泥泞的院子，拳头里攥着一把勺子。斯鲁什金把面条下的煤气关掉，在桌前坐下。

"娜佳啊，不要难过，"他轻轻地说，"现在没有什么损失的，我不会挡住你前进的道路，如果你在我这里找不到，可以去别的地方找。你还年轻……"

"我不比你年轻多少……"娜佳压低了声音。

"嗯,我是一个特殊例子。没必要跟我比较。你没有我那么多的耐心。我在玩躲猫猫的时候,总是能赢。"

"你已经毁了我的整个生活。现在我到哪里去摆脱塔塔呢?"

"如果你只是担心塔塔的话,你就不会跟我胡乱说那些话。"

"跟你说不说都一样,没有区别,你就是个孬种。"

"那就去找一个不是孬种的人吧。"

"在这种破地方到哪里去找呢!"

"就找个人呗……难道我去给自己老婆找个新丈夫不成?我不认识别人,除了布德金。"

"我不想看到这个蠢货和粗人。"

"他不是一个蠢货,也不是一个粗人,他是个好人。他跟我一样已经开始枯萎了,只不过是从根部。"

铃声在过道里叮叮作响。斯鲁什金在烟灰缸里捻灭香烟,然后去开门。过了一会儿,他把神采奕奕的布德金推到厨房。布德金像变魔术一样,从他的夹克内兜里面,掏出一瓶昂贵的红酒来。

"娜佳,这是我的赎罪券,请收下。"布德金说着把瓶子递给她。

"空手不入席,赔罪必带礼。不要对他生气了,娜佳。如果你愿意,他可以给你看他的内裤,这样就扯平了……这是你最喜欢的葡萄酒,不是吗?"斯鲁什金说。

"还挺知道怎么贿赂人的，不是吗？"娜佳咄咄逼人地问道。

"愚蠢或聪明，看见拳头，长了记性。"斯鲁什金解释道，然后走进房间，倒在床上，打开另一个作文本。

这个作文本是玛莎·波尔沙科娃的。在无懈可击的小作文之后，斯鲁什金读到了一段整齐的后记："维克多·谢尔盖耶维奇，请给我写评语吧，因为上次你给其他人都写了，而没有给我写。"斯鲁什金在普吉克爪子下摸索出一支红笔，潦草地写道："我在写，我在写，亲爱的小玛莎。阅读你的作文就像看到你一样愉快。满分。亲爱的地理老师。"

第二十章　死人不会流汗

斯鲁什金在公共汽车站苦等了二十分钟，全身关节都在颤抖，实在受不了了，就去基拉家里了。

"你为什么来这么早？"基拉很惊讶。她还穿着睡袍。

"把你的闹钟扔进垃圾桶吧，"斯鲁什金嘟囔着，"电影半小时后开始。"

"该死，"基拉幽幽地说，"好的，在这里等我。"

"在楼梯上等？"斯鲁什金有点儿生气，把脚跨出去，关上门，"五年级的时候，我就经历过这个阶段了。"

基拉没说话，直直盯着他。

"好了，进来吧。但我并没有邀请你。小心别后悔。"

"我不是那种需要同情的人……"斯鲁什金咕哝着，跌跌撞撞地走进过道。

"行了，我告诉过你，我要去看电影。"基拉烦躁地对房间里的人说着，一边准备换衣服。

房间里传来沙发的嘎吱声，皮带扣的咔嚓声，一个身材健硕、肩膀方正的小伙子走出来，站在门口。

"那么，这位，就是这里最强悍的人吗？"斯鲁什金环顾四周之后问道。

"回去吧，别再喝酒了！"基拉对他呵斥道。

电梯里，基拉挽着斯鲁什金的胳膊，嘲讽地说。

"你可能想问那个人是谁？"

"我已经知道了。亲戚，或者水管工。"

"而你对此有何感受？"

"我不知道，"斯鲁什金耸了耸肩，"吃肉的运动员，膀大又腰圆。"

"他差不多算是你的情敌。"

"恭喜友谊获胜。"

他们从单元楼走出来，沿着湿漉漉的沥青路向前。最近落的雪没有积下来，都融化了，只有冻结的泥浆。在狭窄的院子里，小轿车转弯时碾过的草坪已经变成了冰雕，黑色的雕塑。寒意刺骨的深秋衰老而盲目。缥缈的细雨在高大的公寓楼之间摇曳。楼群的屋顶上，一朵朵水母似的云彩松松垮垮地挂在天空。

"如果你不在乎，我们就回去吧。"想起刚才那位运动员，基拉愤怒地对斯鲁什金说。

"是你想去看这部电影的。电影票就在我手里，布德金晚上还要跟我们碰面。现在改主意太晚了，而且我已经提前告诉你了，我不喜欢美国的动作电影……"

"但我喜欢看，你好歹就忍忍吧。只有在这样的电影里才能看见真正的男人。"

他们成功地按时到达，甚至都没怎么赶公车。电影院前的广告牌上，一辆摩托车在星空中飞行，上面有一个裸体女孩。休息室没营业，衣架像鹿的骨架一样在屏风后面伸出来。一位漂亮的女销售员在一个有镜子、有音乐、有霓虹照明的酒吧里卖罐装啤酒和香烟。一群身穿敞怀羽绒服的壮汉在厅里闲逛。壮小伙儿都有姑娘陪着一起，他们气势汹汹地侧着身子，喝着啤酒，把罐子揉成一团，然后砰的一声扔进垃圾箱。

"新一代的人选择陶醉在……"斯鲁什金喃喃自语，环顾四周，"年轻人被外来文化吸引，前来学习丁托列托[1]和阿玛雷托[2]的区别……"

"听着，给我闭嘴。"基拉微微皱眉。

但斯鲁什金的嘴始终停不下来。他们走进放映厅，坐下来，电影都开始了，他还在喋喋不休。

"一个杀人狂魔正威胁着这座数百万人口的城市，"他低声用广告似的语调模仿着，"一个孤胆正义的警察与整个黑帮对抗。追逐、打斗、一连串令人眼花缭乱的特技、真正的男人和美丽的女人——这一切都发生在新的美国超级电影《死人不流汗》中。由不可超越的雷普·帕雷尼和克朗奇·勒波尔主演……"

影片的情节很曲折。一个邪恶的疯子骑着一辆摩托车领导着帮派威胁着所有人。黑帮霸占了一座废弃的摩天大楼的顶层当作老巢。里面的楼梯被炸毁了。他们从隔壁栋的楼顶骑着摩托车飞跳，到达自己的楼层，隔壁栋也是一座废弃的摩天大楼。

"这就是电影创作者的主要艺术成就了。"斯鲁什金评

---

[1] 丁托列托，意大利文艺复兴晚期画家，和提香、委罗内塞并称为威尼斯画派的"三杰"。
[2] 阿玛雷托，是以杏仁为主要原料的意大利力娇酒，酒味甜苦。

价道。

"黑帮小弟抓住了一个女孩，并且强奸了她。但是疯子老大却没有这么做，他把女孩绑在摩托车后面，在楼顶不停地飙车。然后暴徒们把这个女孩从一百层楼的高楼上扔下去，但是她理所当然地没有摔死，而是掉在了垃圾堆上活了下来。女孩去警察局找局长，但局长是疯子老大的双胞胎兄弟，于是局长准备押送女孩交给老大，弄死她，一了百了。负责押送女孩的人，恰巧是正义警察最好的朋友，他为了保护女孩而惨死在暴徒的手下。不过，他临死前却给女孩指出了正义警察家的位置。于是女孩去找了正义警察，进门的时候她发现正义警察正在抱着他最好朋友的相片在哭泣。

"而在周末，正义警察喜欢用网子抓蝴蝶。"斯鲁什金继续添油加醋。

"这位正义警察是一个异常沉默寡言、不善交际的类型。他鄙视他的上级，从不和他们说话，总是做与命令相反的事。他也不喜欢这个女孩，并认为疯子老大压根就不是个哺乳动物。在正义警察一生中的所有场合，他只说了一个词：FUCK。

"现在正义警察要把所有人都剁了，他将从最厚颜无耻的和最有头脑的人开始。"斯鲁什金预言道。

"如果你已经看过了，请让我自己看完！"基拉低声叫着。

"我怎么能忍心把这些泔水嚼两遍呢？"

事情按照斯鲁什金的预言发展。坏老大的兄弟局长把正义警察关进了监狱，并把女孩交给了黑帮。疯子正带人去杀这个女孩。

"真笨，"斯鲁什金说，为疯子感到惋惜，"他应该做整容手术，然后向俄国人投降。这样，他还有机会活下来。"

但疯子比斯鲁什金想象的更傻，他根本不想活。他把女孩带到恶贯满盈的楼顶，再次脱光她的衣服，并把她绑在一辆哈雷摩托上，打算与黑帮重复之前的整个行为。与此同时，正义警察在监狱里引发了一场骚乱，把那里的所有东西都砸了，并吊在直升机起落架上逃跑了。然后，纽约空军开始在浩瀚的曼哈顿之间介入战斗。正义警察从燃烧的直升机上跳到了疯子老大的楼顶。他把失去控制的直升机对准了隔壁的大厦，黑帮就是从那里跳进他们的老巢的。大厦被炸成了碎片。当警察在追捕黑帮时，疯子很快意识到问题并决定逃跑。女孩追了上去，她戴着头盔，但没有任何东西可以遮掩她的身体。女孩和正义警察一起骑着摩托车在天台边缘追逐。最后，疯子像往常一样，跳到邻近的大厦，但那里已经没有楼了。他被抛到了人行道上，头被撞裂。顺便说一句，头正好飞到了参议员的车上，他被邪恶双胞胎和肮脏的交易蛊惑，想用原子弹炸毁纽约。而警察的子弹——当然是最后一颗——打掉了女孩的摩托车车轮，她没有像疯子一样坠下去。女孩活了下来，在片尾字幕的背景下，她与正义警察亲热了很久。

灯光亮起，观众彬彬有礼地哼着歌，走向出口。

"你毁了我的快乐。"基拉冷冷地对斯鲁什金说。

斯鲁什金只是煎熬着，双手捂脸，挪着步子。

他们转过电影院的街角，来到广场。现在天已经相当黑了——浓密、缥缈、不均匀。电影院前广告墙的蓝色霓虹灯发出高亢又单调的光条，像钢琴的琴键一样闪闪发亮。

"那是我们的座驾。"斯鲁什金冲着布德金的沃尔沃扬了扬头。

基拉不情愿地拉着斯鲁什金。

然后黑暗中出现了五个身影。三个身影停在车的一边，一个身影来到引擎盖前，另一个人拍了拍打开的窗户，那里，布德金手中香烟的深红色火花在闪着。没有人听到谈话的内容，但门口的人将手伸进窗户，打开了车。另一个人像个老板一样坐在引擎盖上。

过了一会儿，那个爬上汽车的人突然张开双臂，似乎在声明什么，然后退到了泥泞的草坪上。车门打开了，布德金下了车，熟练地往引擎盖上的人下巴上戳了一下，那人双腿一歪，往另一侧翻了个跟斗。有一个身影从三人中挤出来，走到布德金身边，很快又猛地转身，踉跄着离开。他猫下腰，撅起屁股，两只手在裤裆前摆弄了一下，就像不想脱衣服的游泳者把泳裤往上提一样。过了一会儿，整个小团伙就消失在了灌木丛中。

基拉吹着口哨，眯着眼睛看着布德金。

"你们这是干的什么架？"斯鲁什金走上前问。

"小伙子们把车牌号搞错了。"布德金说。

"认识一下，这是我的老朋友；这位是基拉，我的……我的同事。"

"很高兴见到你。"布德金谨慎地握了下基拉的手。

"好吧，去找吉卜赛人看手相吧。"斯鲁什金吩咐道。

"我想去兜兜风。"基拉不带感情地说道。

"嗯？"斯鲁什金不解地问，"我是家庭的父亲，人民的教师……我必须回家。"

"而我不用。"

他们三个人都沉默不语。布德金悲伤地看着基拉，重重地叹了口气，走到一边抽烟。

"你有什么想问的吗？"基拉饶有兴致地问斯鲁什金。

"那个，总的来说，没有。"斯鲁什金想了下，并伸手拉开她面前的车门。

第二十一章　庆祝活动

连续第二年，在斯鲁什金的生日当天，第一场稀薄但着实结实的冬雪落在了地上。斯鲁什金醒来后，和沙发一起，沐浴在针尖般的白光中。在深秋黑暗而沉重的颜色之后，这白色显得如此明亮和意外。

从早上，庆祝活动的准备工作就开始了。娜佳拿着菜刀在厨房里愤怒地切着。斯鲁什金拿着吸尘器，四肢伸开趴在床下。肿成一个大毛球的普吉克坐在过道的衣帽架上，对着吸尘器的软管嘶嘶低吼。写字桌前的塔塔，正用彩色铅笔在素描本上奋力涂鸦。

然后斯鲁什金拿着盘子从厨房跑到房间。普吉克哼哼着，在自己的角落里享用着沙拉里丰盛的鲱鱼渣，塔塔试图把她的蝴蝶结系在它的尾巴上。

"我不明白为什么我们每年都要进行这样的狂欢，"娜佳不满地埋怨了一声，切着胡萝卜，"日子周而复始，也就算了！但这个……只是为了胡吃海喝。"

"与朋友相聚，是一种生活方式，我们是在为生活干杯。"

"那就去找点儿像样的朋友！好吧，布德金，他不管怎样都是会来的。鲁涅娃来干什么？在你的朋友为人妻之前，把她带在身边是不礼貌的。为什么也给科列斯尼科夫家打电话呢？

他们邀请你参加了他们的生日吗？薇特卡就是来找醉的，她的丈夫就是个蠢货，哪里需要他？别说，他跟他儿子肯定都要来……"

"今天就不要数落了。"斯鲁什金温和地请求道。

"我可以整天保持安静！"娜佳烦躁地喊。

下午三点不到，他们又一次争吵起来，但节日的餐桌已经准备好了。娜佳和塔塔向寿星表示祝贺：娜佳小心翼翼地吻了他，并递给他一套古龙水、除味剂和剃须膏，而塔塔则送了爸爸一幅拼贴画——一个有烟囱的房子，周围是圣诞树。斯鲁什金把塔塔抱在怀里，亲吻她的双颊。

四点半时，铃声响起，布德金出现了。

"嘿嘿，秃头老爷车。恭喜你。你离咽气又近了一年。这是给你的。"他递给斯鲁什金的是一套花花绿绿的书。

"你可真会买东西，你这个肚子里的蛔虫！"看着封面，斯鲁什金喃喃自语，用拳头砸向布德金的胸口。

然后萨莎·鲁涅娃害羞地出现在门口。她递给斯鲁什金一件用玻璃纸包裹的衬衫，并表示歉意。

"我觉得，这个还挺适合你的……"

她怯生生地吻了他，用手帕擦了擦口红印。

"这是干什么！"斯鲁什金沮丧地哀号着，手捂着脸，好像他的牙齿中了一枪。

科列斯尼科夫一家是最后到达的。薇特卡尖叫着挂在斯鲁什金身上，然后亲吻了所有人，包括几乎不认识的萨莎，以及她也知道不喜欢自己的娜佳，还有布德金，他为了这样的场合心甘情愿不去工作。科列斯尼科夫与大家握手，并递给娜佳一个厚重的瓶子，这是他的礼物。娜佳对所有客人舞台式地笑了笑。舒鲁普从他父母的腿后走出来，敦敦实实地嘟囔了一句。

"维佳叔叔，我也祝贺你生日快乐。"

斯鲁什金对科列斯尼科夫说："大家一起来认识一下。你们还没有见过面呢，虽然我已经把各自情况都告诉了彼此。瓦洛佳，这是萨莎·鲁涅娃。萨莎，这是瓦洛佳，薇特卡的丈夫。"

萨莎和科列斯尼科夫奇怪地看着对方。

"怎么样？"斯鲁什金问道，"进屋喝酒吧？"他用一个威严的手势指向桌子。

庆祝活动开始。接着响起了各种经典的祝酒词——为寿星、为父母、为妻子和女儿、为客人干杯——斯鲁什金开始还在讲话和行动中有所收敛，但随后他就活跃了起来。他设法同时出现在每一个地方，向每一个酒杯里倒酒，与每个人交谈，同时他似乎都没挪过位置，一刻也没离开，不停接受他应有的祝福，但送给他的礼物衬衫已经被弄得皱皱巴巴了。之前被娜佳藏在冰箱里的科列斯尼科夫送的酒，正谦虚地依偎在他的怀里，只剩下三分之一了。布德金送的书被放到了电视机上，中间有一张糖果包装纸做的书签。

科列斯尼科夫是第一个喝醉的人。他向萨莎讲述了他在警察局工作时的暴力故事。他脸通红，伸手解开衣领，把碗碟摊开，用手掌在桌子的空当处比画着不同的姿势。

"在那儿，我们坐在灌木丛里，在我们旁边，还有第二组埋伏。他们来了，都开着吉普车，都穿着皮衣，胳膊下都有枪。他们走到一起进行交易。突然间，我们拿起扩音器大喊：

'不许动！放下武器！'库普里亚诺夫对自己的人喊道，'出来啊，出击！'然后，扎里莫夫的胸口中了一枪！然后，我们就……"

萨莎聚精会神地听着，用手指捻着酒杯，寿星在不停地倒酒，嘴里还念叨着：哪里有酒杯，哪里就有盛会！萨莎机械地喝着，看了看布德金，他正在教塔塔用刀叉吃香肠。塔塔喘着粗气，手肘高高抬起，不熟练地磨了一圈香肠，布德金用手指捏着切好的碎肠放进嘴里，每次都笑眯眯地朝娜佳眨眼。娜佳笑着对这种无礼行为表示不满，并困惑地向薇特卡解释新蛋糕的配方。薇特卡急忙用眼线笔在餐巾纸上潦草地写下了配方，并用笔戳破了纸。舒鲁普利用这难得的自由，脱离大人们，并不成功地将塔塔的娃娃放在了普吉克背上，床边的普吉克正以狮身人面像的姿势趴着，不紧不慢地打着瞌睡。

"瓦洛佳，萨莎的耳朵都起老茧了！"斯鲁什金喊道。

"我在那里转弯，进入乡间小路，他们就在这里。我拿出我的枪，把它放在我的腿上，这种情况下一切都有可能发生……"

"我们中，有些人是为了大腿，有些人是为了宿醉。"斯鲁什金抿了口酒说。

过了一会儿，他从桌后跑出来，打开录音机，开始像交配季节的狒狒一样跳舞。但他的带领并没有点燃任何人。然后斯鲁什金拉上了窗帘，熄灭了吊灯，换了一首歌。氛围缓慢地起来了，现在没人再闲着了。科列斯尼科夫黏着萨莎，布德金缠着娜佳，斯鲁什金得到了薇特卡。

"你丈夫更喜欢新朋友。"斯鲁什金低声说。

"咳，随他妈的便吧。"薇特卡不慌不忙地说，依偎着他，在他耳边温暖地呼吸，"我们更好，不是吗，维佳？我现在醉了，我想看一部带劲的色情片……让我们把他给灌醉，让他在这里过夜，然后你跟我回家去吧……"

"女人是最好的礼物。"斯鲁什金回答。

远处的角落里，黑暗中，科列斯尼科夫正熟练而贪婪地腻歪着萨莎，一刻不停地絮叨。

"我们有三个人去参加行动，我和另外两个人，防暴警察……"

当斯鲁什金靠近娜佳时，她说他已经喝得够多了。

"此后很长一段时间，人民都会爱戴我的，"斯鲁什金自信地告诉她，"我用一升酒唤醒了善良。"

跳完舞后，为了证明自己没醉，他还调皮地打翻了一个杯子。

科列斯尼科夫去了洗手间，萨莎终于回到了斯鲁什金身边。

"维佳，我很高兴我们是朋友。"她低声说，把头靠在斯鲁什金的胸前。

"这不是友谊，这不是真正的友谊。"斯鲁什金马上纠正她。

"还记得我告诉你，有个男的总在纠缠我吗？你别想歪了……好吧，他送我花，找我去散步，接我下班，就这样。和他在一起很轻松，什么问题也不必考虑。他就是个傻瓜。你知道他是谁吗？是科列斯尼科夫。"

"哇哦！"斯鲁什金很惊讶，"好吧，好吧，维克多·谢尔盖耶维奇，你这个又老又胖的皮条客！也就是说，这里的所有男人都是你的追求者？"

"一个我忍着，另一个我爱着，而没有第三个我就活不下去……"

萨莎的嘴唇碰向斯鲁什金，他们吻了很久。

"布德金呢？"斯鲁什金提醒萨莎。

"我不确定他是否注意到了我的存在……"

在厨房里，人们正在抽烟，布德金冷笑着说：

"她在撒谎，维佳。她已经要求今晚和我一起睡了。这就是我注意到她的存在的时候。她只是想抱怨，而不是想上床。来吧，和她好好处吧，你喜欢这样的。这是对你和那个德国妞儿搞砸了的奖励。"

"确实是很好的奖励，你和基拉一起离开，你也会和萨莎一起离开……而我呢？我那儿也很大，就在我裤子里。"

"维佳，我冲十字架发誓，我和基拉什么都没有！"布德金有点怕了，"我只是把她送回家了！她叫我去做客。你知道的，我不会去的，因为我不想要别人的一亩三分地！你为什么要生闷气呢，你有娜佳。"

"行吧，去死吧！"斯鲁什金向他挥了挥烟。

门铃意外地响起，科列斯尼科夫开了门。

"什么情况？"斯鲁什金听到了他的警察式语调，"你们是谁？你们想找谁？你们有什么事情？"显然，停顿处有对方的回答，但没有传到厨房。科列斯尼科夫想了想，喊了一声。"斯鲁什金，有一些少年犯来找你。"

第二十二章　老爷们

斯鲁什金跑到过道上，看到季米涅夫、邱金、巴尔曼、奥维契金和切比金，五个人各拿着一把吉他站在门外的走廊上。

"我们是来祝你生日快乐的。"切比金微笑着说。

"来得正好！"斯鲁什金喊了一声，回到厨房，拿起一瓶酒和一摞金属酒杯，飞快地跑了回来。他和学生们一起爬上两级楼梯，大家都坐在了楼梯上。斯鲁什金给众人倒上酒。

"那么，祝您生日快乐。"巴尔曼坚定地说，并喝了一口葡萄酒。除了奥维契金，其他人都喝了。

"奥维契金不能喝，"邱金嫉妒地说道，用手掌擦了擦嘴，"他家里不让他喝酒。他与罗莎·鲍里索夫娜住在同一楼层，他的母亲与她是朋友……"

"今天学校有什么新鲜事？"斯鲁什金问道。

"苏什卡被偷了。她在那里数钱，我们从她的桌子上偷了一百卢布。她花了整整一节课的时间试图找出谁偷了。但她一直没有找到。"

"谁偷的？"斯鲁什金立即问道。

"格拉杜索夫。"

"真他妈的，一百卢布能买什么东西？"

"只是为了好玩，为了打赌。我们今天还往化学老师的抽屉里扔了一只死老鼠。只是她没有在课堂上打开抽屉，否则我们会欣赏她的尖叫声。"

"我们以前可不会这样恶搞老师，"斯鲁什金不屑地说，再次倒酒，"我记得我们曾经有一张纸条在班上流传：是你的袜子挂在吊灯上吗？每个人都会读它，并抬头看天花板。我曾经的老师切库什卡，绰号'半吊子'，把纸条拿走，读完，看了看自己的脚。我们都笑崩溃了。"斯鲁什金在自己的记忆里开怀大笑。"让我们再喝杯酒，我接着跟你们说，"他命令道，大家嘘声一片，"我记得当时有一个委员会，在班里的共青团意见角，摆了一个盒子，上面写着：你对委员会的想法。一个月后，它被拆开，里面只有一张纸：一楼的男厕所什么时候开？"

大笑之后，大家又喝了一杯。

"那么，维克多·谢尔盖耶维奇，我们五月会去野营吗？"季米涅夫问道，眨了眨眼。

"老爷啊，要命了！"斯鲁什金愤愤不平起来，"离五月还有半年时间，你就在催我赶我。我说我们去，就肯定会去的。"

"我们年级有一半人准备跟您去。"

"我不可能带这么多人，想什么呢？不要空口说大话。只有你们班的人可以。其余的可以找体育老师。"

"不，每个人都想和您一起去，因为您是一个很酷的老师。"

"我又酷又蠢，让我当老师，就像拿香肠当望远镜。"斯鲁什金再次倒酒，诚实地说。

"有的课上，您嬉笑自如，有的课上，您死较真。您肯定不喜欢被牵着鼻子走……"

"是啊，格拉杜索夫就不识趣，非得跟我偏着来不可，自讨苦吃。"

"格拉杜索夫算个屁。在您课堂上的时候，大家想的不是拿优秀，而是拿不及格，反着来。这是因为您是一个如此特别的老师，不像化学老师和那个德语老师。"

"你们别惹基拉·瓦列里耶夫娜老师，别去捉弄她，我喜欢她。"

"我们看到您和她一起逛街了。"

"看到就行，别到处说。最好去说点儿跟格拉杜索夫有关的事儿……"

老爷们理解地笑了。

"格拉杜索夫发誓要吊死你的猫，因为你在上学季给了他一个不及格。"

"我有时会给优秀，当然不会无缘无故地给不及格，他也一样。让他自己去学地理吧，傻帽。当然，我也意识到，你们学地理没有任何用处。而且它很快就会过时……但你必须这样去做。我会亲自绞死格拉杜索夫的，因为……嗯，等我绞死他时，他会知道为什么的。"

"维克多·谢尔盖耶维奇，我们为您创作了一首歌。一首损您的歌。"

"来吧，老爷们，唱起来吧。"

切比金把他的吉他从背上拖到肚子上，弹唱着老歌《百万朵玫瑰》的曲调。

"很久以前，有一个地理老师，他有一张地图和一个地球仪。他不喜欢不想去上大学的孩子。他总喜欢摆谱，邋遢又老土。他看什么都不顺眼，不合心意就翻脸。他这个臭烘烘的老屁股。"斯鲁什金笑得前仰后合，差点从楼梯上摔下来。

"听别人说，维克多·谢尔盖耶维奇，您也写歌？"

"谁说的？"

"九年一班的玛莎·波尔沙科娃。"奥维契金接话。

"给我们唱首歌吧。"邱金可怜巴巴地请求。

"那就献丑了，"斯鲁什金同意，"我喝醉了，爱谁谁吧。"

他从切比金手中接过吉他，不假思索地弹了起来，对着整个楼梯大声哀号。

"当波兰人来到俄罗斯时，农民们，不出意外地发疯了。在俄罗斯的土地上有一个叛徒，叫伊万·苏萨宁[1]。他为了一升自酿土酒，就把自己出卖给了敌人。他喝着免费的酒，烂醉如泥。他决定带领波兰人去莫斯科，穿过荒无人烟的森林。敌人们来了，在伸手不见五指的夜里，他们饥肠辘辘，想狂吃狂饮。苏萨宁满脑袋糨糊，忘了前方的路，酒鬼就是靠不住。一升酒把苏萨宁喝成了醉鬼。波兰人彻底暴怒，拿起他们的剑，大喊着狗杂种，把他砍成了碎片。但他们依然无法走出森林，回头的路也忘了。他们诅咒这个俄罗斯土地上的叛徒，只能一致掉转马头。"

顺着斯鲁什金鬼哭狼嚎的歌声，娜佳从屋中走出来，到了门口。

---

[1] 17世纪初期俄国反抗波兰侵略者的民族英雄。

"你疯了吗？"她问道，"年轻人，你们怎么好意思和他一起喝酒？好吧，他自己喝得迷迷糊糊也就算了，不知道老师该做什么，不该做什么。但你们应该知道，作为学生自己该做什么，不该做什么！"

"行了，行了，娜佳，我们回屋里去说，"斯鲁什金匆忙起身，走下楼梯，环顾四周，眨巴着眼睛，"老爷们啊，谢谢你们的祝福。现在我的屁股要像英国国旗一样炸开花了。回见！"

"你可真会交朋友！"娜佳在过道上用难以形容的轻蔑口吻说，锁上了门。

"上帝在创造人的时候，并没有选择他的材料。"斯鲁什金面无表情地反驳道。

第二十三章 黑夜

"瓦洛佳，我要和舒鲁普一起回家了！"薇特卡高声宣布，"如果你愿意，你可以留下来，维佳会送我回家。娜佳，能让他送我走吗？"

娜佳用鼻子哼了一声。

舒鲁普又累又困，沉默不语，重重地叹了口气。街上，斯鲁什金拉着他的手。黑暗被雪的光芒点亮。

"你能想象吗，薇特卡，我最近给我的一个学生讲了我们毕业时的感情故事，"斯鲁什金突然提起，"当然，我在很多事情上都撒了谎……她听了很兴奋，而我很难过。有时间我们再去那个码头走走吧？"

"在家里就能做，为什么要走那么远？"

"你个蠢货。"斯鲁什金悲伤地说道。

他们在白雪覆盖的人行道上安静地走到了俱乐部，然后斯鲁什金发现他把香烟忘在家里了。

"该死，薇特卡，"他喃喃地说，"我可以去小卖部买包烟吗？"

"快去买吧，"薇特卡同意了，"别耽误太久，我在家里等你。"

斯鲁什金跑到街上，把薇特卡和舒鲁普甩在身后，他绕过俱乐部，向公园深处走去，大家叫这里"鸟窝"。四周没有灯光，斯鲁什金逐渐放慢了步伐。公园里有一种寒冷的、黑沉的寂静，摇荡在地面白雪的上方。风扫过云层，松树的树冠呈现出蓝色的玻璃状。魑魅魍魉般的天空就像被撕裂的肚子，其中的绿色电流灼烧着星辰，像破烂的神经。斯鲁什金拐出小路，沿着荒草地徘徊，昂着头，脚搭到了一个旧秋千上。在十一月夜晚的惊悚气氛中，秋千看起来像一个刑具。他用手套擦掉秋千座椅上的雪，爬上去，用手抓住顶杆，就像抓住铃铛的系绳一样。

秋千掠过地面时发出吱吱的声响。斯鲁什金屈身使劲，摆动起整个身体，摇动秋千。他大风衣的下摆沙沙作响，随着秋千的起落展开。雪在他周围旋转，一只白色卷毛狗的呜咽声也跟着在旋转。斯鲁什金摇晃得越来越厉害，现在他面向天空，胸口被抛离地面，仿佛天空不是在拉他，而是在推他。苍穹像一个巨大闪亮的圆盘，在自己的轴线上翻滚不定。星星从一边飞到另一边，留下光晕的尾迹。随着尖厉的呼啸声和生锈铰链的吱吱声，斯鲁什金绕着秋千转了一圈，在永恒世界时间的钟摆中，他点燃了生命的火花。他松开抓着秋千顶杆的手指，纵身跃下，像只黑色而恐怖的鸟一样划过灌木丛，坠入雪地。

气喘吁吁，骂骂咧咧，他起身步履蹒跚地走开了。空荡荡的秋千，随着惯性继续摆动，在夜晚空旷的公园中央呻吟着。

斯鲁什金走到公共汽车站，紧紧靠着报刊亭。

"一瓶伏特加，像啤酒一样，马上打开。"他命令道。

他把钱塞进窗口，取出一个瓶子。

"是真酒吗？"他凑近瓶口问道。

"保真，"里面的人隔着窗户撒谎，"要零食吗？"

"喝完第一口，就不想吃了。"斯鲁什金说完就走了。

在薇特卡家的单元门口，他眯着眼睛看了很久，用手指数着窗户。薇特卡家的灯没有亮，她没有等他，就去睡觉了。

斯鲁什金坐在单元楼门口的楼梯上，开始喝起伏特加。没一会儿工夫，他就喝了小半瓶。等他坐够了，就起身向街上走去。

然后奇怪的事情就接连发生了。酒瓶子不见了，他从未买过的香烟却不知从哪里冒了出来。一些要烟抽的小混混，试图将斯鲁什金拖过什么水泥围栏，但没成功。然后斯鲁什金用水龙头放出冰水洗了脸，使自己恢复了一些理智。接着他在澡堂和一些形迹可疑的人喝了一些波特酒，然后睡在了一个长椅上。之后，他掉进了一个建筑工地的坑里，在黑暗的地基中徘徊着，试图找到出口。他爬出来时脏得像头猪，几乎瞬间一辆警车就停在了他旁边。

斯鲁什金在灯光明亮的警察局里醒过来。

"嚯！"他吓了一跳，"我在哪里？这里是醒酒站[1]之类的地方吗？"

"坐好！"警官在柜台后对他喊道。

斯鲁什金直起身来，看了看四周，摸了摸自己的脸，检查自己是否还好。从对面的过道里传来吼叫声和醉酒的胡言乱语。其中一扇门被打开，一个穿着没扣子的衬衫和破裤子的人掉了出来。另一个警察扭住他的胳膊。

---

[1]　苏联时期建立的为醉汉准备的类似收容所的地方。

"哈金，过来帮我把他收拾好！"他喊道。

"你要是敢动，我就杀了你！"警官承诺斯鲁什金，然后拿着警棍跑去协助他的同事。

当两名警察刚把那个男子拖进房间，斯鲁什金就冲向柜台上的电话，拨通了布德金的电话。

"布德金，我是斯鲁什金。"他迅速说道，"快过来捞我吧，我在局子里！"

哈金警官回来了，坐下来，疑惑地感受着斯鲁什金的目光，开始了枯燥的审讯。斯鲁什金装作很谨慎的样子，心甘情愿、口若悬河地回答着问题，但没一句真话。

大约十五分钟后，布德金胸有成竹地进入警察局。他自信地径直走向办公桌。他的风衣已经解开了扣子，像恰巴耶夫[1]的斗篷一样气势汹汹地跟着他飞起。斯鲁什金向布德金扑身而去，但同时布德金厉声吼道。

"坐好了！"

"原来在这儿，这个可怜人。"布德金靠在柜台上，一副很懂行的样子说，"我已经找了他好几个小时了……领人需要办什么手续？"

布德金花了差不多半个小时的工夫，终于填写好了表格，支付完了账单。最后，他粗暴地抓住斯鲁什金的胳膊，把他拖了出来，嘴里发出嘶嘶声。

"给我走快点儿，白痴！"

---

[1] 中文又译夏伯阳，是著名的俄罗斯战士，他在俄国内战时期是红军指挥员。

他们从警察局门口拐到了最近的小巷里。

"搞什么这么急？在警察局安了炸弹吗？"斯鲁什金喘着粗气问。

"赶快走，趁那个警官没想起来我是谁，"布德金讪笑着解释说，"我之前有两年在他学校厕所里诈钱来着……你这是到底去哪儿了？怎么搞这么脏？娜佳打了一百个电话给我。你当时发的什么脾气，维佳？"

"我没发脾气……真没事儿。无所谓了，一切都还好。"

"好吧……"布德金抽了口烟，忧伤地看着斯鲁什金，"看你回家还能好得了不……"

"不能去你家先避个难吗？"斯鲁什金害羞地问。

"我家里也没地方，萨莎和科列斯尼科夫正在那里。"

"操他妈的！"斯鲁什金惊叫，"他们在你家干啥？"

"那你和薇特卡去干啥了？给潜水艇打蜡是吧。他俩也一样。"

"你什么意思？"

"什么什么意思，"布德金嘲讽地笑了，"一锅炖得了吧。随他们搞去吧，懒得管了。我们去喝杯啤酒吧。我请客。"

天快亮的时候，斯鲁什金按响了家里的门铃。一脸憔悴的娜佳开了门，闪身让他进了屋。

"是我啊，你的小可怜。"斯鲁什金无助地说。

"怎么着？薇特卡把你伺候舒服了是吧？"娜佳斜着眼，没好气地说。

"没……"斯鲁什金愧疚地回答。

"真抱歉，没法把你连人带床都赶走……我希望，今天你的生日该结束了吧？"

"已经结束了。"斯鲁什金顺从地应承。

"好的，对我来说也结束了。"娜佳平静地说着，并在他的颧骨上打了一拳。

第二十四章　宏大死亡的阴霾

第一天

特种兵维佳从一片茂密的丁香树丛中跃出，朝着学校大门走去，树丛中扭曲的、瘦骨嶙峋的树杈上，挂满了十一月的霜。当然，没有人指望维佳冲破栅栏，他还有片刻钟的富余时间。他一个闪转腾挪，绕过了美利坚雇佣兵，然后三步并两步，跨上台阶，来到走廊前。门很大，沉甸甸的，拉门就像在连根拔草。门后面，空降兵潜伏着，但维佳稳如泰山。他从肩上放下榴弹发射器，直接向黄色的木质方块开火。一团嚎叫的火云飘向建筑深处，前进的道路被打开了。

一下子，维佳就溜进了教学楼里。他往更衣室里放了两枪，衣架如列队的乌鸦，大衣和夹克飞舞着。接着又是三枪：校长办公室、课外兴趣室、医务室。然后维佳笔直地冲过走廊，跑过洞开的门口，来到楼梯间。

楼梯转角的美国大兵被维佳踢到肚子上，尖叫着滚下楼梯。再往上，过道里的士兵继续对他围追堵截。维佳熟练地用他的 AK 步枪射击了好长时间，直到最后一个雇佣兵奄奄一息地从墙上滑下来，紧紧抱住"共青团就是生命"的宣传栏海报。

走廊里，美国大兵跳出来，尖叫着"乌拉！呃，不对……万岁！"。除了尖叫，还是尖叫。看到这些冲到走廊里的美国大兵，维佳上去就用枪托干掉两个，第三个用脚，第四个用头顶肚子，第五个双手拧折脖子，第六个用工兵铲子插在胸口，一穿到底。

维佳来到走廊角落，打开飓风般的火焰枪，继续向前跑去。教室、共青团角、教师休息室、楼梯……

维佳开始放慢脚步。十九号教室的门，二十号，二十一号，二十二号……他越走越慢。二十三号门。俄罗斯语言和文学课的教室。

"好在我的父母都出差了。可以不穿校服去学校。把领带塞进去，它总是在我的外套上抻出来。捋顺头发。平息呼吸。鞋子脏了，用装新鞋的布袋擦拭干净。将鞋袋挂在书包上，干净的一面朝外，以便盖住书包翻盖上用圆珠笔描的阿迪达斯标志。行了，大概就这样。"

维佳犹豫了一下。他不太喜欢这样——像在切库什卡面前有罪似的。嗨，管他呢。他小心翼翼地敲了敲门，打开了教室的门，走进去，用他的鞋袋紧紧贴住门框，没有看任何东西，沮丧地说道：

"老师，抱歉，我迟到了……"

***

切库什卡站在黑板前，手里拿着果戈理的画像。她看起来像一座塔：一个巨大的、挺拔的女人，粉红色的脸，鲜艳的嘴唇和陡峭的眉毛。一条黄色的网状披肩披在她的肩头。在她的头上卧着一条紧密编织的辫子，绕成了一顶皇冠。当切库什卡谈到作家时，她总是昂着头，声音低沉而缓慢，仿佛是在赞叹。她的姓氏是切卡辛纳。

看着维佳的样子，切库什卡的脸色变得很难看，好像维佳把一个单词拼错了一百次。

"你为什么会迟到？"切库什卡问道，把画像放下。

维佳叹了口气，盯着窗外。

"教你们这样的班级有多难！尤其还有你这样的！"切库什卡瞥了一眼维佳，"你让我做了这么多不必要的工作！作为一名教师，在我开始讲授新的内容之前，我花了五到十分钟试图让同学集中注意力，然后你出现了，我们都不得不重新开始。你没有伤害我，也没有伤害你自己——你是在伤害你的同学，我已经告诉你一千次了。好吧，你不需要普希金、莱蒙托夫或果戈理；索科洛夫、图赫梅季诺夫和利索夫斯基，你们也不需要他们——反正去上职高不需要知道他们。但也有聪明的人。他们不会告诉你，但他们心里会想：要考上大学，我真的比其他同学还差好多呢，我得努力准备。总之，斯鲁什金，你坐下来，把作业本放在讲台上。大家记住：如果你迟到超过五分钟，连门都不要敲了。"

维佳反手把椅子拉近，坐在了总是心不在焉的绰号"地基"的帕夏·苏斯金旁边，他把书包放在腿上，屏住呼吸，小心翼翼地打开锁扣。切库什卡不喜欢上课时开锁扣和把课本摔在桌子上的声音。她也不喜欢把书包放在桌子上，这会留下黑色的痕迹，开家长会的时候会不好看。拿出书和笔记本，维佳把书包靠到脚边。切库什卡不允许将书包放在书桌外的过道上。她解释说，老师总是在过道上走，可能会被绊倒。

"维佳，几何作业你做完了吗？"同桌小声嘀咕道。

"抄彼得罗夫的。"维佳回答。

"给我也抄下……"

"斯鲁什金，苏斯金！"切库什卡打断了他俩的对话。

维佳笑了笑，打开他的课本，找到了正确的一页。那里有一张照片，"马雅可夫斯基在二十周年创作展"。壮硕的马雅可夫斯基面带微笑，以尴尬的姿势交叉双臂，在展示着各种丑陋人物的海报背景前与少先队员们交谈。维佳拿起笔开始画画：他给马雅可夫斯基穿上吊带衫和三角裤，给少先队员们穿戴上帽子、夹克和机枪弹链。底下，他落款签名：拿破仑与红色游击队员们的会面。

通过这些故事的改编，维佳颠覆了整本教科书。即使在洁白的封面上，严格意义上是蓝色的印着高尔基的椭圆形肖像，维佳也在头下附上了一个缺失的身体，两侧都绑上了桅杆，背景则是一艘三桅帆船。

画画时，维佳也在认真地听切库什卡讲课。他很感兴趣。当他被"地基"分心时，维佳不会搭理他，只是在桌子下面踢他的脚。虽然不喜欢这个老师，但维佳还是尊重她的。他很难说清为什么会这样。毕竟找到厌恶的理由更容易一些。显而易见，像其他人一样，维佳尊重切库什卡是世界的中心。如果他是自由的，他就能摆脱切库什卡。如果他感到压抑，那就是她的原因。如果有人是好人，那肯定比切库什卡更好。如果有人是坏人，那就会比她更糟糕。切库什卡就是生活的参照坐标。

***

谢廖加·克留金站在黑板前，备受煎熬。切库什卡面色凝重地坐在讲台后，没有回头看克留金。她带着向溺水者抛出救命绳索的表情，向他提问。当然，克留金是不知道答案的。他歪着嘴笑，招手，向某人招手，做威胁表情的鬼脸，悄悄地朝切库什卡头上的辫子皇冠吐口水，那里被同学们称为"乌鸦老巢"。

"我明白了，回座位吧。"切库什卡对克留金说，并举起了他的成绩簿。克留金从她身后窥见，老师打了一个不及格。拿回成绩簿，挥手示意着，他走回到自己的座位上。在路上，他还把成绩簿拍在了优等生"酸奶油"斯梅塔宁的头上。与此同时，切库什卡在维佳的日记中写了一些东西，并把它扔给了坐第一排的斯维塔·谢格洛娃。

"传给斯鲁什金。"她命令道，"让我们看看其他人的作业写得怎么样，小组长们，开始检查作业。"

维佳把成绩簿推到桌子边上，以示抗议，对里面写了什么并不关心在意。他打开课本，往后靠在椅子上，开始浏览墙上的宣传栏。黑板报的左边悬挂着"党论文学"的标语，右边是"阅读就是工作和创造"。沿着这一排，是"今日课堂""阅读建议""班级角""阅读日记""读者笔记"。后面的墙上有"故乡的诗人"和"回归你最喜欢的书"，中间是一块巨大的牌子"小帆船文学社"，上面刻着社徽和座右铭。一些经典人物的画像与他们的语录混搭在一起，直抵天花板。所有这一切对维佳来说，已经熟悉到模糊了。切库什卡以本班为基础，成立了她的小帆船文学社。所谓的"创作小组"便是其核心。当维佳还是会员时，他每个月都会更换宣传栏上的口号。后来，维佳在数学课上画了一期桌面板报《差生们》，切库什卡在少先队员开大会时，便把他踢出了"创作小组"。维佳为此非常自豪。

与此同时，小组长们已经翻阅完了大家的作业本。这些小组长是由切库什卡亲自任命的。他们必须在各自的座位上检查他人的作业是否完成。

"戈尔什科夫和苏斯金没有写作业。"斯维塔·谢格洛娃说。

"图赫梅季诺夫和利索夫斯基也没写。"列娜·安菲莫娃说。

"阿米罗娃、纳扎罗娃和扎布加没写。"娜塔莎·索洛维约娃说。

"成绩簿交到讲台上，然后自己起来去站到耻辱墙边上。"切库什卡命令道。

"耻辱墙"是对教室里那堵长长墙壁的称呼，那些没有做作业的人要靠着这堵墙来度过整堂课的时间。

"借过。""地基"苏斯金推了下维佳，起身从桌子后站了起来。

切库什卡的桌子上长出了一堆干净的带着封皮的白色成绩簿。所有这些本子按照切库什卡的指示，用列娜·安菲莫娃漂亮的笔迹签上了名。在每个学季开始的时候，她都会把课时安排得很长，整个课程表都填得满满当当。每天都有安排，课程无法被窜改。

差生们排好队，靠在涂成绿色的耻辱墙上。有些人习惯性地盯着窗外，有些人盯着照片，有些人盯着地板。维佳回头看了看他们，幸灾乐祸地比了个不雅的手势。差生们开始偷偷摸摸地向他展示他们的拳头。

"苏斯金，你的成绩簿封皮呢？"切库什卡问道。

封皮被扔在了课桌上。"地基"给它扯掉了，因为上面有板有眼地写着：非火灾和自然灾害等情况，不得损坏！

维佳把目光从差生们那里转移到列娜·安菲莫娃身上。列娜是班里最漂亮的女孩。她也是班上唯一一个参加学校鼓号队的人。在行进队列中，她有时会举着校园先锋队的大旗：白色紧身衣，蓝色短裙，有白色肩章和白色蝴蝶结的白衬衫，鲜艳的红领带和大红色帽子，肩上有一条红色相间金色的绶带，还有白色手套。她头顶上猩红色的旗帜沉甸甸的，让人昏昏欲睡。天鹅绒面料闪烁着幽暗的光芒。硕重的金色流苏摇曳着。旗杆顶端的银点闪耀着。

维佳撕了一张纸，写道："亲爱的列娜，我爱你，我想成为你的孩子。今天五点到小卖店来，斯拉夫卡·斯梅塔宁。"然后他把纸条对折，潦草地写道："不要管别人的事。"又再次对折，并签名："致列娜"。他把纸条塞回给沃夫卡·科罗文，然后爬到"地基"留下的空座上。

"所以今天的主题是果戈理的《死灵魂》，"切库什卡说，"你们都已经读过了，而且……"

突然，教室的门被敲响了。

切库什卡恼怒得几乎要吐口水了。

"斯鲁什金，去开门！"她命令坐得离门最近的维佳。

八年二班的娜塔莎·薇特卡站在走廊里。看到维佳后，她开始笑得合不拢嘴。在他们之间发生了新年夜的那件事情之后，她一看到斯鲁什金就总是笑得像个傻瓜。

"干什么？"维佳愤怒地嘀咕着。

"告诉切库什卡，校长女士在叫她，傻瓜。"薇特卡回答说。

***

切库什卡刚一走出教室，课桌旁的女孩们就互相转过身来开始叽叽喳喳。差生们冲到老师的讲台前，拿起他们的成绩簿开始翻找。"她还没打分！"他们高兴地尖叫起来。克留金从桌子后面跑出来，在打开的班级成绩簿上寻找自己。"我被打了不及格，老婊子！"他哀怨地申诉着。"别愣着，快去盯梢！"有人喊道。图赫梅季诺夫灵巧地爬到教室门上方的窗户边，他的运动鞋踩在门把手上。学生们拉开讲台底部的抽屉，里面有被切库什卡没收的糖果包装纸。她严禁在课堂上玩弄它们。"橙色是我的！"图赫梅季诺夫在高处大喊。维佳回头看了看列娜·安菲莫娃。她已经在看那张纸条了。完后，她惊奇地看着斯梅塔宁。"老师来了！"哨兵喊道，从上面跳下来。每个人都像老鼠一样冲向自己的位置。

门开了，说话声立刻停止，好像录音机被关掉一样。切库什卡走了进来。脸色绯红。她一言不发，径直在讲台后坐下。全班都愣住了，期待着最坏的结果。

"回座位吧，你们几个。"她突然想起什么似的，对墙边的差生们说。他们被吓坏了，她又挥了挥手："坐下，坐下……"

罚站的人回座位的间歇，班里面开始窃窃私语。

"同学们，"切库什卡说着，湿润善良的眼眶盯着桌子打晃，"列昂尼德·伊里奇·勃列日涅夫同志昨天去世了。"

有什么东西在维佳的胸膛里爆炸开来。座椅在他的屁股下面游离。一时间，他血脉偾张，心潮澎湃。教室里陷入了一分钟的沉默，不安无声地飘荡着。

切库什卡拿出手帕，用尖尖儿触碰着她的眼角。叹息声在座位间传开。

"课不会继续上了，"切库什卡低声说，"全国哀悼三天。悄悄地收拾你们的书包，回家去。十一点有一个集会。穿着你们的校服过来。"

没有人动弹。又过了一分钟，酸奶油斯梅塔宁这个聋子小声地问他同桌发生了什么，紧张的气氛这才得以释放。全班同学收拾起书包，摇晃着铅笔盒，拍打着课本。

"哪些有觉悟的男同学，"切库什卡问道，"愿意留下来帮助打扫集会礼堂？等下去找列娜·安菲莫娃报到。"

***

维佳手里晃荡着书包，跟着最后离开的几个人来到走廊里。学生们正从所有教室拥入更衣室。维佳站在窗边，默默地看着高年级和低年级的人皱着眉头，一脸尴尬不解的表情，沿着挂满领导人画像的墙壁走着。体育老师德罗佐夫一马当先，带着梯子、锤子和黑丝带来了。他把钉海报用的钉子含在嘴里。教师们夹着他们的成绩簿和公文包，在教师休息室附近站成一个紧密的小圈子。

然后一股恐惧向维佳袭来。他从内心深处感到，一种黑色的空虚正在全国范围内蔓延，所有之前被牢牢束缚的邪恶，都将被释放，而现在只能等待它的到来。

"斯鲁什金！"军事教官奥斯塔彭科走到站着一动不动的维佳面前，"我给你派个活儿，你不要到处乱说……"

"行啊。"维佳非常严肃地说。他喜欢奥斯塔彭科。这个人很有幽默感。当在课堂上被问及"什么是微冲"时，维佳回答说："就是当你的伏特加喝光了的时候。"[1] 他没有厉声训斥，也没有把维佳赶出教室，也没有给不及格。

维佳认为奥斯塔彭科理解他的苦衷，他认为这位军事教官即将说出一些重要的话，并将驱散笼罩在维佳头上的宏大死亡的阴霾。

"去找斯薇特拉娜·谢尔盖耶夫娜，斯鲁什金，"奥斯塔彭科说，他指的是校长坦波娃女士，"告诉她，室内靶场的排水系统又爆了。我会敞开大门等水管工过来，让她安排一个清洁工过来盯着，确保没人在靶场乱晃。"

维佳当然没有去找校长坦波娃，而是走到了离走廊更远的地方，他坐在窗台上，这样奥斯塔彭科就不会发现他了。他并没有回家的打算。独自一人在家，灵魂深处埋藏着如此多的焦虑，这让他很不舒服。维佳刚才没碰上"地基"苏斯金，他不得不在无聊和孤独中等待集会开始。

---

[1] 这里是作者的文字游戏，微型冲锋枪（微冲）与微醺是俄语双关语笑话。

有十分钟的时间，他坐在那里晃荡着脚，思考人生。然后他看到切库什卡走在空旷的走廊上，就跳了下来，因为坐在窗台上是不被允许的。

切库什卡打开了教室的门，看到了维佳。

"维佳，过来一下。"

维佳拿着他的书包，跟跄地走向她。

"到这儿来。"她邀请道。

维佳走进教室。切库什卡关上了门，把她的包放在桌子上，调整了一下她的披肩，在桌子边缘坐下。她总是坐在桌子上进行非正式谈话。

"你为什么不回家？"她问道，"你的父母又出差了吗？"

"这个……"维佳并不想承认实情。

"好吧……"切库什卡叹了口气，"在这个最困难的日子里，所有人都应该在一起的时候，你却没有最亲近的人依靠……好吧，没关系，还有好朋友能帮忙，不是吗？"

"嗯。"维佳含糊地同意着。

切库什卡转身来到窗前。

"看呢，甚至天气也……毕竟，不是一个普通人去世了。11月7日那天，你还记得当时的阳光有多灿烂吗？他当天演讲时就已经病入膏肓了……"她又叹了口气，"维佳，我不希望你们在艰难的日子里开始自己的青春……"

维佳沉默着。

"我和创作小组的同学，决定举办一个纪念勃列日涅夫同志的晚会，"切库什卡说着，心想维佳肯定会因为自己被踢出小组而感到嫉妒，"你知道，维佳……我们想了想，决定你不应该闲着。"切库什卡笑了，维佳也顺从地笑了，"你为什么不回到我们身边？现在不是小吵小闹的时候。"

"嗯。"维佳点点头。

他的缺席竟被如此敏锐地感受到了，这让他感觉很好。

"你有台录音机对吧？"切库什卡问。

"有的。"

"在追悼会上，应该有哀悼的音乐。我从帕维尔·伊万诺维奇那里借来了一些唱片，你在家里选选，听一听什么是最好的，然后在磁带上转录一段。之后在我们的晚会上播放，好吗？"

"好的。"维佳说。

***

摆脱切库什卡后，维佳去了体育馆。在举行各种集会和游行活动时，体育馆会变成一个大礼堂。此刻，它仍然是空的。维佳转身进入更衣室。克留金、图赫梅季诺夫、斯塔里科夫、扎布加、斯梅塔宁，还有一个维佳没认出的人，都坐在那里等待集合。最重要的是，维佳最好的朋友布德金也在那里：小个子、卷发、眼睛炯炯有神、少女般俊俏的脸，非常害羞。图赫梅季诺夫和扎布加在玩糖纸，其他人则懒洋洋地玩着抢帽子游戏。维佳在布德金旁边的长椅上坐下。

"维佳，今晚你回家吗？"他问。

"回啊，怎么了？"

"想找你录一份 ABBA 乐队的歌儿，我爸交代的。《成吉思汗》也录一份。"

"来啊。"维佳愉快地答应了。

更衣室的门打开了,体育老师德罗佐夫向里面看去。

"小伙子们,都坐下了啊?"他说着,看向维佳,"喂,你,斯鲁什金,谁让你来这里的?"

维佳一下子就笑了,好像他听到了什么令人愉快的事情。他最近与德罗佐夫发生过一些争执。第一件事是,有一天他想出了一个主意,把所有的排球都拿出来,在礼堂里向各个方向投掷。这些球像布朗运动中的分子一样飞来飞去,打在头上、背上、肚子上、脚上。伙伴们特别喜欢这个游戏。维佳称其为"博罗季诺之战"[1]。第二件事是,在点名时,维佳在底下耍贫嘴接话。德罗佐夫喊"德加琴科",维佳轻声说"秃头树桩,回答!",德加琴科如临厄运般地回应"到!"。德罗佐夫喊"扎布加",维佳轻声说"清新男孩,回答!",扎布加欢快地回应"到!",以此类推。因为这一切,德罗佐夫扇了维佳一对嘴巴子,并禁止他在没有父母陪伴的情况下进入体育馆。

"笑什么笑?快从这里消失。"德罗佐夫命令道,并关上了门。

"在我们班,当说到勃列日涅夫去世时,女孩们在课堂上号啕大哭。"二班的斯塔里科夫说。

"切库什卡也在我们班里号了。"克留金说。

---

[1] 博罗季诺之战是俄法战争中规模最大、死伤者最多的单日战役,1812 年 9 月 7 日于博罗季诺村附近爆发,由法皇拿破仑一世所领导的法军对阵俄罗斯帝国的米哈伊尔·库图佐夫元帅率领的俄军,逾二十五万士兵参战,造成至少七万人死伤。

"之前看勃列日涅夫就奄奄一息的样子，"扎布加说，"他说起话来跟个抽水马桶似的。"

"某个身份特殊的演员说，勃列日涅夫去世之日，就是他被枪毙之时。"

"啊哈，那他正好昨天去世了……"

"所有人都说是昨天，但其实已经去世有五天了。"

"我去，五天，他不得腐烂了。"

"腐烂个鬼，天冷着呢……"

"他一死，就被做成了木乃伊，像列宁一样，然后把他放在列宁墓里。但他们改变了主意。我听《美国之音》说的。"

"那准备埋在哪里？"

"他们都被埋在克里姆林宫城墙附近。只有斯大林最开始被放进了列宁墓。"

"那是当然……"

"一个诚实的先锋队员。"

"我好奇，勃列日涅夫的那些勋章都去哪里了？"

"留给他老婆了。要不就一起给埋了。"

"那不是还能挖出来……"

"开始先埋在那里，几天后他们就会悄悄地把所有东西拿出来，再埋到一个政府的秘密公墓里。晚上有坦克看守，为了不被任何人发现。我哥哥告诉我的，他在那里服役。"

"如果他死后有大赦的话，我哥哥就能出狱了。"图赫梅季诺夫说。

"只有在勃列日涅夫治下，才有秩序，现在都分崩离析了。"

"什么秩序……我爸说，所有人都喝得醉醺醺的。"

"勃列日涅夫本人啥都没做过。"

"党员们做啥了？"

"他们为你做了很多事吗？"

"可比你做得多。我希望看到你现在在美国工厂里工作。你在那里会生而为奴。"

"你才是奴，去你妈的！"

"说勃列日涅夫的葬礼，会有一位美国总统出席。他们都没去过列宁的葬礼。"

"你觉得呢？"

"觉得什么？除了我，没人会去你的葬礼——你知道为什么吗？"

维佳拿起他的帽子，扔向斗嘴的人，阻止他们争来吵去。

"抢帽子！"他喊道，"如果谁在五秒钟内没有抢到一次，就将永远是个叫花子！"

更衣室的门再次打开，来自十年级一班的瓦洛佳·科列斯尼科夫走进来。他和列娜·安菲莫娃是鼓号队的成员，他已经穿好了全套的制服——熨烫过的长裤，带共青团徽章的白色尼龙衬衫，以及一条红领巾。

"全体！起立！"他喊道，"现在开始列队！谁有火柴？"

维佳把手伸进口袋，递给科列斯尼科夫一个盒子。

"好样的，维佳，有两下子。"科列斯尼科夫称赞道。

"给我留一口，瓦洛佳。"图赫梅季诺夫请求。

"别担心，小图。"科列斯尼科夫抽着烟说。

大家都恭敬地看着科列斯尼科夫抽烟。

"要抽完了，妈的。"科列斯尼科夫从嘴里拿下烟头，检查了一下，"接着！"他把香烟扔给了图赫梅季诺夫，"哟，这还站着一位大美人呢，"科列斯尼科夫很高兴，他注意到了躲在角落里的斯梅塔宁，那个优等生，"奶油小子？你想把自个儿涂在墙上吗？"

更衣室里的每个人都谄媚地笑了起来。

科列斯尼科夫拿起一顶帽子，走到斯梅塔宁面前，把它扣到他的头上。

"来学一个纳粹，"他说，"举手喊，希特勒万岁！"

斯梅塔宁在帽子下沉默不语。

科列斯尼科夫推了他的额头一下，斯梅塔宁的后脑勺撞在了墙上。泪水在他的脸颊上闪闪发光。科列斯尼科夫扯下帽子，从口袋里拿出一支笔，把斯梅塔宁额头上的刘海拨开，在上面画了一个纳粹万字符。

"禽兽！"斯梅塔宁突然喊道，把科列斯尼科夫推开。

"看啊，哥们，"科列斯尼科夫退了几步，说，"现在，他将击败我，就像帖木儿击败克瓦金一样！

他轻轻地打了一下斯梅塔宁的颧骨，后者立刻大哭起来。

"没用的窝囊废，"科列斯尼科夫说着转身出门，"你要在街上碰到我，我就让你看看什么是禽兽，婊子养的。"

他打开了门，在门口徘徊着。

"列队开始了，兄弟们。"他说。

***

各个班级沿着体育馆的四边排成一个个矩形。篮球筐和安全梯从墙壁上伸出来。窗户上的栅栏在微风中轻轻地摇晃着。打过蜡的地板在阴天的日光下闪闪发光，排球场的弧形线条交织其间。墙上，一个由多色同心圆组成的投球靶前，挂着勃列日涅夫的画像。

维佳像往常一样挤到了前排，通常那里只有女孩。在勃列日涅夫的画像下，已经从先锋队的房间里搬来了一张带孔的特制长椅。旗帜被插入孔中。老师和校长站在长椅前。

大喇叭发出嘶嘶声，哀伤的音乐响起。播放员在体育室的小房间里。门虚掩着，德罗佐夫溜了出来。他沿着老师们背后的墙跑过，转到走廊上。当音乐结束时，校长坦波娃说：

"同学们！"

她过去总是说"同志们！"，但有一次，在某个集会上，她说出这个词之后的沉默中，维佳有些大声地嘀咕道："坦波娃的走狗才是你们的同志……"为此，维佳的父母被叫到教育委员会。坦波娃随后从"同志们"改口成了"同学们"，之后高年级的学生们开始跟维佳打招呼了。

"苏联政府，"校长缓缓说道，仿佛在念稿，"我党和我们苏联人民，遭受了巨大损失。昨天，列昂尼德·伊里奇·勃列日涅夫去世了……我宣布，哀悼大会开始。"

"向国旗敬礼！"少先队大队长娜塔莎·切尔诺娃接着说，"少年先锋队！以瓦西里·伊万诺维奇·恰巴耶夫之名而奋斗！立正！向旗帜看齐！"

老师们分开，全体先锋鼓号队走了出来。鼓手们像雪地上的白雪一样洁白，这让维佳又痛苦又嫉妒又高兴，他渴望加入他们中间。维佳曾秘密地请求娜塔莎·切尔诺娃收他做鼓手，但她一直在犹豫。维佳喜欢鼓声的汹涌咆哮和进行曲有节奏的响声，他对这些曲子都烂熟于心。维佳也为自己的愿望感到难为情，他嘲笑吹号的人，他们吹的时候呼哧呼哧，有一次甚至把鼻涕吹到了队旗上。他始终希望能成为一名鼓手。虽然他的少先队员时代已经消逝，即将变成共青团员了。

鼓声响起，一面旗帜被抬进礼堂。科列斯尼科夫，现在一副严肃的、不可接近的样子，紧绷弯曲的手肘，紧握旗杆在手中。在他身前和身后，举手行少先队礼的是列娜·安菲莫娃和柳芭·阿特莫娃。她们手戴白色手套，脚穿白色长袜，头发上绑着白色蝴蝶结，肩膀上坠着猩红的绶带。他们三个人齐头并进，款款而行。维佳看着列娜走近，看着她拉很高的袜子，看着她的短裙甩动，看着她的胸罩从衬衫里探出头来，看着她的脸在厚重的斑驳天鹅绒的光芒中呈现出微妙的粉红色，愈加美丽。

他们护送旗帜在礼堂里环绕了一圈，然后整齐地转过身，来到自己的位置上。

"稍息！"大队长指挥着，"为了纪念……列昂尼德·伊里奇·勃列日涅夫……我宣布…… 一分钟默哀……立正……放下旗帜！"

鼓声再次响起。每个班的小旗子都倒下了，匍匐在地上。

沉默了好一阵子。

"稍息！"切尔诺娃说。

"同学们！"校长再次开口，"我们整个国家都沉浸在悲痛之中。一位伟人离我们而去。从苏联的各个角落，向着莫斯科……"

"一切才刚刚开始……"维佳百无聊赖地想着。

***

维佳在集会结束后和布德金一起回家。外面天气阴沉，城市上空乌云密布，一片昏暗。窗外时不时传来哀悼的音乐。工厂的广播中也在播放着，伴着锯齿状的波纹传到耳朵里。

"你知道葬礼什么时候在电视上播吗？"维佳问道。

"不知道，在播吗，你要看吗？"

维佳耸了耸肩。

"这是一个历史性事件，"他说，"甚至美国总统也要来……"

"有意思，不知道他要待多久？"布德金突然想到。

"不知道。咋了？"

"所以……当他在这里的时候，他们不会发动核战了……"布德金低声说。

在单元楼门口与布德金分开后，维佳上了楼。他把他的校服摊在父母的床上，就像父母出差时他经常做的那样。他懒得去叠那些搞不定的衣袖。维佳热了下他的午餐，直接就着锅吃了起来。

他心中非常忧郁。维佳把锅放在水槽里，在公寓里走来走去，躺在沙发上，却睡不着。窗外是毫无色彩的天空，绵延不断。维佳翻着唱片，不，他也不想打开唱片机。电视上正在播放一场交响乐音乐会。广播里也有音乐在放。

维佳从柜子下面拿出一块大木板，上面用橡皮泥做了一个堡垒。维佳坐着，在城墙上和塔楼上摆放着用梳子齿做成的盾牌和剑，还有塑料士兵，他修理好弯曲的梯子，叹了口气，又把堡垒推了回去。

然后他从书桌的抽屉里拿出一把铜柄弯刀，准备用锉刀磨一磨，甚至搬来一张凳子，在地上铺了报纸，但又改变主意，把它收了起来。

他从一堆笔记本下抽出前天收到的加林娜·波波娃寄来的信件，皱巴巴的一封信。夏天的时候，他在少先队夏令营认识了加林娜，最近正与她通信。加林娜的照片和信纸一起掉了出来。维佳仔细看了看加林娜的脸，把照片翻过来，重读了背面的寄语。

"祝你什么呢——我真不知道。生活才刚刚开始。我从心底里希望你能和一个好女孩成为朋友。如果我们不会再见面，毕竟我们的生活轨迹不同，让我的签名留下，作为你人生的纪念吧。"

有那么一刻，维佳想坐下来给加林娜回信，但他没有。他走到书柜前，停下来，把额头靠在玻璃门上。他发现这些书籍令人难以置信地无聊。他在其他书脊前徘徊着，但一本接一本地否定了它们。最后他看到了一本。他思索了很久，但没有拒绝。他拉开玻璃门，拿出一本封面闪亮的书，躺在地上，把书放在他面前，开始阅读。这本书叫作《列·伊·勃列日涅夫：小地球、处女地、重生》。

***

维佳一直读到四点半，快五点的时候他出门去学校。校门已经被上了锁。维佳不停地敲打着，门闩叮当作响，直到一位清洁工在里面敲打窗户，示意他赶快离开。

突然想起来军事教官的话，维佳绕过学校，从敞开的入口毫无阻碍地进入到室内靶场。穿过冷清的走廊，他来到少先队骨干开会的房间，没有敲，就推开了门。房间内，少先队大队长娜塔莎·切尔诺娃、谭雅·拉基蒂娜、列娜·科罗维纳、拉丽萨·斯米尔诺娃、安德烈·别兹戈多夫、柳芭·阿特莫娃、列娜·安菲莫娃和科列斯尼科夫，正坐在一张长桌旁喝茶吃蜜糖饼。

"能进来吗？"维佳微笑着问。

"啊呀，斯鲁什金，进来吧。"切尔诺娃认出了他。

维佳走了进来。

"赶快敬礼！"一个酸溜溜的声音提醒他，"这里有旗帜。"

"可我没戴红领巾。"维佳解释说，还解开了外套的扣子。

"严格来说，没有红领巾是不允许进入的……"切尔诺娃拖长声音说道，"算了吧。和我们一起坐下来喝茶吧。"

维佳靠边坐下。他感到非常不得劲儿。他的背后是一张有洞的椅子，上面插着少先队的旗帜，同时还有学校共青团组织的旗帜，以及十月团的旗帜。旁边放着几个鼓。柜子里有成卷的棉布和墙报，成箱的颜料，破旧的书籍和不成套的杂志。头顶上垂下来几个喇叭，扩音孔朝向四面八方。窗户之间的空地上摆放着一个铺着红布的底座，上面立着童年列宁的半身像。

墙上贴着表扬信、旗帜、海报、画像，还有写满规定和誓言的
纸张。

"什么风把你吹来了？"科列斯尼科夫问道，包括维佳在
内的所有人都笑了起来。

"想来看看我能不能在鼓号队中混个鼓手。"维佳说。

"你知道，维佳，我们现在可能不能告诉你结果，"切尔诺
娃说，"好吧，同学们，你们怎么决定的呢？能不能接受……
对了，听着，昨天彼得罗夫给我看了一首诗，他父母送了块电
子表作为生日礼物时，斯鲁什金就此创作了点东西……"切尔
诺娃在她的包里翻找着。

"彼得罗夫，年轻的生命啊，你这个贪吃鬼，你这个傻瓜，
你这个守财奴。即使在你的口袋里，装着带微型计算器的手
表，也不能让你变聪明。如果战争爆发，德国人侵略我们，在
祖国召唤你的时候，你只会搂紧你的衣服。你会被你的人民永
远诅咒，你会像猪一样死在栅栏里，手里还握着带微型计算器
的手表。"

在座的所有人都捧腹大笑。维佳在旁边谦虚而骄傲地
坐着。

"怎么可能接纳他？"斯米尔诺娃笑完问道，"他天天就是
嘻嘻哈哈那一套，一点严肃的劲头都没有。怎能让他加入？"

"他总是在讲那些有的没的笑话，"拉基蒂娜补充说，"他
会玷污我们的，他这人不可靠。"

"他总是特立独行，"阿特莫娃说，"你不能交代他做任何
事情。他还撒谎，不喜欢接受批评。"

"你，斯鲁什金，可以画画和写诗，但你不参加集体

工作。"

"而且你总是与团队脱节，你独来独往，你不关心任何人，你对一切都有自己的看法。"

"行了，行了，同学们，"切尔诺娃以和解的语气说道，"你们在责难什么呢？他是个好孩子。好吧，维佳，你看，现在不是讨论的时候。你明天来这里，在小帆船文学社表演完之后，我将召集整个理事会。我们那时再决定，可以吗？"

"好吧。"维佳说，从椅子上起身。

他走去了漆黑的楼梯间。他盯着窗外，思考着，为什么列娜·安菲莫娃一直保持沉默。

***

切库什卡的小帆船文学社排练之前，维佳一直在学校附近闲逛。他无聊地趴在窗台上，孤独地在空荡荡的走廊里徘徊，看着那些他已经看过无数次的海报，好奇心作祟进了趟女厕所，推开一些教室的门，进入体育馆。最后他看到了远处的列娜·安菲莫娃和科列斯尼科夫。未消耗的能量在他体内涌动。几分钟后，他灵感大发，躲在墙角的壁槽后，决定当回间谍。列娜和科列斯尼科夫在刚才维佳趴过的同一个窗台上坐下，维佳在高处悄悄绕过他们，蹑手蹑脚地走到他们上面的楼道。寂静中，柔和的声音听起来相当清晰。

"你怎么了？"科列斯尼科夫问。

"没什么。"列娜回答。

"他们不打算去了。"

"对我有什么区别吗？"

"也就是说，你会在家待着了？"

"在家。"

"那我之前的提议你是什么意思呢？"

"什么？这个……我不知道……对不起……我害怕……"

"有什么好怕的？和我在一起，又没别人。"

"不是这个意思……你知道吗，勃列日涅夫死后，我的脑子想的都变了，就……很害怕。"

"所以，他死了又怎样？"

"都一样……我们改天吧……"

"去他妈的改天，列娜？到底什么时候？"

"将来吧，也许……"

"好一个也许……勃列日涅夫没了，谁知道会发生什么。这么拖延时间有劲吗？这很冒险吗？"

"还好吧……毕竟还在哀悼期……"

"我不管什么哀悼。哀悼跟我们有什么关系？我们难道死了吗？如果我们现在不去做，也许就再也不会做了。"

"那……"

"恰恰相反，正因为他死了，你不应该坐在家里，你应该利用一切机会！你知道的，不是吗？"

列娜沉默了。

"好吧，我会来的，"她平静地说，然后她又不开口了，最后才勉强把话说完，"如果真的发生了核战该怎么办……"

维佳退后一步，倒吸了一口凉气。一股忧愁烦闷的醋意在他胸中哀痛起来。科列斯尼科夫成功说服列娜一起做什么事情，这让他难受。随他们的便吧，维佳生气了，走了。

*　*　*

同学们已经挤进了切库什卡的办公室。维佳一进门就被叫到老师的桌子前，因为没有准备好哀悼游行用的录音带而受到责骂。然而，很快，他的气恼就烟消云散了。维佳坐在后面的桌子上——不再是一个贱民，也还不是创作小组的正式成员，尽管可能有什么任务，但维佳不知道——然后排练开始了。维佳保持沉默并观看着。出于某种原因，他发现一切都异常有趣。

切库什卡站在堆积如山的课桌旁。大汗淋漓的创作小组站在黑板前。维佳看着痛苦的同学，并不同情。他们都在念东西——有的还在死记硬背，有的已经牢记于心。他们摇头晃脑，面红耳赤，用不同的语调重复着相同的句子，挠鼻子，在教室的窗边踱步，不停换地方，独自闷在角落，变得偏执和气愤。切库什卡也失态了：她先是沉默不语，内心对这种糟蹋她剧本的行为感到愤怒。接着责骂了起来，想要阻止玷污行为。她的眼睛扑闪着，把咬过的笔扔在桌子上，然后她摆摆手，好像是对自己说，这没有用的，最后她平静了下来，不置可否地盯着大家。

维佳突然对切库什卡感到一丝同情。她在大家面前奋力创作，把她的才华发挥得淋漓尽致，而她的文字却异常难啃——维佳非常清楚这一点。关于切库什卡的所作所为，他突然觉得她是对的，而同学们的反应，他感觉到了习以为常的懒惰、迟钝和愚蠢。

排练结束后回家的路上，维佳思考着刚才发生的一切。但是渐渐地，十一月的风和秋天的寒意，把所有聪明的想法都从他脑子里赶走了。在路上，维佳随意瞥了一眼建筑工地，令他高兴的是，那里一个人也没有。

在木栅栏后面，是已经开工建造了一年多的新百货商场。到目前为止，只有一层的墙壁从地基中冒出来。多日的秋雨让坑里积满了水。男孩们用木板和胶合板制作木筏，在地基的坑里漂游。

维佳爬过倒下的围栏，跑下土坡，爬上地基的混凝土护栏，穿过开口，小心翼翼地踏上一个停靠着的木筏。木筏在他脚下晃荡了一下，总算稳住了。他用长木条反推了下护栏，木筏便载着维佳潜入被淹没的洞穴似的大厅。

他深入黑暗的空间，抓着湿漉漉的坑坑洼洼的墙壁，在混凝土迷宫般的通道里行进了相当长时间，直到远处传来一阵水花声。这次碰面有可能引发一场"海战"，于是维佳向后退去。

回到大厅里，从旅程开始的地方，维佳看到科列斯尼科夫推开了护栏。维佳松了一口气。

"划过来！维佳！"科列斯尼科夫喊道。

维佳迅速向他靠去。但科列斯尼科夫巧妙地将他手里的栏杆插入木筏底部，突然将维佳在码头上截住，并开始拨弄他。

"你搞什么？"维佳很惊讶，挥舞着手臂以保持平衡。

科列斯尼科夫没有回答，而是突然踏上了维佳的木筏。它一下子就没进水里。维佳向后摇晃扭动着，努力保持平衡。科列斯尼科夫跳了回去。

"把你靴子弄湿了吧？"他欢快地问道。

"干什么啊你！"维佳又喊了一声。

科列斯尼科夫再次踏上维佳的木筏。他的靴子比维佳的高得多。三秒钟内，冰冷的水淹没了维佳的膝盖，并顺着他的腿冲进靴子。科列斯尼科夫等着，直到他的小腿快被淹到，然后又跳了回去。

"待在那里，不要动！"他命令。他撑着杆子顶着维佳的木筏，努力地把木筏压向水中。木筏开始倾斜和颤抖。突然，维佳因为害怕掉到水底，向前跳上了科列斯尼科夫的筏子。

"妈的，狗杂种！"科列斯尼科夫哀号着，退到他木筏的另一侧边缘以保持平衡。但维佳毫不犹豫地跳得更远，跳到了码头上，在那里他摔倒了，膝盖砸在了水泥地上。科列斯尼科夫仍然在他的木筏边缘。突然筏子立即向上倒翻，向另一侧扣过去。科列斯尼科夫张开双臂，破口大骂，背朝下飞入水中。而维佳已经跑出了大坑，只在斜坡上听到了巨大的落水声和尖叫声。

***

在家里把裤子和袜子晾干后，维佳坐在录音机前，转录着哀乐。不知怎么搞的，这花了他相当多的时间。当布德金来拜访时，维佳已经对沉闷的号叫声感到相当厌烦了。

"是我，维佳，我带了 ABBA 和《成吉思汗》。"布德金边说边把外套挂在钩子上。

维佳很高兴，带着重新唤起的热情和布德金一起坐在了录音机前。在磁带倒带的时候，布德金告诉他，他父母从莫斯科给他捎了一些牛仔裤。

"你们到底为他妈啥这么痴迷牛仔裤？"维佳不以为然地嘀咕道。

"这可是牛仔裤啊！"布德金叫道，不确定地解释说，同时愧疚地眨着少女般的睫毛。

"不就他妈两条裤腿四个兜。裤子到底还是裤子。"

"我们这里的人，穿的是普通裤子。人家美国，穿的可是牛仔裤。"布德金叹道，"我愿意穿自家的裤子，如果它们也有型有样的话。现在我妈让我穿美国货，难道我穿上它们，我就会出卖自己的祖国吗？"

"这是一种耻辱，"没美国裤子穿的维佳抱怨说，"他们用这些破烂来收买我们，就是这么回事……"

"没人他妈的收买我们，"布德金固执地辩解，"维佳，假如中情局来招募或要挟我，我宁愿坐牢，也不愿意投降，就这样。"

布德金显然在为他的新牛仔裤而惴惴不安，也可能是为他的祖国而不安。他静静地坐着，等维佳给自己转录完了一首儿童电影主题曲后，就直接走了。维佳心里挺尴尬的，他伤害了自己的朋友。不过，要怪也得怪布德金的母亲给儿子买了敌人的衣服，不能怪维佳。维佳正准备去找布德金和解，门铃突然响了。

***

维佳打开门，迎面看到了科列斯尼科夫。

"你为什么把我弄水里去，你这个小兔崽子？！"他一进来就发起火来，"你知道我妈刚怎么训我的吗！你可真有种！我跟你开玩笑，你把我推水里去！是不是开不起玩笑啊，你这个怪胎！"

维佳已经对科列斯尼科夫反复无常的样子厌倦了。他就是有那种本事，白天跟人打架，然后晚上就来求人借自行车。

科列斯尼科夫走进厨房，开始给自己倒茶。

"你家里人什么时候回来？"他问道。

"周六。"

"不错啊。我父母本来答应说第二天去乡下看祖母，但今天他们改主意了，就是因为勃列日涅夫，浑蛋。他们能为葬礼做什么呢？而且我已经邀请一位姑娘来我家了。我现在该怎么跟她说呢？"

"什么姑娘？"维佳皱着眉头问，"列娜·安菲莫娃吗？"

"嗯……"

"反正她也不会来。"不知为何，维佳这么说道。

"为什么？"科列斯尼科夫不悦地哼了一声，"她都答应了，明白吗？"

维佳的面色越来越沉。对列娜的愤恨，对这个傻瓜科列斯尼科夫的愤怒，正在侵蚀他的灵魂。

"这些是公寓的钥匙吗？"科列斯尼科夫问，从窗台上抓起一串东西，"给我明天用下呗？你还有父母给你留的钥匙，对吧？

"放那儿，别动！"维佳勃然大怒。

科列斯尼科夫迅速将钥匙塞进口袋。

"你什么意思嘛！"他笑着说，"晚点还你，不会弄丢的。反正你晚上要和布德金出去玩，我要带列娜·安菲莫娃来这里……"

"我不会放你进门的！"维佳怒气冲冲，还没决定是否要从科列斯尼科夫手中把钥匙硬抢回来。

"我在你家里什么也不干！我以哥们的身份求你了……还是说，你爱上了她？她那么丑，甚至没有人愿意在滑梯上碰她。你恋爱了，是不是？"

维佳的心在狂跳，脑子里混乱不堪。碰上科列斯尼科夫时总会这样：不知道为什么，他总能让你去做他想要你做的事。

科列斯尼科夫心满意足地拍了拍自己口袋里的钥匙，从另一个口袋里掏出一包避孕套。

"瞧瞧！"他显摆道。

他拆开一个，戴在手指上，在眼前边转边笑，好像这是他见过的最有趣的事情。

"剩下的放你这里。如果被我父母发现，我肯定会被打死。不明白他们为什么会这个反应？他们应该高兴，自己的儿子能使用它们，而不是浪费掉。"

科列斯尼科夫打开冰箱，把避孕套放在里面。

"反正列娜·安菲莫娃不会让你得逞的。"维佳无可奈何地说。

"肯定行。"科列斯尼科夫自信地说。他想了下，又轻描淡写地补充道："好吧，如果她不同意，我就让她给我吹个箫。"

这段对话的每一个字都让维佳如鲠在喉。维佳蜷缩着身子坐着，沉默不语。科列斯尼科夫在聒噪地喝着茶。

"科列斯尼科夫，之前有人给你吹过箫没？"维佳声音僵硬地问道。

"维佳，这么懂事儿的人还没出现呢。"

"科列斯尼科夫，要不你来给我吹一个吧。"维佳提议。

***

最后科列斯尼科夫不玩了，把戴在手指上的避孕套扔进了垃圾桶。维佳把它拿出来，用纸包好，放在口袋里，准备等会扔掉。如果被他爸妈看到垃圾桶里的避孕套，可能也会打死他。

维佳很早就上床了，但辗转反侧就是睡不着。在他的身体里，一个声音在冲着自己怒吼：为什么他在科列斯尼科夫面前如此懦弱，没拿回钥匙？不过，从另一方面来说，他又非常羡慕。即使不在自己的公寓里，在别的地方，列娜还是会和科列斯尼科夫独处一室。可维佳怎么能摆脱这种嫉妒呢？甭管愿不愿意，他都得把自己置于一个漠不关心的境地才行。也就是说，别管钥匙的事儿了。"不，你不能，"维佳坚定地说，带着绝望的决心，"明天我就把科列斯尼科夫赶出去，就这么定了。他永远别想在这里和列娜一起。"

"那又怎样？"忧愁在维佳耳边叮当作响，"这有什么区别呢：在这里，或不在这里……列娜更喜欢科列斯尼科夫，而不是其他人，包括自己。一个平庸无常的人，蠢得像个软木塞子。那个人为什么不是我？"他的胸中呜咽哀怨着，"我是不是很差劲？"

"见鬼去吧，列娜·安菲莫娃！"维佳狠狠地说，"如果你自己是个傻瓜，那就和一个傻瓜一起滚吧。"维佳仿佛要在灵魂深处报复列娜似的，开始回忆他与其他女孩们的一切。

坦白说，几乎什么回忆都没有。维佳只想到了一件事，和八年二班的薇特卡有关。

新年夜，维佳的父母带他去朋友家做客。薇特卡和薇特卡的父母也在那里。为了不打扰大人们，他们都被送到里屋看《蓝色火焰》。维佳和薇特卡以前甚至都没有打过招呼，他不知道她的名字，尽管他每天都在学校看到她。维佳默默地倒在沙发上，用毯子裹住自己，开始看电视。墙后是各种声响：音乐声、杯盘碗碟声、欢笑声、桌椅声、脚步声。

薇特卡坐在椅子上，但她看不太清楚电视。屏幕上，穿着毛皮大衣，绑着传统头饰的胖女人尖叫着，一场假雪正落在他们身上。薇特卡起身，关上了门，这样大人们发出的声音就没那么大了，她反锁上门，在沙发上坐到了离电视更近的地方。然后她说她很冷，用她的格子衫的一角盖住了她的膝盖。然后她甩掉拖鞋，爬到毛毯下。她是第一个挤到维佳腿上的人，接着她把手伸了过来。维佳也掀起了她的裙子。他们一直摆弄着对方，直到电影结束。然后他们试图像大人一样，继续做下去，但无疾而终。然后薇特卡睡着了，维佳转过身去，也睡着了。

这之后，他们并没有建立起任何友谊，仿佛什么都没有发生过。他们像以前一样，互相不说话也不打招呼。只是薇特卡偶然会在学校走廊里看见维佳时，突然发疯似的大笑几声。维佳装作一副笑声跟自己无关的样子，但他内心深处则充满了困惑，甚至还有几分莫名的受伤。

但现在，为了打破他对列娜·安菲莫娃的那份苦涩的爱，维佳躺了下来，回忆起当时在《蓝色火焰》的荧光映衬中看到和触摸到的东西。并且，和那次一样，在不知不觉间，就睡着了。

夜半时分，他满头冷汗地跳了起来，以为听到了城市上空爆炸引发的轰鸣声。"战争？"维佳想了想，打了个寒战，冲到窗前。但是，原子弹的蘑菇云无处可寻，窗户也没有被照亮。"没电了吗……"维佳冲向电灯开关。有电。他冷静下来，走到厨房，打开收音机——收音机里一片寂静。"原来是梦……"他如释重负地呼出一口气，接着水龙头喝了口水，回床上去了。

第二天

维佳睡过头了，他记得必须在 9 点之前赶到学校。但等他从大梦中缓过来，抓起闹钟一看——已经 10 点 45 分了。

他的心脏疯狂地跳动着，在公寓里跑来跑去找东西，它们都不在之前放的地方了。他把一盘转录好哀乐的磁带装进口袋，然后冲到楼梯口，关上门，连滚带爬地下楼去了。

他不光睡过了大彩排，还睡过了大扫除。一想到切库什卡的那张脸，他心里就冰冷地颤抖起来。他飞奔到学校，几乎都没喘过一口气。

人们拥挤在礼堂前，等待着。维佳将人群推到一边，向入口走去。他一进来就看到切库什卡站在校长坦波娃的旁边。她身材高大，耸立在大厅里，说话时，闪亮的眼睛一直盯着入口。她一副无动于衷的表情，但因为紧张有些脸色泛红。切库什卡一下子就注意到了维佳。有一秒钟，她越过所有的头顶看向他，盯得维佳几乎要燃烧了起来。但随后切库什卡转过身去，仿佛不想再看到这个肮脏的东西。

维佳知道，再过五秒钟，切库什卡又会盯向他，她的目光会表明，为了完成必须完成的事情，她情愿和这坨狗屎说话，且不会带任何感情色彩。趁着这五秒钟的机会，维佳蒙混过关，越过他前面站在长椅上的人，挤到人群之间，淹没在孩子们的海洋里，从切库什卡的视线中消失了。接着他蹲下身子，拿出一盒磁带，塞给前面的人说：

"递给切库什卡，照这个样子给她，播放磁带的反面。"

磁带顺着人群一排排地向前传递。维佳听到他的话被一遍遍重复，终于看到它被拿出来递到切库什卡面前。

然后坦波娃走上台说：

"同学们，静一静，静一静。现在，八年级的小帆船文学社将向我们展示他们的作品，谨以此纪念过早去世的列昂尼德·勃列日涅夫。全场安静！请到台上来……"

她鼓起了掌，整个礼堂也都在鼓掌。

***

维佳松了一口气。他已经知道接下来会发生什么，但这提不起他的任何兴趣。当他思考该如何向切库什卡撒谎来解释他的迟到时，他看见了列娜·安菲莫娃，不过很快就把眼神转走了。

一会儿是校长发言，一会儿是诗朗诵，一会儿是讲述勃列日涅夫的生平，接着又是诗朗诵，又是讲生平，然后还有教职工发言，读了几页书，继续讲生平……时间流逝，大厅里的紧张气氛彻底消散了。后排的人开始窃窃私语，校长把头歪向她旁边的人。舞台边的切库什卡坐在一张桌子后，拿着一台录音机，纹丝不动。她一边观察演讲者，一边还指导示范给其他人，如何做出特别的反馈。维佳完全走神了，当列娜·安菲莫娃和彼得罗夫开始交谈时，他才反应过来。

"一个人为人民的事业付出了全部精力，死亡就是他人生所应当的结果。

"但是，除了死亡，在感激他的人心中，他还会永垂不朽。

"还有那些继承他事业的人。

"还有我们大家。

"让我们为纪念列昂尼德·勃列日涅夫而默哀一分钟。"

大厅里的人喧哗起来，起身，然后陷入沉默。切库什卡按下了连接到广播喇叭的录音机的播放键。第一个音符刚刚响起时，切库什卡还整理她的着装，正准备把她的手臂垂到裤缝，维佳突然明白了一切。从大厅中间，最喧闹的地方，没有传来哀伤的进行曲，取而代之的，是扩音器在嘹亮地送出瑞典乐队ABBA 的歌声和动画片主题曲里的口哨声、叮当声、节拍声。

维佳起身跳过长椅，向出口跑去。他在睡梦中把磁带里的追悼音乐给录混了，一切为时已晚。

***

喧闹的歌声戛然而止,再没有任何声响——准确地说,是先有低吼咆哮,然后熄灭了。停电了。不远处,能听见爆炸声,玻璃窗碎了,有人跑进礼堂,大喊着:"打仗了!核战!"

不,不,不……

在连通少先队活动室和门廊的黑暗空间中,维佳整整坐了一个小时,他胡乱幻想着刚才的一切。思绪在同样的事情上兜兜转转。切库什卡可怕凝视下的惩罚是如此令人痛苦,哪怕只是想想,维佳都可以在他的小房间里困坐一整天,一整夜,一辈子。

一帮学生从他身边匆匆而过,他听到他们中的一半人都在笑话被搅乱的小帆船文学社的演出。但维佳没有插嘴。他的罪行是如此可怕,他深陷在切库什卡即将带来的羞辱和复仇的恐惧中,对他来说,赶快找到什么东西支撑他挺住,变得至关重要。最重要的,是鼓号队里的那个位置。很明显,鼓号队的理事会并不会召开,尽管切尔诺娃昨天承诺了今天会开。

原则上讲,维佳明白,鼓号队的会议不会召开,但他拒绝相信,仍顽强地等待着。等待有太重大的意义,能打断他纷乱的思绪。维佳坐着,坐着,坐着……

突然门打开了,维佳看到了切尔诺娃。

"您好……"他开口道,但切尔诺娃却被吓得"哎哟"了一声。

"斯鲁什金!"她惊愕得口不择言,"你要干什么?想害我不成?"

“没有。”他有些困惑地回答。

“别在意……我忘了拿书包。”她说道。

她用钥匙打开了通往少先队活动室的门。

“不用害怕了，”她在屋里说，“切库什卡已经回家了，所以你不用再躲了。”

“好吧。”维佳回答。

“怎么会搞成这样呢？”切尔诺娃拿着书包走出来问道，“搞错磁带了吗？”

“嗯……”

切尔诺娃把身后的门重新锁上。

“鼓号队的理事会还开吗？”维佳可怜兮兮地问。

“鼓号队的理事会？为什么？”切尔诺娃有些诧异。

“那个……您昨天说今天准备开会，讨论接纳我当鼓手来着……”

“啊，这个啊，”切尔诺娃想了起来，“今天的事情之后，维佳，你还怎么当鼓手呢？我和同学们商量了一下，取消了会议。你不得不接受现实，维佳……你可不要太难过啊。”

“我为什么要难过呢？”维佳喃喃自语，差点哭了出来。

回到家里，维佳没脱衣服就爬到了被子里，还带着录音机。他放了一盘维索茨基[1]的磁带，听了很久。渐渐地，他感觉好多了。他是那个坐在雪橇上被马拉向深渊的人。他是那个遍体文身坐在澡堂里的囚犯。他是那个背着列娜·安菲莫娃

[1] 弗拉基米尔·维索茨基（Vladimir Vysotsky），著名演员、诗人、歌手，被称为“苏联的鲍勃·迪伦”。维佳描绘的场景，基本上都出自维索茨基的歌词。

走出魔法森林的人。维索茨基肯定不会在切库什卡面前被吓得打滚，而会冲她的"乌鸦老巢"里吐口水，然后离开。恍惚之中，维佳觉得维索茨基真的这样做过了，他只是在重复偶像的行为，这可比维佳自己单独一人向切库什卡吐口水容易得多。

***

维佳从被子里钻出来，起身去做汤。汤煮得很慢，因为他往里面塞了一整锅食物。他预计父母明天会回家，然后一下就能把这些吃完。唯一缺的是面包。喝完汤，关上煤气，维佳穿好衣服，拿着钱和购物袋去了商店。听完维索茨基的歌曲之后，他的心里变得义无反顾，自言自语地哼起了瞎编的歌。

"我们坐在澡堂里，踢着我们的脸盆，长官的命令突然来临：伙计们，飞到东方去，轰炸一个苏联城市。机器是野兽，引擎在轰鸣，飞机往前飞，十五吨的负荷。沉重的炸弹，我们去把苏联炸个稀巴烂。"[1]

维佳望着低沉的白色天空，突然清醒而清晰地感觉到，核战是无论如何都不会发生的。

他继续唱起了副歌：

"我们飞越大海，美丽的角度，一万五千米的高度。我们飞越陆地，美丽的角度，一万六千米的高度。"

维佳走进一片区域，这里建了一片私人小木屋。这片地之前是砖厂的地盘，跟滨河区的人是死对头。维佳继续唱：

---

[1] 维索茨基的歌曲《雅克战斗机》。

"现在高射炮列阵完毕，直接朝我们开火射击。第一枚炮弹击中引擎，第一位飞行员阵亡。第二枚炮弹击中机翼，副驾驶落水。我们的汽油快要用完，我要独自飞回基地。"

维佳特别喜欢最后一段的歌词：

"我飞越大海，美丽的角度，五毫米的高度。我飞越陆地，美丽的角度，三毫米的高度。轰轰烈烈哗啦啦！！！"

买完面包，维佳原路返回。他正准备离开砖厂的地盘时，有三个小伙子挡住了他的去路。

"你哪儿的？"其中一个问，"滨河的？"

"从基洛夫斯克村来的。"维佳吓得满头大汗，他的声音变得很细。基洛夫斯克村在"砖厂帮"和"滨河帮"之间，是绝对中立的。

"行啊，基洛夫斯克村来的。"砖厂帮里的一个人冷笑，"你怎么这么尿啊？"他直截了当地问道。

维佳一时间不知如何回答，僵住了。

"有钱吗？"

"没有……"维佳支支吾吾。

"波纳，扇他一巴掌。"砖厂帮的一个人提议。

几个人抓起维佳，开始翻他的口袋。他们把钱掏走了，把公寓的钥匙和其他东西扔到了一边。其中一个人从维佳的口袋里翻出个纸团，里面包着避孕套，正是昨天科列斯尼科夫玩剩下的那个。

"看呢，伙计们！"他惊讶地说，然后反问维佳："怎么着，刚逛完窑子啊？"

"是啊。"维佳还不懂窑子是什么，就随口应付道。

"她跟你玩了？"

"还用嘴玩了。"维佳胡诌。

砖厂帮听完突然就安静了。

"行吧，我们就拿一卢布，剩下的……接着！"他们把零钱还有地上的钥匙还给维佳，"下次别再让我们碰见，知道不？"

砖厂帮的几个人绕过维佳，继续向前走。维佳筋疲力尽地跟跄着往家走。尽管他奇迹般脱身了，但他并不庆幸。他边走边郁闷地想，随便什么人，不论在哪儿都可以打他一顿。砖厂帮的，一次。十六中的，一次。马路旁，一次。托儿所附近，一次。街头混子，一次。车库后面，一次。技校旁边，一次。尽管如此，至少结果是，他很少被打得很严重……

***

维佳刚进楼道，就听到了科列斯尼科夫欢快的嗓音和钥匙的叮当声。维佳一下子想起来，邪恶的科列斯尼科夫偷了他公寓的钥匙，并打算晚上把列娜·安菲莫娃拉到这里来。维佳瞬间被激怒了，他飞快地跑到自家楼层，但只看到正在关上的门，以及门后科列斯尼科夫的背影。"所以列娜终究还是来了……"维佳惊恐而绝望地想着，抓紧了门把手。

"停下，科列斯尼科夫！"他喊道。

科列斯尼科夫环顾四周，看着维佳，在公寓门里面低声说了什么，然后迅速跑到外面的走廊上。他虚掩上门，靠在门边。

"你怎么来了？"他带着不自然的笑容问道。

"你之前说，你晚上要来……"维佳喘着粗气，没话找话地说。

"怎么着，现在是早上吗？"

"我这个……"维佳有些犹豫，"总的来说，不能来我这里……请离开我的公寓……"

"你父母要回来了吗？"科列斯尼科夫焦急地问。

"不……我自己……不想要，明白吗？"维佳喃喃自语，窘迫地左右脚来回换边站，都没敢看科列斯尼科夫的眼睛。

"什么意思，你有病吧，维佳？"鼓起劲儿的科列斯尼科夫一下子抱怨起来，"之前跟我说尽管来，现在跟我说滚蛋吧，你要是个爷们，就别来烦我！"

科列斯尼科夫的眼神充满了压迫感。

"我不希望，你们在这里……"维佳茫然若失地重复着。

"好啊，行啊，我现在就！"科列斯尼科夫扬起手，"搞什么鬼，维佳，你是个娘们吗，啊？怎么管那么宽？列娜·安菲莫娃都不害怕，你紧张个什么！别瞎传这事儿，听到没，除了我们，没人知道。否则，我就告诉列娜·安菲莫娃，你是个浑蛋，是个废物。还跟我说'请离开这里'……你为什么要在列娜·安菲莫娃面前自讨没趣呢，一副窝囊相。如果她告诉别人，你是个尿货，以后就再没人跟你说话了！行了，别怕，我不跟别人说。保证。"

维佳哼哼着，一言不发，心乱如麻。

"还是说，你想跟安菲莫娃一起？"科列斯尼科夫试图看向维佳的脸，"她跟你不可能的，维佳。我问过她对你什么感觉，她说，你有点脑子不正常，简直就是个傻逼。但怎么说呢，她是个笨蛋，她看不懂其他人怎么回事儿。"

科列斯尼科夫拉开门，从缝隙中走了进去。维佳站在楼道里，低着头，沉默不语。

"你去找布德金吧。"科列斯尼科夫建议道，并关上了门。然后他再次打开，补充道："我就到七点。列娜·安菲莫娃八点前必须回家。"

门再次关上。维佳僵在原地。接着门又开了，科列斯尼科夫问道：

"你没把我的东西从冰箱里拿走吧？"

维佳沉默着。

"好吧，就这样了，去布德金家吧。"科列斯尼科夫说。

门彻底关上了。

维佳站在原地，被科列斯尼科夫的话和刚才发生的一切击垮了，崩溃了。他彻底蒙了，甚至有点失魂落魄。科列斯尼科夫怎么可以随意指示其他人做事，甚至是令人厌恶的事？

维佳转过身，慢悠悠地走下楼梯，在栏杆上敲打着他的面包。

***

维佳差不多在布德金家坐了有一个小时。他们下了国际象棋，吃了晚饭，又下了会儿棋，然后彻底没了兴致。电视上又在播放交响乐，但维佳什么都不想看。他的思绪像醉酒了一样，飘摇晃荡着，时不时跌倒在关于列娜的回忆中。她现在和科列斯尼科夫在做什么？维佳的想象力描绘出了最炽热的画面，痛苦而真实，因为它们的背景正是维佳熟悉的，他自己的公寓。维佳身心俱疲。他需要一些东西来浇灭他狂躁的想象力，让他的灵魂冷却下来。

"我们要不要到澡堂去偷窥？"最后，维佳向布德金建议。这可能是他唯一能做的去抵消列娜的事情了。好吧，还可以找八年二班的薇特卡——但难道要重复那个跨年夜的事情吗⋯⋯

害羞的布德金踌躇犹豫半天，但维佳做通了他的工作。他们穿上衣服，从屋里出来。黄昏降临在街头。维佳和布德金不紧不慢地向着澡堂游荡过去。

路上，维佳又逛了下昨天那个倒霉的建筑工地——那个他本可以淹死科列斯尼科夫的地方，拎着一根又长又结实的棍子。然后他们转到了学校后院。那儿有一个棚子，里面放着废旧报纸和周六义务劳动的设备，还有成堆的金属废料。维佳走到金属堆旁，伴着尖厉的摩擦声，他从里面拖出一个铁桶。

"我们最好从二班拿东西。"布德金阻止了他。

他们果然从八年二班的废料堆里，找出一个同样的铁桶，然后他俩用一根棍子把它挑了起来。

"美国真好，还让看色情片⋯⋯"维佳心里还在想着之前的种种，"而在这里，要是你被抓到，他们非杀了你不可⋯⋯"

布德金没有回答。维佳一直暗自琢磨着，越想越气。

"我挺好奇的，维佳，"布德金说，"理想主义难道就不允许人看裸体吗？"

"理想主义下，人是另一种心态，你连自己的裸体都不想看。"维佳恶狠狠地说。

布德金陷入沉思。

他们到了澡堂，然后朝女宾所在的侧堂走去。窗户在越来越浓的夜色中闪闪发光。在他们下面，一条狭窄的小路沿墙而绕。维佳和布德金环顾四周，在墙边放了一个铁桶，然后互相帮助，爬上墙去。

隔着玻璃可以听到嘈杂声和洗澡声。玻璃被涂成了蓝色，但有人在油漆上划了一个小口子。维佳让布德金先看。布德金贴在玻璃上，沉默了很久。

"我去！"他突然有些惊恐地低语，"卡马洛娃！"

"让我瞅瞅……"维佳烦躁难耐地说。

他们紧紧抓住铁皮窗台，摩肩擦踵地互换位置，踩得铁桶直晃。最后，维佳靠在了窗边，期待着一个惊心动魄的神秘世界在他面前缓缓展开。在湿漉漉的玻璃后面，蒸汽盘旋着，一些模糊的影子在移动，维佳什么都看不清。

突然间，整个窗户都颤抖了起来。

随着一声低沉的号叫，布德金飞身倒下。维佳惊呆了。

窗户突然打开了。一张脸，椭圆形的，硕大，通红，沾满水的长而稀疏的黑色头发，贴在额头和脸颊上，在一团蒸汽中向维佳直冲过来。

"斯鲁什金！"女人震惊地喊叫道。

维佳缩了一下身子。

一只手掌从窗口飞出，打了他一巴掌。

维佳一个晃神呆住了，不知道该做什么。

"流氓！"那个女人说，然后往维佳脸上啐了一口唾沫。

桶倒人摔，维佳起身撒腿追上布德金。俩人一起飞奔而逃。他们跑了大约五分钟，直到滑倒在某栋楼的大门口。

"她认出你了吗？"布德金窒息一般颤抖着问，"她是谁？"

"我真是太蠢了……"维佳回答。

他现在才明白打开窗户的那个女人是谁。

是切库什卡打开了窗户。

***

维佳被生活一锤到底，他送走了布德金，步履蹒跚地回家了。维佳的忐忑激动被一种暗哑的、忧郁的恐惧所取代。在绝望中，维佳想拿起手枪，去射杀切库什卡、科列斯尼科夫、列娜·安菲莫娃，还有其他许多人。他宁可将来以谋杀之名受审，也不愿意被真正发生的事情折磨——面对可耻、懦弱、愚蠢的自己。"我希望核战现在就来……"维佳憧憬着。炸弹落下，砰！一切问题烟消云散。对任何事情都不用负责了。一个干净的地球。即使他死了，也没有人会哭。他也不会为任何人哭泣。维佳并不觉得自己可怜。列娜·安菲莫娃说得对，他就是脑子有病。本来就这样。但其他的人也活该毁灭。凭什么他们都要责难维佳？他们自己的憎恨或冷漠，甚至他们自己的快乐，自己的安宁，都要算在他的头上——为什么他们要这样折磨维佳？

维佳看了下表：七点十五。该来的早晚都得来。维佳想知道，他和列娜到底成没成？咳，随他妈的便吧。

维佳把钥匙插进锁孔里，但无法转动。门从里面被反锁了。也就是说，科列斯尼科夫和列娜还在公寓里？生活真太美好了——连家都没法回！愤怒的维佳按下门铃，响声不停，直到科列斯尼科夫打开门。

"又在这儿大惊小怪什么？！"他低声喊道，用胸膛顶开维佳，走到了楼梯间。

科列斯尼科夫穿着内裤和背心。

"三个小时，她一直扭扭捏捏不同意，我刚刚才说服她，你就来按门铃！"他瞪着眼睛说，"你再出去逛一个小时，别来烦我。我都准备好了，就等着上了。"

"列娜还没有让他得逞！"这个念头在维佳脑子里飞速穿过。一种疯狂的喜悦在瞬间淹没了他的内心。也许还没有失去一切……

"滚出去！"维佳对科列斯尼科夫坚定地说，"我受够了！我不会再出去逛了！"

"维佳，再给我半小时……"

"够了，科列斯尼科夫！"

维佳伸手去抓门把手，但科列斯尼科夫把他推开了。

"再等半小时！"他低吼着。

"不行！"维佳大喊。

科列斯尼科夫骂了一句，突然蹿到了门里。维佳设法抓住了门把手，并向外拉。科列斯尼科夫灵活地从门后伸出一只光脚，照着维佳的肚子踹过去。维佳呻吟了一声，两眼怒睁，松开了门把手。

"真是傻逼一个，"科列斯尼科夫对气喘吁吁的维佳说，

"再等半小时,听懂没?"

门砰的一声关上了。

维佳垂在栏杆上,在回旋的楼梯缝隙间吐出长长的口水。他的呼吸穿过痉挛的肚子冲回他的胸腔,就像一个危楼里的房客。从门后传来一阵响亮的弹簧嘎嘎声。是科列斯尼科夫在展开沙发床。维佳明白这是为什么。

他跳到门口,继续按门铃。钟声响了一下,然后就断了——一定是科列斯尼科夫把线扯了。然后维佳开始踢门,并大喊大叫。

"科列斯尼科夫!快出来!"

门突然打开,几乎是拍在维佳的额头上。科列斯尼科夫怒不可遏,站在门槛上。

维佳不假思索地给了他眼睛一拳。科列斯尼科夫立即向维佳的腮帮子猛揍过去。被打飞的维佳还在挥舞着手臂。科列斯尼科夫还是更成熟、更强壮。维佳刚恢复平衡并抓住科列斯尼科夫,又被一拳击中了脸,然后肚子也被膝盖狠狠地顶中。

维佳所有的思想和感情瞬间被踢飞了。疼痛贯穿全身,让他蜷缩成一团。

科列斯尼科夫不知为何又把维佳拖下一层楼,把他摔在水泥地上,为了保险起见又在他的胸部和腹部踢了几脚。他蹲下身子,看着抽搐的维佳,有些内疚地说:

"这可是你自找的,傻逼……"

然后科列斯尼科夫赤脚爬上楼梯,公寓的门哐当一声关上了。

* * *

维佳在地上躺了一会儿，等缓过劲儿就坐了起来。血从他被打开花的嘴唇流到下巴上。维佳用手指摸了摸自己的嘴唇。"我估计科列斯尼科夫没被打挂彩。"他呆呆地想，"这家伙真走运……总是这样。"

维佳站了起来。他的灵魂就像一个足球，同时在几个地方被暴打，所有的洞都在呼啸漏风。维佳在楼道的两扇窗户之间有秘密角落。维佳从里面拿出一支烟，一瘸一拐地下了楼。

在单元楼入口处，他借着一楼窗户的亮光，坐在长椅上无奈地抽着烟。过滤嘴粘在他血淋淋的嘴唇上，烟味让他恶心，但维佳还是抽了起来。所有的空气都从他足球般的灵魂中消失了，灵魂躺在他身体底部的某个地方，就像垃圾桶里一张皱巴巴的报纸。

维佳不再被恐惧、愤怒、嫉妒和绝望所困扰。维佳的心被夷为平地。即使核战降临，对他来说也无所谓了。他想到了列娜·安菲莫娃，没有任何感觉的思考。他准备原谅科列斯尼科夫，只要她现在来找他，把他从孤独中拯救出来。

但他知道，列娜不会来。他也明白，他与科列斯尼科夫的打斗可能根本没有阻止事情发生，相反，这倒是给了科列斯尼科夫机会，让他夺走她不敢给予的东西。楼上，科列斯尼科夫没准正在告诉列娜："来吧，快点儿。你像个傻瓜一样磨磨蹭蹭了三个小时，现在这个恶棍来了，没有时间了。快躺下来！"原话就是这样的。而列娜不会觉得被冒犯，不会离开，而是听从他的命令。甚至不是因为她爱他，而是因为那个人是科列斯尼科夫。如果他在某个地方投下一枚核弹，人们只会扇他个耳光而已，难道不是这样吗？这就是科列斯尼科夫的命运。但维佳的命运却不同。列娜甚至不会记得他的存在。总是这样。

单元门的弹簧弹开，维佳抬起头。列娜从他身边走过，看着远方。她要独自回家，科列斯尼科夫没有送她回家。维佳跟在列娜后面，走入很少被蓝色灯光照亮的街道。当列娜快看不见时，维佳突然跳起来，追着她跑去。

列娜环顾四周，没认出维佳，于是走得更快了。维佳赶到她身边。她吓了一跳，向旁边闪身。

"列娜，是我。"维佳说。

"上帝啊！"列娜喘了口气，"你在这里做什么？"

"让我送你回家吧……"维佳有些凄凉地提议道。

"不用了。"列娜回答，转身就走了。

维佳拖着身子跟在后面，他也不知道这是为何。

"别跟了。"列娜回头说。

"让我送你……"维佳嗡嗡低语。

列娜想跑，但马上又收住了步子。她几乎要哭了出来，又转过身去。

"斯鲁什金，有点人样，不要纠缠了。"她凄楚地请求道。

维佳没有回答，也没有走开。

列娜继续向前走。

"我要叫人了……"片刻后，列娜无助地威胁说。

"这里没人……"维佳带着歉意回答。

他们又沉默地走了一段。

"走开，走开，走开！"列娜突然大喊一声，然后跑开了。维佳也跟着跑。列娜停下来，大哭起来。维佳放慢了脚步，离远了一些。他想安慰她，但不知道怎么做，就没过去。

他们到了她家单元楼门口。列娜走进楼栋，维佳留在外面。他在门廊下站了一会儿，然后突然打开门，飞快地走进楼梯间，听到列娜在三楼的脚步声。一个念头在维佳的脑子里转了个圈，然后他向整栋楼喊道：

"列娜·安菲莫娃！大……傻……瓜！"

第二十五章　失去的东西

极北地区浅绿色的天空中没有一丝云彩，也没有一丝思想。银色的、烟雾缭绕的太阳看起来就像被磨了皮的月亮。花园里的树木冻结成一簇簇冰枝，散向四方，像水晶吊灯一样悬挂着。

斯鲁什金走进九年一班的教室，打开成绩簿。里面夹着一张充满隐喻的——为了不被其他教师看懂——小纸条，这正是他在上个星期五写给自己的。

当全班同学都安静地落座之后，斯鲁什金问道："我有一个问题，女士们先生们。为什么，你们上周五全班都逃课了？"

"谁？我们吗？"九年一班的学生们惊讶道，"是您自己逃掉的！您没来上课！我们等了，敲门了！当我们踢门的时候，您也没有大声嚷嚷！我们通过锁眼也没有瞄到您的身影！"

"您当时不在，"斯塔科夫信誓旦旦地确认，"说真的，我们在铃声响后又等了七分钟，然后才走人的。"

"那为什么，我自己跟个木头疙瘩一样，在这里坐了整整一节课？"

"我们有一节地理课！"同学们喊叫着，"之后，我们去上了两节体育课！跑了整整三公里，累成狗了！"

"是课表改了吧。"斯塔科夫解释说。

"您难道压根没看到吗？"米特罗法诺娃在一旁冷嘲热讽。

"但是，教师休息室里的课表没有任何变化！"斯鲁什金垂头丧气地把手摊开。

"所以，这就成了我们的错？！"同学们开始闹起了情绪。

"行了，别抱怨了。"斯鲁什金挥手说，"如果是这样的话，我们该怎么办呢？有三条路：一，跟教导主任实话实说，让她来决定；二，今天多加一节课；三，睁一只眼闭一只眼，就当什么也没发生。你们选哪个？"

"闭眼！"同学们异口同声道。

"教导主任会把我们都杀了的，咱们都一样。"斯塔科夫审慎地说，"要让我们再额外加一堂课，只有一半的同学会参加，其他人不会听你的。所以还是直接算了吧，维克多·谢尔盖耶维奇先生。"

"那你们要答应两个条件。第一，你们自己回家自学下一章的内容，下一节课，我们要做小测验……"

"行不通。"斯塔科夫继续插话，"没人会去自学的。即便如此，我们什么地理书也不看，也可以小测验拿满分的。好吧，条件接受。说下一条吧。"

"第二条，这事儿不能让教导主任知道。"

激动的心情在班里转着圈回荡，最后不知怎么的，在玛莎·波尔沙科娃的身上收了尾。

"她不会知道的。"玛莎有些脸红地代表所有人保证。

教师休息室里，斯鲁什金把他跟同学们的交易，绘声绘色地转述给了基拉·瓦列里耶夫娜。

"你知道吗，"基拉微皱眉头说，"我不喜欢一个又脏又臭的光屁股在我面前晃悠，还有人为它叫好欢呼。"

斯鲁什金犹豫了一下，然后说：

"而我呢，不喜欢把靴子放在饼子上。"

"你是不是忘了什么？"基拉冷冷地问。

斯鲁什金抬起头，摆弄着手指，回忆道：

"牙刷过了……鞋带系紧了……裤子拉链拉上了……"

"九年一班的作业本在哪儿呢？"基拉泄气地问。

"教导主任拿走了。"斯鲁什金虚弱地说。

放学回家后，斯鲁什金在家门口发现了萨莎·鲁涅娃的纸条："维佳！想到那天，当着布德金的面，我和科列斯尼科夫发生的事情之后，我感觉太难受了，我不想活了。我感觉很不好，而你却消失了，我找不到你。我害怕失去我拥有的最后和最亲爱的东西——你的友谊。请今天到我单位来。如果你不来，就意味着我已经失去了一切。"斯鲁什金站在门口思索着，然后去找萨莎了。

在空心砖砌成的高楼区，第一场真正的雪铺陈在平坦、干净的地面上，看起来像刷了一层石膏。只有在水滨河区，在有弧度、有奇思妙想、有活力的木制房屋中，在柔和、深沉的色彩中，才能感觉到真正明亮的初冬。雪没有错过任何一条曲线，任何一个凸起。此时，沉甸甸的、厚实的漫长寒冬还未降临。隐没在木屋间的它，是年轻的、不确定的，仿佛一幅素描。

"鲁涅娃不在，"她单位的同事告诉斯鲁什金，"她宿舍好像有点水的什么问题，漏水了吧好像。她请了一小时的假，应该等一会儿就来了。"

沿着铁梯的冰冷台阶，斯鲁什金从工厂办公楼下到延展的浮桥上。河湾中黑幽幽的水像是白色堤岸间一具新鲜的尸体。班轮缓缓驶入河湾，像一支准备去冬眠的送葬队伍。水被船头下方涌出的黄色的油膜一分为二，橙色的块状物在船尾后面，随着机器的砰砰声摇晃和撞击。船的轮廓似乎因寒冷而变得尖利，像是一个饥寒交迫的人的脸。

斯鲁什金转身离去，从舷梯跳到堤岸上，沿着冰面的边缘走去。薄冰在他的脚下嘎吱作响，像蜻蜓的翅膀。遍布河滩的水印冻结成了不光滑的玻璃上的纵横条纹，就像银河一样。斯鲁什金点了支烟，他不紧不慢地踱步到搁浅的浮标旁——它像一头生锈的自杀而死的鲸鱼一样侧翻着身子——然后就转身回去了。

"她打电话说她今天都不来了，"单位的人向斯鲁什金解释说，"她说整个房间都被淹了，她在用一块抹布把水收集到桶里，这样就不会渗到楼下。"

"好吧，好吧。"斯鲁什金嘀咕着，回家了。

他刚进入公寓，电话就响了。

"维佳，是你吗？"薇特卡的声音传来，"你怎么回事儿啊？消失到哪里去了？科列斯尼科夫一整晚都在外面！我们本来可以玩到飞起！"

这时，门开了，塔塔跑进过道。

"薇特卡，回头我们再聊。"斯鲁什金匆匆说了一句就挂了电话。

"爸爸回来了！"塔塔对娜佳欢呼雀跃地喊道。

"你给猫买了鱼吗？"娜佳没有打招呼就问道，"没？那把你的晚餐给猫吃吧。在你换衣服之前，去地窖把猫找回来。再把垃圾倒掉。"

斯鲁什金拿着垃圾桶，走出了门。他绕着楼房走来走去，透过破碎的地窖窗户往里看。从一扇窗户里传来了沉闷的杂音和爪子在水管上的刮擦声。斯鲁什金蹲在窗户旁边，再次招呼道：

"喵喵喵……普吉克……你这个坏家伙……为什么要跑啊？给你喂的东西不好吃吗，还是你忘了回家的路？喵喵喵……快过来……你去哪儿了啊？喵喵喵……还跑……行吧……你这家伙，到底在耍什么威风？"

第二十六章　野狗的命运

放学后，斯鲁什金没有回家，而是去了布德金的家。

"你怎么穿成这样？"斯鲁什金阴沉着脸问布德金，他穿着内裤和长袖 T 恤给他开了门。

"我在家啊，"布德金惊讶道，"那我该穿什么呢？"

"跟我一样，骑着马，穿着盔甲。"斯鲁什金嘲讽说。

他沉重地坐在了厨房的方凳上，点上一支烟。

布德金嘿嘿一笑，继续吃他的午餐——又稀又烂的土豆泥。他不知道如何烹饪东西。为了显得不那么招人烦，他从盒子里拿出巧克力拼盘当零食吃。

"为什么如此暴躁？"他问道。

"学校的事儿。"

"不行就辞职吧。"布德金草草提议道。

"辞职……"斯鲁什金不高兴地重复着，"我不想这么做。听上去很糟糕，但我确实不想走人。可能，这就是初恋的力量吧。"

"那就，继续聊聊吧，"布德金建议，"所以你是为这事儿来的？"

"今天我又跟学生们大吵一架，"斯鲁什金说，"有只小野狗在食堂附近晃悠，吃泔水，一脸倒霉相，又凶又尻的样子，总之就是个讨人嫌的玩意儿。就在上课前，格拉杜索夫把它给弄到了教室里。

"所有人欢呼起来，喊叫着：它是新来的，它想学地理，把它记在花名册上吧。而我知道，绝对不能向这帮小土匪有丝毫屈服。否则，他们就会把我变成一个出气筒。我宁可为一些鸡毛蒜皮的小事儿跟他们吵架，哪怕最后搞砸了，也不愿意妥协。洪水滔天而来，哪有后路可退。所以我向格拉杜索夫下了最后通牒：要么你留下上课，要么这个野狗留下。

"这正中了格拉杜索夫的下怀。他像饿虎扑食一样，直冲着那条狗就去了，开始追着抓它。这家伙在班里上蹿下跳，到课桌下面东躲西藏。他拿着拖把，像端着机枪扫射似的。然后又把它当成长矛，到处乱戳，直到被我夺走。完后，他匍匐在地，一会儿学狗叫，一会儿学猫叫，夹着哭腔乞求小狗投降。小狗跟着叫了起来，全班同学吹着口哨，跺着脚，大笑起来。总而言之，这简直就是库里科沃之战[1]。我忍无可忍，瞅准时机抓住格拉杜索夫，把他赶到了走廊上。

"他一出去就开始踢门。我打开门，他立马跑了。经过格拉杜索夫这一闹，我还怎么能让整个班的人安静下来呢？我大喊大叫，在课桌之间跑来跑去，吓唬他们给他们不及格——好歹都安静下来了。然后有人敲门，我掉以轻心了，一开门，格拉杜索夫冲进教室，差点把我撞倒，这个浑蛋。他喊道：伙

---

[1] 库里科沃之战发生于 1380 年 9 月 8 日，莫斯科大公德米特里·伊万诺维奇击败了金帐汗国马麦的军队。战后，蒙古大汗脱脱迷失反攻，将莫斯科屠城并烧毁。

计们，我忘了拿书包！我第二次把他赶了出去。教室里传来一阵阵轰鸣声，像锯木厂一样。我又走了一圈，把作业本收上来，最后终于在黑板上写下了这堂课的标题。又有人在敲门。这是什么鬼地方！我打开门，走廊里漆黑一片，活不见人死不见尸的。我就喊了句：'再敲一次门试试，看我不拧断你的脖子。'等我看清楚来人，发现那正是教导主任，罗莎·鲍里索夫娜。

"我差点猝死当场。她款步走进教室。格拉杜索夫像个小绵羊似的，跟在她后面。那帮小土匪瞬间变了个模样，我都惊呆了。他们低着头认真写东西，一个个好学生样，睁大求知好学的眼睛。我跟达达尼昂[1]似的愣在那里：眼珠突起，衣衫不整，鲜红的教鞭上沾满从獠牙滴下的鲜血。她先是把同学们都管得服服帖帖，然后转身来对付我。她说，孩子们来学校是学东西的，不是到走廊里闲逛的，您作为老师，教育学生跟开罐头似的，就知道叮咣乱敲乱拍。这让我觉得自己像个没用的摆设。她让格拉杜索夫回到座位上，又训了他几句，转身走了。而我站在全班前面，就像一个没有门的茅坑。

"与此同时，被所有人忘了的那只臭狗，悄悄地靠近讲台后的黑板，噗一声，拉了一大摊。小土匪们狂笑起来，我彻底缴械投降了。行吧，完蛋了。我的课被你们毁了，你们也都滚吧。不把这泡污秽给收拾了，谁也别想下课走人。我把成绩簿夹在胳膊下，走出了教室。

"我在台阶上抽了支烟，感觉好些了。课间休息的铃声响

---

[1]　大仲马小说《三个火枪手》中的主人公。

了。我回到班门口，里面的小土匪们还在敲敲打打。我问：收拾了吗？他们回：你自己收拾吧，地理老师！太他妈臭了！好吧，我好言相劝，让他们都回座位上。然后彬彬有礼地跟来上课的老师解释了一通。她很高兴能摆脱这帮家伙，但旷课的账还是要算在我头上。

"整节课我都在绕着学校徘徊，课间休息时返回来了。'你们感觉如何？'我隔着门问道。'我们把它清理干净了。'他们说。但我可不是吃素的。我命令他们离门远一点，我从锁眼往里看去。那东西还没挪地方。也就是说，他们在撒谎。好吧，偷奸耍滑是吧，那就继续下半场。他们大喊：'我们要把门撞开，把窗户拆了，跳出去！尽管来吧，放马过来啊。'然后我离开去找下一堂课的老师接着谈判。

"围城仍在继续。这是他们在课程表上的最后一堂课。课间休息时，我照例站在门口。小土匪们大喊大叫，敲窗砸门，看样子是惊慌失措了：把钥匙给我！有人在等我！我想上厕所！好的，我认为已经有所进展了。我说，除非你们把它清理干净，否则就一直关到晚上，不行就第二天早上。

"到上课的点，我就在门口偷听。教室里已经没有人关心我了，一场内战正在进行。他们喊道：是你带狗来的，你把它打扫干净！这是你的主意！是你挑起的！你们全都是浑蛋！而且已经有人在哭了。终于等到了下课铃声。

"随着铃声响起，我问：'收拾了吗？'他们喊，'收拾了。''离门远一点儿，'我说，'我自己会看！'我透过锁眼看了看，黑板前面是干净的。我打开门，他们就像雪崩一样涌来。匆匆离去。我进了教室——妈呀……所有的窗户都裂开了，乌烟瘴气的，课桌被翻得乱七八糟，地板上狼藉一片，我的桌子和椅子上都被吐了口水，黑板上写着对我的诅咒。最重要的是，狗屎被简单地用拖把扫到了我的桌子下面，仅此而已！白白折腾了这么久。我打乱了课程计划，把教室里弄得一团糟，我还在教导主任面前出了洋相，最后还得是我自己来打扫这一切……这就是我平常工作的一天。"

斯鲁什金陷入沉默。他的热情劲头全没了。疲惫地坐在那里，情绪低落。布德金拿出香烟，递给他。斯鲁什金点上了一支烟。

"要不然，找他们去出出气？"布德金建议。

"我不向妇女和儿童开枪。"

"你并不善良，维佳，"布德金说，"只是心慈手软。这就是为什么你的生活被搞得一团糟。这就是为什么女孩不爱搭理你。"

"让女孩见鬼去吧……"斯鲁什金挥了挥手。

"我不是指别的女孩，我是指娜佳。"

"怎么，你发现什么了？"斯鲁什金悲伤地问。

"还用发现吗？一目了然，她不爱你了。"

"嗯，是的，"斯鲁什金随声附和，"而且还不尊重。尊重是要争取的，而我与她在人生价值观上存在差异。说来说去都是那些，真没劲。"

"你自己心里到底是怎么看娜佳的呢？"

"你怎么能和一个人长期生活在一起却不爱他呢？"

"我很好奇，你跟她是怎么睡觉……"

"分床睡。也许，这就是她暴躁的来源吧。她好歹也可以给自己找个情人吧，傻瓜……"

"好吧……"布德金叹了一声气，"你打算怎么做呢？"

"不怎么做，"斯鲁什金耸了耸肩，"我不想激怒她，不想限制她。让她决定她想要什么吧。我一律事先同意，当然，别瞎闹就行。这是她的生活。"

"喂，维佳，这可对你没有任何好处……"

"我知道。最后都是我的错。这就是我的态度：把一切都归咎于我很容易。但我不打算以其他方式生活。我在做正确的事情，这就是我在做的事情。"

"也许吧，你是对的，"布德金点了点头，"你真是个奇怪的人，维佳。你自以为天经地义，最后落得个一摊烂泥。"

"这就是命运。"斯鲁什金苦笑着说。

第二十七章　倒木村车站

"喂，小伙子，您到站了……"

对面座位上的老爷子叫醒了斯鲁什金。他挤弄着眼睛，迅速跳起跪在睡袋里，透过窗户的上半边探望，下半边则被密密麻麻的蕨类植物挡住了。车站周围的斜坡上，灰色的、歪歪扭扭的房屋在火车旁延伸而过。

"出发了！老爷们！"斯鲁什金喊道，"倒木村站要开过了！"

睡袋里的老爷们迅速起身，从长椅飞到地上。

空荡荡的车厢里充满了白色和石灰色的光线。火车号叫着，放慢了速度，它的金属心脏在车厢的地板下砰砰作响。广播喇叭在颤抖着播报："倒木村车站到了！"

老爷们睡眼惺忪，帽子耷拉一边，敞着大衣，毛衣撩起，疯狂地在车厢里窜来窜去，把睡袋、衣服、背包都扒拉到一堆。

斯鲁什金爬到长椅上喊道：

"先把手头的东西搁一堆儿！等会再收拾！"

火车缓缓进站。车厢连接处的车门嘶嘶作响地打开。老爷们跌跌撞撞，成群结队地冲向门口，有的撞到了长椅上，有的弄丢了衣服，有的挥舞着没系好鞋带的滑雪靴，有的把背包和睡袋从敞开的车门直接扔到了月台上的雪堆里。

"邱金，把门顶住！季米涅夫，拉下停车手柄！奥维契金、切比金，去拿滑雪装备！巴尔曼，检查车厢！"斯鲁什金吩咐着。

"来不及了，维克多·谢尔盖耶维奇！我们来不及了！"邱金呻吟着。

奥维契金和切比金各自抓起一堆滑雪板和滑雪杖，咔嗒咔嗒地拖去车门。巴尔曼像个游泳健将，潜入长椅下寻找丢失的手套。斯鲁什金则贪婪地张望着车厢，寻找是否还有什么落下的。

"我们撤！"他喊道，就像一个刚刚炸毁桥梁的游击队员。

他们爆豆似的从车厢连接处涌出到外面的雪地里。车门再次嘶嘶作响，合了起来。火车饥肠辘辘地打着嗝，抽搐着，轰鸣着。铁轨颤抖，闪光的尘埃沿着旋转的车轮升起，剥落层层积雪。

加速，车窗忽闪，火车轰隆隆驶过，发出一阵阵嚎叫。它飞驰而去的时候，就像一条拉链被拉开，巨大、柔软、空洞的视野突然在眼前展开。越过铁轨往下去，是倾斜的山坡，布满了灰白色的树林。在更远更远的地方，它们变成了灰色的波浪，平稳地逼近上方低垂着暗蓝密云的地面。

他们站在空空的月台上，随身物品散落一地。雪中凌乱的东西让人想起了极地探险队长鲁萨诺夫[1]的最后一次远行。斯鲁什金点燃一支烟，吐出一缕白烟。

---

[1] 弗拉基米尔·鲁萨诺夫（1875—1913），俄罗斯地质学家、北极探险家。

"顺利抵达！"他开口说，"同志们，早上好！"

他们迈着悠闲的步伐，从车站走上斜坡，沿着村里的街道，沿着拖拉机轧出的深辙。

毫无疑问，深沉而黑暗的冬天已经在这里持续了很长时间。屋外的雪没到窗根下，屋顶上盖着厚厚的白帽子，窗户上的黑色光影沉沉地欢迎着路边的老爷们。热气在烟囱上升腾，这是夜间尚未冷却的炊具的呼吸。长长栅栏的每根杆子都小心翼翼地套上了白手套。无尽的原木堆沿着路边延伸，看起来像木制日历。

村子的尽头是一间破败的澡堂，它仿佛是耗尽最后一丝力气才爬到这个山坡上的。从这里开始，一片坦途。干干净净、令人昏昏欲睡的平原望不到边际。道路一直延展下去，冲向某个连自己也不知的远点。老爷们走到坡顶，停住脚步。

斯鲁什金说："穿上滑雪板，老爷们。我们将在这里转弯，到处女地上的峡谷去。在峡谷的另一边，会有一条长长的小路，它将带领我们去希罕山 [1] 的山洞。"

"要是没有滑雪道怎么办？"邱金的情绪落了一些。

"会有的。"斯鲁什金保证。

"要是找不到山洞呢？"

"会找到的。"

"要是那里的营地车没了呢？我们在哪里过夜呢……"

"为什么会没有？它还能去哪儿？"

---

[1]　希罕山，乌拉尔地区的岩石山峰，是二叠纪初期在乌拉尔洋（小型史前海洋）中形成的礁石遗迹。

"就……开走了。"

"闭嘴吧你。"巴尔曼不耐烦地说。

老爷们穿上滑雪板,用脚跺着路面,把身上尚未结冰的积雪给弄掉。滑雪板拍打地面的声音,清晰地反衬在田野、山坡、村庄上空飘荡的寂静中。

在这样的沉寂中,人们似乎不应该不假思索地说出任何话——言语背后潜藏的意义是如此之大。

斯鲁什金想了下,开口道:

"穿着滑雪板站在人行道上,还一动不动的。要么是滑雪板坏了,要么是脑子坏了。"

"维克多·谢尔盖耶维奇,"奥维契金突然轻声说,"刚才我把滑雪板扔出车厢的时候,不小心给折断了……"

他勾着脚脱下滑雪板,挑起断口上的碎片。

老爷们沉默地盯着他,等待宣判。

"我得回车站去了……"奥维契金用濒死般的声音说,"晚上十点有一班回程的火车,我走了……"

斯鲁什金摘下帽子,用滑雪杖的手柄挠了挠后脑勺。

他最后开口说:"在火车上迎接新年,简直太糟糕了。撇下你一个人,太无情无义了。让大家都回去,又太遗憾了。我们该怎么做?要不这样吧,我的滑雪板给你穿。"

"我自己可以……"奥维契金没精打采地抗议道,"你为什么要……"

"不要争了。"斯鲁什金坚决地反驳他,"首先,事已至此,我不得不去面对。其次,这条路对我来说没那么长,只是你们觉得难走。"

老爷们一直等到斯鲁什金和奥维契金互换好装备。

"那就让我帮你拿背包吧。"奥维契金建议。

"这个是可以的。"斯鲁什金欣然同意。

他们翻过路边的雪堆，来到田野上。巴尔曼是第一个踏上雪道的人。在他身后，切比金正踩着路。第三位是季米涅夫，他穿着长长的黑夹克，戴着尖尖的黑帽子，真的很像一个专门制造无聊琐事的家伙。第四位是奥维契金，带着最大号的、斯鲁什金的背包。然后是邱金，他小心翼翼地踮起脚尖，就像头一次上冰一样。行进队伍由斯鲁什金殿后，右脚非常明显地跛行着。

他们穿过田野，来到一个大峡谷的斜坡上，顺着冰面滑到坡底，停了下来。有一条雪道沿着冰冻小溪蜿蜒向前。斯鲁什金用棍子戳了一下，并告诫邱金。

"就是这儿了。你刚哭唧唧的样子，跟个寡妇似的。"

雪道仿佛在呻吟，此时的它，已经变得颠簸不平，前面刚跨到峡谷的另一边，后面就爬上了另一个斜坡。拖着破损的滑雪板，斯鲁什金时不时地用手套舀起雪，塞进嘴里。从可以俯瞰村庄的坡顶接着往下滑，远处灰白色的森林又近了一些。前方绵延着长长的缓坡路，一条运输木材的古道伴随着它。天空不情愿地呼应着起伏的山脉，无奈地垂到地平线附近的云杉顶。

"准备出发，老爷们。"斯鲁什金说，看着滑雪道。

老爷们向前行进着。他们一开始跑得太快，后来放慢了脚步，变成了有节奏的单调的步伐。起初他们还在交谈，大喊大笑，但很快他们就变得沉默寡言，面红耳赤，仿佛第一次表白。四周寂静无声，只有滑雪板的呼啸声和滑雪杖偶尔敲打在路边的树桩上的声音。

林间小路曲折环绕，积雪可以没过膝盖。在一些地方，埋在雪下的灌木，从雪堆中探出可怜巴巴的树杈。风吹动枝头的积雪，森林灰头土脸地站着，仿佛正被某种难以理解的期盼所困扰。森林似乎可以看透这一切，但事实上，它正被某种盲目性遮蔽。远处的林间小路乌云密布，但没有按照透视法则缩成虚无一片，似乎它也想就这样融化在某个未知的地方。云层慢慢地堆叠在头顶，互相挤压，玩弄着缥缈的光泽，向一个令人费解的方向游荡而去。只在一个地方——太阳应该在的地方——挂着一只散发着微弱光芒的水母，懒洋洋地扭动着它毛茸茸的触角。

他们滑行了很久，有两个小时之久，直到道路像长矛一样挥向天然气管道路线上的巨大空地的一侧。这片空地被清理得很糟糕，即使盖满了雪也很颠簸。有的地方，原木堆积如山，看起来就像被炸弹炸毁的防御工事。一根粗大的被白色铁皮包裹着的燃气管道，像桥梁一样，悬挂在捆到铁塔上的紧绷的钢索上。管子像一根闪亮的绳子，左冲右闯，飞奔向难以看清的云雾缭绕的远处。雪道就在下面弯折向前，管道从他们头顶上掠过，像树枝一样拂过眼睛。

烟囱后面，一辆废弃的雪地拖拉机清晰可见。灰白的背景中，红色的它看起来像一个新鲜的伤口。只有在近处才能注意到，它不再是红色，而是铁锈色。它蜷缩着身子，沉没在雪道旁的雪堆中，看起来就像一艘被船员们抛弃的废船，搁浅在大自然的意志之下。窗户被吹掉了，门挂在铰链上，车顶戴着一顶白色雪帽，一条长长的雪舌爬上了倾斜的控制台。

他们在雪地拖拉机旁停了下来，坐在冰冷的原木上。切比金从暖瓶里倒了一杯热茶，巴尔曼啃着冰冷的、石化的面包圈，硬得像锚链的铁环。

再往前就没有路了，雪道止步在云杉的枝叶前。在进入钟乳石般的云杉穹顶前，斯鲁什金了环顾了一下四周。一丝阳光顺着天然气管道耀眼地流下。风在云层中搅动，于北方冲出一片空洞。空洞中，刺眼的蓝色天底明亮地燃烧着。云层以某种方式，明亮清晰地展示着自己澎湃的体量，并分割出婀娜的微蓝光带。在这般天空的游牧驰骋中，一些晶莹剔透的东西显得格外迷人。

云杉遮天蔽日。雪没有穿透厚厚的云杉枝杈落下，而是在树上堆积成巨大的团块，它们偶尔会冲破屏障，砰然落地。这里没有堆积的雪。小径在薄薄的雪中弯弯曲曲，落下的针叶为它点缀上了暗色的楔形文字。一个小时后，云杉在黄昏时分被慢慢照亮，突然间，阳光透过所有的缝隙照射进来。一瞬间，地面变得像墨西哥衬衫一样五彩缤纷——泥土中落满阳光的琥珀色的水坑、白色的雪、蓝色的阴影、扫帚般的绿色小杉树。

又过了一段时间，云杉密林开始变得稀疏。远处的树顶已经与天空拉开了距离，树干之间光影流动。云杉越来越厚，越来越粗壮。最后，森林的尽头，仿佛最后一棵最强壮的树也被沮丧地踩在了脚下。

老爷们震惊地停在了山谷边缘。从这里可以看到整个山谷的全景，在两座坡度平缓的雪山山脊之间。山谷中闪耀着未经雕琢的雪，就像一个散射着金光的碗。山坡上稀疏的小树林沿着迂回的溪流汇成一条连续的缎带，似乎将山谷的两翼缝在了一起。风把天空吹得干干净净，将残云聚拢成几个巨大的云块。它们被拿捏、塑造成一座华丽的通天塔，令人难以置信地矗立在普鲁士蓝的天界中，从地面向上堆积，直通寰宇。太阳燃烧着，如同一场无止境的爆炸。突然涌现的无数道光，让眼球震颤不已。

"我的天哪……"切比金念叨着。

"就像在飞机上一样。"奥维契金补充说。

云的影子静静地在雪地上滑行。

"现在我们下坡，去河边。"斯鲁什金说。

"这么滑下去会摔断脖子的……"邱金提心吊胆地说。

"老爷们，在山坡上排成一排。"斯鲁什金说。

"除我以外，谁是最后一个，谁就是孬种。出发！"

老爷们俯身卷起躯干，用滑雪杖推地，齐刷刷地滑了下去。起初，他们几乎呈一条直线地在速降，但随后，他们的队形开始呈扇形展开。五条郁郁葱葱的彗星尾巴在斜坡上延伸，然后随着他们从滑雪板上翻身滚落，雪坡上炸出了一个个白色喷泉。只有季米涅夫一个人蜷缩着，俯冲着，灵活地朝前飞奔，直到河边。

斯鲁什金踏上他的滑雪板，蹲下身子，像坐轮椅一样慢慢地俯冲。雪坡在他面前展开，像一幅画卷。斯鲁什金向前冲着，不时转过头来，看着雪地上的陨石坑。在一个坑中，他看到了一只绿色的手套，就用滑雪杖的尖头拾了起来。

老爷们在河岸边的灌木丛中等着斯鲁什金。他们站在一团蒸汽中，浑身湿透，脸红手紫，张着嘴，瞪着眼睛。

"这就对了！老爷们！"斯鲁什金鼓着劲，"有没有种被炮轰下来的感觉！"

"接下来去哪里呢，维克多·谢尔盖耶维奇？"巴尔曼问。

"更远的地方，河对岸。"

斯鲁什金脱下滑雪板，带头爬下一个低矮的悬崖。

风吹走了冰上的雪，没有人能够站在河上。他们一边往对岸走，一边寻找适合攀登上岸的地方，连斯鲁什金自己都摔了好几跤，而邱金则把自己摔得更惨，手里的滑雪板像回旋镖一样飞出去。邱金四肢着地，在他们后面爬行。他脚下的冰层是青蓝色的，其中有半透明的条纹和一簇簇的小钻石似的气泡。冰面下闪烁着神秘的深蓝色，一些冻结的生命，被轻微搅动起来。

斯鲁什金爬上岸边的悬崖，紧紧抓住树枝，从上面伸出胳膊把老爷们拽到身边，就像从地里拔萝卜。在他们面前，是一片被白雪覆盖的平原，崎岖坑洼，乱石遍地。到处都散落着破碎的棱角分明的石头，地上长满了长长的黄草，乱蓬蓬地从雪中伸出。平原再后面是一片茂密的小树林，再后面是高高的堤岸。老爷们爬上堤岸，走向已经生锈的窄轨铁道。远处，一节小型的两轴暖棚车正在铁轨上停着。

"原来是这样啊……"切比金一边往里看，一边伸了伸懒腰，"都被掏空了……"

一行人早就看中了车厢里的条件，准备在这里过夜。一些胶合板边角料和实木板拼凑在一起作为隔板，将拖车分成两半。一半是睡觉的地方，用破布和破塑料膜填满了裂缝；另一半是做饭的地方。天花板上有一个洞——烟囱，而在它下面的地板上有一块弯曲的铁板——炉灶。在石头垒成的金字塔上横着一根铁棒——大锅的支架。周围是一堆有好有坏的板条箱——餐厅座位。

"这段铁路通往哪里呢？"巴尔曼问。

"这边，去老伐木场的。那边，去荒废的小村子。"

脱下背包，重新整理装备之后，老爷们跟着斯鲁什金沿着堤岸向山洞走去。在做有标记的地方，他们拐进了一片灌木丛，越过灌木丛嘎嘎作响的树枝，来到了一个陡峭不平的斜坡，上面长满了弯曲的枞树。山坡之上是希罕山巨大的岩壁。

希罕山的岩壁就像皱巴巴的纸。凸起处落满了积雪，有些地方残留着被严寒侵蚀后深色的苔藓斑块。在俯瞰山谷的巨石上，有一种远远早于人类的，至今无解的东西，整个世界似乎都在向它坍缩，形成一个无法打破的沉默而阴暗的深渊。寂静让人热血沸腾，山坡上的树木蠕动着，试图逃跑，但却像被巫术锁住了一样，定格在这里。希罕山遮住了夕阳，在它后面，一个奇妙的光环在刺眼的蓝天上燃烧。

"希罕山，是一块二叠纪时期残留的礁石。"斯鲁什金解释说。

提到"礁石"这个词就很奇怪，因为这块史前巨石已经超过了它的母体海洋的时间跨度，现在独自屹立在一个陌生大陆的中间，在一个被完全不同的星空所照亮的完全不同的世界中。

岩壁的正下方有一个沉降区，倾斜向一个又长又窄的水平裂缝，就像悬崖上张开的大嘴。从这张嘴里传出了一股温热的气息。

"这里就是山洞。"斯鲁什金对老爷们说，并把一个小石子扔进它的嘴里。

"您看，要不要和我们一起下去？"邱金颤抖着声音问斯鲁什金。

"不，老爷们，"斯鲁什金一口回绝，"我以前去过那里，那里没有什么危险的。而且你们也不会在孤独中死去。无论如何，我不喜欢山洞。你们就像头猪一样在里面爬吧，在黏土和黑暗中，撞个鼻青脸肿。如果我脑门上带着伤去上课，谁会相信，这不是跨年时喝醉酒打架弄的？去吧，前进吧，我在营地车里等你们。"

巴尔曼是第一个做出决定的人。他蹲下身子，窥视着黑暗深处，小心翼翼地走上前去，用手电筒照亮。脚后跟消失了。老爷们等待着。突然，从山洞里传来了一声响亮的尖叫。

"哇啊啊啊！有骷髅，骷髅！"

老爷们一个接一个地跟着巴尔曼。最后爬进去的是邱金，他一直在仰望天空，久久不愿离去。

斯鲁什金站了一会儿，转身走了回去。在他周围，夜晚的色彩正悄悄地变浓。仿佛比平时多加了一些蓝色。灰色的、被雪覆盖的岩石已经变成灰蓝色。小树林汇合成锯齿状的条纹。太阳从红色变成了紫色。在浑浊的蓝色的极地天空中，出现了一轮绿色的月亮。

斯鲁什金回到营地车，开始做家务。他在睡觉的区域掏出了背包，在一个角落里，把口粮摆开：一袋他带的粥，奥维契金的蛋糕，季米涅夫的茶和蜜饯，巴尔曼的华夫饼，切比金的饼干，还有邱金的五罐炖肉。斯鲁什金把几瓶伏特加塞进雪堆里，然后劈开板条箱，生起火来，在锅里装满雪，挂上支架，在火堆前坐下，开始喝保温瓶里的热咖啡。

老爷们一个半小时后回来了。一股猩红色的烟雾从山洞里升起，老爷们从里面走出来，就像来自冥界的魔鬼，身上沾满黑色的污垢和烟尘。也像融化的蜡烛，一滴滴掉落。

"这个山洞太刺激了！"切比金向斯鲁什金赞赏道。

"太壮观了，完全不知道是这样。"奥维契金补充。

"令人流连忘返。"邱金说。

老爷们挤在火堆旁，伸出手掌。

"咖啡在哪儿？我想喝点儿热的！"切比金把眼睛盯向保温瓶。

"我把咖啡都喝了。"斯鲁什金承认。

"您这也太浑蛋了吧，维克多·谢尔盖耶维奇……"

"那我们现在来整点儿伏特加喝，"斯鲁什金提议，然后摆好杯子，拧开酒瓶盖子，"然后就赶快去附近找点柴火来。动作快点儿，别耽误时间了。"

老爷们埋怨着，但还是拿出他们的杯子，碰杯喝了起来。然后，他们骂骂咧咧地走出营地车，沿着铁轨向废弃的村庄走去。不一会儿，他们就在一个弯道上消失了，只剩下斯鲁什金一人坐在小火堆前的板条箱上。他抽着烟，喝着伏特加，环视四周。

夕阳尽情燃烧着所有在过去一年中未被消耗掉的色彩。炭红色的烟熏太阳挂在地平线之上。天空中绽放着多彩的光谱：细长的落日光带的柠檬黄，从容地流向空灵的翠绿，在天顶变化为强大、明亮、饱和的蓝色。而在东边，这种蓝色的浓度升高到了深黑色，其间的星星亮了起来，仿佛在某种巨大的压力下，开始孕育结晶。

大地则在另一面映衬着天空的变化：西边，黑色的、燃烧的森林在昏暗的阳光笼罩下，参差不齐；东边，黑暗的苍穹下，森林闪烁着光芒，仿佛是一座蓝色的、内部被照亮的冰山。镜面般的皑皑白雪烧灼出血色。

最令人费解的，是那悄无声息地吞噬世界的运动。沉重而疲惫的太阳正在下沉。阴影随着它们的拉长在诡异地爬行，摸索着前方的道路，并悄悄地躲进峡谷的褶皱中。一波波暗影从天上滚滚而来，光亮如潮水般退去。深红色的烟雾翻腾着，跟随太阳跨过堤岸，似乎连营地车也要顺着地球的坡度滑去某个地方，载着弯腰烤火的斯鲁什金彻底离开。

老爷们带着从废弃村庄的栅栏上砍下的一堆堆柴火，从星辰密布的黑暗中回来了。火被点燃，众人围坐下来。他们的脸被下方的亮光奇妙地照着，看起来都很相似。茶水很快就煮沸了，粥也滚了起来。它是用一把干荞麦熬出来的，就像从泡沫中脱颖而出的阿佛洛狄忒一样。她在锅盖下焦躁不安，呜呜地抱怨，小声嘀咕——一个紧张而敏感的女人。在陷入黑夜的营地车里，老爷们开始了今天的晚饭。

"说真的，维克多·谢尔盖耶维奇，"切比金伸了个懒腰，舔着勺子，"我们还没有经历过这样的新年……"

"这样庆祝新年比在家里好一百倍。我们可能刚刚从父母那里跑出来，随便在某个楼洞里喝酒，节日聚会就仅此而已。"奥维契金说。

"您每次都是这样庆祝新年吗？"

"不，这是第一次。"斯鲁什金说。

"什么，这是您第一次来这里？"邱金感到很惊讶。

"是第一次在这里跨年。我已经往这里跑过一百次了。"

"这里太酷了，"切比金同意，"我打算每周都来这里一次。"

"我非常喜欢希罕山，"斯鲁什金承认，"不仅仅是为了山洞，而是为了这里的一切。"他含糊地挥了挥手，"九年级时，我甚至为此写过一首诗。"

"读一下吧。"老爷们怂恿着。

"这是一首抒情诗，不是之前读的《波兰人》那种……"

"那又怎样，我们随便。"

"那就如你们所愿吧。"斯鲁什金说。

"白雪皑皑的泰加林，包围着倒木村车站。低调安静，睡意蒙眬，不动声色，黎明之前。天空如镜，水晶树林。从银色的雪中缓缓升起一轮红日，在霜冻中穿过泰加林。皑皑白雪，您到底做了什么？我在这样的沉默中徘徊到半夜。雪地之上，黑暗无边。月光稀薄，大熊星座，弯钩之上，蓝光闪烁，凛冽寒风，呼啸而过。倒木村车站，您的命运如同道路，来时欢喜，去时哭泣。火车很快就会开动，轻骑兵们将在风中翱翔，在山丘上驰骋。"

老爷们用并不习惯的严肃姿态聆听着。

"事实证明，您，维克多·谢尔盖耶维奇，是个才子。"切比金恭敬地说道。

"鬼才信，"斯鲁什金反驳道，"这首诗没有什么特别之处。一首平庸的好诗而已。我喜欢它，因为它简单而真诚。懂得俄语的人，都可以写出好诗。不，老爷们，我不是一个有才的人。我只是内心想要创作些什么。"

"这可能就是你想去徒步的原因。"巴尔曼总结道。

"哎呀，妈的，我真的想去徒步……"切比金叹了口气，"维克多·谢尔盖耶维奇，你想好我们要去哪里了吗？"

"放过我吧，离春天还有一百年呢。你们自己也会改变主意一百万次，而我则是满脑子别的东西……"

"不，我不会改变主意。"邱金承诺。

"至于你，邱金，我可能改主意不带你了。你太爱发牢骚了。"

"我不是在发牢骚！"邱金激动起来，"我就是这样的人！我也是一个有创造力的人！而且，还很谨慎呢！"

"话说回来，维克多·谢尔盖耶维奇，"切比金继续说，"到底去哪里呢？"

"有一条很棒的河，"斯鲁什金不再卖关子，"它被称为冰河。看似普通平常，却深藏玄机。我们，就是要去这条冰河。"

营地车的木制四壁，被摇曳的火光照亮，创造出一种舒适而安全的感觉。只有在角落里，摇摇晃晃地，一张幽暗的蜘蛛网颤动着。斯鲁什金瞥了一眼手表，打开收音机，调整旋钮，好让世界上没有任何电台会在他讲话时，分散老爷们的注意力。

"老爷们！"斯鲁什金说，"还有半个小时就到新年了。去年大家经历各不相同，有好有坏，有苦有甜。让我们在沉默中度过剩下的时间，记住我们以后不会再想起的东西。放下心中包袱，走向未来。"

老爷们沉默不语，若有所思地盯着篝火。斯鲁什金也沉默着。岁末之夜就站在那里，睁着一双无孔不入的眼睛看着——在北方的漫天白雪中，狮身人面像一般。这是一个天地颠倒的时刻，白色的大地比黑色的天空更轻盈、更透亮、更广阔。收音机吹着口哨，滋滋啦啦，嘶嘶作响，仿佛急于告诉人们一些重要且必要的事情。地球越过太空中神秘的无线电信号，宇宙的寒冷舔舐着它的圆弧侧面。永恒寂静的细尖长矛带着水晶突刺，盯着嵌满冰霜图案的遥远天空。火花沿着头顶上看不见的经纬线奔跑着，从地平线以外延伸出听不见的摇摆着的极地之声。篝火的烟雾与银河融为一体，仿佛星星正从火焰中升腾而出。

"注意时间。"斯鲁什金说，然后再次调整旋钮。

寂静之声在收音机里回荡，无精打采地呢喃飘散，突然，像漩涡中的石头一样，第一声钟声响了。第一响后，接着是其他钟声响起，就像水桶从楼梯上滚下来一样。跟在最后的，是阴森恐怖的沉默声，它把神经紧紧地打了一个结，此时，是忏悔时间，屈膝跪地，用铸铁般的额头撞击冰冷的地板，头发跟着抖动，每个人都被自己惨痛的苦难所伤害。斯鲁什金站了起来，老爷们也跟着站了起来。嘴唇颤动地，数着敲击声。

十二点。

"新年快乐。"斯鲁什金说。

"新年快乐。"老爷们用稀稀落落的声音说，晃动着杯子。

杯子的碰撞声，好似是克里姆林官威严新年钟鸣的乡村涟漪。

第二十八章　有问题的照片

斯鲁什金去托儿所接塔塔，但娜佳已经把她接走了。列娜·安菲莫娃在给安德留沙穿衣服，周围还有其他家长们。

"新年快乐，列娜，"斯鲁什金说，"你好啊，安德留沙。"

他看了看塔塔的储物柜，最上面的格子，有一个报纸包裹的袋子。显然，是娜佳忘了拿。斯鲁什金取下来，拆开包装。袋子里有三张跨年聚会的彩色照片。塔塔站在树下，手里拿着一只大熊。树上装饰着各种大小的彩球和铝箔制成的大星星，但没有花饰、彩带、帘子什么的——一棵官方的、无生命的、无意义的圣诞树。斯鲁什金以前曾见过这只熊。这只熊坐在某个架子上面，一堆玩具中间。不允许玩它，只能和它拍照。塔塔尴尬地抱着熊，仿佛熊在躲着她似的，惊恐地看着镜头。她穿着一条陌生的、臃肿的连衣裙，与小红鞋和蝴蝶结看起来完全不搭。

斯鲁什金端详了照片很久，然后走到安德留沙身边坐下。列娜这时正给安德留沙穿毛毡靴。

"安德留沙，你知道塔塔穿的是谁的裙子吗？"斯鲁什金问。

"这是米莎·斯威特洛娃的。"

"为什么塔塔要穿呢？"

"托儿所老师说，塔塔的衣服不行。"

斯鲁什金走到托儿所的门廊外，点燃一支烟。已经晚上了。屋外的天空窘迫地露出绯红色，月亮像没成熟的青苹果一样高悬着。高大雪堆之间的儿童小屋、滑梯和操场上的小露台，让这里看起来像个舒适又森严的精灵小镇。在远处的蓝雾中，交通信号灯闪烁如同深红色的宝石。一阵尖叫和吵嚷声在托儿所外闪现，孩子们正在溜冰场上玩耍。

安德留沙和列娜拖着雪橇从门廊后面走出来。

"你不高兴吗，维佳？"列娜问，从他的羽绒服口袋里拿出照片，又看了看，"确实，这条裙子不太合适……它太大了……"她找借口似的说。

斯鲁什金耸了耸肩，不情愿地解释：

"塔塔想在聚会时穿红色外套，而不是裙子。"

"好吧，只是衣服而已，这是小事一桩……"列娜试图缓和下气氛。

"小事一桩，"斯鲁什金同意，"但是，最伤人的还是那些小事。他们仿佛是被全方位呵护着的，但突然……这样的一件小事让你觉得，你的孩子就像一个没有外壳包裹的灵魂。列娜，我突然意识到孩子当时是多么无助，同时也意识到……这不公平！她已经是与我们分离的生命了……"

"他们从一开始就是和我们分离的，"列娜悲伤地笑了笑，"安德留沙，上雪橇吧……如果你，维佳，自己生孩子，自己照顾孩子，一把屎一把尿地养大，你就不会因为这样的小事而烦恼了，你的态度会更轻松。"

"我洗过尿布，照顾过孩子。"斯鲁什金无精打采地回答说。

"不过，红衣服吧，不适合新年，"列娜轻轻地抚摸着斯鲁什金的手臂，"她应该穿一件白色的衣服，维佳。你永远不知道她想要什么。你把她宠坏了。"

"我都没宠过她……我在她面前有一种可怕的负罪感……"

"你内疚什么呢？"

"从哪里讲起呢……我不是一个称职的父亲，也不怎么顾家……如果塔塔现在感受不到家庭的关爱，她将来的人生会搞得一团糟。而我与她妈的所有关系，都是靠这个女儿维系的。当塔塔长大后，她会明白，她的父母因为她而没有追求自己的生活，她将如何带着内疚去生活呢？有她的原因，也有我们的原因。如果她意识到她是在意外的情况下出生的，并不是爱的结晶，只是在错误的时间出生了，是我们犯下的错，她会有什么感觉？她会如何看待我们和她自己……我很抱歉告诉你这一切，列娜。你能理解的，对吗？你结婚的日子和安德留沙的生日，放一起比较，其实就很明显……"

列娜深沉地陷入了无语。她穿着一件并不贵的裘皮大衣，踏着毛毡靴子，手上戴着穿了珠子的手套。在温暖厚实的椭圆形帽子下，她的脸因霜冻而有些发红，严肃木讷，却仍然是鲜活的——一张瘦弱、美丽、疲惫的俄罗斯面孔。安德留沙在他的雪橇上挪来挪去，调整舒适的坐姿。

"维佳，你难道不愿意重新开始吗？"安静的列娜突然问道。斯鲁什金没有说话。

"你不能问这个问题，"他说，"你也不要去想它。希望有一个新的开始，等于希望我们的孩子消失。"

"好吧，我没说孩子们……只是说纠正错误……"

"当我们把希望寄托在人类的愚昧无知上时，我们永远不会犯错。我们只有在期望体面高尚的时候，才会犯错。你说'纠正错误'是什么意思？抹去对自我对他人的信任吗？我们最大的错误，就是我们最大的胜利。"斯鲁什金说。

"你总是如此宽泛地去思考问题……"列娜咧嘴笑道。

"相反，"斯鲁什金不同意，"我关注尽可能小的范围，只关乎个人。我尽量只考虑近在眼前的事情，事已至此，何必强求。而且我尽量不去想，要不要从头开始之类的事情。"

"可能你是对的，"列娜点了点头，"我也觉得这不好，总想着重新再来……但无论如何，我时不时地就想再活一遍。"

第二十九章　对面那双眼睛 [1]

一大早就停水了，全都停了，这意味着他得去供水点接水。脸都没洗，心烦意乱的斯鲁什金穿上羽绒服和靴子，走向地窖里的储藏室。他很快找到了一个水桶，但为了找到盖子，他不得不翻遍所有的垃圾——旧玩具袋、废纸捆、旧布料捆、木板和剩余的胶合板、滑雪板残片、一些水壶、盒子、尘封的瓶子、曲棍球头盔、自行车车架、破旧折叠床，以及一些莫名其妙的东西，例如洗衣机机壳的一半，还有矿物肥料的包装袋。

就在斯鲁什金翻箱倒柜的时候，地窖门砰的一声关上了，有个人的肩膀靠在墙上晃悠。布德金脸红扑扑的，铆着劲，出现在储藏室门口，拖着两个装着罐子的塑料箱。

"你好，维佳，"他喘着粗气说，"准备去接水吗？"

"去接屎。"斯鲁什金面无表情地回答，坐在他的雪橇上抽烟。

布德金把箱子放在工作台上，冷哼一声。

"听着，我可以把这些放这儿吗？"他问道。

"放吧，"斯鲁什金冷漠地说，"里面装了啥？"

---

[1]　20 世纪 70 年代，苏联家喻户晓的一首抒情民歌。

"装了屎。"布德金说着就坐在了桶上。

斯鲁什金从箱子里拿出一个长长的罐子，在他眼前转了转。

"泡在高度数葡萄酒里面的李子酒，要不要试一下？"他解释道。

"这是要卖的……"布德金打着磕巴说。

"卖酒赚钱，回头还是要花钱买酒，怎么着都一样。"

布德金忧伤地嘿嘿一笑，想了一会儿，从工作台上拿起凿子，在罐子上凿了两个孔。他把罐子递给斯鲁什金，自己拿起另一罐，用同样的方法凿开。俩人开始尝酒。

"怎么好久不过来串门了？"斯鲁什金问。

"有事儿。"布德金闪烁其词，点了支烟。

"瞎扯，你就别在我这儿装蒜了……是因为娜佳吧？"

"这个……"布德金坦白，"她不待见我。"

"你为什么要对我撒谎？"斯鲁什金把手放在罐子上，"我都看得出来。"

"看出来什么？"

"她爱上你了。"

布德金什么也没说，疯狂地抽着烟。

"说点啥啊。"斯鲁什金催促他。

布德金用第一根烟续着了第二根，嘿嘿笑着，沉默片刻，突然简短而坚定地说：

"是的。"

"那么，她爱得很深吗？"斯鲁什金讪笑着。

"很深，"布德金点了点头，"你知道吗，维佳，这种情况以前从未发生在我身上，突然就……所以我决定远离。我应该怎么做？给我点建议吧。这里你说了算啊。"

"谁滚蛋谁说了算……我给谁建议？你吗？在这种事儿面前，我跟你一比，就是小学生。你应该自己决定，而不是跟个孩子一样玩文字游戏。"

"行吧，既然如此，那就把她拴牢了！"布德金喊道，"我这边，我保证不胡来！"

"我做不来！"斯鲁什金甩开罐子和手里的烟，"再说，她总是强迫我去做她早就盘算好的事儿。无论怎样，都是我的错。"

"你指的是什么？"布德金耷拉着脸说。

"这话咱们这么说：这跟我有什么关系？我替你把一切决定都做了，还要把罪责揽在自己身上？我怎么这么苦呢。对娜佳来说，我什么也不是。"

"那你什么打算，把她让给我？"布德金有些糊涂。

"她不属于我了。我干涉不了她的自由。"

布德金喝完了罐子里的酒，在手里转了转，把它扔进桶里。

"不行，我做不来。"他总结陈词，"我们好歹是朋友……"

"还能怎样！"斯鲁什金嘎嘎叫了一声，也喝完了罐子里的酒，"走自己的路，直到无路可走。你决定吧，不要为我担心。我没有什么可失去的，我什么都没有了。我也希望娜佳幸福，我对不起她。如果她这么着能幸福，就让她幸福去吧。"

"这一切都太离谱了，维佳……"布德金双手挠头，"我的心都要裂开了……我不相信你的话……"

"如果你乐意，我们就去你家里，我给娜佳打电话，告诉她你爱她？"斯鲁什金建议，"那样你就会相信，我不记仇了？你坐在这里比一堆粪便还阴沉……"

"我们走吧。"布德金痛苦地同意说。

他们锁上地窖，去了布德金的家。没有脱鞋，就挤进了房间。布德金拨通了一个号码，把听筒递给斯鲁什金。

"喂？"娜佳接起电话。

"娜佳，是我，"斯鲁什金说，"布德金和我谈得很好，我必须告诉你，他爱你。"

"你们两个是喝醉了吗？"娜佳生气地问。

"难道只能在喝醉的时候说爱你吗？"

"告诉他，他是个王八蛋！"娜佳喊道，然后挂断了电话。

布德金站在那里看着斯鲁什金，像只小狗似的。

"她说得很清楚，她非常高兴。"斯鲁什金解释说，把听筒放回原处。他站了一会儿，凝视着虚空。"我是一个又老又肥的皮条客。"

"维克多·谢尔盖耶维奇·斯鲁什金，我们回地窖再喝一杯吧，然后我们去接水，你也需要用水，不是吗？"

一个小时后，脸色发红、衣冠不整的两个人拖着雪橇离开了地窖。雪橇上堆放着两个大桶，一个是斯鲁什金的厚塑料桶，一个是布德金的铝桶。这两个桶让他想到了风光不再的革命斗士们。地窖门口，小猫普吉克蓬松的尾巴铺展在雪地上，它正坐着静静地看着斯鲁什金，瞪着硬币一样的黄眼睛。布德金竖起衣领挡着风点上一支烟，斯鲁什金趴着几乎四肢着地，抚摸着猫咪，喃喃自语。

"别怕，士兵不伤害小孩子……"

布德金和斯鲁什金像两个老夫妻一样，互相搀扶着，稳步向前，后面拖着的雪橇在被积雪覆盖的路面上留下了一条曲折的痕迹。

"要唱歌吗？"布德金在他们经过学校时提议。

"唱什么歌！我是个该死的老师！"斯鲁什金斥责他。

切比金和格拉杜索夫坐在温室大棚的骨架上。

"维克多·谢尔盖耶维奇！您好！"切比金喊道。

"你们好……"斯鲁什金有气无力地挥着手。

"你们要去哪里？"

"去妓院。"斯鲁什金胡诌。

切比金和格拉杜索夫像巴黎圣母院的雕像一样蹲坐在一起，高兴地笑了起来。

"地理学家喝掉了他的地球！"格拉杜索夫欣喜若狂地大声喊叫道。

"这就是格拉杜索夫，来见见他吧。"斯鲁什金对布德金说。

"我们去给他脸上来一拳吧！"布德金建议。

"别他妈管他了……"

布德金环顾四周，然后猛地瞪了一眼格拉杜索夫。

"你真是一只，来自北方的雄鹿……"他嘀咕道。

他们穿过滨河新区，穿过老滨河区，来到了河湾处一个风景不错的岸边。

"对面的那双眼睛啊！"喝醉的布德金突然忘情地唱了起来。

"对面的那双眼睛啊！"喝醉的斯鲁什金跟着忘情地唱了

起来。

在河岸两边，沿着小路，数不清的人正用雪橇拖着桶，走在接水去的路上。

"哎哟，我不想在这样的寒风里排队苦等。"斯鲁什金抱怨说，"我们坐雪橇滑下山吧？"

布德金低头看了一眼自己的脚底，嘿嘿笑了下。他们把桶扔在雪堆里，坐上雪橇，两人勉强能坐下。他们用手臂推地，像蜘蛛一样爬到山坡上，摇晃着滑了下去。风呼啸着，把帽子吹到后脑勺。雪橇在生死斜坡上瞬间超了声速。坡中间一棵歪歪扭扭的白桦树，不确定地左摆右闪，然后停在原地，大大地张开双腿，伸出无数条弯曲的手臂。

"发射！"布德金一声大喊。

他们同时向两边倒去，翻滚着跟树干擦肩而过。斯鲁什金声嘶力竭地大笑起来。

"这是人类第一次不穿宇航服在太空行走！"他告诉布德金。布德金半天才翻身起来，慢慢转向黄色的天空。他呻吟着，揉着自己的腰。

"怎么样？再来一次吗？"斯鲁什金欢快地问道，说着自己又爬上了山坡。

布德金坐在雪堆里，把手套咬在嘴里，用手指擦拭着腕上的手表。

"不了……"他摇了摇头，"我已经玩够了……"

"得了吧你！"斯鲁什金从后面把他环抱搂起，几乎硬是把他拖回到雪橇上。然后扑通一声坐在他的腿上，斯鲁什金扭动着整个身体，雪橇顺着斜坡又滑了下去。

他们在陡峭的河岸上风驰电掣，飞速掠过吼叫的白桦树。雪橇的重量加上惯性，直接把他们冲向卡马河的冰面，直抛过去。紧紧抱着的两个人，一前一后，在河面上划出了一条宽阔的雪沟，一直埋到胸口。

他们爬着站起来，用手扫去裤子上的冰屑。

"让我们再滑一次吧……"斯鲁什金哀求着，"就最后一次……上帝喜欢三位一体……"

"要滑你自己滑。"布德金有些生气地说。

斯鲁什金一边叹着气，一边把帽子系紧。他又走回山坡上，独自俯冲而下。他的滑行路线左右变换，最后直冲着白桦树而去。

"维！佳！"布德金惊声尖叫。

但为时已晚，雪橇就像炮弹一样击中了树干。不偏不倚，斯鲁什金全身砰的一声撞到了树干上，然后被弹了出去。他倒在了雪堆里，一动不动。

布德金站在那里，在惊恐和寒冷中抽搐着，他无法承受这个现实，不知所措得像个老太婆一样，匍匐前行。他来到斯鲁什金身边，把他推到一边。

"维佳，你还活着吗？"他满心疑惑地问。

斯鲁什金转过身来，一张红润的脸上挂着惊恐的眼神，茫然地嘀咕着。

"我的腿好像在嘎吱嘎吱响……"

"哪里？"布德金忧虑地关心着他，摸了摸他的腿。

"啊呀呀呀！"斯鲁什金号叫着。

"骨……骨折了……"布德金结结巴巴地说道。

斯鲁什金撑起身子发疯似的看着自己的腿。

"这一切对一个人来说是不是太多了？"他问。

第三十章　造访者

布德金用同一个雪橇把斯鲁什金拉去医院，给他的腿打上了石膏。这之后，斯鲁什金就待在家里，而学校第三学季的课程已经开始了。

像往常一样，斯鲁什金直到下午才睡醒，他赤着脚，没有刮胡子，没有刷牙，躺在沙发上，百无聊赖把拐杖塞到蜷缩在地的小猫普吉克的怀里。过道里的铃声响了。斯鲁什金跳起来，提了下裤子，迅速跳着去开门。门外是满身风雪的玛莎·波尔沙科娃和柳霞·米特罗法诺娃。斯鲁什金目瞪口呆。

"维克多·谢尔盖耶维奇，是教导主任罗莎·鲍里索夫娜派我们来的！"柳霞说，"她想知道您在二月是否会去上班……"

"不，"斯鲁什金说着，立刻回过神来，"怎么想起我了呢！你们赶快进来吧，姑娘们！"他抓着玛莎的衣袖，稍一使劲，就把她拉了进来，"进来坐啊！这东一榔头，西一棒槌的，搞得我有点蒙了……米特罗法诺娃，快进来！"

玛莎不确定也不情愿地走进门，柳霞还在好奇地四处张望。

"把外套脱了，我们喝口茶。"斯鲁什金宣布。玛莎刚想反对，他就喊起来。"别啊别啊！人不倒水水自流！"说罢就挂着拐杖灵巧地进了厨房。

姑娘们走进厨房，满心困惑地整理着毛衣和衬衫。柳霞扭转着头，在玛莎背后环顾窥探。

"第三排的课桌上有流言蜚语，说我家厨房里挂着一本女同性恋挂历，"斯鲁什金跟她说，"请坐吧。"

他吃力地拿起水壶，把所有的重量都靠在拐杖上。

"我来帮您吧。"玛莎轻声说，并没有看斯鲁什金，直接双手抓住了水壶。

"我都没看过第三排的桌子上写的是什么！"柳霞愤愤不平地坐下来，"说这些干什么啊……"

斯鲁什金如释重负地瘫坐在凳子上，伸出打着石膏的腿，用他的拐杖悄悄把一罐喝空的李子酒推到冰箱后面。在布德金开展他雄心壮志的酒类销售计划之前，斯鲁什金忍着剧痛去了几次地窖。

"请原谅我在你们面前穿得这么随意。"他突然提了一嘴。

"胡说。"玛莎笑着在桌旁坐下。

"那么，学校里有什么新鲜事？快跟我讲讲！"斯鲁什金说。

玛莎想了一会儿，耸了耸肩。

"您生病在家的时候，您的办公室被偷了！"柳霞脱口而出，她盯着斯鲁什金，好像他应该被这个消息吓瘫似的。

"偷了什么东西？"斯鲁什金问道。

"地球仪！"

斯鲁什金颤抖着，把手按在心脏上，闭上眼睛，悄悄地问。

"那，马达加斯加的地图，拉彼鲁兹的画像，还有我的宝藏收藏，一块真正的长石，都还在吗？"

"没……没了。"柳霞愧疚地说。

"那么好吧。"斯鲁什金复活了，并迅速地镇定下来。

"维克多·谢尔盖耶维奇，"玛莎小心翼翼地问，"您的腿是怎么断的？"

"格拉杜索夫说您喝醉，从岸边摔了下去。"柳霞补充道。她端起茶盘，举到嘴边吹了吹，准备喝一口。

"那是胡说八道，"斯鲁什金否认道，"我只是把钥匙忘在家里了。"

"然后呢？"

"然后？门是锁着的，必须进去吧。那好吧，我想起了我在少林寺练的童子功，决定踢掉这扇门。我冲刺，飞踹，但我没有计算好自己的力量。我踹倒了门，飞过了整个公寓，撞破了墙，从四楼摔了下来。腿就断了。"

柳霞自己把自己给烫到了。

"您就一直撒谎吧，"她恼怒地说，擦了擦嘴唇，"我甚至不知道您这样的人，怎么会成为老师……"

"我也不是老师。"斯鲁什金耸了耸肩。

"那您的学历呢？"

"这很难解释。事实上，我毕业于潜水艇学院，专业是'饱和器操作'，我毕业论文的答辩题目是《向小孔吹气的教学问题》。"

柳霞眼睛都不眨一下，一股脑儿都信了。玛莎低下头，咬着嘴唇，耳根发红。

"那您最后是怎么来教地理的呢？"柳霞问。

"这是个浪漫的故事……"斯鲁什金叹了口气。

"快讲讲吧，"柳霞建议，"您讲的故事一向都很精彩。"

"脑子里千言万语，怎么话到嘴边就没了呢……"斯鲁什金挠了挠后脑勺，"对了，我想起来了，我的一个朋友有一个弟弟在你们班上。有一天我在看他的学校相册，突然看到一个女孩。我立刻就爱上她了，当然了，我太害羞，没能去主动结识。我决定到她的班上找份工作当老师。大家都劝阻我：她可是个要命的女孩，但我就谁的话都不听。我来到你们学校，问九年级需要什么样的老师。他们告诉我：地理。这就是我成为一名地理老师的故事。"

"那个女孩是谁呢？"柳霞不解地问。

"你。"

"我就知道。"柳霞哼了一声。

"我们，可能，该走了……"玛莎轻声地、有些抱歉地提议。

"去哪儿？"斯鲁什金惊了一下，继续说，"好吧，要不，我带你们去别的房间里，我给你们看一些有趣的东西……"

"您家里有电话吗？"柳霞问，眼睛瞪得大大的。

他们换了个房间，斯鲁什金把女孩们安排在沙发上。柳霞立即把电话机放在腿上，肩膀压在耳边的听筒上，开始快速旋转拨号。

"展示一下您妻子的照片吧。"玛莎怯怯地问。

斯鲁什金想了想，从衣柜里拿出一个沉重的对开本家庭相册。他拿着它，在玛莎旁边的沙发上坐了下来。

"喂，列卡？"柳霞喊道，"你知道我从哪里打来的吗……"

"其实家庭相册很乏味……"斯鲁什金开始毫无兴趣地翻阅厚厚的相册，"新娘做的面团，新郎——在婚宴上疯疯癫癫……登记、鲜花、戒指、岳母的犹大之吻，其他乱七八糟的东西……狂饮烂醉，理所当然了，来宾们，就像在大萧条时期一样……证婚人告诫要遵守美德，桌子上的演讲……总之，一切如常。然后是蜜月：年轻夫妇如坠云里雾里……然后停顿一下——吭当！孩子出生了。赤身裸体的各种形状，岳母在哭泣，年轻的父母，都很生气……总之，没什么好看的。"

"好吧，给我看看您学生时代的照片吧。"玛莎说，"从潜水艇游击队学院的日子开始。"

"塔尼娅，是你吗？"柳霞此时正在大喊大叫，"我从维克多·谢尔盖耶维奇家里打来的！他腿断了！玛莎在他旁边！"

斯鲁什金拿出另一本相册，开始展示其他的照片——小幅的、黑白的、模糊不清的。他用手指着玛莎不熟悉的面孔，那些年轻的、微笑着的面孔，他谈起了儿时的朋友们，他们在回忆中苏醒，微笑。玛莎乖巧地凝视着照片，微微靠在相册上，把散乱的刘海吹起。

"维克多·谢尔盖耶维奇，好像您已经和您所有的朋友分开了。"玛莎最后谨慎地说道。

"是的，"斯鲁什金同意，并合上了相册，"你懂吗，玛莎……在我看来，你先需要改变才能成为一个人，然后你需要保持不变才能留住那个自己。我当时在大学时是这样，现在也是这样……而朋友……朋友也在变化，随着时间、环境而变化……"

"妮卡，你呢？"柳霞继续喊着，"妮卡，你在做什么？没什么事儿……"

"我的有些朋友去做生意了，有些喝得酩酊大醉。有些去了首都，有些甚至去了海外。大学毕业后，我回家了。回到了彼尔姆，偏远的小地方，地图的边缘。我们都在寻找什么，也都找到了什么。"

"那在这里，您找到了要找的东西吗？"

"哎，玛莎，这就是矛盾所在……你只有在不知道自己找什么的时候，才会找到它。而当你明白你找到了什么，往往也是已经失去它的时候。"

第三十一章　真相和结论

塔塔有点感冒，就留在家里没去上学。斯鲁什金在厨房里同时做着四件事：削土豆、煎鱼、盯着普吉克，并在塔塔的游戏中扮演自己的角色。普吉克若有所思地在水槽周围徘徊，假装只对垃圾桶里的东西感兴趣，而不是锅里的鳕鱼。就在这时，过道里的铃声响了。

斯鲁什金骂骂咧咧地拄着拐杖直起身来，把普吉克夹在胳膊下，去开门。萨莎·鲁涅娃站在门外。

"啊……维佳！"看到打着石膏、拄着拐杖的斯鲁什金，她错愕地咧嘴笑了下。

"进门吧，萨莎。"斯鲁什金说着，然后转身跳回了厨房。

萨莎走进厨房，害羞地靠桌子坐下。

"我是从布德金家里过来的，"她带着愧疚说，"他告诉我说，你的腿折了，还打了石膏……到底是怎么一回事呢？"

"摔的。"斯鲁什金简洁地回答。

"我还以为，你发现我跟科列斯尼科夫的事情后，就不想再见我了呢……你不来找我，也不打电话了……"

"怎么，他还是你心中那朵芬芳的玫瑰吗？"

"孤独的时候，真的希望有人在身边……"萨莎悲伤地解释道，"我知道他是个浑蛋……但他总是在我身边晃悠，说他爱我，要我嫁给他，答应我他会离婚……"

"这不是你和他睡觉的理由。"

"我不知道，事情怎么就发生了……我厌恶自己……我不需要他，但我停不下来……我希望能逃离自己，但我不能。"

"你最好直接让他滚蛋。"斯鲁什金建议道。

"我办不到。"萨莎无望地承认，"我已经想明白了。科列斯尼科夫不会自己走的。他已经把我家当成他自己的地盘了，他会打电话告诉我晚餐做什么……"

"真行……你对布德金耍的这一招真不错。"

"我没有耍他，维佳！"萨莎有些害怕，"也许我更爱的是他，因为我意识到我对他做的事，有多么糟糕……但我怎么能不这样做呢？是你建议我找一个情人的，这样我就不会受苦了。"

"是我的错，"斯鲁什金一肚子苦水，"亲爱的萨莎啊，请原谅我的坦率，当时我向你提的建议，其实是提给我自己的。"

"维……佳！"萨莎恳求地说道，"难道我们能有比现在更好的关系吗？你是我最亲爱的朋友！"

房间里传来一阵闹腾声，很快塔塔带着一个娃娃跑进厨房。娃娃的腿从肩上伸出来，胳膊插在腿上。

"爸爸！爸爸！"塔塔上气不接下气，"布德金昨天把它弄坏了！"

"哦，上帝啊！"斯鲁什金惊呼着。他接过娃娃，迅速卸下缠在一起的四肢，并将它们拧回原处。"来，拿着，别哭。布德金要是过来，我们就把他也拧成这样。"

塔塔一边哭，一边将信将疑地检查着这个娃娃，然后放心地回了房间。

"顺便问下，"斯鲁什金想起什么，"你在布德金家都聊啥了？"

"我可以抽支烟吗？"萨莎问道，点燃一支烟，若有所思地说，"你知道吗，维佳，我们聊得挺好的……他用白兰地招待我，有说有笑，甚至不想让我走……但有那么一刻……该怎么说呢……他问我和科列斯尼科夫是怎么回事儿，但问得好像他完全不感兴趣一样，好像他有更重要的事情。在我看来，科列斯尼科夫突然出现在我的生活中，其实是伤害了布德金的，他现在就是在掩饰……虽然我之前看到他和你们学校的一位老师在一起……她叫什么名字来着？"

"基拉。"斯鲁什金面无表情地回答，顺手削了一个土豆。

"对的，我看到他和基拉在一起……而且，他好像是想向我表明——作为报复——他和基拉的关系对他来说，比和我的关系更重要。他爱上了她。但我知道他并不懂得如何去爱。告诉我，维佳，布德金和这个基拉有关系吗？"

"没关系，"斯鲁什金傻笑着说，"但有可能，就是和她睡个觉。"

"也就是说，他还是在想着我，他把这当成示威……"

"萨莎，如果你想不出个所以然的话，最好就压根别去想它。"斯鲁什金轻声建议道，流畅地环削掉一整个土豆皮。在他的左手中，已经有了几个白色的、去了皮的土豆——从几何学上看，像二十面体。

"那就给我解释一下吧！"萨莎的语气几近恳求。

"如果你什么都不想知道，我怎么向你解释呢，萨莎？"斯鲁什金叹了口气，"我已经告诉过你一千次，事情可以很简单：你爱我，我也会爱你，一切都会好起来的。"

"我为什么不想知道？"萨莎可怜兮兮地说，"我想知道！告诉我真相，任何真相，我都能接受。布德金和基拉是怎么回事？"

斯鲁什金只是挥了挥手。

"我不能告诉你真相，"斯鲁什金疲惫地坦言道，"因为你会误解。我可以马上给你解释，正确的解释，因为从我的角度能更好地看清它。但你不需要这个东西。你要的是真相。结果就是恶性循环，萨莎。你的灵魂住在一个没有门窗的房间里。这就是为什么你的爱总是如此无力。醒醒吧。世界并没有走到尽头。"

萨莎低着头沉默不语。

"你这个小畜生！"斯鲁什金突然喊道。

洗脸盆里，普吉克平静地坐在两条鱼尾巴上，就像一个战胜者坐在被打败敌人的军旗上。满足感挂遍了肥脸，眼睛一点也不眨巴，看起来就像只猫头鹰。

第三十二章　你的妻子躺在棺材里

娜佳和布德金去滑雪了，斯鲁什金在用烤箱做煎饼。大的煎饼被他撕烂，揉成一团。他想做的是硬币似的小煎饼，他称之为"一文不值饼"。他做好的"一文不值饼"堆得像一座山，慵懒地躺在大碗里。厨房里飘浮着一股美味的蓝色油烟。塔塔坐在地板上，给一个漂亮得不切实际的芭比娃娃穿鞋，娃娃的腿放在凳子上，剪刀一样张开。楼道里传来滑雪板敲在地面上的咔嗒声，门铃响了。

"娜佳！"塔塔喊道，跳了起来，冲向过道。

普吉克是第一个跑进来的，背上还顶着一条长长的积雪。后面，娜佳拿着滑雪板进来了，脸色红润，兴高采烈。最后是布德金，他的羽绒服口袋里装着一瓶酒。

"看样子，你们是去滑雪了。"斯鲁什金怀疑地对布德金说罢，转身回到灶台前，"他说他是个天文学家，但他到处吃喝不回家……"

"别把煎饼烤煳了。"娜佳提醒。

当娜佳和布德金换好衣服并收起滑雪板时，斯鲁什金完成了他的"小饼计划"，然后将锅里剩下的所有面糊都倒在烤盘上。它们摊开的样子就像澳大利亚，还有大堡礁。

明亮到令人头晕目眩的夕阳在滨河新区上空燃烧着。在煎饼的蓝色雾气中，太阳光散射出一种橙黄的色调。汗流浃背、昏昏欲睡、琥珀色的"一文不值饼"躺在桌上的盘子里，翻着白眼。融化的黄油在煎锅里慷慨地释放着气味。小碗里放着的果酱，甜到难以想象，竟泛起了紫晕。茶水渐变成了浓浓的深红色，糖浆的颜色。甚至蓬松的酸奶油也被刷上了腼腆的粉红色。所有人都围着桌子坐下了。布德金吧唧着嘴，一把抓住一个小煎饼，把它放在宽大的、铲子一样的舌头上，然后吞进肚子里，就像送进烤箱。他笑着对那堆煎饼晃了晃手指。

"这些煎饼怎么都这么小？"他问道。

"我懒得去洗锅碗瓢盆。我用滴管做的。"

"不要用手抓东西！"娜佳命令布德金，并把煎饼分在塔塔面前的盘子上，"谁知道你这脏手之前扒拉过什么东西……"

普吉克不等人施舍，在桌子和凳子的腿之间徘徊几下，就像在树林里一样，然后纵身跳到娜佳的腿上，并立刻狼吞虎咽她盘子里的小煎饼。

娜佳轻拍着它的额头。

"起开！我出门前刚给你喂了一斤鸡脖子！"

"鸡脖子？"斯鲁什金若有所思地重复着，"我们学校食堂总是有鸡脖子汤。我想知道从哪里能弄到这么多鸡脖子？像长颈鹿那么长的鸡脖子，剁成小块？ 还是跟九头蛇一样，多头鸡？ 难不成哪块地里还长脖子……对了，普吉克和你们一起去滑雪了吗？"

"没，它是从楼门口的雪堆里出来的。"

"不是从雪堆里，是从地窖的窗户里。"娜佳纠正了布德金。

"地窖里可能有老鼠，"斯鲁什金说，"我听说它秋天时，和三单元的一只黑猫还去打猎了？"

"确有此事。"布德金权威性地肯定。

"我还发现，一年前所有的小猫都是黑色的，现在它们都是灰色的了……这是你干的好事吗，小普吉克？你现在是我们地窖里最强悍的猫猫了吗？前天我看到它和它的手下在街对面的地窖里。可能是在和别的猫打架。"斯鲁什金把脚放在普吉克的肚子上，普吉克在油毡地板上来回滚着。

"娜佳，快看，普吉克死了！"塔塔被吓坏了。

"不，它是温热的。"斯鲁什金又用脚碰了碰它。

"它只是被太阳晒得很暖和。"布德金难过地说。

"给你，吃吧！"娜佳心软了，扔给普吉克一个小煎饼。

普吉克立刻活蹦乱跳起来，冲向投喂来的东西。

"顺便说一句，"布德金突然嘿嘿笑了起来，"我差点又忘了……我夏天就想把这个给她，但我把它放在衣柜里，就找不到了，昨天才把它掏出来……"他站起来，走到客厅，从羽绒服的口袋里拿出一个包装袋。他拿出一件红色的童装，递给塔塔："来，小家伙，穿上它。这是我在阿斯特拉罕的游戏比赛中赢来的，这我哪用得上？"

"试试吧，塔塔？"娜佳问她。

塔塔认真地接过巴拿马衫，展开，检查，从凳子上下来，开始把她的脚伸进两个袖筒里。

"这是件衬衫！"娜佳喘着气说，"它是从头上穿的！"

塔塔又一丝不苟地看了看那件花衬衫，表示坚决反对。

"就是一条红裤子嘛！"

斯鲁什金、布德金和娜佳笑得前仰后合。

"听着，布德金，"斯鲁什金擦了擦嘴唇上的酸奶油说，"我想起来关于内裤，还有你想用枪崩了科列斯尼科夫的事儿……"

布德金傻里傻气地笑了起来。

"什么，这是真的吗？"娜佳很惊讶。

"千真万确，"斯鲁什金保证，"我可以告诉你这个故事，但它像条狗一样长。"

"说吧。"布德金说，娜佳则哼了一声。

"那是大约三百年前，"斯鲁什金开始说，"我们的父母到南方去晒太阳了，布德金和我被送去夏令营。总之，他们每年都这样做，布德金和我已经习惯了在七月的早晨被喇叭声吵醒，耳朵里都是牙膏。那时我十二岁，布德金十一岁。我们同在海鸥小队。科列斯尼科夫十四岁，在最年长的海燕小队。必须补充的是，在那些年，布德金并不像现在这样是个肥头大耳、自鸣得意的胖熊，恰恰相反，他是一条微不足道的小鱼，有一双悲伤的大眼睛，满头卷发。他非常安静、害羞，做事深思熟虑，而不是吵吵嚷嚷、粗鲁、愚蠢。

"我们海鸥小队的队长是一个叫玛丽亚·尼古拉耶夫娜的师范学校学生。二十多岁的女孩，按我现在的理解，她应该特别热衷于共青团事业。我的意思是，喜欢露营，喜欢参加大学生建筑队，去高山沼泽和泰加林铺铁轨，生起各种各样的篝火，弹弹民谣吉他。她最后的结局，要么被沼泽地里汗流浃背的背包客扔在浮木后面，要么就是被一个拿着石锤的肮脏地质学家给敲了脑袋。我们的玛丽亚经常穿着建筑工人那种油布外套在营地里走来走去，外套上有彩色的条纹和徽章，上面有红色的旗子和难以理解的缩写，比如'ССО-ВЦСПС'或者'НСКВР-ЖПЧШЦ'。我们的玛丽亚和体育老师处得不错，他也是一个老油条，负责看门、喂马、修水电和其他杂活儿。就在那时，布德金爱上了玛丽亚。

"他立即成了三千多个白痴俱乐部的成员之一，去参加班委会和少先队的所有会议，在黑板报上乱写乱画，午饭后抱着玛丽亚的吉他去食堂，自己偷偷排练，就为了给她表演。这让我对玛丽亚非常生气。这到底是怎么回事？我们本来要去做一些重要而有趣的事情，比如偷偷跑到码头坐轮船，或者偷看女生洗澡，或者偷偷跑到营地外的废弃房子里。据说，去年有个系着红领巾的少先队员被逃跑的囚犯吊死在了那里。而这个痴情的笨手笨脚的家伙，就像酒鬼追着酒瓶一样跟着玛丽亚，他哪里也不愿意跟我去。

"我们和科列斯尼科夫之间的矛盾某天突然就起了，当时我们在等玛丽亚开完会回来，在秋千上荡来荡去无所事事。科列斯尼科夫从我们身边经过。显然，他的学长们刚刚打了他，所以他决定找我们泄愤。他靠过来，开始骂我俩：浑球、尿包、软蛋、娘炮。围观的人群一下子多了起来，很明显，他们在等着我们开始打架。我是个聪明人，我只是还嘴，但布德金绷不住了。他和科列斯尼科夫打了个赌，赌他们谁会在秋千上转太阳。科列斯尼科夫以为这样就可以让大家知道谁是尿包，谁是硬汉，但他不知道布德金在荡秋千方面是个高手。他们俩都跳上了秋千，开始从一边荡到另一边。他们荡到了半空，甚至更高，脖子上的红领巾都要开了。这时，科列斯尼科夫的屁股开始不听使唤了。他决定假装自己跳下来，但实际上，他是被抛下来的。他整个人飞了起来。当时，体育老师正拉着马把所有的食物从码头带到食堂，这匹流浪母马整天在营地里走来走去，到处拉屎。科列斯尼科夫腾空而起，划过天际，在地上滑行降落，最后卡在一堆马粪里。他躺在那里，像一架被击落的梅塞施密特飞机一样冒着烟。

"我们所有人笑得肚子都疼了。布德金也从秋千上摔了下来。玛丽亚走到门廊上，一脸无语。科列斯尼科夫起身时脸色发青，气得直哭。玛丽亚用两根手指戳他的肩膀，捏着鼻子，带着他穿过营地去洗澡。连她自己都笑得前仰后合。

"这之后，科列斯尼科夫就开始对玛丽亚心怀怨气。有一天，布德金带着玛丽亚的吉他去排练。科列斯尼科夫闻讯飞快赶来。他从布德金的手中夺走了吉他，然后跑开了。布德金就在后面追，但怎么能追上呢？科列斯尼科夫抱着吉他冲到马厩里，用手边的木片往吉他里面铲了一整座山的粪便。然后他把它扔给布德金。布德金愤怒狂吼。他去卡马河边，在那里洗了两个小时，完后把它弄干。

"傍晚时分，我跑去食堂要了些果酱。然后晃荡着回营地，满嘴香甜，正欣赏着风景，突然看到布德金和科列斯尼科夫远远地像斯大林和希特勒一样缠斗在一起。更准确地说，是科列斯尼科夫压着布德金在打。可能是果酱让我变得强大，我冲了过去。科列斯尼科夫面对两个人就没那么有胜算了。他跳远了一些，开始愤怒地朝我们扔地上的松果。我定睛一看：布德金的额头肿起一块，而科列斯尼科夫裤裆上的扣子被扯掉了。

科列斯尼科夫发现朝我们扔东西就像是在进行人道主义援助，毫无用处。然后他开始咒骂，不承想正好戳中了痛处：布德金，布德金，玛丽亚的未婚夫！听完，布德金立即握紧拳头，像冲击马其顿防线一样向他奔过去。我从后面拽着他，让他别冲动，两只脚像犁一样深深地插进地里。可恶的科列斯尼科夫意识到，要是再打下去肯定是他吃亏，但他的言语攻击已经起到了效果，于是他转过身，像个苍蝇似的滚远了。

"两天过去了。布德金和我坐在房间里玩着扑克。这是个紧张的时刻：布德金马上就要输了。如果他真的输了，他必须去女同学的宿舍，大声告诉她们，他是个傻蛋。我们的宿舍在一楼。突然科列斯尼科夫在窗户上敲了敲。他说：'你想让我告诉你一些关于玛丽亚的事情吗？秋千那次，玛丽亚带我去洗澡，其实我们是一起洗的。玛丽亚也一丝不挂，没穿裤子。我到处摸她，想怎么摸都行。哥们可实话告诉你了！'

"布德金的脸色像冰箱一样白，他被这样的消息气得浑身僵硬。我说：'那你证明一下。'科列斯尼科夫立刻拿出一块布，盖在布德金的头上。我们一看，不得了！这真是玛丽亚的内裤。'这是我刚才从她身上脱下来的。'科列斯尼科夫吹嘘道。当时的布德金和我，对这种事情一窍不通，很显然，这是我们不知道也不能理解的。然而证据就在面前：她去澡堂了，这里也有内裤。布德金和我都沉默了。好吧，科列斯尼科夫赢了，彻彻底底地赢了。布德金的魂早就去了另一个世界，科列斯尼科夫还在这儿要个什么劲儿？他拿掉布德金头上的内裤，转身走了。

"我告诉布德金：他在撒谎，不要相信他。布德金什么也没说。他打牌输了，于是去了女同学的宿舍，告诉了她们他是个傻蛋，他说得很平淡，不带任何感情。就在我们回到宿舍的时候，那张丑脸又从窗户里钻了进来。他说：还想再看看内裤的样子吗？去吧，去操场上，我已经把它挂在那里的旗杆上了。整个营地的人都会在今晚的旗杆上看到它。

"我们动身出门。果不其然。内裤像旗帜般在云层下飘动，只是镰刀和锤子不见了。我们试图爬上杆子，把它拿下来，但没有成功。然后吃饭的号角吹响了。俗话说，打仗是打仗，吃饭可不能耽误。

"午饭后是安静的时间。说实话，我吃饱饭就忘记内裤的事儿了。即便整个营地的人都看到了它，那又怎么样呢？玛丽亚在海滩上穿过，反正整个营地的人也都看了。就让它挂着吧，没什么大不了的。于是我打了个盹。当我睁开眼睛时，布德金已经走了。下面就是他那天的所作所为。

"布德金去了老师们住的小屋，从窗户爬进体育老师的房间，他跟所有看门人一样，准备了一支单管步枪。布德金知道如何用枪：他的父亲是个猎人，他家里所有的墙壁上都挂着驯鹿的鹿角，四肢张开的驯鹿躯体则在地上趴着。他拿起枪，找到一盒子弹，走回营地。最有趣的是，他没有躲藏，甚至没有人问：'为什么这个来自海鸥小队的少先队员布德金，像个恐怖分子一样在营地走来走去？他难道是要一枪崩掉海燕小队的共青团员科列斯尼科夫吗？'

"布德金把科列斯尼科夫从床上叫起来，用枪顶着他，把他带到操场。科列斯尼科夫先是大小便失禁，然后彻底崩溃了。他说他没有和玛丽亚一起洗澡，她也不会去的。他只是偷了玛丽亚的内衣。那个女的洗完衣服，在暖气片上晾着，科列斯尼科夫进了她的房间，假装是去借一本书，还是敲门进去的。

"然后布德金让科列斯尼科夫爬上旗杆，把内裤取下来。科列斯尼科夫却已经瘫软一团了。内裤是另一个小队的人挂上去的，他叫西彭，这家伙有着非人类的敏捷，除了思想和外表，几乎与灵长类动物没有区别。

"布德金对科列斯尼科夫说：'跟你这种人渣就没什么好说的，直接崩了算了。'他卸下弹匣，填入一颗子弹。科列斯尼科夫看到这一幕，尖叫着冲进灌木丛，像个从十楼飞出去的铁球。

"布德金则独自一人站立，决定用子弹把内裤打下杆顶。他单膝跪在地上，向旗杆发射出一发又一发的子弹。就在这时，营地辅导员们在枪声中号叫着赶来。

"布德金被关了三天禁闭，他的母亲则从南方拼命往回赶。布德金被赶出了夏令营。好在科列斯尼科夫没有变成尸体，不然还会加重处罚。"

娜佳难以置信地摇着头，笑了起来。布德金慈祥地听着，嘻嘻哈哈地喝着酒。

"你真的会向他开枪吗？"娜佳问。

"也许会的，"布德金承认，"当时确实一头热血。只是他跑了，从背后开枪打他，这可不好。"

斯鲁什金和布德金被他们的童年回忆和酒精搅昏了头，开始争辩起来。

"我叫过你，维佳，就在去拿枪之前！"布德金在给自己找借口，"只是你睡着了！"

"想叫，就叫醒我啊！"斯鲁什金愤愤不平地把石膏敲在地上，"你老是把责任推给我，挑我的刺！"

"我什么时候把责任推给你了！挑你的刺了？"

"一直就没停过！记得吗，有一次，我们在火车铁轨下面发现了有人掉的硬币？我捡了个纪念币，你捡了一个普通的，然后你拿了我的，还把你的硬塞给我！"

"它们之间到底有什么不同！"

"还说有什么不同！有一次，我用炸弹的尾部做了几个箭头，把它们交给你保管，你拿着它们跟人换了维京士兵，然后你还跟我说，是你从你父亲那里拿的！我知道所有的事情，我记得所有的事情！而且，你还偷走了我的黄色兵人，把你的破军刀给了我。说啊，到底有没有这些事儿？"

"好吧，我干了，那又怎样？当我们在雪橇上紧紧扒住垃圾车的时候，是你把我的雪橇摔成了碎片的，我可什么都没说！"

"我又不是故意的，但你是故意干的！"

"当我们在我的浴室里进行海战时，谁用鲱鱼罐头当成装甲舰作弊？在它们战斗的时候，我向它们泼了一百次水，但它们还是把我的四艘大帆船撞成了一坨废物！"

"不是四艘，是三艘。我告诉过你：我去建筑工地偷油毡碎屑做大帆船，那里的警卫差点杀了我！我能怎么着啊，把家里地板上的油毡撕下来吗？所以我就用罐头做了装甲舰！你有八只大驱逐舰对付我的两只装甲舰，而且里面还有泡沫！"

"不是八只，是七只……"

"还有更多！是你自己作弊，布德金！当我们用塑料堡垒战斗时，我做了正常的士兵，而你做的全是一些歪瓜裂枣，他们不能用针扎中，因为他们比针还细！"

"我没有做歪瓜裂枣，我就给他们穿上了正常的护具！战士应该是瘦的！我又不是神！我们玩深潜的时候，你还戳过我一下。晚上是不是你，把我的蟑螂给放出来了，不是你还有谁？我们做科幻剪报的时候，你把《技术青年》和《环球大世界》都抢走了，塞给我一堆垃圾的《青年技工》。你还用一本叫《法尔萨尼》的书欺骗我，说里面的机器人在沙漠中互相残杀，即便那就是我自己的书。我没有欺骗你，你总是在欺骗我！"

娜佳听着他俩的争吵笑了起来，塔塔也笑了。她很高兴，妈妈竟然对爸爸和布德金如此热闹的争吵感兴趣。

晚上，当布德金回家后，娜佳开始洗碗，斯鲁什金把塔塔抱到床上，拿出普希金的书给她读童话。他选了《睡美人》。娜佳一直在洗碗，斯鲁什金就一直读。

"收起来吧，"娜佳命令道，"我想睡觉，灯光让我很烦。"

"那你把灯关了吧，"斯鲁什金回应，"其他的故事我心里都记着。"

"傻傻的故事……"娜佳嘀咕着，把灯熄灭了。

她躺下了，斯鲁什金坐在小床旁边的地板上，继续讲着故事。

"王子埃利沙正在寻找他的公主。他向太阳询问她的情况，太阳不知道。他又问月亮，月亮也不知道。他问了风。"

"等等。"斯鲁什金在黑暗中说着。

"风回答说:'在河的后面有一座高山,山上有一个深深的洞;在那洞里,在悲伤的黑暗中,有一具水晶棺材,被绑在柱子之间的铁链上。在那空旷的地方,看不到任何人的脚印,那棺材里躺着的,就是你的新娘。'"

斯鲁什金停了下来。塔塔睡着了,呼吸均匀。娜佳用毯子裹住自己,背靠着墙,哭了起来。

斯鲁什金在她的床边坐下来,安抚着她。

"好了,娜佳,别哭了,"他请求道,"忍受一下吧……我也同样在为爱纠结……"

"为谁?"娜佳问道,声音低沉,带着鼻音,"为你自己吗?"

"为什么是为我自己?为你……为小塔塔……为布德金……为普希金……"

第三十三章　混凝土搅拌机

二月中旬，布德金开车带着斯鲁什金去医院复查伤情。斯鲁什金在外科诊室检查和拍 X 光片的过程中，布德金在外面抽烟苦等，他脸色发黄地看着医院走廊里徘徊的人群：有受惊的孩子、被家暴的老妇人，还有宿醉的男人。等到一切终于搞定，他骂骂咧咧地把斯鲁什金装进车里，开车送他回家。

外面不停地飘着雪，阴云密布，寒冷刺骨。道路上到处都是灰褐色的混着泥浆的雪。这些像粥一样的东西被铲雪车推搡着，在黑色的、结冰的沥青路上来回流窜。公共汽车站旁的人群都冻僵了，而在一百米开外的路边，人们正无精打采地伸出手来投票。

布德金突然放慢了速度。公园里的一个女孩穿过层层烟灰的雪堆，打开了前车门。

"你好，"她说，"去城里还是去家里？"

"你想去哪儿就去哪儿，"布德金回答，"向你的同事问个好吧。"

女孩环顾车内。她正是基拉·瓦列里耶夫娜。

"嘿，是你啊……"她看到斯鲁什金后随口一说。

"我们得先把他送回家。"布德金提醒她。

布德金把斯鲁什金从车里拖出来，一只手搭在脖子上，横兜着他，吃力地上楼了。基拉把布德金的文件背在身后。

"我去打个电话，你喝杯咖啡吧。"布德金建议说，把斯鲁什金扔在过道里，走进房间去拿电话。

"到厨房来吧，"斯鲁什金悲伤地对基拉说，"咖啡在那里。你不用脱鞋了，反正也没有人脱鞋……"

"喂，达莎吗？"布德金的声音响起，"叫老板过来听个电话。"

"你今天有点憔悴啊，"基拉说着解开她的大衣，在厨房的凳子上坐下，"没有你平时的那股派头了……"

"派头忘带了。"斯鲁什金开玩笑，烧起开水。

"你的房子蛮好的，很舒适。"

"你想干什么？在我的窗户上装上铁栅栏，还是在潮湿的水泥墙上钉上'打倒专制'的标语？"

"派头开始热身了啊，"基拉哼了一声，"你腿怎么样了？"

"医生说，很快就能上前线了。"

"是怎么摔断的？"基拉看了看石膏。

"某个酒鬼滑雪橇冲下山坡，撞在了白桦树上。"

基拉轻蔑地皱了皱眉头。

"不管怎样，挺不错的，"她想了一会儿说，"你至少没有装作自己是个超人。然而，你的嘲讽很不体面。"

"我没在讽刺什么，不信你问布德金，事情就是这样。"

"因为你讲的故事不像故事，都像段子，你浑身都傻里傻气的。"

斯鲁什金点上一支烟，把火柴递给基拉。

"每个段子都是一出戏，甚至是一场悲剧。只有真正的男人才会讲。"

"嚯！你对自己的评价可真高！"基拉说，"话说回来，这些事儿有什么好奇怪的？你的嘲讽来自你的傲气。"

"是这样吗？"斯鲁什金装作很惊讶的样子。

"是的，"基拉平静地确认，抖掉身上的烟灰，"一方面，你的自嘲掩盖了骄傲，就像一个百万富翁掩盖了鞋子上的破洞，而另一方面，你也把自己彻底暴露了出来。"

"此话怎讲？"

"你想确保，没有人会真的把你当成你口中的那个傻瓜。"

"这不是我的本意，"斯鲁什金反驳道，"我说的是实话。我只是以一种有趣的方式在说实话。"

"对你来说，真理和非真理的概念都是不可接受的，就像对小说一样。你的面具与你是如此贴合，以至于都融为一体了。甚至，面具这个词也不合适。这不是面具，而是你对自己灵魂进行的整容手术。有一点我不明白：你需要它做什么？我不明白你通过制造一个愚蠢的印象能达到什么目的。"

"我可以给你一百万个目的。首先，我想从人群中脱颖而出。其次，这会让别人更容易和我相处。如果你记得那句名言的话，所有的艺术都是没有目的的。没准，目的就是去竹篮打水一场空。"

"我不懂艺术，也不记得名言，但你靠耍威风是没有用的。不管你装得多蠢，总有比你更蠢的人，所以这并不能让你脱颖而出。而且别人和你一起相处也不容易，因为你是个又倔又硬的家伙。不要被这句话所迷惑。"

"老爷们可不这么看。"

"老爷们，是你九年二班的那帮学生吗？把十四岁孩子的意见当真可是够愚蠢的，他们什么都没看过，什么都不懂，也不可能理解。当然，第一眼看上去你还是可塑的：柔软、随和、善于沟通……但你就像一个混凝土搅拌机：扭动开关很容易，但没法让你挪地方。你的内心就是一堆混凝土。"

"照你这么一说，我还真成了个魔鬼，"斯鲁什金咧嘴笑着说，"心中有恶，到处作妖。不过，真的，你关心我什么呢？我又不干涉你。你为什么要来这里，把我带到你的节奏中去呢？"

基拉轻轻地笑了起来。

"我不知道，"她坦诚道，"这就是你把我唤醒的结果，让我想去翻你的阴暗角落。别人的弱点，当然也是他们的秘密，会让我涌起肮脏的想法，想把他们给挂在栅栏上曝光。只有极个别的人，才拥有真正的秘密。你应该感到自豪，打个比方说吧，我是猎人，而你是一只奇妙的野兽。"

"也许，是你对我有好感，嗯？"斯鲁什金提示她。

"完全没有！"基拉否认，"你的自信让我吃惊！当然，我确实对你感兴趣。如果我是从别人那里听说你的事迹的话，你会变得魅力十足。也许我还会爱上你，哪怕素未谋面。但当我亲眼见过你后，"她不屑地夹着烟在斯鲁什金身边绕了一圈，"我简直要吐了。"

布德金从房间里出来，贼兮兮地笑着。

"他已经被你说得体无完肤了。够了，基拉，该走了。"

　　"你竟然在偷听！"斯鲁什金懊悔地大喊，"你这个人面兽心的东西！"他拿起拐杖放在肩上，瞄准布德金，开枪：砰！

　　"没打中！"布德金嘿嘿地笑着。

第三十四章　寻找一个人

布德金开门迎接斯鲁什金，他裹在长袍一样的棉毯里，好似一个来自遥远北方省份的罗马贵族。

"你怎么起这么早？"他惊奇地问。

"早得很，我都已经声嘶力竭地上完三节课了……"

布德金家浴室里的水在淙淙作响，有人在放热水。

"你要去洗澡吗？"斯鲁什金脱下鞋子问道。

"我？"布德金嘿嘿笑着，回到了散乱的沙发上。

"你公寓里总是充满了妓女和车站的味道……"斯鲁什金抱怨着，走进客厅，在椅子上坐下来。

"你怎么这么凶？"布德金问，点上一支烟。

"大头菜吃多了，暴躁得不行……"

这时，浴室里的水声停了，门闩叮当一响，只穿内裤的丰满女孩突然走进客厅。看到目瞪口呆的斯鲁什金，她气得满脸通红，声嘶力竭地说道：

"听好！我可警告你们啊……"

她愤怒地从椅子上扒下一堆女式衣服，跑出客厅，又把自己锁到浴室里。

"这是何等的妓院风光啊……"

"啊……那什么……"布德金淡淡地挥了挥手，"昨天觉得无聊，就决定去兜兜风。她要搭车……结果一直开车到了早上。"

斯鲁什金默默摇了摇头。他们边抽烟边等，但姑娘从浴室出来后，没往房间里看一眼，迅速在过道里穿好外套，飞快地跑到门口，摔门而出。

"她是不是把你的传家银饰给拿走了？"斯鲁什金若有所思地说，"或者一年份的洗衣皂……而你还像个小便池里的烟头一样躺在这里。"

"好吧，我起来。"布德金呻吟了一声，一点一点地站起来，"哟！"他说着，从椅子上拿起了黑色的蕾丝胸罩，"又一个！维佳，要不给你看看我收集的被遗忘的胸罩？有一些来自基拉……"

斯鲁什金面无表情地回答："我晚上可以给你弄一堆娜佳的胸罩。还是说，你已经有一个了？"

"你是怎么了，维佳？"布德金闷闷不乐地说，裹紧毯子，跟跟跄跄地走出客厅，"我们去厨房喝咖啡吧……刚那个斯维塔，还是叫什么名字来着，她把水烧开了……"

"世上无幸福，斯人尤可怜……"斯鲁什金喃喃自语。

在厨房里，他坐在桌前，沉重地一言不发。

"咋了，你今天又被学生整惨了？"布德金敏锐地问他，一只手倒咖啡，另一只手把毯子裹在胸前。

"整得我满头白发了。"斯鲁什金点了点头。

他上了整整一个星期的班。他上的第一堂课竟然是九年三班的。斯鲁什金本人后来承认，由于打着石膏，他有一些失去了现实感，所以在课上他没有拿出农民起义领袖普加乔夫的气势，而是像个沙俄小知识分子似的，走到了广大人民群众中间。人民群众也确实搞得他焦头烂额。

按照斯鲁什金的标准，这堂课进行得相当平和。但这是因为斯鲁什金一开始就忽略了最重要的事情。在他进教室之前，是基拉·瓦列里耶夫娜上的课。她在讲台上落下了一大堆六年级学生的作业本。格拉杜索夫路过时，灵巧而悄无声息地顺走了这堆东西，然后把笔记本分给了他的亲信们。这帮坏孩子整节课都保持沉默，因为他们在忙着往笔记本上涂满最肮脏的污言秽语。

课间休息时，格拉杜索夫像之前一样小心翼翼地把作业本放了回去。下一节课的时候，斯鲁什金有了一个小的"窗口期"，他决定把成绩簿给填了，无意中却碰倒了那一摞作业本。作业本散落一地，四散大开——不出所料，斯鲁什金看到了那些涂鸦作品。

灼热的泪水，在斯鲁什金脸上愤怒而无力地淌下，他翻着又脏又乱的作业本。不光他自己，整个学校的教职员工都在小土匪们的作品中被调戏了一番。那些单调的图画和下流签名，除了愚蠢和无聊，完全不值得一看。

但突然间，在所有这些垃圾中，斯鲁什金发现了一整个系列的涂鸦，被优雅地命名为"地理老师的夜间冒险"。图画内容虽然同样不堪入目，但却透出自信而轻盈的创作手法。其中完全没有冷嘲热讽——相反，它们虽然充满了无情苛责和尖酸刻薄，无论多么不友善，都还是准确而适度的。一张一张地翻阅着这些涂鸦，斯鲁什金突然倒吸了一大口气，然后猛地喷出，完了又笑着摇头，甚至还摩挲起自己的脸——这人物画得，惟妙惟肖。毫无疑问，看着签名的笔迹就知道，这是格拉杜索夫大师的亲笔作品。

然而，对于那些被弄脏的作业本，必须得采取行动了。课间休息的时候，斯鲁什金叹着气，皱着眉头，在基拉面前徘徊。基拉发现了事情的真相，差点用指甲抓花了斯鲁什金的脸。

"你自己去跟教导主任解释，你这个白痴！"她嘶吼道。从教导主任办公室出来后，在斯鲁什金身旁一同走出的母老虎并没有发威，她的发髻螺旋状卷起，眼睛呆滞无神，笑容一丝不苟地飘忽着。

教导主任非常专业地接手了这个事情。她立即照着格拉杜索夫和他那些狗腿子们的脑袋一顿猛敲，收走了他们的书包，只留下了他们的成绩簿，在成绩簿中她愤怒地邀请家长们晚上和维克多·谢尔盖耶维奇见面，让他告诉他们的孩子们都搞出了什么乌烟瘴气的事儿。其他狗腿子们在天黑前都被送回家了，唯独格拉杜索夫被留在地理教室里打扫卫生。

只有斯鲁什金和格拉杜索夫留在了教室里，一对一。角落里，有一堆被没收的书包。斯鲁什金在取得胜利后——不过是借他人的手取得的——变得宽宏大量了些，尤其是在回想起那些涂鸦后，他再也不能把格拉杜索夫看作是一个呆毛乡巴佬。斯鲁什金决定与格拉杜索夫进行一次走心的对话——就像对待朋友那样：他说，到底想要什么，到底什么时候算个够？

格拉杜索夫对斯鲁什金的热忱还流露出了几分同情。他内疚地叹了口气，揉了几下鼻子，红着脸，喃喃自语道："那什么……大家都在鬼混……"格拉杜索夫看起来的确可怜——个头小小的、红发、一副多管闲事的样子。斯鲁什金自己也有些感动，甚至决定帮助格拉杜索夫打扫卫生。然而，当他倒完垃圾回到教室时，里面空空如也。格拉杜索夫将所有被没收的书包扔出窗外，他的狗腿子们都在窗下等着，他自己则不知逃哪儿去了。

一个小时后，斯鲁什金和布德金坐在地窖里，大口大口地吞着高度数红葡萄酒泡的李子酒。

"你说，这些家伙怎么如此猪狗不如？"斯鲁什金抱怨。

"尽管吐槽吧，维佳，"布德金笑着回答，"把他们都给掐死，像弄死头猪那样。"

"我做不来，你怎么就不能理解呢！我一直在寻找一个人。我的一生都在找——在另一个人身上寻找，在我自己身上寻找，在人类的身上寻找，在随便什么人身上寻找！我应该怎么做啊，布德金？因为他们，我甚至不能让自己成为一个男人。我坐在这里喝醉了，但本来我答应给塔塔读本书…… 我能做什么呢？善良不能点醒他们，智慧不能点醒他们，笑话不能点醒他们，甚至惩罚也不能点醒他们……又能做些什么呢，布德金？"

"比头骨都要难刺穿。"布德金嘿嘿地笑。

不用说，布德金早已经猜到，小土匪们又一次像蒙古铁骑一样，骑在斯鲁什金身上乱窜时的情形。斯鲁什金开始倾诉他最新战斗故事的结局。

"我今天完全不知道，该拿格拉杜索夫怎么办。我向上帝祈祷，希望他们能睡过去别来上课，但是没有，这群小猕猴中的每一只都来了。他们坐在自己的课桌后面，开始打牌。你能听到的只有：老Q！老K！大王！好吧，我像瓦良格号巡洋舰一样向他们冲去。格拉杜索夫从我身边跳开，跑到另一排课桌后面去了。他站在那里，看着有些害怕，但没表现出来。

"而我一看到格拉杜索夫，就大发雷霆，浑身汗毛竖起。第三排！我大喊。起立，靠边站！我扯着嗓子喊。我看着他们像绕着变压器的电线似的围着我慢慢地转圈。只剩下格拉杜索夫一人没动。他身后，是堵墙。面前，一排课桌，而课桌后面，是我。死死盯着他的我。格拉杜索夫沿着墙边到处跑。我从他的脸上能看出，他的脑子里已经一团糨糊了。我沿着课桌冲过去，把课桌往墙上撞：砰！砰！砰！砰！教学楼的地基估计也被撞得一颤一颤。我一排排地把课桌推向墙边，终于，把格拉杜索夫逼到了角落里。

"可能是出于恐惧，格拉杜索夫的脑袋里都嗡嗡地响了起来。他伸出小臂，像施展空手道手刀一样，惊叫起来：'来啊，要打架吗，啊？'他装得跟李小龙似的，这个该死的欠揍的家伙。我笑得灿烂得意，他则害怕得要死。我抓住格拉杜索夫，把他从角落里拖出来，穿过书桌，拖过地板，我揪着他的头发送到门口，然后照他屁股踹上一脚——他像钦差大臣的箭一样消失了。我关上门，转向全班说：全剧终。我可以看到，每个人的眼睛都像微型计算器，计算着我还能被逼到什么程度。

"好吧。我继续开始给他们上课。每个人像有点轻微脑震荡的样子。我给他们灌输了一些关于亚马尔－涅涅茨自治区的事情：'哦！'我说，'亚马尔－涅涅茨自治区！就是，亚马尔－涅涅茨自治区！'上午的第一堂课，也就是说，外面天都还是黑的。我讲着讲着，突然，砰！灯灭了。搞什么鬼！每个人都在大喊大叫。我摸索着去开门，转到走廊里，找到了配电箱，推匣上去，灯就都亮了。

"我又开始自说自话地照本宣科，突然，砰！灯又灭了。门外，我能听到噌噌噌的脚步声。有人正在从配电箱附近逃走。这时，这帮小土匪彻底爆发了。女生尖叫着，把铅笔盒砸在男生头上，男生则大喊着，乱抓着女生的胸部，课本漫天乱飞。当我走到配电箱时，有人都已经点起了火柴。我打开灯，每个人看起来都像刚跑完马拉松，上气不接下气，舌头全都伸出来了。

"我突然意识到，这是格拉杜索夫策划的阴谋。我继续讲课，但我打开了教室的门，留了条缝，用眼角余光观察着外面的动静。果然！五分钟后，一个矮小的红头发的身影悄悄走过，在配电箱旁边扑闪一下，灯就熄灭了。我突然越过讲台开始猛追，但怎么就摔在了某个女生身上！还把她抱在怀里！我好像对待自己妻子一样环抱着她，差点就在她的蜜唇上来了一个火热的吻。她立刻张开嘴大喊：强奸啊——

"总之，我遇上了一些阻碍，等我跑过攒动的人头，来到走廊上，格拉杜索夫早就跑没影了。完了，我想，就这样吧，格拉杜索夫，等着瞧。刚刚的对决算是热身。现在等着我把你弄进医院去吧。我打开灯，锁上门，这样就不会有人从教室跑出来，然后我潜伏在走廊拐角处的楼梯旁。我等待着。我知道：格拉杜索夫会来的。

"五分钟过去，我的眼睛已经习惯了黑暗，然后我听到楼梯上传来一阵轻轻的脚步声：噌噌，噌噌，噌噌……想象一下，布德金，一个奇妙的画面：黑暗，走廊，门框微微变白，一个巨大的格拉杜索夫的鼻子从后面慢慢地、慢慢地伸出来，就像冬宫后面的阿芙乐尔号巡洋舰。我等着，直到整个鼻子出来，接着出现一只眼睛，我把我的拳头，像垃圾桶一样大的拳头挥在这只眼睛上：咣当！！格拉杜索夫像被海浪冲走了似的，刚才还是鼻子的位置，现在已经是靴子闪过。他从楼梯上滚下，连翻三层楼，还在呼啸而下……我听到从一楼传来的他的喊声：呜呜呜呜……"

斯鲁什金不说话了，用手指捻着一支未点燃的香烟。

"他活该！"布德金满意地嬉皮笑脸。

"我为他感到万分遗憾……"斯鲁什金说。

"行了，维佳，"布德金在片刻沉默后疲惫地说，"两个黑眼圈凑一对儿，还挺配的。"

"你怎么知道他已经有了一个？"

布德金张开嘴，又闭上了，并开始在毯子下猛烈地抓耳挠腮，仿佛他被跳蚤占领了。

"呃……"他支支吾吾。

"来吧，说出来吧。"斯鲁什金皱着眉头说。

"你知道吗，维佳……"布德金艰难地开口了，他把手从毯子里拿出来，挠着头，"你跟我提过那些涂鸦。还记得吗？就是之前你给我看过的那些……总之，星期一我在街上偶然碰到了他。然后，我就警告过他：如果你再不老实点儿，我就把你变成一个废人。"

斯鲁什金难过地点头，突然又笑了起来："他估计压根就不怕你，不然他今天也不敢再次……"

布德金痛苦地皱了皱鼻子，突然也笑了起来。

"维佳，这个吧，是我忘了告诉他，该在哪堂课上老实点……"

第三十五章　让布德金哭去吧

娜佳和塔塔已经睡着了，斯鲁什金坐在厨房里看书越发无聊，他决定去找找朋友。例如，去拜访下薇特卡。

抽着烟，他沿着河边老厂区迂回的蓝色小径溜达。不常见的灯笼，像果树一样，在漂泊的人群中悲伤地绽放。远处，在雪白的杨树和屋顶之外，在烟囱、鸟窝和谷仓外的小船后面，幽灵般的层层叠叠的白色高楼大厦诡异地耸立着。它们头顶上的天空，挂满了胡乱播撒开的群星。

科列斯尼科夫开的门，他看到斯鲁什金时，立马把他推到楼道里，自己也跟了出去。

"听着，维佳！"他高兴地低声说，"帮帮我吧……"他激动地用手掌比画着割头的动作。

"到底怎么回事？"斯鲁什金不情愿地屈服了。

"你懂的，我需要出门过夜去……你就说，布德金给你打电话，他在桥上被交警拦住了，他的车停在那里，我必须去帮他解决一下！"科列斯尼科夫看上去随口这么一说，但肯定是事先准备好了的。

"这个我……"斯鲁什金龇牙咧嘴。

"维佳，我以兄弟的身份求你了，以男人的身份求你了！"

挂着酸溜溜的表情，斯鲁什金跟他走进屋去。一看到斯鲁什金，薇特卡就尖叫着，从厨房里冲过来亲吻他。

"放开我！"斯鲁什金反抗着，"薇特卡，别喊了，我还有事要做呢！布德金刚给我打电话。警察在桥上把他拦住了，扣了他的车。他想找科列斯尼科夫帮他摆平。"

"现在吗？"薇特卡有些吃惊，"不能明天吗？"

"明天去取车就是隔夜了，"斯鲁什金很快做出了判断，"将会是双倍费用。"

"他为什么不给我们打电话？"薇特卡怀疑地问。

"他说他打过电话，但没打通。"

"哦，天哪……"薇特卡说，然后悲伤地看着科列斯尼科夫，"会很久吗？"

"得花整个晚上……"科列斯尼科夫哀伤地说着，垂下了头。

"你去吗？"

"我得去。"科列斯尼科夫沉重地叹了口气。"否则他会哭的……"

"好吧，"薇特卡幽怨地答应了，进了厨房，但她从里面喊了句，"你，维佳，外套脱了，进来吧。"

科列斯尼科夫的脸噌一下红了，向斯鲁什金比了个紧握的拳头、大拇指从食指和中指间凸出来的手势。斯鲁什金轻蔑地撇着嘴，也向他比了个紧握的拳头、食指和小拇指竖出来的手势。科列斯尼科夫略带责备地举起双手，"你这什么意思！"斯鲁什金不慌不忙地脱下外套，科列斯尼科夫则匆忙地穿上外套。

"好了，我走了！"他对着公寓里喊道，戴上帽子。

"如果你和布德金睡了，请替我问个好。"斯鲁什金说。

科列斯尼科夫心领神会地咧嘴一笑，保护欲十足地拍了拍他的肩膀。

科列斯尼科夫冲出门外，斯鲁什金进了厨房。

薇特卡倒了两杯茶。

"维佳，你刚才关于布德金的话是真的吗？"她问。

"怎么了，被拆穿了吗？"斯鲁什金有些紧张。

"不……只是过去的一个月里，科列斯尼科夫经常不在家里睡觉。最让人怀疑的是，他总是有一个可靠的借口。我在想他是不是有情妇。我认识的女孩都告诉我说，看到过他和一个女人在一起……"

"也许她是个侦探？"斯鲁什金慵懒地推测。

"去你的！"薇特卡冷笑道。

"如果是情妇，你会怎么做？"

"啊！哼！"薇特卡开始躁动了，"我要让他没好果子吃！抓破他的脸，砸烂所有的碟子！"

"然后他会暴揍你一顿，让你不要大惊小怪。"

"他不敢，"薇特卡权威地说，"我了解他。"

"不给他好果子吃，然后呢？"

"好吧……我会相信他的话，以后不再发生了，我们会继续一起生活。孩子需要一个爸爸，不管是什么样的。"

"如果再犯了呢？"

"那我就离婚。但首先我会找到另一个爸爸，一个有房子的好爸爸。在我找到前，我会让科列斯尼科夫永无宁日。"

"够狠……那，你会嫁给我吗？"

"你这是在向我求婚吗？"薇特卡疑虑地问。

"只是想看看，我到底还能不能够结婚。"

"我当然愿意。你是个快乐的、随和的人，没臭毛病。"

"那我之前找你时，你怎么没答应？"

"当时年轻，太蠢。"

"现在就又老又聪明了？"

"现在是又年轻又有脑子，"薇特卡嫉妒地纠正说，"你为什么开始说这个？是不是你把科列斯尼科夫支走的？也许是你唆使布德金给他打的电话？科列斯尼科夫走了，你就能在这里陪我一晚上了，嗯？你有这个能力。"

斯鲁什金哼了一声。

"你更喜欢哪种解读？"他问。

"最好是这个，而不是去找他的情妇。"

"啊哈，所以你可以出轨，而他就不能？你可以吃糖，而他吃耳光？"斯鲁什金像布德金似的笑了起来，"你比他好不了多少，五十步笑百步呢。"

"这不是问题的关键，维佳！"薇特卡愤愤不平，"我们是现代人，是自由的人！不是出不出轨的问题，而是如何对待他人。我从不把人混为一谈：科列斯尼科夫，就是科列斯尼科夫。你，就是你。对他来说，所有的女人都是一样的，只要她们张开双腿！对他来说，我和妓女是一样的！区别就是，我给他是免费的！"

"你都这么批判了……"斯鲁什金讥讽道，"那你还和他生活在一起，算什么呢？"

"还能做什么？我掉陷阱里了，现在就坐以待毙！结婚的又不是你，别人比科列斯尼科夫好但也强不到哪里去。"

"唉，薇特卡，你真是给人添堵。"斯鲁什金叹了口气。

"好吧，扯这些有什么用呢，"薇特卡不再反驳，"舒鲁普在睡觉，他什么都不知道。你在这里过夜吗？"

"上帝与你同在！"斯鲁什金胆战心惊地说。

"那我去个洗手间，十分钟，你先等着。"

薇特卡飞快地走过过道，锁上门，消失在浴室里。能听到她赤脚在地板上踢踏的声音，然后是淋浴器发出的嘶嘶声。斯鲁什金点了一支烟，关掉厨房的灯，走到窗前。

从这里，可以完美地欣赏整个河湾。在聚光灯的照耀下，它像一座岛屿一样躺在黑暗之中。神秘水晶般的船只被冻结在一片不自然的白色冰面上。仿佛眼前的一切都是宇宙中的景象：漆黑的海洋中，有一整盘刺眼的亮光，远处有一条点状的小星星，那是堤岸上的路灯，就像一个螺旋星系边缘的旋臂。淋浴喷头的噪声就像宇宙空间中以太的呼啸声。

噪声消失了，浴室的门吱呀一声打开，薇特卡走了出来。

"把烟灭了，"她低声命令，"我们到房间去吧。"

房间里，斯鲁什金在沙发上坐下，薇特卡扑倒在他身边，蜷缩着靠着他。斯鲁什金抱住了她。

"好吧，我没有想到，也没有猜到……"他一边嘟囔着，一边开始亲吻薇特卡的嘴唇。

薇特卡被热情和能量包裹着。斯鲁什金从上到下解开了她睡衣的扣子，把手放在她热乎乎的肚子上，慢慢地把手往上引，把像梨一样沉重而硕大的乳房握在手里。这时，钥匙在门外嘎嘎作响。

"科列斯尼科夫回来了！"薇特卡小声地叫着，从沙发上跳下来，开始疯狂地扣上自己睡衣的纽扣。

斯鲁什金咬牙切齿地说："真是天降狗屎。"他几乎是咆哮着站起来，走进厨房，打开灯，愤怒地倒在了凳子上。

薇特卡骂骂咧咧地嚷着，科列斯尼科夫终于开门进来了。

"你为什么把门锁了那么多遍？"他烦躁地问，把鞋脱掉，"是谁要偷东西还是偷人啊……斯鲁什金走了吗？"

"没有，在厨房里坐着呢，"薇特卡说，想了想，又补了句，"在抽烟。"

斯鲁什金听话地拿出一支烟，抽了起来。科列斯尼科夫踩着一双袜子轻轻地走进厨房，把一瓶伏特加放在斯鲁什金面前的桌子上。

"她把我甩了，"科列斯尼科夫轻声说道，"把我永远踢出了门，一切都彻底完了。现在我们要带着悲痛去喝酒。"

薇特卡出现在厨房门口。

"什么风把你吹回来了？"她问道。

"等了很久也没有公交车。冷得很。"

"外面才零下二摄氏度……"

"零下二摄氏度，难道你觉得热吗？！"科列斯尼科夫叫道。

"刚才不是说，你不去的话，布德金会哭吗……"薇特卡下意识地怯生生地问。

"让他见鬼去吧，"科列斯尼科夫挥了挥手，"让布德金哭去吧。"

第三十六章　踮起脚尖的松树

当红学院的学生们都进入教室时，斯鲁什金正穿着羽绒服和戴着帽子，坐在讲台后，在椅子上摇晃。嘴里叼着一支未点燃的香烟。

"这是您的新式教学方法吗，维克多·谢尔盖耶维奇？"

"教材上说，我们这节课该讲什么？"

米特罗法诺娃提示道："本地区的主要企业。"

斯塔科夫补充说："括号里的，定居点，村庄。"

"那么我们本地区的主要企业是什么？"

"酒厂！"一对双胞胎喊道，并大笑起来。

"是船厂。"玛莎·波尔沙科娃说。

"所以我们现在要去实地考察下，看看河边的样子。"

同学们高兴地号叫着。

"我们可以带着书包吗？"女孩们问道，"上完这最后一节课，然后就直接回家！"

"可以的，"斯鲁什金同意了，"但要向我保证……"

"保证愿意，一切服从！"红学院的学生们喊道。

"向我保证，你们不会到处乱跑，你们会仔细听我说在卡马河上航行的故事。"

铃声响起，门廊外，斯鲁什金按人头点了点站在门口的学生，就像点比赛前的马一样。

"好吧，看来有两个人逃了，"他说，"管他呢，我们走吧。"

他们排着队叽叽喳喳地穿过滨河新区、树林、高速公路、贫民窟、老滨河区，来到了河湾边。这是阴沉的一天，二月的最后一天，冬天的最后一天。周围堆满了雪，像喜马拉雅山那么高。黑色原木小屋的二楼窗户，在雪山顶闪烁着昏暗的光芒。巨大的棉絮般的屋顶气势汹汹，角落里挂着匕首状的冰柱。

"现在去哪儿？"同学们兴高采烈地问道。

"到那边的长椅上。"斯鲁什金用他的夹着香烟的手指了指。

同学们向长椅跑去，嘴里喊着万年不变的校园口号："最后跑到的人是傻瓜！"长椅旁边是一个被压得很平整的滑坡，周围散落着胶合板和实木板的碎片。等斯鲁什金到达长椅时，男孩们已经从坡上滚了下去，其余的人则抓着尖叫的女孩，把她们也送了下去。米特罗法诺娃吸溜着鼻子，从雪地里捡起被踩的笔记本和教科书。斯鲁什金愤怒地走进这片滑梯附近的喧嚣中。

"嘿，嘿！"他喊道，"大家到我这边来！等会有更好玩的！"

但是没有人注意到斯鲁什金，他就像一棵大风中沙沙作响的树。男孩们笑着，女孩们对他大喊：

"维克多·谢尔盖耶维奇，告诉他们不要推啊……"

"马上起来！再不听话，所有人都按旷课处理！"斯鲁什金威胁道。

咯咯笑着的玛莎·波尔沙科娃飞扑向他，躲开身后斯塔科夫的飞奔追赶。斯塔科夫跑过斯鲁什金的右手边，玛莎则从他的左臂下躲开。斯塔科夫沿着他的肚子跑，玛莎躲在他脑袋后面。斯鲁什金都快被晃晕了，最后他一把抓住斯塔科夫的脖子。

"还在上课呢！"他愤怒地说道。

"妈的，还真上课啊！"斯塔科夫突然想起来，"我去找我们的人了！"

不一会儿，他已经骑在双胞胎的背上滑下山坡了。斯鲁什金无奈地转向玛莎。

"看看这都成什么样了。说好的去卡马河呢？"

玛莎微笑着愧疚地耸了耸肩，红着脸。

斯鲁什金泄气地转过身来，踉踉跄跄地走到一张长椅前，坐下来，点燃一支烟，向河湾望去。河湾里密密麻麻的船只再次让他想起了城市。斯鲁什金看着傲慢的贵族宫殿般的班轮，看着同类样式客船的舱室，看着类似于长长的工厂车间的散货船和驳船的残骸，看着浮码头和消防站，看着小船上的棚屋，看着新开工的挖沙船，看着河沿的拖船塔台，看着驶向郊区的"流星号"和"火箭号"，它们的桅杆像灯柱一样耸立着，吊索像无轨电车的电线。

玛莎在斯鲁什金旁边坐下。

"那么，维克多·谢尔盖耶维奇，"她不确定地问道，"您真的会给大家讲航行的故事吗？"

斯鲁什金没看她，耸了耸肩。

"要不，就跟我讲讲吧。"玛莎深呼吸，顺着他说。

"给你一个人上课？"斯鲁什金很惊讶，"别了吧……去和斯塔科夫一起去飞吧。我能接受。"

"跟我讲讲吧，"玛莎重复道，微笑着看着他的眼睛，"我可以看出来你心里是怎么想的……"

"好吧……"斯鲁什金难以置信地哼了一声，往后靠了靠，向四面八方甜滋滋地伸了伸胳膊和腿，"听着，故事是这样的……"

他开始讲述，兴高采烈地看着玛莎。玛莎听着，若有所思地笑着，看着正在河湾里萌芽的春天。在这里，岸边的冰已经变黄了，水正在冲破冰层，经过冬天磨砺的拖拉机车辙在船只之间已经变成了黑压压的一片。船员们用大胶合板铲子铲除摩托艇顶上的雪，露出天蓝色油漆的方块。船尾是他们用锄头给螺旋桨凿出的一片黑洞。驳船的底舱突然被电焊点亮了。推土机正在削掉保险杠上的冰碴。所有的船都被镶上了刚解冻产生的冰花。

斯鲁什金被他自己的故事冲昏了头脑，他解开羽绒服的扣子，开始用树枝在雪地上画图。玛莎全神贯注地听着，不自觉地看着雪地上歪歪扭扭的画。其他的同学们在雪坡旁玩得很开心，没有注意到斯鲁什金的张扬时刻。突然，他们冲着斯鲁什金跑过来，欢快地喊起：

"维克多·谢尔盖耶维奇，我们可以回家了吗？时候不早了……"

玛莎端坐着沉思，一言不发。斯鲁什金也不说话，研究着他的雪图，然后站起来，用脚踢出个雪堆，把它埋了起来。

"我们到底能不能走啊？"同学们追问。

斯鲁什金走向学生们——在斜坡上纵情滑雪的他们，从被雪覆盖的双胞胎差生手中拿过滑雪用的木板。

"当我还是个孩子的时候，"他凝重地说，"我们曾经把它叫作卡板儿。你们整堂课都在那里龙飞凤舞，但你们从来就没有学会如何驾驭卡板儿。现在看好了，我给你来一个特技表演。只表演一次，这可是只能在马戏团看到的！"

"噢噢噢！"九年一班的学生们大声赞叹着。"维克多·谢尔盖耶维奇带来他的特技飞行表演了！"

斯鲁什金向后退了一步，蹲下跳了起来，把卡板儿抱在肚子上。他在冰面上腾空，像双翼滑翔机一样张开手脚，大喊一声："所有人给我喊起来，啊啊啊！"然后消失在一片雪白的尘埃中。

斯鲁什金挣扎着从雪堆里站起来，环顾四周，学生们的背影一个接一个地从斜坡旁消失。斯鲁什金开始仔细抖掉浑身的雪。河岸边空无一人。突然从上面传来一声喊叫：

"维克多·谢尔盖耶维奇，您的手套忘了！"

玛莎站在坡边上，在头顶挥舞着手套。

"玛莎，先别走！"斯鲁什金突然喊道。

玛莎放下手套。

"别走！"斯鲁什金又喊道。

"我在等您，维克多·谢尔盖耶维奇。"玛莎简单地答道。

"玛莎，我们出去走走吧！"斯鲁什金喊道，"就像我们已经约好了似的！我让你看看踮起脚尖的松树！"

"走吧，"玛莎笑着说，"上来吧。"

但斯鲁什金突然转过身，用手扒开雪堆，向河湾的冰面走去。沿着旧木板路和半淹没的锈迹斑斑的驳船船尾之间的坑洼，斯鲁什金走到了一片空地上。他拖着脚步，沿着雪堆蹒跚地离开了岸边。从斜坡上，玛莎可以看到被他脚印崩裂开的轨迹，在河湾的开阔地裂成一个巨大的名字："玛莎"。

接着，斯鲁什金气喘吁吁地爬回斜坡，拉起玛莎的手，沿着宽阔的小径跟跟跄跄地走着，他们一直走到山顶。近在咫尺的脚下，景色豁然开朗，无限延展——地平线附近铅色条纹不真实地向着广阔的河流蔓延，并嗡嗡作响。远处的松树又细又长，垂立着，使人无比明晰地感觉到小径所呈现出的巨大空间。

"你看，"斯鲁什金说，"这条小路并不通向任何地方，而人们依然乐此不疲地走着。为什么呢？"

玛莎沉默着没有回答。

"维克多·谢尔盖耶维奇，"她最后问了句，"你是怎么知道这些关于蒸汽船的事的，就是你之前跟我说的那些？"

"该怎么向你解释呢？"斯鲁什金咧嘴一笑，耸了耸肩，"我们似乎生活在同一个地方，但其实活在不同的世界里……我在这里度过了我的童年。对你们来说，一出生就住在新楼房里的人，老厂区只是一个空壳，河湾就像工厂的仓库一样，而这些老住宅楼就是营房。对我们来说，世界是从这里的一切开始的，它与卡马河一起成长……这就是为什么卡马河、这片河湾对我来说就如同一个象征……我们生活在欧亚大陆的中间，但在这里，你会突然觉得自己在地球的最边缘，就像在某个好望角……当然，当我们还小的时候，并不能理解这一切，否则，我们不会认为卡马河和它身边的街道就是生活的主旋律。我们生活中的一切都与河流有关，就像你的生活，总是与公共汽车站有关……我这么讲没有冒犯到你吧？"

玛莎幽怨地笑了笑，保持着沉默。他们慢慢走过倾斜的栅栏、木屋、谷仓、柳树丛、高大成排的松树下的商贩小屋。

"从童年开始，我对河流的态度就如此虔诚，就和其他人对待圣像画的态度似的。在我看来，自然界中到处都弥漫着思绪，但只有河流饱含着思想……你有这种感觉吗，玛莎？"

"我没有见过什么河流，"玛莎回答，"我们在这里只住了两年，之前我们住在城里，那边没有任何河流。妈妈和爸爸每年夏天都会带我去海边……你说到河流时，我想到的是看到大海时的奇怪感觉——那么多水，却没有地方流淌……"

斯鲁什金沉默了很久。

"我最喜欢的河流之一，是流向北方的冰河。春天的时候，我会和九年二班的同学们去那里露营。这事儿你听说过吗？"

"他们提到过。"玛莎点了点头。

"我希望其他人也能感受到，河流的意义，河流的思想……九年二班的人用他们的行动搅动了我的心思，我甚至自己创作了一首关于冰河的诗。我读给你听听？"

"好啊。"

"过去在冰河上有很多漂流运输工，他们沿河往山里的工厂运输各种各样的物资……而这首诗就像是写给漂流者的赞歌……"

"您不用解释，您尽管读，我会懂的……"

斯鲁什金深吸了一口气，环顾四周，开始了朗读：

"遥远的前方。灰雨笼罩前路。不管怎样，苦难都会消散。冰墙和石柱，抚慰我的灵魂，一个罪人。在这里，英勇的起义军领袖带着他的战士们。让我们向上帝祈祷，一切顺遂天意。嘿，兄弟，带上我们一起去吧。向着黑色的河流。魔鬼们都睡着了。春天的泪水从柳树上升起沟壑，战士的身上留下白色伤痕，卑鄙的家伙被鲜血灌醉。木舟与大船都曾在这里航行。老魔鬼的灵魂惺惺相惜。法官和律师，你们为什么要把我们这些活人放在死人堆里？驳船在岩石上被砸得粉碎。他们不得不弃船而去。但当我们逃出了可悲的堡垒，再一次在春天漂流。欢快的船桨下深渊在摇摆。兄弟们，扛住，会挺过去的。世界不会就此终结。我们会活着到达彼岸，把湿漉漉的身子晒干。防风堤上锈迹斑斑的教堂……巨石码头上的伤痕……而墓地的天空洒满了陨星的火花。城市不是我要去的地方。这就要说出永远的告别了吗？你和我，是孤独地相遇在冰河歧路上的蓝色露珠。"

玛莎若有所思地看着自己的脚。

"什么是'歧路'？"她最后问。

"嗯，十字路口，岔路……就是道路分开的地方。"

"我都不知道您还会写严肃的诗歌。"

"我不会创作，小玛莎。我只是信手拈来，偶尔。"

"您为什么不去创作？"玛莎很惊讶。

"这个……"斯鲁什金犹豫了一下，"我觉得写作，是一种罪恶。写作是一份罪恶的职业。真心交给纸笔，心灵远离上帝。所以不管是多么伟大的文学，它一直都只是在驯化人，从来没有教育人。文学永远都不是生活。你或许可以向教导主任罗莎·鲍里索夫娜请教下这个问题。"

"这跟她有什么关系？"仿佛玛莎甚至被冒犯到了。

"什么什么关系？她是你的语文老师啊。"

"好吧……"

斯鲁什金和玛莎来到了悬崖边上的一棵老松树下。

"现在看！"斯鲁什金用手指着说。

春潮、雨水和风把土壤从松树下卷走了，它挺立着，被强大的、扭曲的树根支撑着。一些根是笔直的，另一些则向空旷的地方伸展，像美杜莎的蛇发一样蠕动。

"哇！快看！"玛莎说着，蹲下身子想看得更清楚，"这就是你之前说的踮起脚尖的松树吗？我到下面沙滩上去过很多次了，却从来没有注意到上面是这样的……"

斯鲁什金走过去，拍了拍松树的树干。

"我们绕到另一侧吧？"他建议。

玛莎站起来，走到他身边，往下看。

"这也太危险了吧？"她天真地问。

"致命的危险，"斯鲁什金回答，"但你要像我这样做。"

他抱紧松树，把自己的胸部和腹部压在树上，绕着树根抱着树干挪动。玛莎笑了，也抱着树干，勇敢地跟在斯鲁什金身后绕过树根，侧头看向悬崖。

斯鲁什金挪到一半就停了下来，玛莎在他身后也愣住了。他们立在悬崖上，斯鲁什金抱着松树的树干，玛莎也抱着松树的树干。在寂静中，可以听到松树轻微的嘎吱声，在他们头顶上的高处，深绿色的腐朽的树冠的爪牙正在轻轻摇晃。

玛莎固执地看着远处的某个地方，沿着冰冷的卡马河的某个地方。她的太阳穴和颧骨，被冰霜冻出了粉红色，像是点缀着苹果色的紧张的斑点。

　　"维克多·谢尔盖耶维奇，"玛莎轻轻地说，"我们就快要掉下去了……"

第三十七章　最后的寒流

　　3月7日，托儿所有一场庆祝三八国际妇女节的公开演出。斯鲁什金独自前来，娜佳去了别的地方。

　　托儿所一楼的小厅里已经坐满了穿着毛皮大衣的奶奶和妈妈。因为没有足够的座位，老师派斯鲁什金去搬来一张长椅，因为他是唯一一个来看演出的爸爸。斯鲁什金搬来一张消防梯一样的长椅，他把椅子摆好，使之与大厅里的观众区隔开。他第一个在长椅上坐下，然后四处寻找列娜·安菲莫娃。列娜靠墙站在那些没有抢到座位的人中间。斯鲁什金向她挥手。列娜也看到了他，打着招呼，悄悄穿过拥挤的座位，在斯鲁什金身边坐下。

　　"嗨，"斯鲁什金说，"祝你节日快乐。也祝一下，刚过完的生日快乐。"

　　"你还记得呢？"列娜受宠若惊地笑道。

　　"当然，我的记忆力非常好，"斯鲁什金吹嘘道，"毕竟，早都记下来了。"

　　"你过得怎么样了？"列娜问，把肩上的披肩拉下来。

　　"还行。和往常一样。苦中有乐，悲喜一锅。"

　　"快跟我讲讲。"列娜笑着。

　　"故事讲起来太长了，主要是没有什么好讲的。废话连篇半句多。简单来说呢，就是我的腿摔断了。"

"这就是为什么你好久没有出现，对吗？我想问娜佳来着，但我怕尴尬，她有点凶……你的腿怎么样了，都好了吗？"

"哪儿跟哪儿啊……"斯鲁什金无望地挥了挥手，"像马列西耶夫[1]一样，没了双腿，落入地狱……对了，猜个谜语吧：他是谁——爬啊爬啊，吃了一坨一坨，又爬啊爬啊……"

"我们亲爱的母亲们！"托儿所老师打断了斯鲁什金的话，她把孩子们赶到大厅里，让他们排成一排，"还有亲爱的父亲。"她补充道，看着斯鲁什金。

大厅里的妇女们齐声大笑起来。

"他是我的爸爸，维佳！"塔塔喊道。

"孩子们今天为你们准备了节目和礼物！"

"咦哈！"大钢琴后面，音乐老师像马一样地嘶鸣着敲击着琴键，这让斯鲁什金冷不丁哆嗦了一下。

孩子们和老师们开始唱起歌来。或者说，是老师们先领唱，孩子们随后加入，参差不齐地唱着。女性家长都很安静。角落里，一位老奶奶嘀咕道："以前牛奶是二十七戈比，白面包是十八戈比，黑面包是十四戈比……"

节目表演开始了。孩子们一眼一板地齐声朗诵着诗歌，盖过所有人的，是老师的声音。然后，他们开始一个接一个地背诵起诗歌——有的人大声诵读，有的人喃喃自语，有的人陷入沉思。老师小声地给那些健忘的孩子提词。安德留沙背诵着他

---

[1] 阿列克谢·马列西耶夫，苏联战斗机飞行员。曾在苏德战争中失去双腿，后又重返战场。

的四行诗，看着地板，比沉默不语强不了多少。列娜内疚地对斯鲁什金抱怨道：

"他在家里读得很好，但人一多他就害羞了……"

塔塔也差不多，跟个蚊子似的轻声朗读着：

"欢乐的节日今天来到了我们身边，太阳为我们的好母亲闪耀着光芒。"

诗中还提到了"春天的日子""响亮的水滴"和其他东西，一律出自托儿所老师们的大作。

"那么，维佳，你知道十二号发生的事儿吗？"列娜轻声问道。

"发生了什么？有人打架了还是有人革命了？"

"伊尔达·安东诺夫娜死了。"

"是……切库什卡吗？"

斯鲁什金沉默了很久，看着孩子们随着破旧钢琴的旋律和节奏，跳着滑稽的舞蹈——他们成双成对，并排蹲着，手放在两侧。

"不，我不知道，"斯鲁什金说，"毕业后我就再没见过她……她退休后做了什么？"

"夏天她在自家的乡下宅院里种地，冬天在市场上卖树苗。"

"唉……"斯鲁什金摇了摇头，"而我甚至没有去看过她……我听说，我们班的人有组织去看她来着，我最后也没有去……在她面前我真的有罪……"

"我们都有罪，"列娜说，"事已至此……"

一天的表演活动即将结束。女老师又把孩子们排好队。

"现在，亲爱的妈妈们，"她宣布，"孩子们将赠送给你们他们自己制作的礼物！"

另一位女老师开始迅速分发手工作品，并读出折纸背面每位小作者的名字。

"你们还在等什么呢？"老师鼓励孩子们，"快跑过去吧，把它们交给你们的母亲……"

孩子们急忙离开座位，冲过大厅。后排的母亲们站了起来，把她们的手臂伸到前面坐着的人的肩膀上。塔塔也冲向她的父亲，但她在人群中被推了一下，扑倒在地。有人的脚踩到了她的折纸。塔塔急忙捡起被弄碎的纸片，哭起来。

斯鲁什金跑到她身边，抱住她，把她转移到长椅上。

"弄……弄坏了！"塔塔哭着，把鼻子埋在他的胸口。

"乖……没事儿的，没事儿，"斯鲁什金喃喃自语，抚摸着她的背，抚平皱巴巴的折纸，"这没什么……妈妈看到这个也会很开心的，真的！"斯鲁什金说，"好吧，要不要我和你一起再做一个新的折纸？"

塔塔头上的蝴蝶结扎着斯鲁什金的颧骨。

"同志们，妈妈们！"托儿所老师在大厅里喊道，"把孩子们带回到他们的更衣室去吧，现在他们要吃午饭了，安静的时间到了！"

在他们小组的更衣室里，塔塔眼睛浮肿，鼻子发红。她边脱着节日礼服，边说：

"爸爸，让娜佳今天也来接我回家吧……"

"我们会一起来的，"斯鲁什金承诺，"然后我们坐雪橇回家。"

送走塔塔去吃午饭后，斯鲁什金走到门廊前，点上烟，等着列娜。列娜没有很快出现。她牵着安德留沙。

"送送你们？"斯鲁什金问。

他们三个人慢慢走到托儿所门口。

"切库什卡的葬礼，我们班的人有去的吗？"斯鲁什金问。

"去了，几乎所有人都到了。他们都过得挺好的……我们班的女同学们几乎都结婚了，除了娜塔莎和阿尔卡，每个人都有孩子，有些人甚至有两个。我不知道男同学的情况：他们戴着手套，我看不到他们是否戴了戒指，我也不好意思问。我知道瓦西里耶夫和索科洛夫都结婚了，彼得罗夫都离婚了。德加琴科在读研究生，瓦西亚在军队，谢廖沙在当警察。加里穆林是个商人，他有自己的小卖部，他带来了一个巨大的花圈，还弄来了辆小轿车……"

"绰号'地基'的那位，真的和列别杰娃结婚了吗？"

"真的。利索夫斯基娶了二班的女生，康尼科娃。"

"薇特卡去了吗？"

"没有，她不在那里。"

"这些事儿她都没跟我提起过。"斯鲁什金说。

二月底，天气刚开始热了一些，但现在寒冬和坏天气又来了。外面正是一场暴风雪。天空中的白烟搅动着淡黄色的太阳。人们可以听到雪粒拂过玻璃窗的声音。在远处，弯弯曲曲的雪柱沿着商店的橱窗滑落。

"那你自己怎么样？"斯鲁什金最后感兴趣地问道。

"难啊，维佳，"列娜简单地回答，"我家的奥莉雅生病了。我公公不知道有什么事儿，从新年开始就隔三岔五喝个酩酊大醉，完全停不下来……我丈夫已经三个月没发工资了，他们说让他无限期停薪留职。他甚至没有给我买任何生日礼物，因为没钱。我们都在靠我婆婆的工资生活……我先把安德留沙带走，因为今天托儿所要给孩子们发礼物，而我还没有交这个钱。所以我把他带走，这样他就不用在场了，就不会哭了……"

斯鲁什金深深地吸了一口烟，沉默不语。

"我呢，维佳，又怀孕了……"突然列娜带着绝望又喜悦的感觉补充说，"我和丈夫决定无论如何都要生第三个孩子。我还想再要个男孩。"

斯鲁什金一直不说话，在列娜身边慢慢地大步走着。列娜显然对自己的坦率感到有些尴尬，无奈地将话题转移到另一个话题上：

"我真的很期待春天，我讨厌寒冬……回暖刚让我们感觉轻松，接着又是一场寒流……好吧，春天不远了，这可能是最后一场寒流，冬天会过去的。"

"确实会过去的。"斯鲁什金说。

第三十八章　想要和平，就不要备战

斯鲁什金有一节课的空闲，他正在检查学生们的自习课作业。斯鲁什金急需把分数打完，给本学季交差，所以他没有深入研究作业的实际完成情况，而是更高效地行事——凭感觉。他看了一个名字，没怎么读就给它打了分。谁应该得几分，早就很明显了。叶尔金？不及格。格拉杜索夫？不及格。巴斯卡科娃？想想……好吧，不纠结了，良好。苏斯洛夫？不及格。甚至打负分都行。

批改完作业后，斯鲁什金打开窗帘，点上一支烟。

楼下，在学校围墙、体育馆和防寒通道之间，有一个用栅栏围起来的小院子。院子里堆满了破旧的课桌。那是高年级学生们课间休息时抽烟的地方。

那里的骚动喧嚣引起了斯鲁什金的注意，他从窗户向外看去。原来，院子里正在进行一场对决。一群学生中间，站着矮小的、衣衫不整的奥维契金。他被一个瘦弱的高个子男生抓住了上衣衣襟，那人正是当地有名的无赖茨拉什科夫，他正在迅速成为一个真正的罪犯。茨拉最要好的朋友，一个智力发育不完全的胖子，在旁边煽风点火。他周围挤满了八年级和九年级的所有差生们。另一侧，双胞胎兄弟正把满脸通红、衣衫褴褛的切比金搂在怀里，不让他靠近茨拉。

茨拉解释了什么，之后，突然挥拳头打中奥维契金的颧骨。奥维契金飞身而去，坐在雪地里。茨拉弯下腰，把他拉起来，拖到自己身边，又朝他的颧骨上打了一拳。奥维契金又飞走了。切比金猛地暴起，和双胞胎打成一团。

斯鲁什金扔掉烟头，果断地把脚踩到窗台上。他从窗口灵巧地跳到防寒通道覆盖着雪的顶上，再跳到院子里。不过，他的脚在一张破桌子松动的桌面上滑了下，他向后摔倒在一堆桌椅板凳里。茨拉周围的人中，有人回头看了看，但斯鲁什金已经鲤鱼打挺跳了起来，他把差生分开两边，抓住茨拉的肩膀，把他扭了过来。

"你，什么意思……"茨拉大吃一惊。

"人道主义援助，"斯鲁什金解释说，并拍了拍他的嘴巴，"现在明白了吧，茨拉小子？"

"你算哪根葱？"弱智胖子大叫着，跳到斯鲁什金面前，斯鲁什金直接把他扔进了雪堆里。

茨拉用手掌捂住被拍破的嘴唇，脸上露出野兽般的凶相。与此同时，斯鲁什金转过身来，狠狠地踢了一脚双胞胎中的一个人，让他疼得卷腹抽搐了一下，退了几步。另一个见状聪明地把切比金松开。

"你到底是谁……"茨拉郁闷地问。

"这是地理老师……我们学校的……"两个差生小声地说。

"你们愣着干吗，浑蛋？！"弱智胖子喊道，"他就一个人！"

斯鲁什金用巴掌狠狠地扇了一下他的脑门，胖子再次飞到雪堆里，差点哭出来。

"赶快离开这里,你们这些小犊子!"斯鲁什金对着差生们咆哮着,跺着脚。

差生们悄悄地溜进围栏和学校围墙的缝隙。

"茨拉,我们跟他没完!"弱智胖子不依不饶地从雪堆里爬出来,气势汹汹地喊道。

孤家寡人的茨拉忧郁地看着斯鲁什金,吐了口唾沫,往围栏外走去。等坐在围栏顶上了,他放话道:

"好你个小兔崽子,我改天再来收拾你。"

斯鲁什金走到在雪堆里发呆的弱智胖子面前,把他踢了起来。在咒骂声中,弱智胖子滚过围栏,追着茨拉去了。

切比金正在整理他的外套,奥维契金把一个雪球放在他的颧骨上。

"可能得肿起来一个大红包了。"他面无表情地说道。

"你是从窗口看到我们的吗,维克多·谢尔盖耶维奇?"切比金问。

"没有,总部给我发的电报。"

"你的裤子破了,维克多·谢尔盖耶维奇。"奥维契金说着,没有掸掉脸颊上的雪球。

斯鲁什金像被刺痛似的哆嗦了一下,迅速瞥了一眼自己的屁股。他的屁股上挂着一块布头,像一条尾巴,正是斯鲁什金滑倒在桌板上时被撕下来的。衬里在撕裂处泛着诡异的白色。

"我在一班还有一节课没上!"斯鲁什金号叫着,试图把布头放回原处,"穿着破烂不堪的裤子,还让我怎么上课!"

"请教导主任取消课程吧。"切比金建议说,他同情地看着用手捂着屁股的斯鲁什金。

"我应该怎么告诉她呢？撅屁股给她看吗？她会告我骚扰的！"

"那你就坐着上完整堂课。"奥维契金说。

"和你们一起坐着……"斯鲁什金说，并开始无力地咒骂，比刚才的那个弱智胖子骂得还凶，"这让我怎么回教室呢？跟光着屁股穿过整个学校有区别吗？"

"你得从窗户爬回去。"奥维契金指了条路。

斯鲁什金抬起头，看着自己刚跳下来的窗户。

"从窗户跳到通道的屋顶上，我可以，但我怎么爬回去呢……"

"让我们来帮忙吧，维克多·谢尔盖耶维奇，我从窗口拉你一把，你站在奥维契金的背上。"切比金建议。

"看样子，是没有别的办法了。"斯鲁什金想了想后同意了。

切比金拿着教室的钥匙跑了，斯鲁什金和奥维契金爬到防寒通道的顶上。当他们爬上去时，切比金那张圆圆的、长满雀斑的脸从窗户里探了出来。

"报告长官，维克多·谢尔盖耶维奇！"切比金突然喊道，"教导主任罗莎·鲍里索夫娜来了！"

斯鲁什金环顾四周，看到在校园里走着的母老虎。

就在这时，铃声响了。

"来吧，快点！"斯鲁什金喊道，"切比金！你的手递给我……"

奥维契金把他的手掌放在墙上撑着。斯鲁什金踩着他的肩膀，像鱼一样翻进窗户，切比金紧紧抓住他。他们一起以迅雷不及掩耳之势摔在地上，撞倒了一把椅子和讲台。

斯鲁什金立即跳了起来，向窗外望去。眼看着母老虎大张着嘴，站在排球场中间。

"哎呀……"斯鲁什金向后弹了弹，伸了个懒腰，"她今晚肯定会把我做成香蕉泥的……"

"你可要向她诚实地解释一切啊。"切比金建议。

"你太天真了……当你撒谎，别人又相信你时，诚实才有用。"

九年一班的整堂课上，斯鲁什金端坐在讲台后，钉在那里一动不动。斯鲁什金匆匆忙忙地想出了个课堂测验。于是，他就能够在不引起怀疑的情况下，坐着监考不用动了。然而，就在上课的时候，有人敲门了。

"斯塔科夫，开门去！"斯鲁什金命令道。

"找您的。"斯塔科夫边看边说。

"你就说，我在忙着……"

但这时斯塔科夫被蛮横地推开了，母老虎罗莎·鲍里索夫娜以教导主任的身份傲然进入教室。

"维克多·谢尔盖耶维奇，我必须请您现在去我办公室一趟。"她用冰冷的语气说。

"罗莎·鲍里索夫娜，我正在进行整个学季的测验，无法脱身。"斯鲁什金咬牙切齿地回答。

"测验！整个学季！"同学们惊讶地喘着粗气。

"我不会重复我的请求。"

"那我来重复一遍，我现在真的不能离开。"斯鲁什金绝望地说道，"我还请求您不要干涉我的课程。"

九年一班同学们的脸色大变。

教导主任动摇了一下，但依然站得很稳。她转过身去，走了，把门摔得哐哐响。同学们在他们的课桌后跳了起来。斯鲁什金注意到了玛莎·波尔沙科娃眼中的震惊，并立即躲进打开的班级成绩簿里。他的耳朵被染成了红色。

在接下来的课程中，同学们没有发出任何声音。下课铃响后，九年级学生悄悄地离开了教室，就像从一个葬礼上离开一样。斯鲁什金穿上羽绒服，遮住了屁股上那个臭名昭著的破洞，逃离战场回家去。他蹑手蹑脚地经过教导主任的办公室门口时，都没有敢往里看一眼。

第二天，罗莎·鲍里索夫娜没有搭理斯鲁什金的问候。第三天也是如此。然后斯鲁什金自己也不再打招呼了。假期快到了，他希望假期过后，冲突会自然而然地被遗忘。唯一剩下的是第三学季的最后一次教职工大会，不去参加这个会议比杀死罗莎·鲍里索夫娜更危险。

斯鲁什金出现在会议上，努力地在教职工人群中销声匿迹。他坐在最不显眼的位置，靠角落的一边。会议对本学季的成绩进行了详细的总结，其中不乏争吵。老师们和罗莎·鲍里索夫娜都很生气。最后轮到了各科老师发言。

"地理老师！"这是罗莎·鲍里索夫娜叫到的最后一个老师，她故意花了很长时间在文件夹里找斯鲁什金的学季报告。

母老虎开口说："九年级学生在地理方面的成绩分化令人费解。几乎所有一班的学生都得到优秀，二班的学生得到良好，三班的学生得到及格。这个你怎么解释呢，维克多·谢尔盖耶维奇？要知道，这些班级是由相对水平差不多的学生组成的，不可能是这样的成绩！"

"他们怎么学的，我就怎么打分的……"斯鲁什金喃喃自语道。

母老虎停顿了很久，被他压得哑口无言。

"在我看来，"她开始陈词，"我感觉这分数打出的依据不是学生们的知识掌握情况，而是老师的个人偏爱，也就是由维克多·谢尔盖耶维奇本人的个性所决定的。据我所知，他的教学方法与传统的教学方法相差甚远。他第一学季时，就在课堂上唱歌……"教师中涌起此起彼伏的笑声，"第三学季，他掀起了由老师带头的大规模旷课，用滑冰代替教学游览，维克多还跟学生们要闹成一片，还有更多别的事情。我亲眼看到维克多·谢尔盖耶维奇和学生们一起从教室的窗户爬进去，当着全班同学的面顶撞我，他的反应是如此不屑，近乎粗野……"

母老虎的一番话，让斯鲁什金如坐针毡地吃了一刻钟的瘪。

"这样吧，维克多·谢尔盖耶维奇，"她总结，"第四学季对你来说至关重要。现在是我们为明年组建教师队伍的时候，我不排除我们的教职工会对你试图在其中占有一席之地的做法表示异议。不过，这取决于你。"

大会以斯鲁什金彻底溃败而告终。所有教师坐在一片叫斯鲁什金的废墟上，如释重负地起身走人，重重地移开他们的椅子。斯鲁什金没有抬头。走过他身边的基拉犹豫了一下，嘲讽似的说：

"哎呀，你怎么就不开窍呢……"

斯鲁什金犹豫了一下，点了点头，表示同意：

"先是不开窍，接着受煎熬。"

"所以这就是你的评论吗？"

"贱民是不配评论的。"

第三十九章　被诅咒的诅咒

假期的一天，斯鲁什金正坐在家里，突然薇特卡出现了。

"该死！"过道里，她咒骂着踢掉靴子，"在他妈公交车上冻得像条狗……快给我一些热茶，维佳，我快冻死了……"

斯鲁什金烧起水，薇特卡还在过道里大叫：

"四月就要来了，卡马河都已经解冻了，还是这么冷！冬天什么时候才能结束？我踩到一个水坑里，膝盖都快被淹没了！"

她踩着湿袜子走进厨房，瘫坐在凳子上，毫不收敛地把脚靠在暖气片上。

"你们家暖气还挺热乎，王八蛋……"她有些羡慕地说。

"最近怎么样？"斯鲁什金问。

"还能怎么样……"薇特卡挥了挥手，立即开始向他东拉西扯什么科罗米斯洛夫的事情，之前他不给她让路来着。

"你这个老傻瓜，都唠叨些什么啊，"斯鲁什金恼怒地说，"你是来做什么的？要说去找科列斯尼科夫说啊……"

"顺便说一下！"薇特卡蹦起来，"我认识的女孩们跟我描述了她们看到的那个女人，科列斯尼科夫的姘头。她看起来就像你的那位鲁涅娃！听着，把她的照片给我看看，我让女孩们瞧瞧……"

"去你妈的吧！"斯鲁什金生气了，"我才没空参与你的调查！"

"怎么，你还爱着她？"薇特卡起劲儿地问。

"我很少见到她，但经常想起她……"斯鲁什金耸耸肩。

"哪有这么爱别人的？"薇特卡嗤之以鼻。

"要是你恋爱了，在人家家门口告别，你恨不得从头亲到脚。而我，是在小心翼翼地坠入爱河。要让我跟你似的，你是想让我为了她被送去抢救，还是在她家前院的灌木丛里唱小夜曲？总之，我不会和任何人谈恋爱。去他妈的，我受够了，什么罪也不想受了。你家科列斯尼科夫是怎么说鲁涅娃的呢？"

"他说他知道你爱她，所以他不会和她有任何关系。因为他尊重你。"

斯鲁什金用嘴唇发了个不雅的声音，开始倒茶。

"他晚上不再出去了。下班后直接就回家，就像以前一样。"她停顿了一下，然后突然有感而发地补充道，"听着，维佳，也许你并不爱萨莎·鲁涅娃这个蠢姑娘？"

"你懂个鬼，薇特卡，"斯鲁什金抽了口烟，"就算我爱她，但她对我也没什么吸引力。我被另一个女孩吸引，她是我学校的老师，但我还是想和娜佳一起生活。可是现在我和娜佳住在一起，但没人比我跟你更亲近……我的生活没有了方向，我四处徘徊游荡……啊，被诅咒的诅咒，缥缈的海市蜃楼。我被施了魔法，画地为牢，困住了，没有什么可以打破。"

"那你喜欢和娜佳一起生活吗？"薇特卡感到很惊讶，"我不懂你！你是已经从沙发搬回了床上吗？"

"还没搬过去……这是重点？你们想来想去，都是一样的事情。嘴上念着祈祷词，心里想的都是解开扣子……"

"好吧，既然你挺饥渴的，我们为什么不找点乐子，嗯？"薇特卡眨了眨眼睛，"在床上，或者在沙发上。"

"你应该早一个小时来，"斯鲁什金皱着眉头说，"马上娜佳会回来……顺便说一句，薇特卡，我生日后她把你大骂了一番。她认为我是在你家过夜的。如果她在这里逮到你，恐怕你会有麻烦的……"

"胡说八道！"薇特卡说，"我能治住她。"

斯鲁什金难以置信地看着她。

"不过再怎样，她也是你的婊子。"薇特卡直截了当地说。

"不……"斯鲁什金说，"你只看到了她的表象：当你是客人或我向你倾诉时……她是那个样子的。但除此之外，她非常可爱，有感情，有家的感觉。她很喜欢塔塔。我会娶一个原子弹吗？我和她生活得非常好。"

突然，钥匙在门锁里转动。

"她回来了。"斯鲁什金说。

第一个跑进过道的塔塔看到薇特卡后停了下来。

"看来我们有客人了？"娜佳问着，偷偷看了一眼厨房。

"嗨！"薇特卡欢快地问候。

娜佳没有回答，回到过道，开始给塔塔脱衣服。

"现在你就待在你的房间里，"她大声地对塔塔说，"我把你姑姑赶出去，然后给奶奶打个电话。"

斯鲁什金挑了挑眉毛，把手指放在嘴唇上，劝说薇特卡不要说话，不要惹麻烦。

塔塔顺从地消失在房间里，娜佳走进厨房，将手臂交叠在胸前，背靠着冰箱。

"还好她没有在我的床上或穿着我的睡衣，"她说，"我想我告诉过你，不要让这个妓女踏进我的房子！"

"你说谁？"薇特卡张着嘴，呆呆地问。

"如果你觉得痒了，就去她家和她做爱，"娜佳继续说，完全不管薇特卡，"我这里不需要这样的客人。不请自来的客人比靼靼人还可怕，这个妓女比不请自来的客人更可怕。这里不是妓院。选择其他地方约会。她自己也有一套房子。让她带着她的丈夫和孩子去别的地方，她再回来找你玩儿。我不会在楼梯上等你的，我不想在这里容忍这样的事情！我不想在这里被人欺负！我一分钟也不想和她在同一个屋檐下！告诉她穿好衣服，马上离开这里，忘掉自己曾经来过这里！告诉她，如果你有勇气的话，而不是和女人偷偷摸摸地在一起！"

娜佳起身离开冰箱，走进了房间。

斯鲁什金意味深长地看着目瞪口呆的薇特卡。

"嗯，真行……"回过神来的薇特卡说着，并在她的卷发上抓了抓，"所以，就是说，我该走了……"

斯鲁什金无奈地点点头。薇特卡起身，调整了一下裙摆，走进过道。斯鲁什金跟着她。

"你别送我出去了，"她讽刺地说着，一边穿上靴子，"有机会来我家串门吧。"她穿上大衣，摇了摇头，最后真诚地补充道，"别去死啊。"

娜佳整个晚上都没有和斯鲁什金说话。当塔塔被送上床哄睡着后，娜佳去厨房里洗碗。斯鲁什金坐在桌前说：

"你为什么要把话说那么绝？对我大发雷霆，还把薇特卡骂得体无完肤……"

"我已经告诉过你,"娜佳叫道,"不要把这个情人那个婊子的,领到家里来!"

"我没有把薇特卡领到这里,"斯鲁什金开始温顺地为自己辩解,"她是自己跑来的。而且她不是婊子,不是妓女。她只是个疯子,她这个蠢货的脑子就是到处乱飞。她也不是我的情人。"

"你敢告诉我你没有和她上过床吗?"娜佳反击。

斯鲁什金重重地叹了口气。

"还敢给我出难题……酒鬼,乞丐,小丑,再加上个花花公子!如果不是因为塔塔,我根本就不会和你住在一起!如果你不能拿出好吃好喝的,你就不配有孩子!"

"好吧,"斯鲁什金用和解的语气说,"这些都与此无关。我只想说,你冤枉薇特卡了。"

"还有,不要跟我说那个妓女的事!"

"她不是妓女!我倒宁愿和妓女在一起!我晚上躺在这该死的沙发上,就已经开始梦到她们了!"斯鲁什金口不择言。

"想做就去做!你去做啊!"娜佳扔下碗,关上水龙头,坐在桌前,不熟练地抽烟,"你会为薇特卡辩护,不过是因为你的内心和她一样。你们这个同学还真没白当!你只对女人感兴趣,而对其他一窍不通!但没有女人会找你这样的男人。我是唯一一个愚蠢到看上你的人。所以你把布德金塞给我,这样我就变成跟你一样的人了,我还不能说个不字!"

"我没有把布德金塞给你……"

"我和他没有任何关系!"娜佳喊道,"我不会和他睡觉,不会去找他，不会亲吻他，不会和他约会……总之，这不关你的事，明白吗？！"

"你没这么做，真的白瞎了！"斯鲁什金也受不了了，"你应该去做！真可惜，你没去找他，没去亲他，没去睡他！反正你也成不了圣人的，因为你不喜欢人，你所有的体面都来自对我的憎恨！你心里喜欢布德金，却为了你讨厌的人而牺牲了他！可是，布德金他也不会来找你的，因为他是个傻瓜——他不听自己的灵魂，而是听别人说什么！他是个傻瓜！而我拥有的，就是你放弃的一切。娜佳，你听到了吗！这是我搬进那张该死的沙发后拥有的最好的东西！"

第四十章　蠢得像猪

铃声响起后，同学们立即在他们的课桌后坐下，对即将开始的表演表现出强烈的兴趣。斯鲁什金警觉了起来，他大步走到黑板前，用力走路的样子仿佛是在测试地板硬度：

"这节课的题目是……"

黑板上画满了井字格和圆圈，斯鲁什金拿起一块抹布。他身后的学生中掠过一阵喜悦的叹息。原来，刚才课间休息时，叶尔金把干抹布在厕所里弄湿了。抹布上有明显的尿臊味。

斯鲁什金的颧骨发白，耳朵变红，但他的表情没有任何变化。他手里拿着抹布，继续说："中亚的主要经济支柱产业……"

同学们一边低头盯着课本，一边斜眼看着斯鲁什金喋喋不休。他在黑板前踱着步，失忆了一般地拿着那块抹布。坐在前排的女生们都皱起了眉头。下面等着看热闹的格拉杜索夫，还有他的几个跟班气恼地交头接耳：这个地理老师真够蠢的，他都不知道我们把这块抹布怎么着了，完全没反应！

斯鲁什金一字不落地照本宣科着，慢慢深入到课桌间的过道里。当他走近时，叶尔金开始以虚假的热情在一个笔记本上奋笔疾书，上面满是化学公式。斯鲁什金又迈了一步，突然用左手轻巧地抓住叶尔金的后脖颈，用右手把抹布贴在他的脸上，开始摩擦他的脸，就像阿拉丁擦他的神灯一样。一切无声无息地发生了，迅速。他们眼睁睁着斯鲁什金轰隆隆地把号叫着的害群之马从桌子后薅出来，就像从栅栏上掰下一块木板，并把他拖到门口时，同学们才发出一阵惊叹的唏嘘声。

把叶尔金拖进走廊后，斯鲁什金并没有关上教室的门——这样就可以让同学们清楚地看到发生的一切有多么可怕。斯鲁什金小心翼翼地把愣住的叶尔金拖过地板，狠狠踢了他几脚，让他的身体发出骨折的声响，然后把他扔下楼梯。然后，斯鲁什金才锁上门，去洗手。

他回到教室时，将袖子像党卫军一样卷了起来，双手被冷水浸得通红，脸色发紫，如同刚把石头推到山顶的西西弗斯。

格拉杜索夫和他的跟班已经在桌子后面打起了扑克牌。看到斯鲁什金，格拉杜索夫迅速地拢起牌，把它们塞到桌斗里，但斯鲁什金弯下腰，抢走了扑克牌。格拉杜索夫挣扎着冲过去抢夺，在斯鲁什金的手指缝儿中，只有一张牌。斯鲁什金看着它。

"黑桃7！"他说，"玩牌是吧！"斯鲁什金叫嚣着要把这张牌撕成两半。

"不要！"格拉杜索夫突然惊恐地叫了起来，"不要撕，维克多·谢尔盖耶维奇！"

"你竟然知道我的名字？"斯鲁什金一副单纯的惊讶状。

"不要撕，"格拉杜索夫重复道，"我不会再这样做了，我会把它全部收起来……没有它我就凑不成一副牌了，我花了两星期才搞到手的……"

"你这个浑蛋，格拉杜……"其中一个跟班低声说，"所以没人欠你什么……"

斯鲁什金想了想，把扑克牌扔到了格拉杜索夫的桌子上。

"我不会跟自己人玩阴的。你不过就是会出老千而已。"斯鲁什金说。

"什么意思，你觉得我只会出老千是吗？"格拉杜索夫不服气。

"不是吗？"斯鲁什金不屑地走开了，在他的讲台后坐下。但格拉杜索夫却上钩了。

"我不用作弊就能打败任何人！"他对全班喊道，"谁不服，敢和我打赌比一比吗？"

同学们窃窃私语，对这个挑战很感兴趣。

"都怕了，是不是？"格拉杜索夫喊道，"有种的就来比画下，敢吗？"

"如果我赢了，你准备怎么着？"斯鲁什金突然问道。

同学们兴奋地发出了友好的号叫。

"那剩下的所有地理课，我们都老老实实地坐着听课。"格拉杜索夫轻蔑地说。

"如果我输了呢？"

"那就让我们都不用上课了！"同学们的尖叫声四起，"现在就在电视上放黄片！"

"随你们怎么说，你们这些浑蛋！"斯鲁什金认真地说道，并大手一挥，将成绩簿和作业本移到讲台边上，"过来，格拉杜索夫！"

格拉杜索夫跳了起来，跑到讲台前，就像拳击手上场一样：他上蹿下跳，耸动肩膀，对着空气挥拳。周围聚起了观众，围观人群都爬上了自己的桌子，以便更好地观看这场决斗。斯鲁什金向格拉杜索夫伸出手，格拉杜索夫潇洒地拍打了下他的手掌，决斗开始。

"格拉杜索夫，如果你输了，我们会杀了你！"女生们喊道。

斯鲁什金从格拉杜索夫手中接过一副牌，洗了洗，发牌。

"来吧，抓牌走起来吧。"格拉杜索夫一本正经地说道。

斯鲁什金把牌展开成扇形，想了想。同学们像暴风雨中的船一样，向左倾斜过去，想看看他到底有什么底牌。斯鲁什金丢了一张6。

"你们这群人渣，"斯鲁什金直截了当地对学生们说，"我早就受够了你们。你们以为我会为在课堂上打扑克而感到羞耻吗？不，屁都没有。我就是不能再忍受看到你们了。如果由我决定，我会把你们都赶出教室，戴上防毒面具，这样我就不用和你呼吸同样的空气了。"

坏孩子们谈笑风生，冷冷地听着斯鲁什金的演讲。

斯鲁什金对格拉杜索夫说："把你那套把戏收起来吧。跟我保证不出老千。你认为我眼睛是瞎的吗？跟苍蝇借来的俩纽扣？"

"我被搞糊涂了！"格拉杜索夫局促不安地回答，拿着一手牌。

"而且我不相信你们。我不相信你们任何人，无论你们怎么发誓。当发誓的人尊重自己的时候，誓言才值得相信。你们对自己有什么尊重可言吗？再一再二不再三。你们在全班同学面前闻自己的尿，叶尔金在大家面前被拳打脚踢，你们无动于衷，不会感到羞耻吗？别人当着你的面讲出实情，你们都不会脸红。"

"您扯到哪里去了！轮到我了！"格拉杜索夫口沫横飞。

"对不起，我的错。随便吧。你们不仅不是独立的人，你们甚至都不是个人。你们是一群没有任何精神内核的面团，愚蠢、充满唾液和臭味的人类标本。你们不仅不需要地理，除了食物、电视和厕所，你们根本不需要任何东西。你们怎么能像这样生活？你把 10 放在哪里？擦亮眼睛——10 在哪里？"

格拉杜索夫想了想，把两张牌藏了起来。

"我明白，你们的幽默感还没发育成熟，所以你们的那些恶作剧都跟白痴似的。幽默感需要文化，而你们却没有。你们在我面前绞尽脑汁地要猴戏，你们认为这样会伤害我。但压根就没有，我好得很。我对你们大喊大叫只是为了让你们冷静下来：快看，好啊，把地理老师给整到了。你们的卑鄙并没有冒犯到我，因为我不尊重你们。只是妨碍到我了，不是妨碍到我上课了，而是妨碍我向自己的上级投诉，因为他们和你们一样，只是在不同维度上……为什么是我焦灼地处在两团面团之间！上头的人是白痴，下面的人一样是白痴！我已经厌倦了这一切……"

牌局进入最后阶段。同学们陷入了沉默。格拉杜索夫进攻，斯鲁什金防守。格拉杜索夫丢出第二张牌，斯鲁什金反击。然后格拉杜索夫用绝望的眼神环视全班，扔出第三张牌——正是黑桃 7。斯鲁什金大摇大摆地把王牌也打了出去，但此时格拉杜索夫悄悄地提醒他：

"看谁笑到最后。"

"我真蠢得跟头猪似的！"斯鲁什金在心里说，"我输了！"

同学们胜利地尖叫起来。

"您刚不还说，快赢了，快赢了吗！"格拉杜索夫居高临下地嘲弄着，拿起了牌，"跟我比您还差一截呢。"

"可以回家了，是吗？"同学们欢欣鼓舞地喊道。

"我遵守诺言，"斯鲁什金说，他靠在椅背上，拿出香烟，"你们走吧。"

学生们推开桌子，撞倒椅子，冲向门口。五秒钟后，教室就空了。

斯鲁什金抽完烟，坐了会，站起来，锁上门，在教室里踱来踱去，整理课桌，扶起椅子，打开窗户，爬上窗台，坐下来，双脚悬空，又续上一支烟。

滨河新区躺在冬天的废墟里，头顶上，蓝天白云像个刚出浴的人，无耻地拱了起来。地面上，最先解冻的是城市深层的神秘动脉——供暖总管，它被湿润的土地渲染成了明亮的黑色。蒸汽从下水道的盖子里升起。驼背的雪堆像被什么人的脏牙啃过一遍似的。水流在道路两旁淌着，车辙朝着不同的方向扭动，就像是醉酒司机轧出来的痕迹。排球场上的旧雪，像奶酪片一样，被踩得到处都是脚印。倾斜的灯罩像猫一样坐在灯柱的顶端。

从学校的拐角处，同学们的身影鱼贯而出。看到窗台上的斯鲁什金，女孩们挥手致意，男孩们笑了起来。

"地理老师！"他们喊道，"你要完蛋了！Fuck…You！"

"格拉杜索夫刚还在出老千！"有人喊道。

"Heavy-Metal！"斯鲁什金喊道，并比画出一个重金属手势。

"我知道！"

第四十一章　在平地的中央

"爸爸，如果你想钻进泥巴里，就跟着我。"塔塔说，踩着靴子走下密实的沙坡。

斯鲁什金拎着她的背包，拉着塔塔的小手，娜佳在他们身后背着一个运动包。他们穿过成堆的沿岸垃圾，一路走到船坞的桥墩上。五颜六色、五花八门的摩托艇沿着浮桥周围停靠着。

斯鲁什金自信地沿着甲板走着。那是一个晴朗的四月的傍晚。河湾还在嗡嗡作响，发动机发出噼里啪啦的动静。在黯淡的船厂建筑上方，一轮摇摇欲坠的月亮在淡紫色的天空中显得格外苍白，如同呼吸出的蒸汽。"乌索尔卡号"在远处驶过，柴油机轰轰作响，波浪荡起，像女人的乳房一样柔软，很快就荡到了浮桥的浮筒上。

布德金在他的小船上等着他们。

"我还以为你有什么重要的事情……"娜佳失望地告诉他，伸给他一只手让他拉上船，"还有，'鲭鱼号'是个什么蠢名字？我才不坐呢！"

"小时候我们认为'鲭鱼'是一个非常美的词。"斯鲁什金解释说，把塔塔交给布德金，自己爬上了船。

他们摇着船，把行李卸到舱里。塔塔坐在长椅上，双手抓紧栏杆，一副惊恐的表情。布德金坐到驾驶座，把手掌放在方向盘上，命令道：

"维佳，撑桨走起！"

斯鲁什金挥舞着两支红色的船桨，不灵不巧地把"鲭鱼号"划离了码头。

"开船咯！"布德金说着，启动了发动机。

"鲭鱼号"向后掀起波浪，优雅地和旁边停靠的"喀山号"的船舷互撞了几下，向前开去。速度越来越快，"鲭鱼号"明显地跃升出水面。船尾后面冒出了一股黑白混合的热浪。汽油味和河水的清新味道混在一起。"鲭鱼号"在河湾里转了大半圈。远处，挖泥船的吊臂刚刚一闪而过，舷窗就气势汹汹地袭来，带着锚链的船头像黑色的鸟喙一样伸向水中，飞扬跋扈地掠过他们头上。"鲭鱼号"在波浪中冲向岸边一艘半淹没的驳船的破烂船舱，大声地和生锈的甲板擦肩而过。透过陡峭岸边的柳树，可以看到船厂的办公大楼，下面是卸货机和浮桥。

"娜佳，为什么房子会漂浮？"塔塔指着浮码头问。

"啊……因为水手们住在里面……"娜佳不确定地回答。

但是塔塔没信母亲的解释，自己回答道："水手们住在船上，那里是船长工作的地方！"

在浮桥与浮码头相邻的地方，有一个拱门供摩托艇通过。布德金不紧不慢地开到那里。娜佳望向拱门，开始紧张起来。

"布德金，放慢速度。"她请求道，但布德金只是得意地嘿嘿笑着，在方向盘后面晃来晃去。

拱门就在眼前。

"好吧，布德金，我再也不会和你去任何地方了！"突然，娜佳拼命地喊着，把塔塔紧紧搂在怀里，闭上了眼睛。

"鲭鱼号"在拱门下飞驰而过，只留下一声呼啸。

摩托艇的前方仿佛有一扇大门被打开，那里是宽阔的河面。右侧，背朝河湾的方向，老滨河区快速移动着——土崖上的木屋、高大的松树、栅栏、雕花的屋檐和商旅们的别墅塔楼。一个斑驳的浮标略带责备地摇着小脑袋，划过身边。标记航道的三角形条纹帆布，像海魂衫一样，从岸边的灌木丛中焦急地探出头来。在潮湿的棕色滩涂上，躺着白色的浮冰。

"冰很厚，"塔塔审慎地说道，"只能用钉子才可以刺穿它。"

"有意思，你在托儿所都学了些什么？"斯鲁什金若有所思地问，但塔塔没有听他说，她在看河。

布德金驾驶着摩托艇斜穿过巨大的卡马河，就像一只蟑螂穿过足球场。一艘油轮正靠着远岸的溪流接近小镇，一股白色的水流在它的船尾后面轰轰作响，但油轮似乎停滞不前——从飞速行驶中的"鲭鱼号"的甲板上看去，它的移动是如此难以察觉。布德金向左岸的砂石滩开去，那里的沙山耸立在沿海平原的沼泽上。在砂石滩的上方是某种高大的格子结构，像是某种坦克或机械装置。那里有一条长长的悬臂，一直延伸到河边。

"鲭鱼号"开始减速，靠近一个由生锈的管道组成的码头。码头上布满了汽车轮胎，就像巴布亚新几内亚的贝壳一样。

"夏天，有轨电车会在这里停靠。载着去海滩的和打鱼的人来这里……现在没有人来这里了。"布德金解释说。

"只有我们这些傻瓜会来。"娜佳嘟囔道。

他们在光秃秃的砂石堆顶部扎上了营地。斯鲁什金搭起了帐篷，把装备搬进来，布德金收集了一些板子，生起火。娜佳开始烤肉串。塔塔在沙地上挖了一个大洞，烤了两打圆形的小薄饼。在逐渐变暗的温柔的紫色天空中，一座锈迹斑斑的废弃的巨大水塔漂荡在他们头上。

黑暗仿佛从大地深处升起，从河流深处升起，像自地心涌起的水流。浮标的亮光已经开始在平静漆黑的卡马河上闪烁，但天空依然明亮，这让每个人都能清晰地看到它有多高——黑暗竟然花了这么长时间才触及它。无论如何黑暗都会抵达并熄灭天空，只留下星星的光亮，就像涨潮时留在潮水顶端的石头的样子。

大家围着火堆落座，肉串终于烤好了，布德金端着酒，但塔塔却在斯鲁什金的怀里睡着了。

"可怜的小乖乖……"娜佳怜悯地说道，从塔塔手中接过锅铲，拉起她的连体工装服，"她饿着肚子睡着了……"

"我们要叫醒她吗？"斯鲁什金悄悄地建议道。

"不用。把她放到帐篷里，要包得暖暖的。"

斯鲁什金带着塔塔进了帐篷，当他回来时，娜佳和布德金已经拿着烤串，在面对面轻声交谈着。

"布德金正在讲述他的宏大梦想。"娜佳略带嘲讽地对斯鲁什金说。

"是环游世界航行的事儿吗？"斯鲁什金也拿起一串烤肉。

"就是的。"布德金点头同意，"为什么？因为我贪心，我有钱。维佳，刚才我在河湾的时候，甚至心里还盘算，你说'乌索尔卡号'能值多少钱。没事的，我还能让它再增值。"

"那你就等着跟那堆破铜烂铁一起沉入水底吧。"

"说什么呢，维佳，你把我当傻瓜吗？我会把她修好，重建她，改装她的引擎，她有动力，但速度不够……"

"这是艘河船，你这个白痴。她不可能在海上航行。"

"那我再装一个备用油箱，这都不是问题。客舱留着也没有用，把燃料都存在那里。而且我还发明了一个东西，叫空心塑料贡多拉[1]*，在船头左右两侧，一边放一个，防止翻船。就跟连体船一样，开起来就像那些波利尼西亚帅哥一样。"

"你不觉得是在糟蹋钱吗？"娜佳问。

"我需要这些钱做什么？"布德金耸了耸肩，"我需要的一切，我已经有了。我一直可以挣钱养活自己。我的父母也不要求我做什么，他们甚至会帮助我。而且我没有一个女孩可以花钱……我把钱花在哪里呢？"

"花在我身上吧。"斯鲁什金建议说。

"你啊，维佳，在你身上我花不了多少钱。给你买瓶酒，你就能开心一整周。"

"那你应该造一艘游艇，"娜佳若有所思地说道，"它比一艘旧拖船更漂亮。"

"游艇？"布德金回答说，"造一艘游艇是要花很长时间的，娜佳。等到造好的时候，这个梦想就已经枯萎了。而我很快就想要它。我已经厌倦了这种毫无意义的生活……可能用不了多久，我就会习惯它，我会成为一个守财奴，然后我将不需要任何东西。我会开始在赌场里挥金如土，在酒馆里为高级妓

---

[1]　意大利威尼斯特有的传统船只，由一船夫站在船尾划动。

女一掷千金，她们在行动上准备好了为一美元就去吃屎，心里却认为自己是十二月党人的妻子……你会和我一起去环球旅行对吗，维佳？"

"不，"斯鲁什金咧嘴一笑，"我对河的兴趣比对新加坡更浓。"

"但你曾经承诺过……"

"当时我还是个孩子，如今我已经长大了。而且我已经支离破碎了。"

"好吧，维佳，"布德金反驳道，"你已经失去了你的浪漫精神。但只要努力一下，我们就可以离开这条小河，然后去往卡马河、伏尔加河、里海，接着是土耳其、伊斯坦布尔海峡、雅典、特拉佩松特、马耳他、直布罗陀，然后是大西洋、美洲、墨西哥……"

布德金挤了挤眼睛，妖艳地低声说："印度洋……"

斯鲁什金弯下腰，把一根棍子扔进火里。

"这些都不存在，"他说，看着火堆，"作为一个地理老师，我很权威地告诉你。这都是布尔什维克臆想出来的。事实上，地球是平的，非常小。刚刚够每个人的生存空间。我们就住在它的中心。"

"去你的吧！"布德金挥了挥手，转向娜佳，"你知道吗，我给船起了什么名字？希望[1]号！这是个非常漂亮的单词。你的名字也是。还有你。跟我一起加入我的环球航行吧，让他留在这里，喝他那三升装的淡啤酒吧。你会来吗？"

---

[1] 俄语里，希望（娜杰日达）与娜佳的名字是同一个词。

"我会的，"娜佳同意，"但是只要环半个球就够了，到美国就行。"她笑了，看着布德金真诚又懊恼的表情。

才一个小时，他们就吃完了烤肉，喝光了啤酒。布德金呆坐着，如痴如梦般地看着天空说：

"我们晚上要不要开着'鲭鱼号'去夜游一下卡马河？"

他费力地站起身，踉踉跄跄地离开了篝火。斯鲁什金沉默不语。

"让我和他一起去，好不？"突然，娜佳可怜巴巴地请求道。

"去吧，"犹豫了一会儿，斯鲁什金答应道，并轻声补充，"反正也搞不清，到底是谁让谁不让……"

娜佳沉默了一下，然后拉起他的手，搂着他的脖子，亲吻了他没有刮胡子的脸颊。然后她跳了起来，跑进黑暗中，但跑了十几步后，突然转回到帐篷前，爬进去，拿出来一些东西。

"你不要离开篝火附近，还有，盯着点塔塔，"她转身说，"等会检查下她的裤子，如果湿了，我包里有一套备用的连体衣，给她换上。这是给你的，这样你就不会一个人伤心了。"她向斯鲁什金递过来一瓶白兰地。

"一个好朋友，换得一杯酒。上好白兰地，独饮在天地。"他无奈地笑了笑，接过瓶子。

斯鲁什金独自坐在火堆旁，仿佛整个星球只有一人，仿佛孤坐在月球的陨石坑里，因为身边几乎所有的方向，都包围着低矮的沙脊，在它们的峰顶后面是明亮而密集的星星。老式水塔的几何状躯体加强了身处外星的感觉，不论它是一艘降落的宇宙飞船还是一个幻想中的火星三脚架。抽了半包烟，喝了半瓶酒，斯鲁什金起身，检查了下塔塔，一晃一颤地爬到水塔上。

斯鲁什金接着爬上一个带圆形罩的梯子，来到这片建筑的顶端。从这里可以看到整个平坦的星球，看到他住的地方——黑漆漆的泰加林，老滨河区沿岸散落的灯光，躺在明亮的河湾里沉睡的船只，宽阔的黑色的刷了漆的马路，有帐篷和篝火的陨石坑，弥漫着淡淡夜雾的陌生的河畔平原，以及远处城市的整片灯火之湖。

天空中的繁星是如此之多，以至于好像他每走一步，脚下就会发出咯吱咯吱的响动。然而，显然，没人在那里散步，因为那里是如此寂静，他只能听到明天的波浪聚集在河的深处，听到月光轻轻地落在地上发出沙沙声，听到塔塔的心脏在温暖的毯子下跳动，听到金属生锈的噼啪窸窣声，听到春天的微笑从远处不知疲倦地走来，听到风揉搓梦想翅膀上失重的羽毛，听到永远不会流下的泪水在灵魂里酝酿，听到波浪轻轻摇晃着卸货的船，有节奏地摇晃——从船头到船尾，从船头到船尾，从船头到船尾……

第四十二章　维克多·谢尔盖耶维奇·马基雅维利

"维佳，该死！你把胶水涂歪了吧？！"

"是你的眼睛歪了，我涂的是最直的胶水！让我们把这里弄得像冬宫一样……"

斯鲁什金和布德金肩碰着肩，趴在布德金家浴室的地板上，往墙上贴瓷砖。这时，门铃响了。离门口较近的斯鲁什金去开门，他用布擦了擦手。门口站着基拉。

"是女主人啊，我可以进来吗？"她问着，仿佛互相不认识。

"布德金，有个女孩要见你。"斯鲁什金大声说着，回到浴室里。布德金走进过道，斯鲁什金继续贴着瓷砖。

"啊，是你……"他听到布德金的声音，"到厨房来吧……"

厨房里，布德金让基拉坐下，给她倒了一杯啤酒。两人都沉默了很久，最后基拉用不满的语气说：

"好吧，想办法让他离开这里……"

"我不想赶他出去……"布德金喃喃自语地回答。

"那就给他下药，让他睡着。"

"为什么？"

斯鲁什金听到基拉愤怒地按着她的打火机。

"你看，"布德金突然说，"我认为这没有必要了。"

"为什么呢，能说下原因吗？"

"我爱上了另一个女孩。"布德金直截了当地回答。

"以前你不会被这种事影响的。"

"以前是以前。"

"那人是谁？"

"维佳的妻子。"

"竟然是这样？"基拉很惊讶，"他知道这件事吗？"

"他知道。"

"那他有什么反应呢？"

"去问他吧。"布德金幽幽地说。

"好吧，"基拉停顿了一下说，可以听到她站起来，推开凳子，"你能送我回家吗？"

"你就住在附近吧……"布德金愧疚地说。

"那么，再会了。"基拉冷峻地打断了他的话，从厨房出来，严厉地敲了敲浴室的门，"维佳，送我出去。"

斯鲁什金叹了口气，猛地挠了把头发。

基拉看了看一身居家服打扮的斯鲁什金，轻蔑地转过身去，顶了斯鲁什金一肘子，很用力，就像公交车扶手一样硬。三楼，布德金在温暖的、临近五月的暮色中，倚着敞开的厨房窗户冲外抽烟。基拉和斯鲁什金紧张地沿着人行道跟跄着离开布德金家楼下。

基拉一路上都没开口。在小卖部的橱窗前，她停了下来。

"一瓶那边的年份葡萄酒，一瓶七十二号波特酒和一个袋子。"基拉隔着窗户命令道。

从小卖部离开，他们又以同样快速而掷地有声的步伐来到基拉家楼下。斯鲁什金按了电梯，不由自主地伸了个懒腰，立正。入口处一片漆黑，当电梯门打开时，像是散发着琥珀色光芒的机舱，简直就是铜山女王[1]的门庭。

"这是要去哪儿？"斯鲁什金问。

"别耍宝！"基拉咆哮着，按下了电梯按钮。

五分钟后，他们已经坐在基拉·瓦列里耶夫娜家客厅的扶手椅上，中间隔着一张茶几，上面摆着两瓶打开的酒和两只盛满的酒杯。

"看样子，你似乎对全国各种平民消费都有兴趣？"基拉问道，并用她黏黏的指甲敲打着瓶壁，"抽波迈牌香烟、喝波特酒、喝扎啤……"

她用朗森牌打火机点燃了一支长长的薄荷烟，举止十分优雅。斯鲁什金则夸张地把歪歪扭扭的波迈牌香烟认真捋直，在皱巴巴的盒子上划了一根火柴，把它点着了。

"不，我不是特别喜欢吃屎。只是我没有钱买好东西。没有人愿意花四个铜板从我这里买东西，就像匹诺曹的帽子[2]一样。"

"所以我猜你没法满足你的妻子，是不？"基拉一语双关地问道。

"为什么这么问呢，她挺满足的。"斯鲁什金不以为然地回答。

---

[1] 在乌拉尔地区流传的斯拉夫神话故事中，她是一个头戴孔雀石王冠，有着琥珀绿眼珠的绝美女人。

[2] 童话故事里，匹诺曹找人借四个铜板买门票，但没人借他。他想卖身上的东西，也没人买。

"那你的妻子真不错。"基拉称赞道。

"好得很。"

"你真的一年没和她做了吗?"基拉伸手用索要亲吻的那种姿势,弹落了烟灰。

"是的,不过她对布德金可不是这样……"

"那么,我想知道,没有性生活,你是怎么过来的?没有失去理智?还是你有一个情妇?我可不这么认为。"

"你为什么这么下结论?"斯鲁什金提起一丝兴趣。

"你应该看看你的脸,看看往我卧室里偷瞄时的表情。"

"从现在开始,我到哪里都要带着床头柜。"斯鲁什金说。

基拉咧嘴笑了。

"男人的大脑在禁欲的时候总是工作得更好……"

"还下笔如有神。"斯鲁什金补充道。

"所以给自己找个情妇吧,别受罪,"基拉假装茫然地耸了耸肩,"周围的女人,吹个口哨,召之即来。"

"好了,就别老戳我的痛处了。"斯鲁什金疲惫地结束了这个话题。

他们沉默着,喝着葡萄酒,抽着烟,互相看着对方。窗外是彻底的黑暗。焦糖般的星星点点散落在松树顶上。基拉长长的手指中间,夹着匀速燃烧的香烟,洁白的流束。基拉现在非常漂亮,有一种冷漠的、充满讥讽的却平易近人的美。

"你知道布德金喜欢你的妻子吗?"她最后问道。

"来自《泰晤士报》的消息,"斯鲁什金面无表情地回答,"没有我,他们还成不了。"

"所以,是你自己设计了整个事情……"基拉轻轻地笑了笑，有些尊敬地看着他说，"好吧，我猜到了你自尊心很强，但我不认为它有这么强……"

"你的意思是？"斯鲁什金有些惊讶。

基拉看着他，一副了如指掌又高傲的样子。

"当妻子不给你的时候，你就用一种绝妙的方式来显示对她的蔑视和权威——把她放在别人的身下。布德金则是一段很好的插曲。他对你而言，可能你早已厌烦了他的情场得意，所以你要把他踩在土里，让他爱上你的妻子。而我自己，也顺便为自己的固执挨了一记耳光：如果你不和我上床，你也不会让我和布德金上床，真有你的。一石三鸟。"

斯鲁什金深思熟虑着，裹在一团烟雾里。

"你把我描绘得像个五彩玩具，"他说，"我都不敢看镜子里的自己了。我不过是一个马基雅维利式的小人物。"

基拉莞尔一笑，把胳膊举过头顶，在沙发上妖娆地伸了个懒腰。然后她把一支未抽完的烟扔进烟灰缸，站了起来。

"茶几和扶手椅被推到一边，沙发摊开，然后整理好，"她下令，"亚麻床单在柜子里……我先去洗个澡。"

"呜呼！"斯鲁什金僵硬地回答。

基拉溜出房间，很快就传来了淋浴的声音。

斯鲁什金坐了一会儿，然后摇了摇头，接着起身开始搬茶几和扶手椅，推开沙发，铺床……一切准备就绪后，他拿起两个瓶子，不知为何把它们拎到了厨房。

浴室的门有先见之明地虚掩着。白色的、圆形的东西在发光的缝隙中闪烁着——那是正在洗澡的基拉，她像洗发水广告里的美女一样弯着腰。斯鲁什金像个五年级学生，在门口站着，屏住呼吸，然后歪嘴笑了笑，走进了厨房。

基拉从浴室出来，在脖子下轻轻拢起敞开的浴袍，斯鲁什金此时正坐在黑漆漆的厨房里，像一只树洞里的猫头鹰，凝视着她圆润、黄色、亮闪闪的眼睛。基拉意味深长地说道：

"我好了……你也洗个澡吧。我等你。"然后她优雅地走进客厅。

斯鲁什金笨拙地跌跌撞撞走进浴室，把自己锁在里面，扑倒在马桶上，从口袋里拿出两个瓶子。他开始快速灌酒，一口波特酒交替一口陈年葡萄酒，然后点上一支烟。

当他终于出现在客厅门口时，基拉假装睡着了。她躺在沙发的一侧，全身赤裸，双手抱着一个枕头。她的样子是那么无助和纯真，甚至达到了圣洁的天使的程度。斯鲁什金打着晃坐在沙发边，双手背在身后，像教皇看魔鬼一样盯着基拉的屁股。

过了一会儿，基拉微微动起来，好像是斯鲁什金的眼神灼到了她。她慢慢起身，转过脸，慵懒地坐起，用手抚摸着她的小而坚挺的乳房，在指缝儿间捋着乳头。

"过来，小傻瓜……"她低声说，抬头透过披散着的头发看着斯鲁什金的脸。

"停！"斯鲁什金嘶哑地回答。他的眼睛里都是酒醉的迷魂，他还在继续坠入醉酒的深渊，尽管已经不知道能往哪儿掉落了。"你知道现在的体面人都如何去拜访别人吗？"他突然问道，"他们会买两瓶酒，按门铃，当主人开门时，他们就这样……"

然后斯鲁什金迅速地从后面抡起两个空瓶子，把它们像牛角一样敲在额头上。"哞！"一声可怕的叫声，他失去平衡，瘫倒在沙发下。

　　十分钟后，他已经在街上徘徊在去往布德金公寓的路上了。

第四十三章　没有必要也不为什么

课间，斯鲁什金被叫到教师休息室的电话旁。

"维佳，是你吗？是我。"电话里传来清脆的声音。

"萨莎？哇！"斯鲁什金惊叹不已，"你是怎么得到这个号码的？连我自己都不知道！"

"我查了黄页，维佳，"萨莎愧疚地说，"这不是重点……维佳，我着急要见你，就现在……"

"发生了什么事？"斯鲁什金担心起来。

"没什么，但我真的需要你，好维佳，过来吧。"

"我有作业要批改……"斯鲁什金有些为难。

"我很少要求你什么，这次真的……"

"好吧，"他叹了口气，同意了，"等我过来。"

不知不觉就上完了课，在课间休息时他去找教导主任请了个假。

像往常一样，午后的工厂办公大楼笼罩在一片万念俱灰的平静中。楼梯间里有香烟的味道。走廊里的木地板上铺着阳光落下的方块。斯鲁什金瞥了一眼设计室，在他的请求下，有人习惯性地对着迷宫般纵横的绘图板喊道：

"鲁涅娃，你未婚夫来找你了！"

萨莎出乎意料地高兴地看着外面，答道："维佳啊，稍等一下，我把这条线画完……"

斯鲁什金听话地走到楼梯口，打开通风窗，点起支烟。河湾里波光粼粼，泛起了层层涟漪。洗得干干净净的白色柴电混合动力船在浮码头附近空转着发动机，在船尾掀起一阵风暴。在遥远的卡马河广袤的河面上，慢悠悠地航行着"火箭号"，像片羽毛一样。五分钟过去了。十分钟。十五分钟。萨莎要画完的那条线，估计像中国的长城一样长。突然间，一条手臂搂住了斯鲁什金的腰，当他转身时，他的嘴唇撞上了萨莎柔软而温暖的嘴唇。

"我什么都知道了，维佳。"萨莎说着，拉开与他的距离，忧伤地笑了笑，仿佛是为了让斯鲁什金摆脱解释什么不愉快事情的责任。

"那么就回答我，扎波罗热哥萨克人是在哪一年攻入马丘比丘的？"斯鲁什金立即问道。

"我不懂……"萨莎困惑了。

"好吧，你刚说你什么都知道。"

萨莎轻松地笑了："这就是我喜欢你的地方，维佳，就是你即使在最痛苦的时候也不会失去幽默感……对你来说是好事。我就从来没有这种勇气。"

"我出什么事情了吗？"斯鲁什金好奇道，"你是不是发现我得了绝症，可能是淋病？"

"淋病是可以治愈的。"萨莎红着脸说。

两个人突然都沉默了，仿佛遇到了什么难言之隐。

"布德金背叛了我们俩，"萨莎直起身来，"你和我，我们俩。我们就像遇难的人，我们俩都在一个荒岛上……"

"你最近见过布德金吗？"斯鲁什金谨慎地问。

萨莎点了点头，默默地走向他。斯鲁什金轻轻地抱着她，用手抚摸她的头发。萨莎以前从来没有允许过这样的事情发生，她很怕被别人撞见。

"布德金告诉我，他和我已经结束了，我就没有再打扰他……他还告诉了我娜佳的事。"

斯鲁什金若有所思地哼了一声。萨莎专注地看着窗外闪亮的河湾，看着浮码头的船，也眺望着清澈的卡马河。

"天哪，我累了，我精疲力尽……"萨莎可怜兮兮地低声说，"每天都有船从窗前驶过……维佳，如果你知道，我多么想登上它们，离开这个地方……我没有什么可失去的……"

"你没见过科列斯尼科夫吗？"

"没有，"萨莎摇了摇头，"我怎么会在乎科列斯尼科夫呢？我从来没有真正爱过他……他是个傻瓜。和他睡觉还不错，因为他是一条特别强壮的公狗，但和他在一起完全没有别的事情可做。按照你的建议，我只把他当成备胎，有了下家就踢掉，但到现在还没找到任何下家……"

斯鲁什金的脸色就跟刚才从教导主任那里出来时一样，但萨莎没看到。

"你接下来打算怎么过呢，维佳？"她同情地问道。

斯鲁什金不置可否地挑了下眉毛。

"悲伤就像大海，"他说，"曾经有个人，他抱着稻草游了过去。"

"你知道吗，维佳，"萨莎重重地叹了口气坦诚地说，"我不知为何总是期待娜佳做出这样的事……至于布德金，好吧，他是什么样的人，不过是一条狗……但娜佳……她之前在你身边太老实了。所以她看到机会，就动手了。"

"不要谈论娜佳，"斯鲁什金请求，"她做的是正确的事情，而且是诚实的。我不怪她。我自己，可以说，也是靠无私的劳动才走到如此境地。"

"你太善良了，维佳……他们利用了你愿意牺牲自己的心。只是对他们这种人，这样的牺牲值得吗？我知道你正在经历什么。你很坚强，但我为你感到难过。我永远无法像他们那样对你。不要觉得一切都是糟糕的……不要以为没有人爱你。不要管他们。我爱你，现在爱你，也会一直爱你。你是我唯一能爱的人。"

"我也爱你，我的萨莎。"斯鲁什金回答说。

一个老阿姨从设计室的门里探出头来。

"鲁涅娃，别抱了，工作在等着呢！"她喊道。

"马上就来。"萨莎回答说，但她没有回头，也没有试图离开斯鲁什金的手边。老阿姨砰的一声关上了门，萨莎突然热切地低声说："维佳啊，我真的非常非常希望你今晚来找我……请假，撒谎，或者直接跑过来都行。你一定要来，陪我一整晚，直到天亮……没有你，我今天会死的，维佳……"

"我的天哪！"斯鲁什金目瞪口呆。

"答应我，你会来的！"萨莎恳切地要求。

"我保证。"斯鲁什金说。

他从办公大楼出来后，还在震惊中没缓过来。家里，他躺在沙发上，用毯子裹住头。一小时后娜佳回来了，带着塔塔。斯鲁什金依然躺着不动。

"你为什么不脱衣服就躺在沙发上？"娜佳问。

"我生病了。"斯鲁什金从毯子里说。

又过了一小时，他爬出来，拨通了薇特卡的电话。

"喂？"薇特卡很快接起电话。

"请让科列斯尼科夫接电话。"斯鲁什金用一种奇怪的、沙哑的声音说道，很快他就听到了一个坚实有力的警察腔调。

"我是科列斯尼科夫。"科列斯尼科夫厉声说道。

"我是斯鲁什金。"他还是刚才那副萎靡不振的语气。

科列斯尼科夫痛苦地想了好一阵子。

"听着，"斯鲁什金把他从痛苦中解救出来，"我今天碰到了鲁涅娃了。她很害怕薇特卡，不敢给你打电话。她让我告诉你，她今晚在等你过去。"

科列斯尼科夫目瞪口呆。"她……啊？妈的，太好了！谢谢你，兄弟，谢谢你的电话！谢谢，维佳。"

"不客气。"斯鲁什金回答，然后挂断了电话。

第四十四章　远方的永恒渴望

　　放学后，格拉杜索夫偷偷躲藏地理教室后面的地板上伺机而动。斯鲁什金正和老爷们在讨论即将到来的野营之旅。斯鲁什金坐在讲台后，面前摊开一张破旧的地图。巴尔曼拉过一把椅子，坐在他身边。奥维契金和切比金在讲台另一侧坐着。季米涅夫靠在窗台上。邱金焦急地贴在斯鲁什金的肩膀后面，一脸惊恐地注视着蜿蜒的河道曲线。

　　"您还是再说得具体点吧。"巴尔曼要求道。

　　"我会仔细解释的，"斯鲁什金开始说，"我们星期四晚上出发，晚上在科马利哈换乘，早上就到了格拉尼特车站。"

　　"在那里。"巴尔曼用手指按住地图上的车站，以免它像蟑螂一样跑掉。

　　"从车站到河边有一公里远。在河边我们乘双体船下河。"

　　"就一公里？"邱金呻吟着说，"准确吗？不是三公里或者五公里？"

　　"这艘双体船能装得下我们吗？"巴尔曼问。

　　"装得下……然后我们继续漂流五天。"

　　"途中会有村庄吗？"巴尔曼问。

　　"有一个。梅日村。就它了。"

　　"那我们在河上会看到什么有趣的东西？"奥维契金问。

"很多不同的东西……边走我会边告诉你们。"

"还有，天气会是怎样的？"邱金很担心。

"我不知道，上帝保佑吧。可能会碰上坏天气。"

"我们会被淋湿，我们会着凉的……"邱金用痛苦的声音低声说，"维克多·谢尔盖耶维奇，您知道如何在第一时间进行医疗救助吗？"

"会给你倒计时读秒。然后用铜币盖住眼睛[1]。"

"你最好不要想家哦，"切比金肉麻地说，"天气随它便吧。可能会有很多激流，那里森林多，不行就烤火。"

"激流是在到达梅日村之前，在多尔甘。对吗？"巴尔曼想起来了。

在教室后面，格拉杜索夫愤怒地喘着粗气，开始用拖把戳椅子腿。

"那我们需要多少顶帐篷？"巴尔曼继续追问。

"所有人睡一个帐篷。我带了一个最大号的。"

"我想睡在中间。"邱金迅速插话道。

"有足够的食物吗？"

"我……我吃得多……"邱金在斯鲁什金耳边悄悄地说。

"足够，"斯鲁什金保证，"我今晚就写一个分配清单，明天来找我，记下谁买什么，买多少。"

斯鲁什金和老爷们讨论了所有的细节，然后斯鲁什金整理了一份装备清单，一份杂物和衣服的清单，计算了采购价格。在这段时间里，格拉杜索夫一直坐在桌子后面，在过道上若有

---

[1] 用铜币盖住眼睛是西伯利亚流传很久的一种下葬仪式。

所思地移动他的拖把。最后，老爷们陆续走出教室，忧心忡忡地交谈着。除了格拉杜索夫之外，不知怎么的，季米涅夫还悄悄地留在教室里。

"维克多·谢尔盖耶维奇，"他悄声地问道，眼睛闪闪发光，"女生呢？女孩子们也想要去野营！"

"什么女孩子？"斯鲁什金很惊讶。

"这个……就是米特罗法诺娃和波尔沙科娃。"

"为什么她们什么都不告诉我？我怎么能知道她们的意图，我能隔空取物吗？"

"她们有些不好意思。"

季米涅夫跑了出去，过了一会儿，他推着玛莎和柳霞走进了教室，她俩一副困惑的表情。看到斯鲁什金，柳霞不知为何突然睁大了眼睛，仿佛之前有人告诉她，斯鲁什金已经死了，而且已经被下葬。斯鲁什金指了指他面前的桌子。

"那么，你们俩想去野营吗？"他看着玛莎，向两人提问。

玛莎看着斯鲁什金，脸红了。

"你们怎么突然变得这么感兴趣了？"斯鲁什金反问道，但柳霞展现出措手不及且毫不知情的样子，她盯着玛莎，仿佛突然顿悟了："我们真的要去做这件傻事吗……"

"徒步野营，这是一项艰苦的事业，"斯鲁什金说着，边摆弄着讲台上的各种物品，"要背负重物，努力赶路，睡在湿漉漉的睡袋里，还要一直做事——搭帐篷，做饭，在冰水里洗锅……会很脏，很冷，我们肯定会被大雨淋湿，倒霉的事情也会降临，头上没有屋顶，也没有热水洗澡，所有困难都要自己克服。我们会骂人，喝酒，甚至没有人会去照顾你，帮助你……"

"那又怎样？"玛莎轻轻地说，并耸了耸肩。

"我能想到，班里的男孩们都会照顾我们的！"柳霞愤愤不平地说。

"好吧，听着……你们的父母会让你们出远门吗？"

"他们会的。"玛莎坚定地保证。

"我已经可以出门了！"柳霞自顾自地说。

"你们有足够的钱来进行这次冒险吗？"

"钱够！"柳霞立即说，"那么需要多少钱？"

"唉，姑娘们……"斯鲁什金叹了口气，双手叠在一起，"你们这是在给自己找麻烦……知道吗？"

"什么？"柳霞有些被吓到了。

"我们知道。"玛莎有些难过地同意。

"好吧，那就把我说的写下来吧。"

斯鲁什金又开始列举野营所需的所有东西。玛莎没有做笔记，她若有所思地看向一旁的某个地方，避免与斯鲁什金的目光相遇。斯鲁什金一边口述一边看着玛莎。柳霞在笔记本上疯狂地写下一堆魔法咒语……

"你等会能看懂自己记的天书吗？"斯鲁什金嘲讽地问道，柳霞头也不抬地哼了一声，吹起前额的刘海。

"好吧，明天带着清单上采购的东西，和男孩子们一起来找我。"斯鲁什金总结说。

柳霞点点头，潦草地写道："买完东西去找地理老师。"

季米涅夫带着女孩子们离开了。斯鲁什金抽着烟，幸福地眯着眼睛，突然看到在女孩子们刚刚坐过的地方，从一团烟雾中出现了格拉杜索夫——小不点，驼背，鹰钩鼻，红毛，气得脸都红了。

"维克多·谢尔盖耶维奇，"他嘶吼道，"您会带我去野营吗？"

斯鲁什金惊讶地慢慢变成一团蓝色。

"带你？"他反问道，试图看向格拉杜索夫的脸。

格拉杜索夫沉重地垂下眼睛和眉毛，阴沉地盯着斯鲁什金肩膀后的某个地方。

"听着，格拉杜索夫，"斯鲁什金亲切地说，"你难道不记得你这一年来是如何骚扰我的吗？需要我提醒你吗？"

"那算了，"格拉杜索夫哼了一声，从桌子上下来，"我就知道您不会带上我的……"

他一把将椅子推开，把他那装有六把锁和弹弓的愚蠢的挎包扔在身后，然后朝门口走去。

"等等！"斯鲁什金叫住了他。

格拉杜索夫已经推开了门，他停在门口，难以置信地盯着斯鲁什金。

斯鲁什金不紧不慢地，点上一支烟。

"你知道，今天是我难得的幸运日，"他对格拉杜索夫说，"所以我不想让任何人不高兴，即使这不是他们应得的……明天和其他人一起到我那里去。拿上你的采购清单。"

第四十五章　忠诚的理由令人肃然起敬

　　斯鲁什金出现的时候，薇特卡正在手忙脚乱地包饺子。她穿着沾满面粉的睡袍坐在桌前，背对着窗户。夕阳透过窗户照耀进来，让薇特卡看起来黑得像魔鬼。她的卷发在烟气氤氲中，透出激光般的亮束。

　　"你怎么做饭做得这么凶神恶煞？"斯鲁什金问道，在她对面坐下来，"舒鲁普去哪儿了，科列斯尼科夫呢？

　　"舒鲁普我母亲在带，科列斯尼科夫去找鲁涅娃了。"

　　"呃，好吧……懂了……"斯鲁什金囫囵道。

　　薇特卡猛地一拍案板，捏好一个饺子，似乎不愿意听他的任何借口。

　　"你有什么不明白的？你肯定早就知道这一切。科列斯尼科夫星期五给我打电话，说他被派去出差，直到星期一。而今天早上我去商店时，看到他正和鲁涅娃一起买酒。他的口袋里还揣着一根香肠。还是熏肠。我已经一年没有吃过这样的香肠了。总之，我才意识到鲁涅娃是他的情人。"

　　"你撞到他们后，做了什么呢？"斯鲁什金冷冷地问。

　　"什么都没做。我放弃了，买了一些面包，又买了一些伏特加。我决定今晚喝个痛快。当我回到家时，我像个傻瓜一样喝了起来，但我完全不觉得饿。我想着，要不整点饺子来配着。你想喝伏特加吗？"

"为什么不呢？"斯鲁什金若有所思地自问自答，"今晚我也是一个人。布德金带着娜佳和塔塔去他的郊区别墅了。我可以随便喝。"

薇特卡跳了起来，马上拿出两个杯子，不知从哪里抓出一个瓶子，倒了起来。斯鲁什金举起杯子，看了看，说："那么，为年轻人的健康干杯……"

他喝了一口，咧嘴笑开来。薇特卡也端起伏特加，眼里含着泪水撕下一块面包啃了起来。

"你知道科列斯尼科夫的这些事儿吗？"她问。

"都知道。"斯鲁什金点了点头。

"他俩有多长时间了？"

"别纠结了，反正我也不会说。"

"现在还有什么大不了的？"薇特卡冷笑着说，"弄得好像我在审问游击队员似的。你给鲁涅娃或者科列斯尼科夫行方便有什么好处吗？人走茶凉，谁还管你……"

斯鲁什金耸了耸肩。

"活着的时候是个将军，死了也要撑起肚皮。"他含糊其词地解释道。

"你真是没救了，维佳。你脑袋有窟窿吧。"

"看看你自己吧。"

"最伤人的，不是他在操她这个事实，"薇特卡说，"这都还好，喝醉了谁都会胡来。伤人的是，他把她当成了情人。这个浑蛋早就计划好了什么时候去找她，然后在我面前花言巧语……他对我撒谎，却给她送花。背后说关于我的各种下流话，却在她身上花钱，花时间……而我哪里差了。非得我亲眼看到他们约会，我才知道他有问题，之前女孩们都向我描述过她，我还拎不清，我真是白痴……"

"你们女人都是这样的，"斯鲁什金安慰她，"就像行走的挖掘机。只挖坑，不看路，把自己都搭进去了。"

薇特卡愤愤不平地哼了一声。

"那你打算怎么做？"斯鲁什金问。

"能怎么做？什么也不做呗。他们在店里没有看到我。科列斯尼科夫周一就会活蹦乱跳地回来，我也会守口如瓶。我已经想好了：如果我跟他撕破脸，或者不再和他上床，他可能就会永远跟鲁涅娃跑了。而我该去哪里——没有钱，没有工作，没有房子，甚至屁股后面还跟着个孩子？这种情况哪还想再找个男人——我怎么办，去当修女还是直接在街上钓人？如果他在这种情况下还没有离开我，也许他根本就不会离开我。他和她混在一起只是图个新鲜，玩腻了就甩了。我难道还不了解他吗？"

"你之前说的，如果被你抓住，你会把他们都吊死，把整个城都炸掉。"斯鲁什金有些失望地说。

"我不知道我说了什么……让我们再喝点儿吧。"

他俩一直举杯畅饮。窗外的夕阳余晖渐渐消失，斯鲁什金已经可以看清薇特卡的脸了——一张粗犷、美丽、感性、不安的面孔。

"好了，别伤心了，维佳，"薇特卡对他说，"我知道你和我都卡在同一个屁缝里了。这没什么。我们会活下去的，我们不会死。"

"你这是什么意思？"斯鲁什金不明白，"告诉我更多关于屁缝的事……"

"还能是啥啊，娜佳和布德金上床了。"

"你是怎么发现的？"斯鲁什金想知道。

"科列斯尼科夫告诉我的。鲁涅娃告诉的他。"

"我们必须在报纸上报道一下这事儿，"斯鲁什金说，"否则，有的人可能还得不到消息。"

"我不明白娜佳能在布德金身上找到什么？"薇特卡耸了耸肩，"布德金就是布德金，没什么特别的。"

"所有女人在他身上都能找到点什么东西，所以她也去找了。"

"那么大家在他身上能找到什么呢？我也和他上过床，但我还是什么都没能得到。"

"你什么时候搞的这事儿？"斯鲁什金惊讶中带着忧郁。

"我不记得什么时候了……你自己告诉我，说所有的女人都对他投怀送抱。所以我就感兴趣了。我去找他，和他上床。我也搞不明白，他到底哪里吸引人。"

"我以前没有听说过这个精彩的故事……"

"我一直忘了告诉你。"薇特卡说。

"真遗憾，又让你想起来了。"

"不要担心，不足为奇。多想想，妻子出轨了。再想想，丈夫也出轨了。这毕竟不是一场战争。如果他留下，很好，但如果他走人，那就见鬼去吧。那我就去嫁给你。科列斯尼科夫会天天以泪洗面的。我会让他天天吃瘪，连公交车都坐不上。而你也要向娜佳复仇。让她知道，这个又瘦又丑的女人，没了她太阳照常升起。"

"我不想复仇，薇特卡，"斯鲁什金皱起眉头说，"我不认为她对我做了不诚实的事……"

"在我面前，维佳，就不要装圣人了，"薇特卡怀疑地说，"我知道你是多么心高气傲，你真是个傻瓜，看不出来他们的嘴脸。但是，如果你真是那么憨直，你最好也去扳回一局来，而不是一副高风亮节的样子。现在还没有找到情人也别紧张别羞怯。我也没有情人，碰上的都是些丑八怪……找情人可能比找老婆还难。你应该去找找，而不是去做哲学思考。"

"哎呀，薇特卡，我怎么解释呢……"醉醺醺的斯鲁什金叹了口气，把烟灰抖落到他的杯子里，"你认为我这样做，只是因为做不来其他事情？不，我只是想活得像个圣人。"

"所以你不想和任何人上床？"薇特卡直截了当地问。

"不，不是那样……"斯鲁什金气恼地说。

"所以，圣人不做爱。"

"愚蠢。修行的人不谈性，但不是所有不谈性的圣人都在修行。我说的，就是这样的圣人。这么说吧，现代社会，大千世界……这是我对圣洁的定义：你不是任何人幸福的保证，也没有任何人是你幸福的保证。即便如此，你还要去爱别人，别人也会来爱你。这就是完美的爱，你知道吗？完美的爱能驱除恐惧。《圣经》说的。"

"我一点也不明白！"薇特卡摇晃着她的卷发，"你又来了！你疯了，维佳。用下半身思考吧，别用大脑了。你最好用简单的方式告诉我：我们过去还是怎么着？"

"过去哪里？"斯鲁什金问，又倒上了伏特加。

"能去哪里！去床上。去做爱。"

"不，薇特卡，"斯鲁什金悲伤地说，"这样不好。"

"会让娜佳伤心，是吗？还是圣洁阻止了你？"

"太笨了你。"斯鲁什金有些被冒犯到了，"你什么都不懂。"

"那我应该怎么理解呢？"

"薇特卡，我，爱上了一个女孩。"斯鲁什金尴尬地承认道。

"嚯，好戏来了！"薇特卡惊讶道，"啥样的女孩？"

"我的学生。"

"直接上啊，二话不说，办了！"

"为什么要这样呢……我很早就喜欢她了，但不知为什么我没有明确自己对她的态度。而最近她突然要求跟我一起去野营，我就突然懂了。我意识到，那种至死不渝的爱，只能在电影中看到。而现实里，一切都在不知不觉中发生着。按部就班，平淡无奇。"

"所以你决定让她做你的情妇？"

"我的上帝啊！"斯鲁什金被吓坏了，"她只是个小姑娘！她只有十四岁！我年纪比她大两轮！"

"那又怎样？她还是个没开苞的雏儿吗，还是你已经老到不行了？"

斯鲁什金的耳朵像被针扎了一通似的。

"薇特卡，再说我要不客气了！"他咬牙切齿地警告说。

"那又怎样，不就是爱上了个小姑娘！"薇特卡无所顾忌地说，并不屑地挥了挥手中的香烟，"你和别人发生关系，她会死吗？她没准早就破处了，说不定为了一件貂皮大衣啥事儿都能干。这不过是你禁欲的借口，你不觉得吗？"

"在你面前聊这个，我真的感觉尴尬……"斯鲁什金喃喃自语。

"谁刚才说的，"薇特卡咧嘴一笑，支支吾吾地开口，"不要让任何人成为自己幸福的保证……你自己不指望那种幸福——不管科列斯尼科夫，不管舒鲁普，不管娜佳，不管塔塔，不管我这个倒贴的——却一门心思指望着什么菜鸟！"

斯鲁什金不解地挠了挠后脑勺。

"行吧，一般来说，你总是对的，"经过思考，他同意了，"好歹让我们喝完伏特加吧……"

客厅里，薇特卡拉开沙发，兴致勃勃地说道："我从来不会在婚床上给科列斯尼科夫戴绿帽子！"

薇特卡开始迅速脱光衣服，衣物散落一地。

"过来！"她命令道，把斯鲁什金架在她身上，"我在下面，你就当是在蹬自行车……不过，维佳，不要随便对付两下，你要卖力干活，像个黑奴一样！"

斯鲁什金真的像个黑奴一样辛勤忙活着。在他的手和嘴唇下，薇特卡没羞没臊地扭动着身体，咆哮着，喊叫着，咒骂着，摇着头，踢着脚后跟，抓挠着。从外面看上去，斯鲁什金仿佛在床上与一群匪徒搏斗。

"用力，使劲，像这样，在这里！"她嘶哑着嗓子，闭起眼睛，"我是你的女人，你不是在做显微外科手术！"

过了一会儿，他们从沙发上摔到了地上，汗水浸湿了薇特卡，她从斯鲁什金身上爬开，呻吟着："维佳，我不行了，我太累了……"

他们躺在地板上，休息着。

"现在换我在上面吧，"她爬了起来，"到目前为止，我们才只进行了一轮徒手交锋。"

"随你吧，"斯鲁什金顺从着，"现在你是一个黑奴。"

然而，黑奴并没有成功上岗。无论她如何努力，无论她怎么操作，都无济于事。最后斯鲁什金开始把她推开，饱受苦难地哼哼着：

"呸，见鬼去吧……你没看到我已经黔驴技穷了吗……彻底歇了，没油了……"

"所以说到底，我们还是做不了……"薇特卡一边坐下来一边泄气地问。

"那我能怎么办呢？"斯鲁什金伤心地说。

"好了，别难过了。"薇特卡抱歉地抚摸着斯鲁什金的膝盖，"我和你在一起就够了，这感觉就已经上天入地了。下次一切都会好起来的……只是不要强迫自己做任何事。"

"我为什么要强迫自己？"斯鲁什金很惊讶，"我对自己了如指掌。在家里，我做起来像辆 T-34 坦克，横冲直撞……"

"大差不差。"

"薇特卡，这就是命运，"斯鲁什金笃定地说，"不是别的。你自己看看，命运是如何让我不得不成为圣人的。"

"你少喝点吧。"薇特卡哲学家似的说。

第四十六章　永隔河两岸

第一个昼夜

"彼尔姆二号站！终点站到了！"广播喇叭在喧哗着。

有轨电车的车轮在轨道之间滚动着，就像嘴里嚼着的夹心硬糖。电车停了下来。车门随着一声杂音滑向一边。我站在最上面的台阶，俯瞰着人山人海的站前广场。

车站上方，在套着绝缘瓷瓶的高压电线后面，在格栅天桥后面，在信号灯罩板后面，是一片深红色的条纹云。天空被夕阳洗成了紫色，夕阳拖着黄色的光芒矗立在远处的某个地方，在卡马河之外的某个地方。

我慢慢地走过人群，以免我的大背包撞到任何人。喧闹声、音乐声、脚步声、口哨声、叫嚷声不绝于耳。远远地，我发现了我的小队，他们就在右侧通道的墙边。

女孩们安静地坐在窗台上。男孩们抽着烟。背包堆成一排。当然，我的学生们都穿戴整齐。玛莎和柳霞穿着运动鞋、长裤和彩色的进口羽绒服。老爷们穿的是军用棉袄、帆布裤和大长靴子。格拉杜索夫根本就是一穷二白。他肩膀上披着一件破外套，下面是一件海魂背心，石灰色的紧身裤系着军用腰带，脚上穿着去沼泽里的连裤一体靴，上半部分翻下来。滑雪帽顶的红色绒球耷拉到他红色的颈背上。行吧，野营小队……
女孩们像是要去野餐，老爷们像是要去集体农场劳改，格拉杜
索夫则像是要去马赫诺[1] 老爹的军队发动起义。

"您迟到了十五分钟！"巴尔曼严厉地告诉我。

"我们以为你根本不会来了，说话不算话……"邱金咆
哮道。

"背上你们的家伙什儿，"我命令道，"没忘什么在家
里吧？"

然后是一阵狂热的叫喊。柳霞用手捂住脸。

"我忘了我的靴子！"她的眼睛在指缝间瞪着。

"那得了吧！"我狠狠地挥了挥手，"野营取消！"

"难道其他人都要因为她而受折磨吗……"邱金表示不满。

"让她的靴子见鬼去吧！"季米涅夫说。

"她是个该死的傻瓜！"格拉杜索夫喊道，"蠢妞！为什么
要因为她而取消野营，维克多·谢尔盖耶维奇！如果她的脚湿
了，我就把它撕下来，这样她就不会生病了，就这样！"

玛莎笑了。巴尔曼看了看表。

"快点动起来，你们这些笨蛋。"我急忙说。

"你弄错时间了吧，是吗？"格拉杜索夫明白过来，他
愤怒地推了推邱金："赶快挪窝，蠢货。我们要是迟到了就都
怪你！"

"彼尔姆到科马利哈站的列车，将从山城工业站方向的第

---

[1] 内斯托尔·马赫诺，乌克兰无政府主义革命者，乌克兰独立战争期间的
革命起义军的领导人。

五条轨道出发……"车站里轰隆隆地播报着。

我们小跑着穿过隧道,跳上月台。巴尔曼像一辆面包车,冲向前方,冲向我们要赶的那趟列车。其他人跟在后面。我是倒数第二个。在我身后,邱金哼哼唧唧地号叫着。

巴尔曼跳进车厢,抓住了车门的把手。老爷们背着背包爬上阶梯。我把女孩们推上去。邱金尖叫着,被人从上面拽着衣领、背包、耳朵和头发拉了进去。我自己则一跃飞身而上。

大门随着一声巨响关上了。颠簸使我们撞在车厢连接处的墙上,火车开始移动了。车窗外的站前广场上游荡着的摊贩、广告牌和五颜六色的小汽车车顶,在刚飘过的雨后看起来像是鹅卵石。堤坝下套着茂盛绿色王冠的树木,遮蔽了城市的轮廓。

***

我们上路了。窗外,天色迅速变黑。车厢里的灯悠悠地打开了,昏暗的旅行灯光。几乎所有的长椅都是空的,完全没什么乘客。左边的窗外,卡马河闪烁着苍白的光泽。发动机吼叫着。车轮像机枪一样哗哗作响,城市灯光化作摇曳的光束在暮色中飞舞。

老爷们互吠了好久,才松开他们的背包,坐下来打牌。我走去车厢连接处,坐在地板上,那里有半扇门是坏的。我抽着烟,望着逝去的夜色,思考着我到底还是出来徒步旅行了。按照城市的标准,五天的时间并不算长。但以自然的标准来看,它包括生命、死亡和爱情。但以命运的标准来看,这五天比我在学校工作的一年还要长。在这五天里，没有什么能把我和玛莎分开。之后也许不会再见，也许，上帝会在 9 月 1 日开学日那天以校长的身份出现，安排我到九年三班跟她坐同一排。我会盲目无助地穿过街道，从家到学校，再从学校到家，我会陷在城市郊外的泥泞道路中。冰河将拯救我。它会像载着小船一样载着我离开我的命运，因为在河流上，自然界的现象才是主宰命运的法则，穿过倾盆大雨的河流要比克服绝望容易得多。

我站起来，走到车厢里。老爷们打牌打得垂头丧气，没有了喧哗，个个肿着脸，红着眼。只有格拉杜索夫，像白桦树一样，愤怒地拍打切比金，切比金叽叽歪歪地抓耳挠腮。邱金用拳头揉着眼睛。玛莎依偎在奥维契金的肩膀上，奥维契金悄悄地从后面深情地搂着她。巴尔曼紧张地看着自己的牌，若有所思地捏着鼻子。从另一个车厢里，走过来柳霞和季米涅夫。季米涅夫一副彻底困惑的表情。柳霞的眼睛是狡黠的、怯懦的，但却热情满满。很明显，车厢连接处接吻的余震还在他们身体里。我劝说大家去睡觉。但每个人出于习惯，都不愿意。

然后我就回到了原位。我要在这里坐到科马利哈站。接着换乘前往迪维亚站、帕尔马站、瓦洛兹纳亚站，那里遍布着白雪皑皑的泰加林。继续，巴古尔站、埃尔加奇站、特普利亚戈拉站。我等待着，我守卫着。晦暗的、依然冰冷的五月之夜在窗外闪过。

***

我们站在车厢连接处，弯腰驮着背包。窗外，沉睡中的卡马利哈的晦暗光亮在一片混浊中漂浮着。玻璃上，雨水将它们溶化成星星、波浪和彩虹。火车放慢了速度，停了下来。车门打开。外面是黑暗和雨水。流光中，从车厢里只能看到车站的一个白砖角和光秃秃的树枝，在上面投下对比强烈的阴影。老爷们哼着歌，爬了下来。我跟着他们。雨水立即用它冰冷的手指摸到了我的头发、额头和耳尖。老爷们都在发抖。我点上一支烟。

"怎么了，"我说，"不好玩吗，探险家们？"

他们都不说话，连邱金都不说话了。一定是真的很糟糕。

我们沿着月台一字排开，经过车站，在火车火焰般明亮的车窗下行走。那一排排的窗户，在黑暗中看起来像发光的薄膜。从水塔附近的灌木丛中能听到醉醺醺的喊叫声。老爷们加快了步伐。

塔楼之外，一个缥缈的、闪着雨丝的空间映入眼帘，下面布满了闪亮的铁轨。远处，一列火车隐约可见，另一列火车猫一样的鼻子发着光，在死胡同里等待着。那就是我们要去的地方。

我把学生们领到空旷黑暗的车厢里，打开车门，我对格拉杜索夫说，他是我最担心的人：

"格拉杜索夫，不要带任何东西，跟我走，你跟我去买票。"

格拉杜索夫愤怒地挥舞着双手，跳出了车厢。

在火车站，披着防水布的游客、油迹斑斑的农庄农民、衣衫褴褛的流浪汉一股脑挤在售票处。售票处的窗口很小，而且异常深，像一个漂流瓶。只有一支庞大的军队才能抢劫这样的售票处。我哆哆嗦嗦地掏回九张湿漉漉、黏糊糊的车票。我和格拉杜索夫如释重负地走到外面，沿着铁轨走到我们的小窝。我边走边数票——九张，没错。

"哥们儿，停一下！"五个和我年龄相仿的醉汉从水塔附近的灌木丛中走出来。一个抓着我的袖子，另一个抓着格拉杜索夫的脖领子。

"哥们儿，给点钱吧。"有人用发自内心的声音说。

"放开我，你这个王八蛋！"格拉杜索夫马上大喊。

我还没来得及喊出声，格拉杜索夫的拳头就挥向了拉他脖领子的那个人的眼睛。我的五脏六腑一片翻江倒海。哎，这个蠢货……卡尔卡河战役[1]即将开始！下巴上挨了一记刺拳的格拉杜索夫被打到我身上。格拉杜索夫再次向敌人冲去。在一个无法估量的短暂瞬间，我设法抽出手来，拦截住已经在飞行途中的格拉杜索夫，并转向另一边。我给了格拉杜索夫一脚，他就像光明猎鹰菲尼斯特[2]一样，从那里飞向火车车厢。我在他身后紧紧跟着。

一边骂骂咧咧，一边在枕木上闪转腾挪，那帮人在我们身后追着。

"行啊，你们这帮游客，浑蛋，我们会在火车上找到你们的！"他们眼看追不上了，就在我们后面喊道。

格拉杜索夫和我直到回到自己人的车厢门口才放慢脚步。

---

[1] 卡尔卡河战役是 1223 年俄罗斯与蒙古军团之间的一场战斗，以蒙古人的完全胜利告终。
[2] 1975 年上映的一部苏联奇幻冒险电影《光明猎鹰菲尼斯特》的主人公。

"你这个浑蛋，为什么要动手！"我咋呼着，"他们现在会把整个科马利哈翻个底朝天，我们能到哪里躲着！"

格拉杜索夫不说话，用帽子擦着脸。我们调整着呼吸。

"不要对车厢里的人说起这件事！"我警告。

***

车厢里点起了蜡烛。玛莎在给柳霞算命。老爷们都在听着。

"你快看看，有什么好事儿会发生……"柳霞热切地低声说。

"你是傻了吗？"玛莎问道。

跟那帮酒鬼的缠斗让我依然有些心有余悸。我需要一些东西来占据我的思想，好让我的手不发抖。

"我们去吃点东西吧，"我说，"到冰河之前，来不及吃东西了。"

老爷们钻进他们的背包，拿出装有零食的袋子。季米涅夫是唯一一个站在一旁的人。他躺在长椅上，把腿搁在旁边的座位上。

"你把吃的忘在家里了吗？"我问。

"哦，我没打算吃……"季米涅夫懒洋洋地回答。

我茫然地盯着我的三明治。每个人都在咀嚼。我的耳朵里还能听到："我们会在火车上找到你们的……"我一口都吃不下去。我把我的食物塞给季米涅夫。

"吃吧。等不到自己的，就吃别人的吧……"

我到车厢连接处去抽烟。格拉杜索夫已经站在那里抽烟了。

"你为什么不吃东西？"我问。

"我想吐，还吃什么吃……"

我没料到格拉杜索夫会如此脆弱。我们沉默不语。

"维克多·谢尔盖耶维奇，我身上有一把刀……"格拉杜索夫突然说，"如果不是你把我拖走，我肯定会捅死那个杂种……我当时脑子已经不清楚了……"

我不知道该不该相信格拉杜索夫。十四岁时，每个人都是狠人。

"如果他们来找我们呢？"格拉杜索夫问道。

愁苦之情涌上我的喉咙。为什么总有东西把我和玛莎分开？一件事又一件事，现在又是恐惧。

"那我就到第一节车厢去吧，嗯？"格拉杜索夫建议，"如果他们来了，我就和他们打一架，他们就会散了，就不会再来找事儿了……反正我们还要在这里逗留两个小时……"

"我和你一起去。"我出乎自己意料地说道。

我们跳进雨中，走向头车，在进车厢门口的台阶上坐下。我俩都沉默不语，抽着烟。

"您一定后悔带我来了，"格拉杜索夫在旁边嘀咕道，"我学习成绩差，还总在学校里折腾您，在这里也给您找麻烦……但我只在头六个月讨厌您，后来就不讨厌了……我就是停不下来……我甚至因为想要去野营，而死乞白赖地求您……我不喜欢这个小团队，一帮傻帽，特别是柳霞·米特罗法诺娃……"格拉杜索夫闭嘴了，但我什么也没说。"您不相信我吗？"他苦涩地低下头。

他用指甲扣了扣车厢上的油漆，突然从他的外套里拿出一个酒壶。

"伏特加！"他愤怒地对我说，"我要干了它来激怒您！"

他拧开瓶盖，仰脖就灌。我没有看他。他又喝了起来。然后呼一口气，又吞了一大口。

"给我留点儿吧，"我说，"我也想喝醉。"

格拉杜索夫怀疑地看着我，笑了笑，伸出酒壶。我喝了一口，把酒壶还给他。

"您是认真的吗？"格拉杜索夫有些惊讶地问道。

我觉得我已经累得不行了。我厌倦了漫长的学年，厌倦了这个城市，我也厌倦了徒步野营。我厌倦了玛莎，厌倦了格拉杜索夫，厌倦了车站的醉汉，厌倦了我自己。厌倦了恐惧，厌倦了爱情，厌倦了生活。厌倦了自己的失望和希望，厌倦了自己的忠诚和背叛。啊，让一切都见鬼去吧。

"认真的，"我说，"让我们一起喝醉吧。好吗？"

***

"您能站起来吗……"奥维契金把我搀扶起来。

我在凳子上坐下来。天啊，我怎么会在这里？我在哪里，我们在哪里？发生了什么事？我什么都不记得了，我什么都不明白。简直是一场噩梦，在我身上发生了什么！我喝醉了，但是是那种头昏脑涨的宿醉。我的心在狂跳，我的灵魂在身体里扭结，我的大脑被烧得滚烫。巴尔曼、切比金正从我身边经过，把格拉杜索夫拖到车厢过道去。

我站起来，背上背包，跟跟跄跄地走去车厢连接处。脚步的咔嗒声消失了，车门分开。玛莎、柳霞、季米涅夫、邱金、奥维契金，像跳伞运动员一样跳入闪闪发光的黑暗中。他们的手像花束一样向我伸出来。我像一个电话听筒一样垂落在他们身上。后面，巴尔曼和切比金放下格拉杜索夫，自己跳了出来。车门发出嘶嘶声。火车号叫着开走了。

一条狭窄的道路取代了月台。已经过了午夜。有雨。荒废阴沉的车站，像亚特兰蒂斯一样沉没在雨水和黑暗中。我们一队人马游荡在铁轨对面，往车站走来。售票窗口成了被木板围住的棚屋。巴尔曼在锁上吐口水，把他的背包扔在泥地里。每个人都照着他的样子做，然后把帽子拉到头上，靠着斑驳的墙壁坐下。

"听着，"我摘下帽子，让雨水冲刷着我的头，"我们最好去河边。从车站走过去很近……"

"哪个车站？"巴尔曼狰狞地问。

"格拉尼特站。"我直截了当地回答。

"这才是你的车站。"巴尔曼说，并用靴子尖翻开一块生锈的牌子，这块牌子已经从车站上面掉下来了，落在一个水坑里。

"七人峰站。"我吃了一惊。

"你文盲啊，你这个浑蛋……"

"七人峰站是格拉尼特之后的第三个站，"奥维契金悲伤地说，"我们睡过头了，因为你，你这个酒鬼……"

我用颤抖的手拿出一支烟。

"什么，我醉得很厉害？"我胆怯地问。

"那可太热闹了！"切比金嘲笑道，"有人来到我们身边问：那边有两个游客，是不是你们一伙的？我们说：那一定是我们的指挥官。你和格拉杜索夫坐在第一节车厢里，抽烟、吐痰、骂人、吼歌。你看到了我们，你爬到了长椅下面。当我们拖着你的时候，你紧紧蜷着腿，一顿乱抓，嘶吼着。然后你靠在玛莎的长椅上，抱着她，告诉她，她仍然会是你的妻子，然后就睡着了。"

我特别想找个地洞钻进去，把自己埋进深渊。

"无论如何，我们已经因为你醉酒而罢免了你。"奥维契金不情愿地宣布。

"我们不需要这样的领队，"巴尔曼无情地补充道，"所以你不再是我们的指挥官了，我们只叫你地理老师。所有问题都将由我们自己解决。"

"哦呀……"我呻吟着，戴上帽子，退到黑暗中。

一切都滚蛋去吧。明天的问题自然会在明天解决。我现在很困。我环顾四周，努力寻找一个可以睡觉的地方。远处，我看到一个简易木棚。一个空的锯木作坊。简直是一个天赐良机……

我穿过闪烁的水坑走去。宽敞的皱巴巴的天空在头顶模糊不清。远处有一盏孤独的紫色信号灯，光线暗淡。既无风景也无灯光的村庄，被黑色的破烂房屋包裹着，坐落在斜坡之上。一阵冷风从北方的地平线吹来，就像从门下缝隙中吹出的气流。

远处，我可以看到老爷们蜷缩在火车站曾经粉刷过的墙边。他们戴着帽子，裹着睡袋和防雨布，但水仍然流过他们的头、肩膀和膝盖。雨水顺着站台席卷而下，拍打着车站废弃的牌子。可怜的孩子们！我可以想象他们的感受——寒冷、潮湿、饥饿、困倦……黑夜漫长，前路未知，没有力量，未来沉入阴霾，没有人会帮助他们，而他们的指挥官，就是个可恶的浑蛋。

***

清晨。我们睡在锯木作坊木棚下的板子上。我们爬进睡袋，相互依偎着，用头顶的防水篷布盖住自己。蓝天透过篷布上的水滴在我们的呼吸中发出微弱的光芒。

我们很暖和，却很拥挤。睡在我身边的邱金，一半躺在我身上，一半躺在切比金身上。我把半边身子从邱金身下挪开，爬了出去。

世界被清澈和安静笼罩着。远处，玛莎正坐在破旧栅栏边石化了的木桩上。其他人还在睡觉。我向玛莎走去，薄冰嘎吱作响。水坑被冰封住了。微霜在木头堆上闪闪发光。锯末已经变硬，无法用靴子踩扁。空气中弥漫着水和寒冷道路的味道。

我坐在玛莎旁边的另一个木桩上抽烟，静静地欣赏着她。宿醉几乎消失了。玛莎沉默不语。

"您昨天为什么喝醉，维克多·谢尔盖耶维奇？"她终于开口问道，但我没有回答。我自己也不知道为什么没说话。就这样吧。不为什么。

玛莎和我默默地注视着沉睡的村庄——肮脏的、褪色的、歪斜的、污秽的村庄。街道像腐烂的地板一样倾斜延伸到地窖里。栅栏的尖尖都被磨平了。世界是灰蓝色的。永恒的晨光之美，北方沉默的魅力。低调的色彩，清冷的春天。蓝色的云杉尖顶在村后升起，形成均匀的心电图。大地的心跳是正常的。安宁。巨大的泰加林山脉像雾气一样飞卷到地平线上。

"维克多·谢尔盖耶维奇，"玛莎谨慎地说，"您还记得昨天男生们告诉您的事吗？"

"他们把我驱逐了？是的，我记得。而且我很高兴。这对我来说只是个小麻烦。让他们发号施令吧。我在学校也是被人使唤的。"

玛莎有些奇怪地看着我。我还被称为老师。却把孩子们拉到荒郊野外，自己喝得酩酊大醉，随心所欲地自娱自乐。

我不经意地朝玛莎眨了眨眼。

"您不是在撒谎就是搞错了。"玛莎严肃地说。

我点上一支烟，没有回答。毕竟，玛莎只是一个女孩，虽然美丽和聪明，但仍然只是一个女孩。我无法向她解释当我的老师外衣被剥去后，我会落到何等境地。我知道，不能教她些什么。我可以做一个榜样，然后那些需要学习的人就会通过模仿自己学会。然而，我个人并不建议模仿。我可以简单地把他们放在一个不需要过多解释，他们自己就能清楚地知道如何做事的环境中。当然，如果有人溺水，我会把他救起来，前提是，他是真的溺水了。

遗憾的是，对老爷们来说，对玛莎来说，我仍然是学校的老师。所以，在他们看来，我应该爬到箱子上，用手指指点点。不，并不需要指点。所有命运的指点，都留给了那些准备上路的人。

沉闷的嗡嗡声从老爷们躺着的木棚传到了我和玛莎耳边。我听到一些片段："地理老师……地理老师……"

"我们去听听他们在说啥吧。"我向玛莎建议。

"偷听是不好的。"

"但它很吸引人，也很有教育意义。"我说完，独自走了。

***

"就因为你们这些酒鬼，我们睡过站了……"邱金抱怨道。

"闭嘴，你这个废物！"格拉杜索夫呵斥道，"你最好自己站起来！"

"这不是重点，重点是我们绝不能再这样做了。"巴尔曼强调。

"走到灯下，利索点！"

"必须要做决定，而不是在这儿废话。"奥维契金说。

"我们得回家了……"邱金一脸丧气地说。

"回家到底是为了他妈的什么？想念温暖的厕所了吗？"

"我们回格拉尼特吧……"切比金建议。

"我们浪费了一天时间。"巴尔曼精打细算地叹了口气。

"我们会把时间赶回来的。"切比金说。

"不可能，去他妈的，你自己划吧！"季米涅夫不同意，"我是什么，驴子吗？"

"我给你个电锯，看你敢不敢把我埋了！"格拉杜索夫咆哮道。

"不要说脏话，都睡不着了……"柳霞睡眼惺忪地喃喃自语。

"也许我们应该向地理老师打听一条更近的河流，然后去那里？"奥维契金建议，"我们划船过去，也不会晚……"

"为什么要去别的地方……"季米涅夫被吓到了，"我们去村子后面，搭个帐篷，吃喝玩乐，然后回家！"

"你为什么又大喊大叫……"柳霞埋怨道，"让地理老师来决定。"

"还相信他？"巴尔曼怀疑地冷笑道。

"那又怎样，"柳霞纳闷道，"昨天他喝醉了而已……我父亲也总是一开始喝醉，但他把一切都解决了，还比原来更好。"

"不，我们自己决定。"奥维契金坚定地说。

"我可以提个建议吗？"我高声问道，然后走到锯木作坊的外面。

老爷们将信将疑地陷入了沉默。

"根据地图，波尼什河流经七人峰外十公里的地方。它就在格拉尼特对面的地方流入冰河。我们沿着这条路线划船，在梅日村走完这条路线。这样行吗？"

"你没有在自作聪明吗？"巴尔曼不确定地问道。

"怕我害你们？"我很惊讶，"我们中谁是地理老师？"

***

我在木材公司的办公室与司机协商，用一升伏特加，他就可以把我们带到波尼什河。性能强大的克拉斯重卡[1]有一张长长的、掠夺性的、狼一样的脸，车头上斑驳的污垢仿佛溅满了鲜血。我把女孩们放进驾驶室，老爷们把他们的背包绑在后面的架子上。我们在货斗里落座。伴随着一股柴油尾气，拉木材的卡车启动了，后面拖着一辆长长的带角的拖车，像火炮的支架一样。我们骑在与车厢齐平的背包上，滚滚驶过村里的街道。树木、电线杆、锯开的栅栏、窗户、烟囱飞快地掠过。锯木作坊的顶棚仍然在一波波歪斜的屋顶中隐约可见，它就像一个木筏，最后忽地沉了下去。接着，森林像骑兵一样从两边扑过来。

碎石路从山上一直蜿蜒而下。我们被颠得东倒西歪。我们彼此紧紧相拥。邱金在颠簸中磕到了自己的颧骨，用脏兮兮的手指伸进嘴里摸牙齿。柴油发动机发出轰鸣声，固定原木堆的铁链发出叮当声，拖车四周又尖又长的支架跳跃着。

道路像一条生锈的带子在车轮下来回拖动，然后在弯道处断裂。沿着路边散落着掉出来的原木、乱蓬蓬的碎碴和微红的树皮。废弃的轮胎偶尔会从沟里探出头来。路上的水坑扩展开来，被甩在身后，凌乱不堪，像一杯浓咖啡。

路两边是狭长的、年代久远的云杉林，浓密的白桦树稀稀疏疏地分布在其中。雪刚刚开始融化，有些地方的土壤被解冻后像腐蚀的焦黑斑块。倾斜的枯木长出了褐色的霉菌斑点。林间小路就像冷枪一样，突然迸发出意想不到的光芒。在解冻了

---

[1]　苏联时期，克列缅丘格汽车厂生产的 KrAZ 重型卡车，在中国也曾服务超五十年。

的、长满泥毛的林间空地，人们用木杆支起三脚架，用于未来堆放干草。走到山脊的肩膀时，森林分开了，我们能看到蓝色雾气弥漫的远方，丘陵若隐若现，在它们的上方，是高耸的希罕山弯曲的断面。

最后，在过了又一个弯道之后，河水顺着斜坡蜿蜒而下。一大片空地上长满了小白桦树，从路边向岸边排开。

我们的卡车停了下来。老爷们跳下来，用僵硬的腿蹒跚前行。我拿出两瓶伏特加，爬进驾驶室。

"你们是要去野营还是什么？"司机接过瓶子问道，"你是他们的老师，还是什么？你教什么的？"

"地理。"我说。

"我在学校也喜欢地理，"司机梦呓般说道，"干得好，伙计。现在是该教教这些孩子别的东西……给你！"然后他突然递给我一个瓶子，"拿着。你可能更需要它。"

"谢谢……"我困惑地回答。

***

通常波尼什河在夏天时，几乎不到二十步宽，现在却淹没了对岸的云杉林，一眼望不到边。这是一个迟到的、友好的春天。山坡上的融水和林间的融水汇集成激流涌出。溪流迅速裹挟着被撕裂的树枝、破旧的浮冰、苔藓和草皮的碎片、半腐烂的树叶、树皮的碎片，还有发黑的草甸一起往下冲。树干上挂满了褐色苔藓和地衣。肮脏的泡沫沿着湍急的水流延伸，在漩涡处堆积成块。波尼什河浑浊一片，就像一坛自酿土酒。

　　我们的背包被掏空了，我们把物品散落在发育不良的白桦树上。我教老爷们如何正确地打包。老爷们穿上红色的救生衣，骂骂咧咧地把他们的东西从这边转移到那边。就这么点事情，我们几乎用了一个半小时的时间。

　　"现在我们必须砍些树枝做双体船的龙骨框架。"我说。

　　老爷们皱着眉头坐在一起，愤怒地抽烟。我吹着跑调的口哨，把玩着我的斧头。最后，皱着眉头的那堆人中出现了闷闷不乐的杂音，逐渐变成了激烈的责骂。老爷们在讨论该派谁去砍树。每个人都在回避。情况升级为指责、侮辱和推搡。最后，邱金四脚朝天地从人堆里滚出来，站起来，从我手里接过斧头，呜咽着，弯腰驼背，把自己拖到白桦树林。大家都坐在那里，等待着，沉默着，抽烟。我也是。邱金带着一堆瘦小的树枝回来了。

　　"它们太脆弱了，"我说，"我们需要更结实的。"

　　"你是个该死的废物，再拿起斧头去！"格拉杜索夫喊道。

　　女孩们走到一边，转过身去，在岸边坐下来。老爷们躺下了。我在沉默中抽烟。邱金像只小鹿一样远远地站在灌木丛中。

　　"好吧，"我说，"就用这些细杆搭框架吧。但请记住，我警告过你们，它们可能会断。"

　　我解释了如何建造一个双体船。我演示了如何给船身充气。大家立即认为这是最简单的事情。格拉杜索夫、季米涅夫和奥维契金冲向我。在混战中，格拉杜索夫率先抢了打气泵，并用它敲了所有人的头。好吧，就让格拉杜索夫打气吧。

　　我教他们如何编织框架。每个人都用一种严峻的表情看着我，把我围成一个半圆，手插进口袋里。他们都不说话。我编织着。每个人都在看。我继续编织。他们继续看。我说道：

"一个人可以无休止地看世界上的三样东西：燃烧的火焰、掉落的唾液和别人的作品。"

巴尔曼重重地哼了一声，蹲下身子，也拿起了绳索。叹着气的切比金不情愿地加入了他。然后是惆怅的奥维契金。季米涅夫和邱金仍然斜靠在白桦树上。

尽管很慢，但双体船仍在建造中。在细杆缠绕成的摇摇欲坠的龙骨上，我们把四个船身绑在一起，一排两个。然后我们拉开帆，系上锚绳，把船放到水上。每个人都在若有所思地看着它。

"这还真有些刺激。"切比金说。

"我们村里有一个男孩，他坐着充气船去河里玩，结果淹死了。"邱金低声说。

所有人都沉默了很久。

"蠢货。"格拉杜索夫最后说。

"好吧，分配下你们的位置，"我建议，"我的位置在右船尾。"

右船尾，实际上是指挥官的位置。但出于某种原因，在老爷们看来，船尾是给手下败将坐的，指挥官的位置应该在船头。格拉杜索夫在右前侧摔了一下，他脸朝下环抱着双臂，大喊着要把船给锯了。切比金和奥维契金把他拉下来。邱金跳来跳去，直到格拉杜索夫的一只靴子突然踹在他的肚子上。邱金脸朝下躺倒在地，一言不发。当切比金和奥维契金把格拉杜索夫的腿拉向不同的方向时，巴尔曼快速地系上鞋带，有模有样地走到船身的左前。聪明的季米涅夫把他的个人物品绑在巴尔曼背后。然后他们四个人松开了正在挣扎的格拉杜索夫。切比金巧妙地坐到了右前方，奥维契金坐到了切比金背后的位置。格拉杜索夫从巴尔曼和季米涅夫的手下起身，并开始将切比金的背包拽离双体船，背包被紧紧地绑在龙骨上。大家又把格拉杜索夫拉开，并对他喊道，酒鬼们都应该坐在船尾，才不会翻船，比如那个地理老师。格拉杜索夫疯狂地在切比金的背包上吐口水，然后走到船尾，挨着我坐下。我帮助女孩们安顿下来——柳霞在格拉杜索夫前面，玛莎在我前面。已经平静下来的邱金站起来，看到双体船只剩下了中间一处位置。他只得选择是坐在右边还是左边。邱金拿着他的桨，爬上高处，在那里摆动，尝试用哪只手划水会比较方便。事实证明，左手更方便。于是他把他的背包放在左边的船身上。格拉杜索夫威胁说，如果他看到邱金的瓶瓶罐罐在他面前，就把它们劈成碎片。邱金叹了口气，顺从地爬到右边的船身上。战斗平息了。

"现在是梅尔莱松芭蕾舞[1]的第三部分，"我说，"我们得去找木头生火做晚饭。"

老爷们一动不动地坐在白桦树下，愤怒而沉默。抽着烟。

"伙计们……"柳霞可怜兮兮地央求道，"你为什么会这样啊……巴尔曼……"

"我怎么了我！"巴尔曼反问道，"巴尔曼！巴尔曼！巴尔曼！就知道使唤我！要去让季米涅夫去！"

"我做不到。我切到了手。在这里，看。"

---

[1] 路易十三统治时期最受欢迎的芭蕾舞剧，标志着宫廷芭蕾舞的重要发展。

"你为什么要把你的棍子戳在我杯子上？"格拉杜索夫喊道，"去死吧！我的腿也割伤了！我能怎么办？"

"腿不是胳膊，你又不用它砍柴。"

他们拿出新一轮的激情吵了起来。很快，每个人都在大喊大叫，手舞足蹈，互相摆弄着斧头，挥舞着受伤的四肢。邱金逐渐退到了灌木丛中。

"维克多·谢尔盖耶维奇，"玛莎疲惫地说，"您也看到了，他们是不打算生火了……我们弄点吃的吧？"

"首先，"我回答，"他们已经把从家里带的所有东西都吃光了……"

"我没有。"柳霞赶紧插话。

"其次，"我继续说，"要有耐心，姑娘们。必须如此。第三，我们三个到树林里去，一起吃点柳霞带的东西。"

"不行的。不能就我们三个，得分给大家吃。"玛莎坚定地说。

"玛莎！"我说，"不要试图理解我，只要相信我就够了。然后你会发现，我是对的。"

玛莎为难地一声不吭。

"她当然相信你，她只是在显摆。"柳霞说。

"笨蛋。"玛莎红着脸说。

我们三个走进树林，吃了一些柳霞带的三明治、华夫饼和薯片。半小时后我们回来时，老爷们正闷闷不乐地躺在河滩上，摆出了如油画群像般的姿势。

"有柴火了……"格拉杜索夫对我喊道，并用他的靴尖挑起一小堆砍下的白桦树枝。

我拿起一根白桦树枝，把它弯成马蹄形。

"这不是柴火，这是麻绳，"我说，"而且数量不够。烧水用的吊绳在哪里？横杆在哪里？水壶在哪里？火在哪里？"

老爷们没有回答。

"总之，"我总结道，"为了找到一个过夜的地方，我们现在就得划船前进。早餐午餐晚餐一起吃。"

***

我们开始划船漂流。我已经等了太久，才终于能够把真正的意义融入这个简单的词语中：漂流。我的手腕、太阳穴、耳尖，感觉到了潮湿清新的空气。每一次划水，都有两个小漩涡在黄色的水中旋转，这个画面让我想到罗马柱上的圆圈浮雕。我的灵魂中锈蚀了一年的渴望之门正在慢慢打开。在我看来，在将来的很长一段时间里，我似乎终于走上了能让我获得快乐的道路。

老爷们突然忘记了他们的饥饿和疲惫。他们被这样一个事实弄得晕头转向——他们真的在货真价实的泰加林中的一条真正的河流上划船。他们朝不同的方向划去，咯咯地笑。

"太爽了！"切比金嘟囔着，享受着。

波尼什河在云杉树间迅速滚动，两道黑色高墙之间有一条闪闪发光的琥珀色的夕阳之路。河流上游传来一阵噪声，那是灌木丛中发出的淙淙声，林间空地中回荡的隆隆声。一排云杉的树枝扑腾着水从我们身边近在咫尺的地方呼啸而过。傍晚时分，一切颜色变得浓重，云层像条热带鱼似的，从鳍到尾都被刷上了一笔浓墨。在狂野的、火热的天空尽头，夕阳正用深不见底的旋涡回望着我们。一个双体船和上面的几个人，漂荡在可怕的泰加林的海洋中。这就像一把架在你喉咙上的刀，像初恋，像最后的诗篇。

"地理老师，前面是哪里？"巴尔曼问道，"一座房子？"

"也许是彼尔姆？"邱金满怀希望地问。

"我们到了就知道了。"我说。

"妈的，是悬崖！"切比金喊道。

我们沿着一条长长的弧线向前冲去。转弯处，石墙在我们身前迎面升起。云杉树林像帘子一样被拉到一边。

何止是巨大，简直就是怪兽般的超级岩石，就像一只树丛中的鸭嘴龙，躺在左岸云杉密布的荒野中。切比金出于惊恐或者是兴奋，吹起了口哨。伴随着他的口哨声，一颗炸弹落下。老爷们停止了划水，盯着石崖。

波尼什河冲向石崖，却始终够不着它。巨石崩裂成一个个独立的小石崖，向上延伸出尖刺，隆起堆积在一起，横亘在我们眼前，就像变形金刚，完全展现出了自己的全尺寸。

在波尼什河飞流的岩石基座上，两个弯曲的石崖堆叠而立。左边高一些的那个石崖，被分成三条棱线，右边那个被分成四条。而在石崖之间有一个奇形怪状的塔状物，它的底端膨胀开，像一个奇妙的钻头一样向上拧着，人们叫它魔鬼之指。七个小山峰，七兄弟，构成了七人峰的瀑布石崖。云杉像长矛般插入七兄弟的肋下。

波尼什河将我们带到石壁之下。我们敬畏地仰头观望。皱巴巴的逼仄的石壁。粗糙的堆砌。古老的碎片。仿佛在不可思议的重力压迫下，岩壁被撕开了一条弧形的裂缝。裂缝的疤痕上覆盖着泉水引来的冲刷物和棕色地衣。从裂缝中，就像炮筒中伸出来的枪眼似的，支棱着断裂的树干。还有更多的舌头般的碎石，沟壑中的朽木堆，以及枯萎的云杉树枝后面冰冷坚硬的石块。沿着山脊，在不可企及的高度上，有一圈松树的树冠，被夕阳染成了猩红色。

突然，巴尔曼开始大叫，疯狂地划动他的桨。我的视线从山顶落到了河面上。发丝在我头前乱飘。岩石下的一大截树枝似乎被横在河道上的一块石板绊起，翻滚起来。一道晶莹剔透的水流从岩壁的平面上飞冲下来，像一把刀子，插进了冒着泡的湍流中，喷泉般的水花从里面飞出。

双体船的侧面被水流击中。一瞬间，我们几乎被掀翻了。

"左舷，用力划！"我大喊。

"后退！"巴尔曼也在大喊。

"切比金，你这个浑蛋，我要杀了你！"格拉杜索夫大叫。

"快退后！"切比金稀里糊涂地喊道。

"掉头回去！"奥维契金大叫。

"啊呜呜呜！"邱金号叫着。

我使劲掉转船头，整个身体向后倾斜，用靴子钩住了船身上的龙骨。龙骨因用力而嘎吱作响，泡沫从水中钻进来。双体船颤抖着，船头转向了障碍物。我感觉我背上的绳索因用力过猛而撕裂开了。我们划进了水流闪烁着夕阳的强光中，轰的一下栽进了飞瀑之中。

白色的水花吞没了巴尔曼和切比金，然后是季米涅夫和奥维契金。双体船中间凹下去，即便在激流的轰鸣声中，我依然能听到小船龙骨断裂的声音。老爷们浮出水面，浪花继续向邱金席卷，并打在玛莎和柳霞的膝盖上。湿漉漉的双体船从激流中飞出，仿佛被踢了一脚，我和格拉杜索夫几乎要撞到石滩上面。

然后我看到邱金突然开始慢慢沉入水里。邱金吓得说不出话。他脸上只剩下恐怖的大眼睛和紧紧咬住的小嘴。龙骨从中间断开，翻起来合拢到一处，眼瞅着就要将邱金压在下面。双体船正一点点地解体成两半。

"抓住邱金！"格拉杜索夫大喊。

玛莎、柳霞和奥维契金紧紧抓住邱金，像要把他从地狱里拉出来一样，用力拽起。现在，邱金是我们断开的双体船之间的唯一联系。他挂在它们之间，水没过他的胸部，就像一个谷仓大门中间的门闩。

"快上岸去！"我命令道。

***

一片开阔地就在七人峰的下面，在它的左肩下。被艰难困苦弄得焦头烂额的老爷们把双体船拖上岸后，像任劳任怨的小矮人一样，立刻忙活起来。他们迅速安营扎寨，把背包归拢成一个小山包，还搭起来一个帐篷，足足可容纳十人的大帐篷。老爷们没有换衣服，就急着去找柴火，转眼间就已经回来了。奥维契金拖着一堆松树干树枝，季米涅夫拿着云杉树枝，邱金抱着一根腐烂的枯木，切比金抓着一截树桩。在所有人的身后，是瞪着眼睛咧着嘴笑着的格拉杜索夫，他带回来的是一根巨大的原木，拖过的地面就像被犁过一样。赶在天黑之前，我们生起火，挂开衣服烤干，然后不停砍柴，为双体船组建新的龙骨。

夕阳沉向地平线下，云杉树顶最后一道深红色的条纹也熄灭了。七人峰的四个尖顶仍然亮着，其他地方则被黄昏彻底覆盖了。浓密的雾气成片成缕地爬过对岸被洪水冲刷过的森林。鬼魂似乎正飘浮在空中，就像从事物内部分离出来的影子。在凶悍的云杉树上方，天空中布满了丰富的蓝色，被称为"白狼之日"的月亮，闪烁了起来。

我们在营地篝火中过起了小日子。姑娘们正在为晚餐削土豆皮。衣服被挂起来晾着烤着，像花园里张开双臂的稻草人一样。浸湿的睡袋像船帆一样挂在空地边缘的白桦树树枝上。

"谁他妈的把烂衣服放在我的睡袋上？"格拉杜索夫在白桦树旁喊道。裤子和毛衣像鸟儿一样在星空中飞过。

黑暗逐渐聚拢闭合。我感到有一张薄薄的、冰冷的网在触摸着我的脸和我的手。这是夜间的露水。火光中，我们营地周围的这片林间空地看起来就像是一座岛屿，从漆黑的深渊中漂浮到月亮上去。篝火燃烧后的余烬，被来自河边的风紧张地抛向不同的方向，颤抖着走远。在火光掩映中，桦树的鹿角、梧桐的胡须、树桩的鼻子、云杉的眉毛从周围神秘森林的幽暗中纷纷探过来。七人峰在空地上升起，伴着飞溅的火光，看起来像一块紫色的天鹅绒幕布，在风中威严地摇摆，落下去又鼓起来。

晚餐我们吃的是炖土豆。格拉杜索夫选择亲自下厨。老爷们在大锅周围徘徊，添柴火，或者把勺子伸进锅里去品尝。格拉杜索夫用大勺抽打每个人的手臂和后脑勺，并发出命令：

"巴尔曼，把罐子打开！离远点儿，你这个浑蛋，这里不需要你帮忙！再不走我就给你牙齿一脚，你会把你的全部养老金花在牙医身上！奥维契金，你个蠢货，为什么踩着火钳？我需要胡椒粉！切比金，你有胡椒粉吗？季米涅夫，站远点儿，我最后一次告诉你！邱金，把木头拿过来！还问为什么，再问就敲碎你的脑袋，这就是原因！米特罗法诺娃，为什么把土豆切得这么粗？你能咽得下去吗……"

"怎么不喜欢吗？"柳霞愤愤不平，"你嘴巴那么大，怎么咽不下去。你像个疯子一样大喊大叫……"

终于，土豆和茶都准备好了。它们被放在了地上。玛莎准备用勺子打菜。盘子从四面八方冲向她。格拉杜索夫骂骂咧咧地蹿到前面，把其他人推到一边。

"谁再发脾气，谁就别想吃饭。"玛莎严厉地警告他，并让邱金先坐下。

大家挥动勺子的速度意外地慢了下来。土豆咸得厉害，我的脸颊都裂开了。

"除了我之外，谁还给土豆加了盐？"格拉杜索夫声嘶力竭地问道。

"好吧，我，"巴尔曼有尊严地说道，"我喜欢咸的。"

"还有我，"柳霞惊讶道，"嗯，还好不是很咸……"

"我也放了，"切比金补充道，"但是只放了一勺。"

"我也放了一勺。"奥维契金忏悔道。

"还有一块石头掉下来了……"邱金吱吱叫着。

"什么石头？"惊呆了的格拉杜索夫问道。

"结了块的盐……从袋子里……"

"你这个家伙，是怎么溜到大锅旁边的？"格拉杜索夫气得要哭了，"你刚不是在灌木丛里，找你的东西来着……"

"嗯……在找你扔掉的靴子，同时也在找盐。"

"不，"我坚定地说，并把我的盘子放好，"今天饿着总比明天冻着好。让我们喝伏特加吧。"

没吃饱的老爷们气急败坏地放下了盘子。然而，格拉杜索夫太阳穴上冒着汗，顽固地吃着土豆，哽咽着。

"我再多吃一口，就会吐出来。"他喘着粗气，把勺子捅进嘴里，就像刀子捅进心脏。有那么一会儿，他坐在那里，嘴里塞满了东西，紧紧地闭着。然后他捧起自己的脸，冲进灌木丛。他回来时，脸色苍白，浑身颤抖。他默默地从大锅里舀了一些茶，喝了一口。他的眼睛立刻从眼眶里跳出来，用手掌捂着自己的嘴，又飞进了灌木丛。

"也不看看你在从什么锅里舀吃的。"邱金告诫说。老爷们哈哈大笑，前仰后合。

巴尔曼站起来，擦了擦眼睛，走开了。一分钟后，他带来了一个大瓶伏特加和一瓶葡萄酒。

"这是给女孩的。我估计她们不会喝伏特加……"他愣愣地解释说。

柳霞尖叫着拍起了手。玛莎笑了。一个摇摇晃晃、半透明的格拉杜索夫从灌木丛中蹒跚走出来。

"要不我来提一杯？"巴尔曼像主人一样洒脱地说道。

"让我们为地理老师干一杯，"切比金无私地提议，"他没有吹牛皮，他真的把我们带出来野营了。"

"还有，为他重新当上指挥官干杯。"柳霞补充道。

"不不，我们当然要为地理老师干杯。但我们不会让他成为指挥官。"巴尔曼坚定地说，"我们干杯吧。"

"那么，谁是我们的指挥官？"柳霞天真地问。

"我们真的需要吗？"季米涅夫耸耸肩，搂着柳霞。

"我们都是指挥官！"切比金自豪地宣布。

"当然，你们都是指挥官，"柳霞说，"只是双体船坏了，我们既没有吃晚饭，也没有吃夜宵……"

"那就投票选一个指挥官吧。"我说。

"就选切比金吧。"柳霞立即提议。

季米涅夫很不客气地把他的手从柳霞的腰上拿开。

"你开玩笑吧，傻妞？"切比金惊道，"不，我不知道怎么当……"

"那么，就让我们的季米涅夫来当。"柳霞闪电般地改变了主意。

"季米涅夫到底哪里行了！"格拉杜索夫大喊，"他要当了我们都玩完了！"

"那么就奥维契金。"柳霞说。

"我撤回我的候选资格，"奥维契金坚定地说，"而你，米特罗法诺娃，是我们的秘书吗？"

"好吧！你们什么话都不说！总得有人提建议吧！要选你当司令，他们还不满意呢！"

"我想当司令。"邱金谦虚地宣布。

老爷们放下杯子，捧腹大笑，甚至从木头上摔下来。玛莎笑得很大声，在七人峰的林间回荡着。

"滚吧，滚吧，胆小鬼！"格拉杜索夫嘶吼着，推搡着邱金，"走开，我要笑死了……"

当所有人都笑完后，格拉杜索夫擦拭着自己的身子，郑重说道："无论如何，我应该是指挥官。"

"你吗？"大家都很惊讶。

"还有谁？你？"

"你脑子太笨了……"柳霞气馁地说。

"你就会一直嚷嚷。"邱金害怕地说。

"我！我什么时候嚷嚷过，你这个畜生！"格拉杜索夫大叫。

"你嚷嚷的话比你的体重数字还多。"玛莎同意邱金的说法。

"推来推去是没有意义的，巴尔曼是剩下的人中唯一正常的。"切比金简单地解决了这个问题。

"如果不是维克多·谢尔盖耶维奇，那就是巴尔曼了。"玛莎支持切比金的提议。

"巴尔曼，嗯？"格拉杜索夫龇牙咧嘴，愤怒地对着火堆吐口水，"好吧，那就这样吧！选巴尔曼，如果你们真这么笨的话！但他不是我的上司！我不会听从他的命令！"

"你他妈一边待着去吧！"巴尔曼平静地说。

***

我们喝着酒。木柴飞进火堆，空瓶子飞进灌木丛，火苗飞向天空。群星遨游，世界在我脑海中起舞旋转，时间飞逝。

"我从来没有这么醉过……我从来没有这么醉……"切

比金放下杯子时慨叹不已，"我的妈呀！"

"喝伏特加吗？"当女孩们的葡萄酒喝完后，巴尔曼问道。

"来一滴，"玛莎说，"我以前从未尝过它……"

"我已经尝过了，而且大口喝过！"柳霞说，"喝了不下一百次了！有一次在齐普拉科夫家过生日的时候……"

"柳霞……"玛莎责备她说。

"去年在我们村里，一个男孩喝伏特加喝死了。"邱金说。

我的脑袋里充满了彩色的雾气。

邱金先醉了。当他突然开始唱起忧郁的歌曲时，大家才意识到。巴尔曼把邱金拉进帐篷里。进去后，歌声又持续了一小会儿，然后就渐渐消失了。

接下来轮到热情的切比金了。

"我已经喝得爽爆了……"他嘟囔着，怔怔地看着一个方向。

他踩着一条弧线进了帐篷，再也没有出来。

很快，格拉杜索夫也扛不住了。他对着空地上的一截树桩交流了一会儿，然后就完全消失了。五分钟后，灌木丛中传来了巨大的鼾声。巴尔曼和我走过去。格拉杜索夫睡在地上，裤子的拉链是打开的。他没提上裤子就睡着了。巴尔曼和我一起把格拉杜索夫、邱金还有切比金叠在一起。

季米涅夫显然是为了某种黑暗的目的而打算把柳霞灌醉。他不停地给她也给自己倒酒。柳霞啜饮着伏特加，只是脸红，而瞪着铜铃大眼的季米涅夫已经在恍惚了。巴尔曼抓住他的衣领，让他站起来，并指向帐篷。季米涅夫挣扎着，自己走了过去。他甜美的声音飘来：

"柳霞，亲爱的……"

"别在那里发嗲了，蠢货！我把你踢回到锯木作坊去，你去那里找你亲爱的柳霞吧！"

我们嗤笑着。柳霞表情丰富地看着巴尔曼。巴尔曼尴尬地清了下嗓子，请她出去散散步。他们去了森林里。玛莎和奥维契金留在我身边。眼角余光中，看到奥维契金小心翼翼地握住玛莎的手掌。好吧，我这个第三者太多余了……我把剩下的伏特加装回瓶子里，向波尼什河岸走去。

我坐在波尼什河岸边，喝着伏特加，抽着烟，看着被淹没的森林，看着雾气和月光笼罩下的河水，看着远处泛着幽幽白光的七人峰。击垮我们双体船的激流声传到我耳中。河畔的夜空挂满了银色的镰刀、三叉戟和回旋镖。

忧伤的情绪擎住了我的灵魂。我脑子里只有一个声音：玛莎……玛莎……玛莎……我准备淹死自己，因为我和她是如此不平等。我太羡慕奥维契金了，以至于意难平。我喝完伏特加，爬到岸边的水洼处洗脸。我把又冷又重的水泼在眼睛上，然后把脸和手浸入水中。让河水像冲走泥沙一样冲走我的欲望。难道我没有找到我想要的东西吗？

***

我回到营地，爬进帐篷，又冷又黑。

"维克多·谢尔盖耶维奇，我们明天要做什么？"巴尔曼悄悄地问道。

"晚饭前，我们会爬上七人峰，然后，漂流……"

348

"我们可以不爬山吗？没有多少时间了……"

"我们必须去，巴尔曼，"我坚定地说，"否则，来野营有什么意义呢？"

"好吧，按你说的吧。可是我忘记分配明天的值日人员了。"

"让我来值日吧。反正我是第一个醒来的人。"

"那就你和格拉杜索夫搭档吧，好歹你们是好兄弟……"

柳霞大展四肢地睡在睡袋里。我把她像指南针一样折起来，推到一边。我躺着，盯着帐篷黑暗的穹顶，盯着支撑它的杆子，听着风吹动防风篷布的呼啸声，小心翼翼地把它从帐篷的一边抖到另一边。

玛莎和奥维契金爬进帐篷了。窃窃私语后，他们分散到各自的位置。玛莎的位置在我和柳霞之间。我特意躺在这个位置，为了保护女孩们不受男孩们的夜间侵扰。我悄悄地伸开我的手臂。玛莎静静地枕在了上面。有一分钟，她一动不动地躺着，仿佛在等待我把手抽回来。在这一分钟里，我每个毛孔都在冒汗。

然后玛莎背对我，让自己舒服地躺在我的手臂上。我默默地抱着玛莎，把她拉到我身边。然后我的手掌盖在她的胸前。在玛莎的头顶上亲吻了一下她。

突然，一颗手榴弹在邱金的睡袋里爆炸了。

"乓乓乓乓！"邱金在睡梦中胡言乱语，"哦，妈妈……乓乓乓乓！"

沉默像惯性一样笼罩了我们一阵子，然后我、巴尔曼和奥维契金爆发出荷马式的笑声。玛莎的胸微妙地碰到了我的手掌。我们笑到咳嗽，笑到上气不接下气。邱金仍在熟睡。我把我的手从玛莎的头下抽出来——这算什么爱情？我转过身背对着玛莎。

第二天

我醒来的时候，感觉自己好像整晚都被卡住脖子了似的。还没有睁开眼睛的时候，我听着自己的声音，就诊断出问题：严重宿醉。哦，上帝啊，我感觉真的很糟糕……

大家都还在睡觉。我钻出帐篷到外面。天气冷得像个坟墓。下着小雨。七人峰皱巴巴的，仿佛岩石在严寒中冷得颤抖。在被淹没的森林上方是一片寒冷的明烟晦雾。昨天挤满星星的天空在哪里？现在头顶上只有堆积成白色块状的云团。

仿佛昨夜鞑靼人骑着马穿过我们的营地。所有的地方都一片狼藉。盘子被丢弃在泥土里。敞着口的大锅里有水。篝火堆黑色的湿煤中有烧焦的罐头。

我徘徊在火堆旁，在一根潮湿的木头上坐下来。雨水拍打着我的额头，仿佛在责备我：你是个傻逼吗？当然是了。只要我喝醉，那我必然就会是个傻逼。我点上一支烟。一股巨大的旋风开始在我脑海中掀起。我觉得很渴。我想睡觉。我什么都不想做。

宿醉，恶劣的天气，它们不仅在我的身体里，不仅在大自然里。它们还在我的灵魂里。我的灵魂里，有颤抖的手和弯曲的腿。我的灵魂天旋地转，我的灵魂在呕吐。我的灵魂里，雨水和寒冷在舔舐着骨头。而我自己就是那根多次被撕裂，多次绷紧、多次磨损的意志之绳。我很惭愧，昨天这根绳子又断了。

我为自己昨天向玛莎伸出手臂而感到羞愧。她是女孩，甚至几乎是个孩子，我的年龄是她的两倍，比她成熟十倍，比她冷漠一百倍，比她狡猾一千倍。对她这个模范学生来说，我不是男朋友，也不是追求者。我是一个老师。在现实中，我是一头禽兽。我可以从她那里得到一切。这并不难。但我用什么来回报呢？我的错误、我的罪孽、我的失意，我甚至把这些都带到了这里吗？我该逃去哪里呢？玛莎，请原谅我……

在奥维契金面前，我感到羞愧。我除了妒忌，还是妒忌……我流鼻血了。我骑着一匹瘸腿的母马从他身上碾过。愿奥维契金能原谅我。我希望他没有注意到……我不会再这样做了。

我在我的老爷们面前感到羞愧。他们推翻了我的领导，这还不够吗？结果我又喝醉了！我把他们和女孩们隔离开来，我以为他们会动歪脑筋。我不相信他们。而我自己呢……禽兽！

就这样吧。自我鞭笞让我疲惫不堪。我敏锐的眼睛早就看到了靠在对面树桩上的一个打开的瓶子。里面装的是花楸泡的伏特加。上天的馈赠，人间的美味。我拿起瓶子，喝了起来。然后我开始做正事。这个世界是一个无情的地方。没有任何人会帮你。即使是格拉杜索夫他也会不帮我，尽管今天也该他值日。我生了一堆火，用火的温度温暖自己，然后去洗大锅。我抄起一袋袋的食物放进锅里，开始做早餐。当然，在这中间，我没有忘记那个瓶子。当它见底时，早餐就准备好了。我摇晃着帐篷的杆子，大喊道："醒醒吧……粥好了！"

我决定：一切都结束了。再也不去想玛莎了。我不会爱任何人。

***

七人峰所在的山顶是一片被松树覆盖的高地。它平缓地一直倾斜延伸到悬崖边。每个突崖之间有阶梯式的迷宫，里面的裂缝中长满了苔藓，并且枯木丛生。

我们来到了悬崖边。和地面的巨大落差令人不寒而栗。在我们的前方，地平线所见之处，都远远地蔓延着无尽的泰加林。泰加林呈现出蓝色的云雾状，像温和而缓慢移动的波浪。没有悬崖，没有河流，没有道路，没有村庄，只有一缕缕的烟雾。

"太爽了！"切比金喃喃自语，兴致勃勃地四处张望。

就在我们面前，魔鬼之指好似阴森神像般静静地升起。它似乎径直从二叠纪化石的深处走来，从埋在岩层中的兽形纲动物的骸骨中走来。它像一条站立着的眼镜蛇，对我们施展催眠术。我可以通过它垂下的石质眼皮感受到它沉默的、视障的、非人类的凝视。

"嘿哟，瞧它的样子……"柳霞冷笑道。

老爷们匆匆地从石柱旁经过。

"地理老师，爬上这些大石头是否安全？"切比金问道。

"尽管爬，"我说，"但不要从那里掉下去……"

切比金消失在其中一块巨石后。其他的人不知怎么的，放慢了速度。出乎所有人意料，切比金突然在一块犬牙状巨石的上方现身。

"嘿，胆小鬼们！"他大叫着，挥舞着双手。

"马上下来！"玛莎和柳霞惊恐地喊道。

但切比金满意地笑着继续攀登，他消失在岩壁上，又下到裂缝中，忽隐忽现，像苍蝇一样在岩石上爬行。我的心揪成一团，目不转睛地盯着他的动作。我甚至不敢后退，仿佛这可能会害他掉下去。老爷们嘀咕着，本能地握紧拳头，紧张地绷紧肌肉。柳霞用手掌遮住脸。我用颤抖的手把一根香烟过滤嘴朝外地塞进嘴里，点燃，竟然什么也没注意到。切比金爬到最后一个最高、最尖、最难以接近的尖角上。他大喊着什么，挥舞着他的帽子，背对着我们，猛地把帽子戴在尖顶上面。

"得了得了，见好就收吧。"格拉杜索夫从牙缝里挤出一句。

"这有一个山洞！"切比金的喊声传到我们耳中。

然后他迅速而灵巧地往回爬，在半路上的某个地方拐弯，找到了一条更近的通路。

"我们也去山洞里吧，"我告诉我的老爷们，"就在那里……"

于是我们沿着长满青苔、潮湿、寒冷和黑暗的峡谷前进。下坡路很陡，很崎岖。我和老爷们用手抓着湿漉漉的石头，在腐烂的针叶和黏稠的木头上打滑。时不时，我们还必须跳过低矮的罅隙。老爷们从下面保护着女孩们。玛莎今天完全没有注意到我。

我走在最后，心事重重。我不再为昨天的事情感到羞愧，我也没有因为玛莎的忽视，或者直截了当的厌恶，而受到伤害。我觉得我把玛莎封锁在了我的灵魂里，就像她在高墙上的一扇窗户里。在我内心深处，只有微弱的气流从高墙的空洞中逸出，那是我自己开凿的缝隙。

前方和下方闪烁着切比金的身影。

"过来，你这个浑蛋！"格拉杜索夫愤怒地喊道。

"去你的吧！"切比金说着，边笑边躲闪到石阶后面。

最后，我们到达了一个平坦而光秃的空地。上方的洞壁有一个三角形的洞。老爷们爬到入口处，往里看去。

"里面有个悬崖。"奥维契金说。

"那么切比金是怎么下来的呢？"柳霞好奇地问。

"嘭……嘭……嘭……嘭！"山洞里的声音欢快地解释道。

"啊哈，"巴尔曼怀疑地同意，"不是所有人都像他是个猿猴。"

"在我们村子里，一个男孩在岩石上攀爬，后来他摔了下来，摔死了。"邱金说。

"你们村里还有活着的男孩吗？"玛莎问道。

"你们知道切比金爬去哪儿了吗？"我问，"在过去，这个洞穴是个……"

"是个茅房！"格拉杜索夫笑着回答我。

"是苦行僧的修道院……而且在那里有神像。"

"之前是什么圣地？"柳霞想知道，"有人住在这里吗？"

"早已被人类遗忘的伟大国家的公民曾在这里生活过。这里有堡垒，有运河，有寺庙。这里有王子、祭司、占星家、诗人。这里有战争，城市被攻破，强大的部落在岩石间拼死搏斗。一切都过去了。然后消失了。"

老爷们全神贯注地听着。我在学校上课时从未见过这样的情况。我可以从他们的眼中看出他们的感受。当然，他们和我一样，在魔鬼之指那里，也感受到了一种不可见的、无法解释的目光。而现在，仿佛大地在他们的脚下说话。到了最深处，到了远古兽骨的埋葬处，它突然充满了意义，充满了血肉，充满了历史。这种灵性从地上渗透到他们全身，就像切尔诺贝利的辐射从泥土渗透到身体里一样。泰加林和巨石，突然不再是荒凉野生、无名无姓的存在，不再只是淹没破败村庄和劳改营的荒野。泰加林和巨石，突然变成了生命中重要的东西，比许多东西（如果不是一切的话）更重要，更有必要。

"地理老师，大点儿声！"大家听到了切比金的喊声。

"你最好出来！"巴尔曼回喊。

"没门，你会揍我的……地理老师，大声点儿！"

"考古学家在这里进行了挖掘，"我把我读到的和听到的关于七人峰的事情说出来，"他们发现了很多用于祭祀的动物的骨头和箭头……"

"怎么着，你的骨头丢了吗，小样儿？"格拉杜索夫在旁边捅了捅邱金。

"找到了！找到了！"切比金在山洞深处兴奋地大叫，"我找到了箭头！"

老爷们兴奋地冲向山洞。

"出来吧，丑八怪！"格拉杜索夫喊道，"我们不会碰它的！孙子才撒谎！"

过了一会儿，切比金出来了，递给我一块长方形的石片。老爷们虔诚地看着这块石片，用指尖触摸着它。这块石片只是一块普通的碎片。

"它是什么？一支箭？长矛？"切比金满心发光地问道。

"一块猛犸象粪便的化石。"我说。

老爷们都笑了。切比金将信将疑地把石片放进他的口袋。

"对你们这帮蠢货来说才是粪便……"

我们返回到峡谷中去。我走在最后。男孩们往前走，忘记了女孩们的存在。当我想帮玛莎一把时，她转过身，看着我。

"不要！"她生气地说。过了一分钟，她又说："我不要你碰我。我根本不想让你碰我！"

***

午饭后，我们收拾好东西准备启程。巴尔曼悄悄地接受了我的建议。而玛莎依然没有注意到我。她刻意忽视，这本身就意味着某种关注。她没有注意到我，就像一个人没有注意到一条未系紧的鞋带一样。不过我很平静。我知道，玛莎是我的。我只是不知道该如何对待她。我没有看到她在我生命中的位置。这让我很痛苦。我爱她。可是我们现在正在野营，这让我苦乐参半。野营，就是命运的避难所。我从帐篷里拿起背包，听到玛莎在和奥维契金说话。帐篷里只有他们两个人。在他们看来，墙壁将他们与世界隔开。但那不是墙，那是一张薄薄的帆布，甚至无法隐藏住一个安静的呼吸。毕竟，没有什么能把人与世界分开。

"你今天真让人难以理解……"奥维契金小心翼翼地说。

"我很正常，"玛莎坚定地回答道，"把你的手拿开。"

"是因为那个地理老师吗？"

"不关你的事。"

"那我算什么呢？"沉默之后，奥维契金最后问道。

"你自己决定。"

我为奥维契金感到遗憾。玛莎的性格太强了。柳霞那边，也不安生。我们从七人峰下来的时候，她在一个斜坡上滑倒了，然后就开始不停揣着手抱怨，发牢骚。

"米特罗法诺娃，你为什么这么大惊小怪？"格拉杜索夫受不了了。

"为什么？很痛啊……"

"那有什么大不了的，断的是膝盖，又不是你的头。"

"哼，格拉杜索夫，我倒是真想打爆你的头……"

"不用你动手，我会自己打爆它。"格拉杜索夫说。

"怪不得其他同学叫你……"柳霞生着闷气。

"行了，我们抬着你走吧。"巴尔曼调解道。

"来吧，现在就抬！"格拉杜索夫勃然大怒，但突然一下子就被柳霞扇了一巴掌，他摇摇晃晃地跑下坡去。

巴尔曼把柳霞搭在肩上，哼着歌把她拖回营地。还好，这里离营地大约只有两百米远。

"格拉杜索夫，你今天值日。"巴尔曼在午饭时提醒道。

"去洗大锅吧！"柳霞说着，绕巴尔曼转了一圈。

"就我一个人可不行！"格拉杜索夫吼道，"让地理老师一起来！"

"他早上做了早餐，而你却在睡觉。"

"这有什么影响吗！他应该叫醒我的！而且无论如何，巴尔曼不是我的老板！我不听他的！"

"他是由大多数人选出来的，所以他是指挥官！他是一个很好的指挥官！"

"那么就让大多数人去洗锅吧！如果他是指挥官，你为什么如此嚣张？你这么专横，去指挥你的巴尔曼吧，别指挥我，明白吗，米特罗法诺娃？"

"为什么巴尔曼是我的？"柳霞很迷惑。

"他把你像一坨屎一样拖在背上……"

"就算我爱上了他又怎么样！"柳霞生气了，"你这是嫉妒，因为你一头红发，还有个这样的鼻子！"柳霞大张开双臂。

"那我也有让别人嫉妒的东西！"格拉杜索夫愤怒地喊道，抓起大锅，"让他去吧，真他妈够了，他爱你，他不会觉得什么狗屁委屈的。"

看到柳霞的一阵大喊大叫，季米涅夫很害怕。他试图探出头来，没有人注意到他。然后，这个懒惰的家伙在绝望中决定做点大事。午饭后，他向柳霞报告，他已经把她的背包绑在了双体船上。

"哟，谢谢你……"柳霞顺势开心起来，转脸立即喊道，"巴尔曼，格拉杜索夫为什么到处扔泥巴？"

格拉杜索夫生气地走来走去，挑衅每个人，踢这踹那。事实证明，在出发前，他是唯一没有准备好的人。他在空地上跑来跑去，大喊大叫：

"巴尔曼，我的背包呢？我最先收拾好的！我先收拾的！"

"这是你的背包。"巴尔曼冲着灌木丛里平静地点点头。

格拉杜索夫把背包拉出来，怯生生地把它扔在地上。

"这是哪个傻帽的背包啊，不是我的！"

"这是我的……"柳霞轻轻地吱声。

季米涅夫无奈地笑了笑，耸耸肩。

随着一声巨响，我们划船离去。

***

波尼什河迷醉的黄色波涛又一次带着我们向前驶去。我们再一次淹没在云杉的海洋里。低沉的云层在泰加林区上空肆无忌惮地飘荡。火红与蓝色相间的沟谷在远空中匍匐。在遥远的高崖上，阳光洒落的地方，森林点亮起光明而有力的孔雀石。山脊的斜坡上，沉甸甸的白色悬崖沉入浩渺的森林。矮小而坚固的石块偶尔会从灌木丛中冲出，朝着河边探出头，就像在饮水的野兽。河水带着我们，掠过岸边。天与地的分界线在云杉尖上紧张地颤抖，随着山的温柔波浪起伏，好似大地平静的呼吸。

临近傍晚时分，岸边开始出现被冰流击倒的树木。我很担忧。落在河面上的这种倒木很容易划破我们的双体船。前方，我看到一棵长长的松树，呈人字形地趴在河面上。只要一阵风就足以让这棵松树倒下成为屏障，挡住我们的航路。我站在双体船的最高处，凝视着。我看到一棵、两棵、三棵，接连还有更多的云杉趴向水里。情况有点糟糕。我们从一棵门梁般的松树下经过——通向一个枯木的世界的大门。

双体船绕过一个关卡，然后，随着船尾的摆动，又绕过另一个关卡。巴尔曼指挥得有条不紊，并不紧张。但第三座关卡意外地撞上了船尾。格拉杜索夫与松树拼命搏斗，从松树中挣脱出来时，他脸色通红，蓬头垢面，浑身是伤。

"浑蛋！"他对巴尔曼大喊，"想清楚了再指挥！"

突然我们被钩到另一棵树上。

"头朝下低着身子，赶快走！"我喊道。

大伙儿像做祷告的穆斯林一样，脸朝下趴下。我们从关卡中冲过。树枝划伤了我们的头和大腿，撕裂了遮盖我们行李的遮阳篷布。干燥的针叶和木屑落在我们的后颈。波尼什河把我们甩向了关卡的另一边。

"冲啊，向前冲啊！"突然，切比金歇斯底里地喊道。

我们继续漂流，转眼就遇上了一座白桦关卡。

"把船桨架在头上！"我喊道。

水流如此强烈，船桨几乎从我们手中被打掉。我们在撕裂的树枝间飞过，猛地撞上了树冠。我抓着龙骨，用腿狠踹树干。我拼命地推开树枝，避免被拖到树丛下。树干的位置太低了，它像推土机铲车一样把我们都耙进了水里。我们的抵抗似乎让波尼什河愤怒了。水势瞬间暴涨，冒着气泡，没过左舷。右舷从水面上翻了起来。我们蹒跚地压到右舷，不平衡的重心实实在在地把我们推到了关卡之下。

"邱金，玛莎，快速到左舷！听我命令！大家立刻穿上救生衣！奥维契金，把下面的树枝砍了！"

奥维契金拿着斧子，灰色的影子一闪，沿着树干飞奔。他骑在树干上，开始在前面狂砍。

"奥维契金，快回来！"我大喊。

奥维契金没回话。他脸色煞白。额头上的青筋野性十足地鼓起。斧头上下翻飞。碎片不断啄向我。

震耳欲聋的冲刷声包围了我们，噼里啪啦，水花四溅。这时一根断裂的树干，托挂着树枝，连带着双体船，统统倾在了水里。喷泉般的水花溅到格拉杜索夫和我身上。脱身后，双体船急剧向前倾斜。身后，我看到奥维契金还坐在被砍掉的树干上。下一秒，奥维契金像一只蝙蝠一样，飞身跳上了逃逸的双体船，头朝下砸在船尾。我和格拉杜索夫把他拖离水面。切比金把白桦树从船身推开。树枝忽地伸展开来，游向了一边。波尼什河带着我们继续前进，自由而茫然地漂游。

"你他妈疯了吗！"格拉杜索夫对奥维契金喊道，"你以为你是不会沉下去的匹诺曹吗？"

玛莎用暗淡而严肃的眼神看着奥维契金。

"他救了我们！"柳霞震惊地说。

"还有更多的关卡！"十分钟后，巴尔曼喊道。

现在，挡在河道上的是一棵粗壮的、伸展开的松树。水在它的树枝上冒泡，波涛在树干上泛起浪花，各种漂浮物翻滚着、打闹着。我们只得划着双体船穿过沿岸的灌木水道来绕过这些阻碍。

"左舷，划桨！"我命令。

我们被牢牢困在灌木丛中了。我们尽可能地拉动树枝，但双体船没有前进一步。我用船桨测量了一下深度。

"愣着干什么呢？"我愤怒地对老爷们喊道，"脱掉外裤，我们要下水推船！"

巴尔曼不假思索地开始脱靴子。

"我们也要这样做吗？"玛莎转过身问道。

"你到底要去哪里？先别动！"格拉杜索夫喊道。

穿着连体防水裤、短裤和靴子，我们滑入水中，抓住龙骨。寒冷像吸血鬼一样吞噬着身体。深度刚没过膝盖。

"你在发什么呆？"格拉杜索夫对邱金大喊，"没用的家伙，给我们增加重量吗！"

"一二三，用力！"我命令。

所有人都在前拉后推，引着双体船穿过灌木丛，双体船就像头死大象一样沉重。经过趴下的松树时，光秃秃的树枝划伤了我的腿。我在树根上滑倒。切比金和巴尔曼也摔倒了，但爬起来又继续拉。

就像叶尔马克[1]的士兵们拖着木头战船一样。

最后，我们终于走了出来，爬上船。老爷们哆嗦着把湿裤子脱下。冻僵的格拉杜索夫大喊：

"米特罗法诺娃！给我拿瓶酒和一条干内裤来！"

"从哪里拿？"柳霞有些吓坏了。

"我现在就告诉你从哪里！你坐在我的背包上了！"

柳霞手忙脚乱地解开了他的背包。从里面拿出一些绳索、电线、罐子、蜡烛、功能不明的小机关，她沮丧地把这些东西都递给了玛莎。最后，一条巨大的绿色平角内裤和一瓶伏特加出现了。我用牙齿撕开封条，对瓶吹了起来，然后转圈分着喝。热气在体内对冲着我的寒意。

"前面有一堆积雪。"巴尔曼绝望地说。

---

[1] 横行于伏尔加顿河流域的哥萨克首领，作为代表沙俄政府远征西伯利亚的先遣者而闻名后世。

我们伸长了脖子。河上横着一大棵云杉，一整座冰山矗立在它后面。它的碎片和棱角，在阳光下闪闪发光。云层已经散开了。左右两侧，都是一片无法通行的云杉的海洋。前无通路，后无归途。堵住了。

"怎么办？"巴尔曼茫然地问。

"死翘翘，"格拉杜索夫说，"全剧终。"

***

为了找到一块过夜的空地，我们拐进了一片被水淹没的林间地。这里只有无声的黑色寂静。波尼什河的轰鸣声渐渐消失了。我们慢慢地在两排云杉树之间漂移。在我们下面，可以看到被冲刷过的车辙。松果球一动不动地挂在清澈的水中。森林倒映在自己的身上。坚实的大地的感觉已经隐匿不见了。远处，在云杉树尖和树冠后面，宽阔的亮粉色的夕阳正萎靡不振。

我们觉得这块沼泽地不太合适。有些小，还不平整，歪歪斜斜的。不过，也没有什么其他可选择的。波尼什河的水以诡异的方式流过这片森林，在山脊间的旱地上形成沙丘般的小岛屿。我们烦躁不安地扎营，砍柴，生火。然后我建议几个人自愿去取些白桦树汁。

"妈的，可以！"切比金突然想起什么，急忙去找餐具了。

"需要我给你拿点树汁吗？"奥维契金用低沉的声音问玛莎。

"我也要！"柳霞哀怨道，"季米涅夫，给我拿点树汁好不好……"

"嚯，得了吧！"季米涅夫有些不耐烦，躺在地上一动不动，嘴里叼着一支烟，"小瓶的还是什么？"

"这个，我想想……"

"我帮你拿，别哼哼了。"切比金安慰着满身挂着杯子和罐子的柳霞。

"好吧好吧，季米涅夫，我记住了。"柳霞闷闷不乐地说。

切比金、奥维契金和我，我们三个人，走去了森林深处，涉渠过沟。一片普普通通的山脉的斜坡被夕阳照亮。它是干燥的，没有雪，仍覆盖着烧过的干草。黑色的枞树与清透的春日桦树混杂在一起，树冠呈蓝色，树干呈粉红色。从远处看，这个山坡就像一个杂乱无章的家纺门垫。树梢上，一轮淡淡的月亮正从蓝色中飞出。

什么新想法突然窜入了切比金的脑子，他拿着刀子跑向前去。他把他的杯子和罐子像铃铛一样挂在身上，像头牛似的，他舔着树干的新鲜切口，抿嘴，咂摸。我则做了一个浅浅的缺口，把一个杯子挂在绳子上。轻微蜡黄的桦树干上套着昏暗的珍珠般的弧形年轮，从里面立即涌现出透明的水滴。我闻到了白桦树汁的味道——那是微妙的、黎明前才有的、露水的味道。奥维契金静静地、冷冷地站在远处。

"奥维契金，"我喊道，"你知道我想告诉你什么……玛莎不是柳霞·米特罗法诺娃。她不需要战利品。我也不需要监狱。而你也不需要一个舒适的棺材。"

奥维契金没有回答，看着远方。我抽着烟。

"是的，我明白，维克多·谢尔盖耶维奇。"奥维契金最后说。

斜坡上的切比金在树干之间瞥了我们一眼。他不停地从一个杯子跑到另一个杯子，惊叹于这个无声的、不复杂的春天的奇迹——白桦汁。

我们在深沉的暮色中返回营地。我们大步走过水洼，穿过夜色中闪闪发光、清澈明亮的垂直斜坡。在我们小心翼翼背负着的杯子里，是发光的汁水。月亮在空地上滚动，像一辆绿色的马车[1]。

巴尔曼正在用钢锯锯木头，这样我们就可以坐在火堆旁烤火了。格拉杜索夫在煮荞麦粥和炖菜。玛莎和柳霞在火上举着桨，桨的金属叶片上放着烘干中的湿漉漉的面包。桨举起来像羽毛扇子，火看起来像苏丹头巾上面镶嵌着的红宝石。

"啊，如果现在能喝一口伏特加就太爽了……"切比金对着粥梦幻般地叹息。

"是这个感觉。"巴尔曼同意。

我们喝了一些伏特加。醉意很顺利地到了我的脑袋，似乎把我的身体热敷在一块薄薄的棉布中。寒冷来得更加尖锐，但它不再让我感到难捱。每个人都疲惫不堪，每个人都筋疲力尽，每个人都很沉默。但围着火堆的沉默比所有欢乐市集上的氛围，更坚定地将我们所有人团结在一起。我知道这种沉默意味着什么。它意味着北方、夜晚、洪水，和在泰加林中的迷失。它意味着我们共同的孤独。它意味着在波尼什河的冰塞处

---

[1] 《绿色的马车》，俄罗斯歌曲。

等待着我们的未知凶险。

***

晚饭后我们简短地交谈着。我徘徊在森林深处，抽了一支烟。森林就像一座没有蜡烛的官殿，有高高的拱顶，铺着的木地板被打磨得闪闪发光。云杉顶上覆盖着星星点点的天空。它筛下无数蓝色极地光斑。我站在那里听着时间的无声流动，河流的流动，我血管里血液的流动。我的香烟的光芒是宇宙中唯一温暖的火花。

当我回来的时候，玛莎向我走过来。黑暗中，我也可以非常清楚地看到她。我们默默地注视着对方。我记得她说过："不要碰我！"我们小心翼翼地绕过对方走，然后分开。但走了几步后，我停下来，转过身来。玛莎也站在那里看我。

"到我身边来。"我最后说道。

玛莎犹豫了一下，然后向我走来。我感到脚下的冰块似乎正在陷落，我像坠入冰窟窿一样坠入爱河。我抱着玛莎，亲吻她。在宇宙的寒冷中，香烟的最后一丝余烬被熄灭，我感到玛莎衣服下身体的温暖，她头发和嘴唇的温暖。我解开她牛仔裤上的腰带，露出她的大腿，竟是如此的温热。我把玛莎放下来，她顺从地接受了。我感觉我就要占有她了，就在这潮湿的地面上，在水中，在海底。但玛莎突然轻松地从我的怀里撤出来，她站起身，系起腰带。

"不，"她疲惫地说道，"不，绝不。"

她转身离开，边走边扣，进了树林里。世界在我眼中像一艘船一样摇摆。云杉的巨大钟摆摇曳着，星星就像敲击钟声的火花。我向火堆走去。

一个人都没有。我拿出没喝完的酒瓶子。灌下伏特加。绿色的马车在黑色的空地上翻滚。它滚过被剥蚀的破碎的古老山脉，直到裸露的悬崖边，就像肉体腐烂后，露出的骨头一样。马车驶过神奇的泰加林，黑暗、冰冷的河流蜿蜒其中。在天空中，星座一个接一个地堆积起来。我看着它们。我也有属于自己的星座，我的星座。它们是：楚德部落矿井、尤戈尔神木、斯蒂芬之杖、沃古尔之矛、黄金神女、叶尔马克的部队、切尔登克里姆林宫[1]……我已经有一整年没有看到它们如此明亮了。

多么古老的土地，多么古老的历史，多么取之不尽用之不竭的力量……而我把这些力量用在了什么地方？我很快就会变成秃子，成为打老婆的男人。而我站在这些星座之下，双手空空，口袋空空。没有真理，没有功勋，没有女人，没有朋友，没有钱。没有羞耻，没有良知。人怎么能这样活着？一个彻底的失败者……愿上帝禁止我为任何人带去幸福。愿上帝不让任何人带给我幸福。愿上帝赐予我爱他人的能力，也被他人所爱。但我看不见任何与世界和解的可能。

我在熄灭的火堆旁喝完伏特加，回了帐篷。里面很黑，但我可以看到，在睡梦中，奥维契金从睡袋里伸出手臂，正抱着玛莎。

---

[1] 以上都是西伯利亚当地的传说和民俗故事中提及的地点和人物。

第三天

　　我在刺骨的寒冷中醒来，冷风舔着我的脚后跟。帐篷笼罩在稳定的乳白色光线中。帐篷下塌了。底部的一半成了个水坑。季米涅夫还在睡觉，他的脚泡在水里。

　　我颤抖着爬到外面。外面下了一场大雪。一夜之间，雪花弥漫，我们的营地变成了一座孤岛。帐篷的一侧边缘直接陷入进了黑色的溪流中。云杉顶上一片幽暗，被包在低沉浑浊的云层中。四周都是白烟。云杉林都被烟雾吞噬。它灰蒙蒙地站在那里，仿佛一夜之间就过去了一千年。我们的帐篷成了爱斯基摩人的冰屋，在它的底部有一个粗糙的黑色出入口。我们的个人物品统统被雪覆盖，看起来凹凸不平。营地一半都泡在雪下。火被浇灭了。一根方形的原木，弹弓似的探出水面，杯子、碗、烧焦的木炭像漂浮在浴缸里似的。

　　"紧急集合，准备战斗！"我大喊，"立刻！"

　　老爷们一个个从帐篷里钻出来，叹着气。

　　"太热了……"切比金呻吟道。

　　"你的脚湿了吗？"巴尔曼问打着哈欠的季米涅夫。

　　"没有，我穿着靴子睡觉。"

　　"你疯了吗？穿着靴子睡在睡袋里？"

　　"我不想脱掉它们……你不会明白的。"

　　邱金是最后一个爬出黑洞的人。然后雪从帐篷的顶角全部涌来，从头到脚落在他身上。

　　我们挤成一团站在飘落的雪花中，环顾四周，查看灾难现场。我抽着烟，其他人也是一样，从口中吐出白色云雾。傻站在寒风中比干活更糟糕。于是我们开始了重建营地的工作。老爷们都闷闷不乐，沉默不语。只有切比金为周围发生的一切高兴着，惊奇着，大笑着——杯中未喝完的茶变成了琥珀色的冰，勺子粘在了盘子上，格拉杜索夫精心叠好晾在篝火横梁上的裤子，变成了一本硬硬的书。

季米涅夫和柳霞今天要值日。季米涅夫苦哈哈地试图生火。他把一张湿报纸放在了两根木棍上。

"这行不通。"巴尔曼走到他身后说。

"没准能行？"季米涅夫迷迷糊糊地建议。

"去拿些木头来，"巴尔曼低声命令道，"否则我就杀了你。"

巴尔曼坐下来，生起火。季米涅夫站在他身后，温顺地观察着他。巴尔曼转过身来。

"我已经在树林里了。"季米涅夫迅速回答，神采奕奕地笑着。

巴尔曼正忙着钉木桩。

季米涅夫取来一根细树枝。

"森林里没有柴火……"他困惑地说，折断树枝，小心翼翼地把它添进火堆。

"你打水了吗？"巴尔曼强压怒火问道。

"哦，我忘了。"

"把你的袜子从木桩上拿开！"巴尔曼对邱金大喊。

啪的一声，邱金扯掉袜子，一个箭步退到了营地的另一边。

接着，季米涅夫锯开了我们昨天坐着的木头，不过锯子卡住了。季米涅夫冲出去砍木头，把斧头扎进了树桩。格拉杜索夫在锯木头，奥维契金在劈垛子。

“去给双体船打气。”巴尔曼吩咐季米涅夫。

“为什么需要给它打气？”季米涅夫想知道。

双体船看起来像是百分之百充满气了。

季米涅夫像踢汽车轮胎一样踢着船。船身嘎嘎作响，龙骨在摇晃中安稳下来。一夜之间，潮湿的船舱像管道一样结了冰，但依然继续保持着形状，尽管里面的压力为零。

我们有时间收整营地，但早餐还没有准备好。

“食物还要多久才能准备好？”格拉杜索夫喊道。

“已经开锅了。”季米涅夫回答。

大锅挂在微微冒烟的炭火上。

“再添点柴火吧。”柳霞建议。

“柴火在哪儿？”坐在最后一根木头上的季米涅夫说，他真的很惊讶，“已经开始刮风了，看着挺吓人的……”

我们早餐吃的是未煮熟的粥，喝的是未煮开的茶。

“你做的都是什么垃圾。”格拉杜索夫吐槽道。

“你为什么不听我的……”柳霞对季米涅夫抱怨道。

“我不知道他们为什么噘着嘴？粥还不错……我还洗了你的碗，柳霞。而你甚至没有注意到……”

“你洗的是我的碗，傻帽。”格拉杜索夫说。

“你有脑子吗！季米涅夫！”柳霞总结道，“就这样吧，季米涅夫，我和你不再是朋友了！”

季米涅夫只是叹了口气，问我要了一支烟。

“维克多·谢尔盖耶维奇！”玛莎突然转向我，“你有急救包吗？给我一片药吧，我感冒了，我有点发烧……”

玛莎弯腰坐在一根木头上，欠身环抱着肩膀。

"现在给你，"我说，"也许，还需要点别的什么？"

我觉得愧对玛莎。我想知道在昨天那件事情之后，她会如何看待我，而现在她却没有任何时间。

"除了药片，我不需要你的任何东西。"玛莎说。

离开之前，奥维契金在双体船上为玛莎做了一个睡袋窝。玛莎静静地躺在里面。我们起航了。

***

顺着狭窄的小树林我们被带回了波尼什河。

"地理老师，那里又有一个关卡，"巴尔曼提醒说，"我们该怎么办？"

"凉拌。"我回答，"当我们漂过去时，自然就有决定了。"

我们凝视着昏黄的远方。没有人在划船。

"刚他妈说的那个关卡去哪儿了？"格拉杜索夫埋怨道。

"大家好，关卡的堵塞物已经消失了！水涨了，冰没了，木头也被冲走了。"漂到关卡时我说道。

冰雪覆盖着河岸，两侧条纹状的、白蓝色的金字塔形的云杉树，不断从眼前掠过。夹杂着雪片的汹涌云浪，在河面上空排开。到处都能听到一种异常安静且辽阔的声音，那是雪落在水面上的声音。灰色的、纤维状的冰块在桨叶上叮当作响。远方被一片朦胧的雪舞遮蔽。所有人都不说话，都在划船。他们的头上都戴着雪帽，肩上戴着雪肩章。双体船中间的玛莎身上已经堆起了雪花。天空中没有光，她的灵魂中没有欢乐。一切陷入哀怨之中。

跌宕起伏的漂流又开始了。巴尔曼轻声指挥着，但时不时地，我们的船尾或整个船舷就会被树枝压到。

"巴尔曼，玛莎生病了，"我说，"多注意一下。"

奥维契金严阵以待，他手里握着一把斧头。

"你行不行啊，简直是个蠢货！"格拉杜索夫骂道，"用脑袋办事儿，而不是用其他东西！你以为你要去哪里，傻逼？"

"你为什么一直批评他？"柳霞为巴尔曼感到不快。

"你还是闭嘴吧，米特罗法诺娃！黑人没有发言权！如果你想来指挥，就别在那里说风凉话！"

巴尔曼被骂得完全失去了理智，我们又撞到了树上。邱金的帽子被挂走了，他吓得大叫。帐篷顶上的雪堆被树枝忽一下刮走，把格拉杜索夫埋在里面。

"你这个王八蛋，混账！"格拉杜索夫大喊，"巴尔曼，把我们往死路里带，该死的指挥官。左转舵，左转舵，再转就要回到锯木厂去了！那真是好久不见啊……"

"那你来发号施令！"巴尔曼受不了了。

"来就来！"格拉杜索夫同意了，"总比某些人好！"

格拉杜索夫指挥着，我们马上又被压到了树下。

"你们两个都是最差劲的指挥官！"奥维契金怒气冲冲地说。

"刚差点把我的头皮给刮下来，明白吗，格拉杜索夫？"柳霞愤怒地说，抖落掉头发上的树枝、松针和灰尘。

我们继续漂流，一个小时又一个小时。雪一直在下，格拉杜索夫一直在和巴尔曼争论，河水一直在流淌。突然在前方，森林分开了。一个异常巨大的、被雪花覆盖的清晰空间映入眼帘。

"看，前面有一些房子……"切比金不确定地说道。

我放下桨，站直身子。透过雪花，我看到远处有一个斜坡，白色缝隙中的黑色麻点，被一条条带状森林连通。下面是隐约可见的暗色长方形的屋顶，以及铁路桥的花边拱门。一座水晶钟楼孑然而立。冰河在我们面前的一条宽阔的黑色道路上流动着。

"恭喜你们，"我对老爷们说，"我们越过了波尼什河。这里，是格拉尼特村。"

***

在我们驶出冰河的时候，被推送到了村庄的边缘，直到教堂下方。它矗立在一座高高的、没有树的山顶上。从远处看，它干净整洁，像一个模型。一座白色山丘上的白色教堂，白雪从天空中纷纷飘落。

伴随着窸窸窣窣的声音，双体船靠岸了。我们从杂物箱中拿出午餐，然后上山走向教堂。我们准备在遮风避雨的屋檐下吃个午饭。教堂已经被废弃了。

没有任何小路能通向教堂。山坡上有旧栅栏的柱子支出来。雪以一种令人心旷神怡的方式散落着，地面上横陈着带浮雕图案的镂空铸铁栅栏。我们绕着教堂转了一圈。旧的入口被木板封住了。教堂的窗户是用砖砌成的。角落里的石膏已经剥落。生锈的穹顶有些地方已经脱落，只有方形梁柱那里有一些弯曲的线条，就像地球仪上的经线和纬线。屋顶上伸出白桦树。钟楼的缝隙里漏出白色的天空。门楼像一只饥饿的狗，前面躺着一截瘦小的骨头。

从上面，从山上，从教堂的墙壁上望去，就像从外太空瞭望一样，可以看到一个广阔无垠的空间。冰河宽阔的蓝色弧线，波浪形的森林，一直延伸向远处的地平线，从泰加林中奔涌出来的波尼什河的线条，环抱着星罗棋布的定居点。某种奇特的不安分的风，穿过旷野在脸上呼吸着。雪花湿漉漉地刷在颧骨上。巨大的云层涌动着，钟楼气势汹汹地漂浮在其中，一动不动。

"格拉杜索夫！"我说，"这些钱给你，去村里买点面包吧。带上切比金一起。"

"还有邱金也一起，"格拉杜索夫补充，"看他那可怜样，别人卖什么他都会买的。"

借着靠墙边的一块木板，我们从窗户爬了进去。教堂里一片狼藉，但地板基本上还算幸免于难。我们安顿下来。在一块从生锈的屋顶掉落的铁板上，我用教堂的碎片和木板生了一堆火。巴尔曼用砖块的碎片堆出一个金字塔，在上面放上横杆，然后挂起大锅。每个人都把手伸向火堆取暖。

"在教堂里生火挺不合适的。"玛莎说着。她裹着睡袋，坐在远处。

"就像 1812 年进攻俄国的法国人。"奥维契金补充说。

"管他妈的呢。"季米涅夫说。

"那行，到外面去，去雪地里啊。"巴尔曼建议。

我沉默不语。我认为上帝并没有因为这场火而感到不快。

我不觉得这与我灵魂中的真理有任何自相矛盾之处。

"如果能修复这个地方，把它翻新了……"巴尔曼主人翁似的叹了口气。

"也许不用，"我说，"我认为对上帝来说，这样的破败更有意义。"

***

午饭准备好后，格拉杜索夫的探险队回来了。格拉杜索夫和切比金爬过窗户，跳上一堆垃圾。然后邱金的头从窗台后面出现，但立即消失了。这时，传来木板断裂的声音，一声悲鸣，地上传来一声巨响。

"我们挨家挨户去买的面包，"格拉杜索夫向火堆伸出被冻得通红的爪子，"快点吃吧，拿出点战斗的样子……"

我们吃过午饭。雪花从屋顶的缝隙中落在我们身上。

"要不要去逛逛教堂？"吃完饭后，格拉杜索夫问切比金。

大家都同意了。我们去看了教堂。

在我们头顶上，有一片雄伟的阴霾。白云从窗户中掠过。地板上散落着松动的石膏、碎砖、分裂的木板和瓦片。墙壁伤痕累累，布满了诅咒的涂鸦，但一些残缺的壁画仍然健在。穿着长袍的人物，手里拿着《圣经》和十字架，从泥泞的蓝色污迹中站起来。透过墙上的蜘蛛网和灰尘，他们用出人意料的、大胆又无孔不入的眼睛看着周围。在我们篝火的烟雾中，圣徒们的脸似乎活了过来，改变了表情。他们的目光从一个物体移到另一个物体，仿佛在寻找什么。

我向老爷们讲述了教堂的象征意义，解释了所有东西的摆放位置，展示了壁画内容——海螺中的奥兰塔，穹顶中的潘多拉，风帆上的福音书，最后的审判。

"天哪……"柳霞被吓坏了，抬头看着基督的眼睛。

"太刺激了！"切比金欣赏着，并从地上捡起一块壁画，上面有一部分复杂的斯拉夫语字样，"留作纪念了。"他虔诚地说道。

我们在钟楼的竖井前停下。天花板有的地方已经坍塌，楼梯虚弱地挂在腐朽的横梁上。

"他们在钟楼里都做些什么？"柳霞天真地问。

"晾晒裹脚布。"奥维契金面无表情地解释。

"我们村里也有一座废弃的教堂，"邱金说，"但他们不让我们进去，因为一个男孩曾经爬上过钟楼，摔了下来，死了。"

"我也想上钟楼看看！"柳霞突然激动起来。

"你会摔死的，一百个外科医生也无法把你救活。"巴尔曼告诉她。

"我去年在度假村也爬过这样的树，消防队不得不把我救下来。巴尔曼，我们上去吧，嗯？帮我一把……"

"自讨苦吃！"格拉杜索夫喊道，"他只知道夸夸其谈，纸上谈兵！米特罗法诺娃，让我拉你上去！"

"好嘛，来嘛，巴尔曼，否则我就和格拉杜索夫一起去。"

"和那头红发黑猩猩一起爬吧，要不太可惜！"巴尔曼生气了。

格拉杜索夫轻蔑地吹着口哨，用脚试着爬梯子。

"啊，我也要上去！"切比金也下定了决心。

"领导先走！"格拉杜索夫警告他。

我也许不应该允许这种危险攀登，但我相信不会有什么事。格拉杜索夫先爬上去，并发出指令，柳霞哎呀呀叫着，切比金咕哝着，向上推了推她的屁股。我们抬起头，看着他们缓慢上升。木板吱吱作响，碎屑落在我们身上，空气中弥漫着石膏粉末的味道。格拉杜索夫匍匐前进，发起最后的冲刺，终于站在钟楼的顶上。

"照我的样子做，不要瞎捣乱。"他轻蔑地解释。

但是柳霞卡在了梯子上，进退两难：

"怎么样……不是每个人都像我这么勇敢和坚强……"

格拉杜索夫骄傲地膨胀起来。

最后，柳霞和切比金都爬到了拱门的门廊下，爬到了敲钟人原来所在的地方。

"他们成功了……"邱金遗憾地叹了口气。

他们开始原路返回：切比金在前面，托住柳霞，格拉杜索夫在最后面。柳霞紧紧抓住他的夹克，作为最可靠的支撑。巴尔曼看到这一幕，吐了口唾沫，走到火堆旁。格拉杜索夫已经变得不管不顾了，他没有弯腰溜下去，而是嘴上叼着烟，两只手里还抓着砖头。

切比金和柳霞喘着粗气爬下来，走向我们。

"那上面好高啊！"柳霞兴奋地说，"而且你可以看到所有的东西！我差点因为害怕而摔倒！格拉杜索夫怎么就不害怕呢？"

"这算什么。"格拉杜索夫流着鼻涕说。他甚至不看自己的脚下。他的火枪手靴子压根没踩到梯子，格拉杜索夫就这样轰然跃下来了。

***

午饭后，雪终于停了。当我们离开时，教堂上方的云层变薄了。朦胧的黄色阳光探出头来。钟楼的一个侧面微微地泛起金色。冰河带着我们向前漂移，悬崖峭壁逐渐用它的肩膀遮住了格拉尼特村。但树林上方的教堂依然在眼帘中出现了很长时间，然后它变成了一缕薄冰，变成了白色的火舌，融入云层。

冰河平静从容地在我们面前展示着它的蜿蜒与漫长。食物让人身体沉重，我们困倦地躺在背包上，不想划船。为什么？在这样一条河流的双体船上，划船并不会增快多少速度。现在最重要的是旅行的时间还有多少。我们只是在左右摆桨而已。

波尼什河是野性的、凶猛的、原始的。仿佛它刚被大自然创造出来，就被扔向大地，还没准备好接受这个世界。它汩汩流淌，飞击岩石，淹没森林，湍急而过，推倒树木。但冰河却完全不同。它的水很深，沉静而平稳，在坚实的堤岸间行走。河床很宽敞，洪水不会溢出边界，将固体和深渊混合在一起。在这里，一切似乎都是在一个坚实、可靠、经过时间考验的秩序中前进。春天的波尼什河，就是一场灾难。而春天的冰河，就是一个雄伟的、久远的仪式。在这里，大自然似乎已经思考了几个世纪，仔细地把树和树之间的关系安排好，把山峰安排平整，把河床的线条画好，把岸边的岩石竖起来。即使是雪，在这里也铺设得如诗如画——草地像铺上了一块平整的桌布、水泥宫殿般的云杉树林、悬崖峭壁上明亮的压花和精细的花纹雕刻。波尼什河本来就该如此，但在这里，一切一直如此。可能，我们眼前的这些水流、河岸、树林和悬崖，一直保持着几百年来未曾更改的景色。

老爷们在一小时后才起身。巴尔曼、切比金、格拉杜索夫和奥维契金拿起船桨。邱金和季米涅夫更愿意闲着。没有人对他们大喊大叫，甚至格拉杜索夫也不例外。柳霞彻底睡着了，把头埋在玛莎身边。玛莎裹着睡袋，半躺在一个杂物袋上。我靠着那个麻袋的另一侧。和玛莎躺在同一个麻袋上的感觉很好。

"前面有一座桥。"切比金突然说道。

"什么见鬼的桥？"我很惊讶，站了起来，"地图上显示，这里没有道路，也没有村庄……是熊建的，还是什么？"

前面确实有一座桥！一排沉重的木板横在两根巨大的倒木上，看起来像是铁架。两侧桥墩的顶部堆满了土和石头。都结冰了。桥面上还挂着生锈的铁片，被以前的冰流划伤了。

"这座桥真奇怪……"奥维契金轻声说。

这座桥的确很奇怪。它是坚实的，可靠的，但它却是被遗弃的。桥顶有一些土，那里长了灌木。两岸的山脊是茂密的云杉。没有野路，也没有规矩的道路。一座桥连接着两岸的森林，这毫无理由的存在，令人恐惧。

我们逐渐被水流推到桥下。从巨大的生锈的桥墩下经过。我们从一块沉重的木板下漂过，上面挂着苍白的树根的须茎。我们昂着头，眼睛跟随着它。

"明白了！"我说，"是囚犯们建造了这座桥！这里曾有过劳改营。然后他们关闭了它们。劳改营消失后，就不需要道路了，所以它们变得杂草丛生。但是，这座桥幸存了下来。"

老爷们转过身来，都看着这座荒废的桥，在云杉丛之间忽隐忽现。我自己也有一种奇怪的感觉。桥是人类最善良的发明，它们把事物连接在一起。而在这里，桥没有任何东西可以连接。

桥停留在了这里。我们继续航行。时间在流逝。不慌不忙地一公里接着一公里，不断延伸。天色逐渐暗下来。

***

右岸，我们看到一大片白色的草地。这是一片刈草地。边上停着一辆牵引割草机的马车。车顶上飘着一股薄烟。岸边停着一艘摩托艇，引擎在低鸣。

当我们经过时，两个人从马车上下来。

"游客们！"他们大喊大叫，挥舞着双手，"往这边划……"

"他们想要干什么？"巴尔曼不确定地问道。

"也许他们需要帮助……"切比金眯起眼睛看过去。

"他们要是杀了我们怎么办？"柳霞很害怕。

"就他们？"格拉杜索夫用鼻子哼了下，"我们会让他们脑袋搬家，就这样。"

"我们靠岸吧，"我决定，"走着瞧。"

我们向岸边划去。那些人在等我们，急得手舞足蹈。当我们到达浅水区时，其中一个穿着涉水靴的人跑进水里，抓住我们的船，有力地把我们的船头往岸上拉。到这个距离，我才注意到他们不是在不耐烦地跳舞，而是在东摇西晃，完全喝醉了。这一切都开始让我感到非常不安。

"你们漂了多久？"拉着船的那个人欢快地问道。

"这是……第三天了……"巴尔曼不情愿地回答。

"你们的伏特加喝光了吗？"

"还剩一些……"巴尔曼喃喃自语，"我们不喝酒……就老师和我……"

我在心里恼怒不已。巴尔曼提起伏特加就支支吾吾，语无伦次。格拉杜索夫用手指在太阳穴上转了转[1]。

"孩子们，帮帮我们吧，给我们一瓶吧，"那人可怜兮兮地说道，并没有放开船的意思，"你们有这么多人，我们两个人又打不过你们……我们总不能去二十公里外的格拉尼特买一瓶酒吧……"

"我们没有伏特加，大叔！"我喊道，"你看不出来吗，这些都是孩子！"

"你闭嘴，我不跟你废话！总之，行行好吧，兄弟们！"

"我们有这个……自家散酒！"另一个人在笑，"谁游过来，就给他半升。你们这些游客还能在草地上生火，我们却什么都没有！"

巴尔曼和切比金都不说话了。

"别说了，大叔！"我又喊道，"松掉绳子，我们要开船了！"

"你们这帮该死的家伙！"拉着船的人吹起口哨，"我想对

---

[1] 表示脑子有问题的一种手语。

他们好一点，萨内克，但他们竟然这个德行。好吧，你们这些杂种，我会翻烂你们所有的袋子，拿走所有的东西，我还会打烂你们的脸，让你们知道……"

那人开始拼命地把双体船往岸边拖。

"过来收拾这些他妈的浑蛋，萨内克。"托利亚挥了挥手。

"我不行，托利亚，这帮都是年轻人，而且看着还挺浑的！"

我看了看格拉杜索夫。他眯着眼睛，点点头。我拿着一把斧头，沿着双体船向前爬。格拉杜索夫拿着船桨在我身后爬行。

"冲我来？拿斧头？"托利亚凶相毕露，"我现在就把你们都摆平！"

萨内克迅速从后面抓住了托利亚，拿走了他手里的缆绳。

"让他们见鬼去吧，"他劝说道，"你看上次，季姆卡就被……"

"我不管谁……"托利亚大喊大叫，攥着拳头。

我把缆绳扔给格拉杜索夫，下来把双体船推回到水面上。

"现在赶快划船！"我命令道，并急忙回身脸朝下倒在船架上。

老爷们把双体船一起弄回到河上，然后拼命地划。我们又出发了。所有人都沉默不语。我开始剧烈地反胃。

***

但就在我们划到河流转弯处时，身后传来了摩托艇猛烈的发动声。在水上与这些格拉尼特村的浑蛋们有任何冲突，可能会使我们溺水而亡。他们在这里比我们更强大。

"每个人都穿上救生衣！"我命令，"玛莎，赶快从睡袋里出来！每个人都检查一下自己，以免被什么东西钩住，然后行动起来！拿出所有的力气往岸上划！"

"您什么意思啊，维克多·谢尔盖耶维奇？"柳霞哭泣着，脸色惨白地说。

"地理老师，我们支持您。"奥维契金补充道。

摩托艇追上了我们，停了发动机。托利亚坐在发动机上。他从远处喊道：

"伙计们，别激动！我们可以谈谈……"

摩托艇在我们双体船的船舷上轻轻地撞了一下。托利亚弯下腰，抓住了我们的龙骨。

"伙计们，好吧，让我们像男人一样交易吧！"托利亚底气十足地说道，"你们有这么漂亮的姑娘，还怕什么呢？让我从你们那里买点伏特加吧！我不介意多少钱！你们要多少钱？"

"不要管他们了，"萨内克说，"我们继续再开船吧！我在长草甸还有一个藏品！你就不能再等一个小时吗？"

"滚开，大叔，"我对托利亚说，"我们不会给你任何东西。"

"闭嘴，你这个浑蛋！"托利亚大喊。

他俯下身，用手掌舀起水，泼在我脸上。

水像熔化的金属一样灼伤了我。这是在所有人面前。这是在玛莎面前。狂热的情绪直冲我的脑仁。但我感觉格拉杜索夫抓住了我的防风外套。好吧。我抬起手，默默地擦拭着自己。这就像……但我忍住了。

"让你不卖！你们这些该死的家伙……"

老爷们都沉默了。托利亚骂骂咧咧地拉动马达。发动机轰鸣起来。尼龙和橡胶的碎片从我脚下的泡沫风暴中飞出。浮筒在炮火的轰击下爆裂。双体船的一侧和我所在的角落一起坠入水中。柳霞尖叫起来。玛莎和邱金像蚱蜢一样跳到另一侧的船身上。我压着格拉杜索夫的身体跳出水面，落在柳霞身上。

离开后，摩托艇在水边一个弧形掉头，转回到我们身边。托利亚将方向盘对准第二个浮筒。他的计算很简单，开过去用螺旋桨击破浮筒，把我们永远淹死。

"把船桨拿过来！"我大喊，紧紧抓住柳霞的肩膀。

双体船上的船桨被挥动起来，像长矛方阵一样唰唰作响。剧烈的挥动，让船越来越不稳。摩托艇见势转身离开，从我们身边呼啸而过。桨被放了下来。然而，摩托艇又从后面转了个弯，再次冲向我们。桨又挥起来了。摩托艇终于驶离了我们。托利亚在远远地喊着什么。摩托艇冲出去，在一个河弯处消失了。

双体船在波浪上摇晃着，勉强维持着平衡。幸运的是，我们有四个浮筒而不是两个。否则我们现在都会掉在水里挣扎。空荡荡的船身在龙骨下面拍打着，船体在我旁边已经下沉了半米多深。

"划向岸边！"我站起来，命令道，"往左边去！"

"往右！"格拉杜索夫不依不饶，"让我们回到他们的马车上，把它炸成碎片！"

"向左转！"我再次重复，"去那片空地！"

***

站在齐腰深的水里，我把我们的东西从双体船上卸下来。

"巴尔曼，你怎么不发号施令了，混账！"格拉杜索夫喊道，"每个人都在拿自己的东西！谁负责安营扎寨？"

太阳高悬在云杉树上。巴尔曼扔掉了他的帆布包。

"姑娘们，把食物拆开！我们需要把湿的弄干，"他命令着，"季米涅夫，邱金，拿些柴火来！其他人……"

"他们要去哪里找柴火？"格拉杜索夫撑了回去，"他们会在早上给你带来一个叉子！我们该用什么来烘干？在蜡烛上？我自己去砍柴吧！切比金，奥维契金，跟我来……"

格拉杜索夫火急火燎地趿拉着长靴，挥舞着斧头，大步走进森林。奥维契金和切比金在他后面跑着。

黄昏时分，我们的营地已经准备就绪。帐篷搭好了，篝火点燃了，大锅里煮着肉饼。老爷们正在晾晒食物和衣服。我在一边独自修补破损的浮筒。我拒绝所有的帮助，帮忙只会越帮越忙。

我的衣服还是湿的。我四肢着地在雪地上趴着，这里找橡胶，那里找胶水，到处找剪刀。我的嘴唇被叼着的香烟烫伤。我抽着烟，仿佛要呼出我的灵魂，这样我就不会感到羞耻了。我的脸还被刚才的水泼得火辣辣的。玛莎从火堆中走向我，静静地蹲在我身边，看着我在橙色胶水黏液中颤抖的手指。

"也许你还是需要点帮助，维克多·谢尔盖耶维奇？"

我透过香烟的烟雾看向玛莎。玛莎看着我的手指，没有抬头。我感觉到，她明白我现在的感觉有多糟。我心里充满了冷酷、悲伤和无力的耻辱。我觉得玛莎至少想带走一些我内心的痛苦，自从我们昨天在洪水泛滥的森林里的遭遇后，这痛苦就像一根弯曲的钉子。现在我已经很累很累了，我不在乎玛莎的任何好意。

"我说了，我不需要任何帮助，"我回答，"不要插手。走吧。"

玛莎起身离开。我独自完成了整个工作。然后我也站起来，走到火堆旁，默默地把切比金从木头上推开，坐下来，把黏糊糊的冰冷的手指伸向火堆。一片沉重的、罪孽的沉默笼罩着周围。然后，摩托艇发动机的低音呼啸声钻进这片沉默。

"也许，不会还是那些人吧……"柳霞由衷地推测。

"除了他们还有谁？"巴尔曼闷闷不乐地说。

"他们喝完酒回来了。"奥维契金杀气腾腾地补充道。

"要不要把火灭了，去树林里躲起来？"邱金慌了。

"坐着，不要动！"格拉杜索夫吼道。

一艘摩托艇从灌木丛后面钻了出来。在河中央，它看起来就像一把尖刀一样小。当接近我们时，还在船头的萨内克向托利亚挥手示意上岸去。

"被发现了！"柳霞大喊着，眼睛睁得大大的。

托利亚猛地一甩方向盘。

"这次我一定要杀了他。"我狠狠地盘算。

突然间，奇迹发生了。在急转弯处，水流从侧面冲击，转瞬间，摩托艇就急速地翻转过来。有那么一瞬间，船底在泡沫里闪闪发光。就这样，河面空了，好像有人用一只无形的手把船挥走了。

"天哪……"柳霞震惊地低语。

随后两个人头像黑球一样从水中升起。疯狂挣扎着的托利亚和萨内克游向我们所在的岸边。

"得帮帮他们！他们会淹死的！把双体船放下去！"玛莎目不转睛地看着游泳的两人，抓住我的袖子。

"我们的双体船已经放下去了。"我回答。

那两个人走到浅水区，咳嗽着，吐着水，用手把水划向身后，冲到岸边。他们颤抖着，脸色发青，全身湿透，走到空地上，冲向火堆。老爷们默默地为他们让开路。我坐在我原来坐的地方。这些人还在喘气，热气从他们身上涌出。

"暖和起来了……"萨内克浑身哆嗦着说。

老爷们默默地看着这两人向火堆伸出手臂，然后一个接一个地开始走开，就像从一口迫不及待爬出来的井里逃开。只有格拉杜索夫和好奇的邱金还在，他俩伸着脖子，躲在我身后。萨内克抬起头，环顾空地。湿漉漉的头发垂在他的眉毛上。我坐下来。

"同胞们……你们真的是……请原谅我们……我们喝醉了……"

作为回应，是同样的沉默。

"给我一些伏特加吧……"萨内克突然问道，"我们会因为寒冷而喘不过气来的。"

酒瓶子就躺在一个开膛破肚的杂物袋里，就在众目睽睽之下。

"没有伏特加。"我默默地回答。

"长官啊,像个男人吧……"

"没有伏特加,"我重复,"还有,你们五分钟内从这里消失。"

萨内克用苍白的眼神看着我。那是一种能让你喉咙发痛的眼神。但我并不害怕。我想打一架。

突然,萨内克改变了想法。

"至少让我在火堆旁坐到天亮吧。"他问道。

"四分钟。"

"至少给我一些干火柴吧……"萨内克低低地说。

我保持沉默,看着我的手表。我并不想报复这些人。我不想给他们造成伤害。但我也不想为他们做一点儿好事。

"三分钟。"

托利亚用胳膊绕着头,开始低声细语地发誓,把自己逼入绝境,以求获得力量。我等着。托利亚依然沉默。

"时间到了。"我说。

萨内克又坐了一会儿,然后慢慢起身,扶起托利亚的肩膀。他们两个人驼着背,在雪地里徘徊,拍打着自己的靴子。等他们走到了树林的边缘,托利亚转过身来。

"好样的,兔崽子们,给我走着瞧!"他喊道,"你们没命了,你们这群浑蛋……"

没有人回答他。他俩消失在了树林里。

***

老爷们并没有走到篝火旁。

"胡萝卜已经煳了。"我说。

我们一言不发地开始吃晚饭，动作迅速。我并没有从木头上站起来，好像被钉在上面一样。大家避开了我。只有一个人——我没有注意到是谁——把我的碗放在我面前，就像对待一条狗。

"我们必须在晚上保持警惕，"巴尔曼闷声说道，"他们可能会回来，以防万一……"

"别傻了！"我愤怒地回答，"去睡觉吧！"

老爷们阴沉着脸退到帐篷里，而我则留在外面。我听到柳霞在帐篷里可怜兮兮地说着什么，还有邱金的抱怨声。

"躺下吧，不要唉声叹气了！"格拉杜索夫嘀咕道，"他等会睡着了，切比金和我就出去放哨！"

我坐着回忆过去的一天：下着雪的被淹没的林间地，白色河岸的波尼什河，宽阔的冰河，山坡上的教堂，废弃的桥，与格拉尼特村民的三次遭遇——在他们的岸上，在河上，在我们的岸上。但我的一切记忆都以这样或那样的方式转回到了玛莎身上。她一步一步地从我身边走开了。今天早上她生病的时候，我对她很恼火。当我给老爷们讲解壁画时，她可能觉得我就是个骗子，自己却在教堂里生起篝火。当有人把水泼到我脸上时，我感到很羞耻。最后，当我准备为一瓶伏特加引发全面冲突时，我感到后怕。

我把那瓶伏特加拿出来，喝了起来。我是不是白白保卫了它……

玛莎已经对我有了感情。不流血就休想把她从我身边带走。而我不再相信曾经对我来说似乎已成定局的事情——好像玛莎还会属于我。她离我越来越远了……我不能没有她。但她太小了。而我又太老了。是的，我不想再爱她了。我知道这不会有好结果。但我不想要好的，也不想要坏的。我只想要玛莎。

帐篷里很安静。每个人都在睡觉。我甚至可以看到他们正在睡觉。巴尔曼睡得很踏实。他呵护似的把一只手搭在柳霞身上。但柳霞还是滑了出来，像个椒盐卷饼一样蜷缩着，舒舒服服地把鼻子塞到巴尔曼的身边。邱金仰面而睡，很紧张的样子，浑身颤抖，张着嘴，扬着眉毛。玛莎睡得很沉，很深，很超脱。奥维契金拥抱着她，并不真的相信自己手中的幸福。季米涅夫安详地睡着，他在自己的头下垫了个麻袋，把腿搭在别人的身上。格拉杜索夫和切比金睡得很香。即使在睡梦中，他们也认为自己已经骗过了我，以为自己根本没有睡着，还在站岗。

我喝着伏特加，环顾四周，无助而绝望。一轮明亮、赤裸的月亮在远处岸边的悬崖上燃烧着。悬崖看起来像一道冰冻的瀑布。冰天雪地的黑色鸿沟将寒冷扯过头顶。岸边的雪亮着白光。松树的后面，高大的星座宫殿闪耀着节日的光辉。从远处看，银河系之城正在冒烟。我爱玛莎，我爱这个世界，爱这条河流。我爱天空、月亮和星星，我爱这块饱含着几个世纪的叹息和民族血脉的土地，我爱这漫长、艰难又不朽的苦涩。

第四天

　　一整夜，我喝干了整瓶酒，我甚至没有感到任何寒意。格拉尼特村的那俩人没有回来。事实上，我认为他们不会回来了，我也并没有坐在那里等他们。等我从木头上站起来时，我完全被冻僵了，我那生锈的关节像个铁皮人一样发出嘎吱嘎吱的声响。我身上的衣服像是一个匣子。我的胳膊、腿、肩膀、耳朵，甚至我的屁股都像是假体。我的脚步不稳，像拄着拐杖一样摇摇晃晃。血液在我的血管里奔腾，就像冰雪上的河流。我开始干正事了。

　　蓝色的黎明在彻底的寂静中蔓延。一夜之间，寒冷舔舐掉了空地上薄薄的雪，露出霜的图案。无数花边碎屑。松针凝固在冰霜中。世界上最轻微的运动也消失了。甚至河水也在寒冷中窒息了。世界已被冻结。这是冬天的一个快照。一个纪念品。直到不久后，我们将再次见面。（我意识到，眼前看到的是世界与春天和温暖告别前，最后的脆弱瞬间。）

　　我升起一个高高的火堆，站在旁边，幸福地温暖自己。然后我洗净并挂起大锅，去找木柴，把浮筒装进龙骨里，给它充气，绑好，把双体船放进水里，把麦片倒进锅子里……

　　我的思想也解冻了，它像昨天一样流淌着——玛莎、玛莎、玛莎……但早晨比晚上更明智。我的灵魂不再像前一天那样痛苦地燃烧着。那些痛苦只剩下长长的血色条纹。我已经知道哪里被切割了，哪里是完整的。痛苦已经找到了它自己的位置。

　　我做着简单、明智和永恒的事情——修补我的船，保持火势，烹饪食物。世界是清澈明亮的：蓝天、白雪、黑炭、猩红的火围拢着大锅，还有黄色的粥。这就是我的全部。没有人可以从我身上夺走这些。没有女人可以做到，无论她有多么无法令人抗拒的美丽。除了爱，什么都可以。我想对这个世界和我所做的事情有信心。我想站稳脚跟，不想要更多的东西，不去等待不可避免的背叛。

老爷们从帐篷里爬出来吃早餐，萎靡不振的样子，像骨灰盒的包装纸。他们紧锁眉头看着我，不知道对我该有什么期望。看着他们阴沉的脸，我心里明白他们会如何看待我。邱金——这人死了。季米涅夫——这人喝醉了。玛莎——这人什么都好，就是手脚不干净。柳霞——这人什么都不对。格拉杜索夫和切比金可能希望我浑身是血，并把两具失败者的尸体放在烤架上。奥维契金可能根本没把我放在眼里，但巴尔曼猜对了。

"你整晚都在守着吗？"格拉杜索夫没好气地问道。

他很恼火，因为昨天他和切比金自作聪明准备来守夜。

"我们本可以轮流站岗。为什么要一副个人英雄主义的样子？"玛莎问。

"最后那瓶酒在哪里？"巴尔曼问道，这是最令人激动的问题。

我拍拍自己的肚子。

"你不喝酒就做不了一件好事。"玛莎轻声说，并低下头，好像很惭愧。

"那又怎样？"柳霞反对说，"他多冷……还很害怕。"

***

早餐后，巴尔曼人没影了，没人指挥。

"邱金，加紧去擦洗大锅！"格拉杜索夫立即下达命令。

"为什么是我而不是切比金？他也在值日！"

"因为你是个蠢货，明白吗？切比金，我们去收拾帐篷吧！"

我们开始收帐篷。格拉杜索夫爬到里面，把东西扔出来，然后把杆子扔出来。帐篷降落下来，盖住了格拉杜索夫。巴尔曼从树林里出来了。奥维契金和我折起了帐篷，被冻住的帐篷嘎嘎作响。这时，柳霞的尖叫声从河边传来：

"双体船跑了！"

有那么一瞬间，我们都瘫痪了。坐在火堆旁的玛莎站起来，伸了个懒腰，看着河面。躺在我们身边的季米涅夫，焦急地用手掌在脸前驱散篝火的烟雾。然后我们一起争先恐后地冲到岸边。格拉杜索夫在帐篷里挣扎着，像网中的鱼一样寻找出路。

船身后面，缆绳像尾巴一样漂在水中。邱金跪在双体船的中间，把大锅紧紧抱在胸前。他爬上双体船去洗锅，在他忙碌的时候，双体船悄悄滑出岸边，自己漂走了。柳霞像个马车护卫一样，沿着河边追着双体船奔跑，她用手捂着嘴，盯着邱金，就像盯着一个死人。这个人上一秒钟还活蹦乱跳，在啃面包，下一秒就要面对突如其来的死亡。

巴尔曼是第一个跑到水边的人，沿着岸边窜来窜去。

"快抓住绳子！"我冲他大喊。

巴尔曼穿着靴子疯狂地跑进水里，伸手去抓绳子，但还差一点。他无奈地转身说：

"我不能再往前了……会弄湿我的靴子！这是剩下的最后一双干袜子了！"

"用大锅划水！"奥维契金对邱金喊道。

邱金急忙划动大锅。双体船开始旋转，离岸边越来越远。

"我们必须跟上他！"切比金焦急地说。

"都给我闪开！"格拉杜索夫的吼声从后面传来。我们向不同的方向让开。格拉索夫穿过我们中间，穿着救生衣，手里拿着桨，纵身跳进水里。柳霞尖叫起来。格拉杜索夫掀起一波又一波水花，用大炮般的吼声踢着靴子挥着手。一件红色救生衣和一个红头发的人到达了双体船。扔上船桨，格拉杜索夫爬到了船上。

他做的第一件事是踹邱金。邱金号叫着，用大锅格挡。格拉杜索夫抓起船桨，猛地划了五次就将双体船划向岸边。切比金抓住了龙骨。格拉杜索夫跳到地上，怒气冲冲地朝火堆踩去。他一边走一边撕下他的救生衣、夹克、毛衣，把它们都脱在脚下。

"都是他害的，该死的！我彻底湿透了，这个大傻逼！"

柳霞内疚地跟着格拉杜索夫跑，捡起他的衣服。

"那个……"她嘟囔着。

突然，格拉杜索夫停下来，用手指戳了戳巴尔曼：

"把你的靴子弄湿了真是不好意思！如果双体船走了，就会一直漂到彼尔姆去！等我找到它们，就放进你的棺材里，再刻上——献给亲爱的巴尔曼船长！"

***

河水和泰加林再次出现，地平线上的蓝色山脊，黑水之上的白色悬崖，船桨的拨动声，龙骨的吱吱声。划着划着我就打起了瞌睡。然后我把船桨收回去，直接躺在杂物袋上。没有人介意。瞌睡罩住了我的眼睛。透过彩虹般的光芒，我默默地、免费地欣赏着坐在我身边的玛莎——她的手臂、肩膀、低头的线条。双体船像吊床一样摇摆。我带着前路将永远在我脚下展开的美妙感觉入睡了。

不知道我睡了多久，一小时、两小时或三个小时？我醒来的时候，已经被冻得麻木了。天空又布满了灰色的云彩。它们从哪里的？我把膝盖顶到下巴上，用胳膊圈住它们，我没有站起来。我听着老爷们的唠叨。

格拉杜索夫又因为一些事情惹怒了巴尔曼。

"天哪，格拉杜索夫，"巴尔曼平静地说着，但仍带着情绪，"无论我做什么你都不喜欢，一切都是错的，每次你都会挑刺。那你说了算！我就那么让你感到难堪吗？"

"怎么可能！"格拉杜索夫报复性地回答，"既然大家都这么聪明，你被选上了，那就你说了算！我们这些歪眉斜眼、呆头呆脑的……怎么可能！"

"他想要的，是有人跪着爬到他面前，嘟囔着：亲爱的格拉杜索夫，给我们一个命令吧，因为我们太傻了……"玛莎提醒道。

"过分了吧？"格拉杜索夫有些生气，"谁都不是傻子，对吧？你当然也不傻！你是我们中最聪明的！知道这不能说，那个不能做！知道这个不能碰，那个不能动！只有你自己最清楚自己该怎么做，就是去找那个地理老师！"

"关你什么事！"玛莎疯狂地回答。

"真热闹啊！"惊讶的切比金笑着说。

"红头发的家伙可是会杀人的，毫无疑问。"邱金叹着气接话。

"闭嘴，格拉杜索夫，管好你自己的事。"奥维契金闷闷地说。

"啊，怎么样！"格拉杜索夫大叫，"说到宝贝玛莎的痛处了！大家来评评！奥维契金，整个野营，你就在吃她的屁！"

"你为什么对每个人都发火？"柳霞试图开导下格拉杜索夫，"你是想让我们选你做领导吗？"

"去死吧，你们所有人，浑蛋！"

"好吧，这你也不喜欢……"

"你嚷嚷什么？"季米涅夫哼了一声，"我们在航行，一切很好。"

"你也把嘴闭上！"正在气头上的格拉杜索夫向季米涅夫走来，"对他来说，一切都很好……整个行程中都没他什么事儿……你，就是个累赘！如果我们事先知道，我们就不会带你走了！"

"现在已经太晚了。"切比金说。

季米涅夫只哼了一声，冷笑一下。他躺下来，就像我一样。

"最主要的，格拉杜索夫，不要大惊小怪。"他教训说。

"如果我不大惊小怪，没有人会大惊小怪！米特罗法诺娃死了，熊杀了邱金，巴尔曼爬上树去拯救他的靴子，而你还像屎一样躺在那里，躺在铲子上！邱金都比你更努力工作！"

"事实上，我像动物一样工作。"邱金急切地同意。

"所以你应该和邱金一起去露营。"玛莎建议。

"下次我一定会这样做的！"格拉杜索夫威胁道，"地理老师再叫人的话，我只叫邱金和切比金，你就留在家里刷马桶，在屋里大喊：啊！喧嚣的激流！湍急的水流！"

"地理老师又要组织去哪儿吗？"切比金兴奋起来。

"他会的，无论他去哪里我都跟着！"格拉杜索夫自信地宣布。

"格拉杜索夫，我也想去野营！"柳霞抱怨道。

"你先完成这次吧。"玛莎劝阻了她。

"说什么呢，我一定会完成的……巴尔曼，下次你还会去吗？"

"如果是和格拉杜索夫、季米涅夫、邱金，还要让地理老师当头儿。绝不！"巴尔曼严词拒绝。

"反正我不会去，"季米涅夫说，"都没有休息。我以为在路途中可以休息，但在这里就像在挖矿。"

"为什么你们总像傻瓜一样争论不休？"奥维契金反问，"你们的冒险还没够吗？想去就叫醒地理老师，给他一个酒瓶子，就可以了。只要你们抽得出时间。"

"考试后我们可以再去……"柳霞梦呓着。

"夏天就像北京一样遥远。"切比金叹息。

我躺在那里，听着。当然，所有人都被我和这次野营弄傻眼了。每个人都想回家。有一半的人发誓说他们再也不会离开城市了。但这都是空头承诺。所有的人，甚至是季米涅夫，都会在一个月后回来找我，开始乞求：我们出去吧，维克多·谢尔盖耶维奇……现在每个人都想要同样的东西：温暖、舒适、安宁。但流浪的毒药已经在他们的血液里流淌了。他们在家里再也找不到任何安宁。远方的永恒魅力将再次开始蛊惑他们——只要衣服干了，指甲里的污垢被洗掉了，他们就想要出发。我知道这个事实。我自己也发过一百次誓，再也不去了。但我现在在哪里呢？

"当我回到家时，我母亲不会让我离开家门口的，"邱金说，"在我们村里，有一个男孩出去采蘑菇，回来后在医院住了一个月。"

"你最好回家去，然后就没人说话了。尸体是不会说话的。"奥维契金皱着眉头说。

"他们为什么不让你出去？"柳霞好奇，"他们都会让我出去的，妈妈和爸爸都同意。野营有什么不好？"

"有什么不好的？"巴尔曼不屑，"你们自己会记住所有的！我们走错了河，一整天没吃东西，双体船在激流中散架，洪水，帐篷被淹，各种闯关，还有那些当地人，总之，一切！"

"地理老师每天都在喝酒。"

这是玛莎第一次叫我地理老师而不是维克多·谢尔盖耶维奇。这是什么意思？

"真棒，"切比金挠着后脑勺总结道，"总之有很多东西！这将是退休后值得回忆的事情。我还想来点别的，否则就太无聊了。地震或雪崩什么的……"

"雪崩就在酝酿着。"奥维契金严峻地说。

"你拿话刺地理老师干什么呢？"格拉杜索夫愤愤不平。

"那你为什么要为他辩护？"奥维契金回答，"你在学校里讨厌他！你还说过要放火烧他家，要吊死他的猫……"

"好吧，我是在开玩笑，"格拉杜索夫磕磕巴巴地说，"地理老师在做正确的事情，尽管他喝醉了。他喝醉了又怎么样！"

"醉了就对了。"玛莎同意道。

"如果他是错的又怎么样？如果你是我的老板，总是如此正确，我会憋到自杀。换成地理老师现在这样，我就自己跑去别的地方！"

"去啊，不送。谁在留你？谁需要你？"

"怎么了，玛莎……"柳霞内疚地说道，"他也是人……也许他没有喝醉，只是晚上守夜累了……"

"他可太累了，我在三公里外就能闻到他的酒臭味。"奥维契金说。

"但他并没有大喊大叫，也没有告诉你应该如何生活，"邱金在圆场，"而且还把你当作一个人对待……"

"这有什么可争论的呢？"切比金耸耸肩，"反正也没有人比他更适合去野营。如果跟体育老师去了，我们该怎么办？我们就得一路挨骂爬山……或者跟化学老师，煎熬啊！跟地理老师的冒险太爽了……"

"爽你个鬼！"巴尔曼补充。

"有什么区别呢，有没有地理老师。"季米涅夫发言了，"他是什么样的人，就做什么样的事。这趟旅行不是关于他的，而是野营本身。"

我被季米涅夫突如其来的智慧惊到了。

"地理老师压根就不会指挥。他不能带队，却把野营的事情挑起来了。"巴尔曼重申。

"那你就可以吗？傻逼，你行吗？"格拉杜索夫不服气。

"这是因为我……我最开始并不打算指挥……"

"那又怎样，指挥去吧，"柳霞耸耸肩，"反正没有人会听他的。而且也没人听了他的指挥吧，不止一个人反对。"

"我是第一个提出质疑的人。"格拉杜索夫附和。

"谁都看得出来。"巴尔曼嘟囔道。

"重要的不是发号施令，"玛莎接着说，"也许他没一开始就指挥是对的，我不知道……"

"最重要的是，他的为人。"奥维契金替玛莎做了总结。

"你是玛莎的跟屁虫吗？"格拉杜索夫冷笑。

"闭嘴，"奥维契金挥手让他走开，"好吧，我们会自己照顾自己，自己指挥自己……没准儿，我们完全不需要领队……地理老师对任何事情都不屑一顾，就像季米涅夫。他想醉，他就可以醉。他想睡，他就可以睡。他想打架，他就可以挑事儿。但他……像那样……把我们弄到水里，他可以自己游出来……他更有经验，更老……毕竟，他要对我们负责。"

"你要对自己负责。"

"是啊，他应该为我们树立一些榜样什么的……"玛莎说，"他是一个老师，而不是一个狗皮膏药……"

"如果他尽心尽责，你会以他为榜样吗？"

"我会的。"玛莎确认道。

"就这么着吧！"格拉杜索夫建议说，"顺着他的样子来，对谁都容易些。"

我躺在床上，假装睡着了，听着自己关节的摩擦声。当然，我不是老爷们的榜样。我不是一个教育家，更不是一个老师。但我也不是一个吓坏他们的怪物。我不是他们的朋友，我不是他们的兄弟，我不是他们的长辈，我不是他们的酷哥们。我不是他们的老板，我不是他们的雇员。我不是他们的朋友，但我也不是陌生人。我不是他们肚里的蛔虫，但我也不是外人。我不是酒友，但我也不是警察。我不是精神支柱，但我也不是陷阱或绊脚石。他们并不迫切地需要我，但他们也离不开我。我不是一个向导，但我也不是一个小丑。我是他们每个人必须回答的问题。

***

"前面那是什么东西？"切比金问道。

"不就是一块石头，"奥维契金说，"只是它层层裂开了，所以它看起来像个什么……"

"你自己也是四分五裂的！"格拉杜索夫插嘴，"没这块石头，正常人就什么鬼都看不清了！"

我站起来，看向前方。

"这是个码头，"我说，"古老的斯特罗加诺夫码头。"

我们在沉默中慢慢地靠过去。河岸在眼前现身。先是看到一大片草甸，上面随机散落着黑色的原木。草地的尽头是云杉山坡，山坡外是荒凉的、无法通行的地带。蓝色的雾气飘浮在那里。在石头和倒木上方，一条小河淙淙作响。再往上走，一座驼峰山拔地而起，山顶光秃秃的。在山与河之间，码头就这样矗立在冰河岸边。黑暗、阴沉的天空低垂在这块土地上。远远看去，荒凉之地似乎不是在山的后面，而是在云的后面。

"这是乌洛姆河，乌洛姆河码头和乌洛姆村的废墟，"我告诉老爷们，"把船划到码头，是吃午饭的时候了。"

"好可怕啊……"柳霞轻声说。

"我甚至都不想靠岸。"切比金坦言。

"说什么呢，难道要我一个人划过去？"格拉杜索夫喊道。

我们停泊在码头后面。码头由巨大粗粝的巨石构成，面朝着冰河和乌洛姆村。巨石露出水面的高度与我的身高相当。码头的另外两面显然是由原木制成的。被紧紧夯实在桥墩里的泥土已经灰飞烟灭，原木也已经腐朽了。

我们走到防波堤的顶部着陆点，那里，烧过的干草正在变红。在我的脚下是一块巨石悬崖，下面有黑水在翻腾。在我的左边，越过乌洛姆河，是一个已经消失的山谷里的村庄。左边的峭壁弥漫着云杉峡道的寒气，冰冷的、喃喃自语的峡谷，被远处倒下的树干斜斜地缝合了起来。左右两侧的冰河很开阔，一条强大的铅流，在它的重压下，土地下陷，小支流流向河边，岩石滑落，泰加林也顺势而下。笼罩在世界上空的，是一片被炸开的犁过土地状的云雾，即将被雨水冲刷掉。

"真是个强大的建造。"格拉杜索夫在巨石上趿拉着靴子。

"就像埃及的金字塔。"奥维契金同意。

"金字塔是无用的，"我反对，"而码头是为了商业而建。"

切比金蹲下身子，用手指沿着巨石抠起一条固定在上面的生锈的铁条。

"这一定是德米多夫铁，"他恭敬地说，"我在电视上看过一部关于德米多夫铁的电影。叫作《德米多夫》……"

"每个人都看过，"格拉杜索夫不屑道，"听着，地理老师，他们的驳船怎么会停在这里？这里水很浅，他们怎么那么傻……"格拉杜索夫摊开双手。

于是我又向我的老爷们讲述了德米多夫家族[1]和斯特罗加诺夫家族[2]的故事，讲述水坝和池塘，讲述驳船和橡子，讲述弹簧轴，讲述飞奔到彼尔姆运送金属的船只，讲述战士手中的石锤，讲述危险与死亡，讲述市场需求与爱，这让人们一次又一次登船挥桨。

"唉，要能在大帆船上航行肯定爽爆了……"切比金羡慕地叹息道。老爷们都没说话。

"之前的一切都到哪里去了呢？"玛莎轻声问道，"金属、工厂、水坝、村庄……我们所到之处周围的一切，都荒废了——教堂、桥梁、码头……看起来像个墓地……"

老爷们环顾四周，期望看到残留下的什么东西。当然，什么都没有留下。光秃秃的山坡上只有腐烂的原木、黑色的云杉树、暗哑的小路、荒漠般河岸上的旧码头、无人居住的泰加林山脉间的铁轨。老爷们沉默不语，仿佛他们正在吸收这片广袤

---

[1] 18和19世纪俄罗斯著名的贵族家庭。德米多夫家族于17世纪起源于图拉市，通过贩卖金属制品起家。

[2] 斯特罗加诺夫家族自16世纪伊凡雷帝在位期间以来，是沙俄最富有的一个商业家族。这个家族曾出资支持对西伯利亚的征服，以及驱逐波兰人并重新占领莫斯科。

的寂静，吸收这片土地的孤独和古老的渴望。云朵慢慢地在我们头上流动。掠过码头可以看到远处的冰河，闪烁着零星的光芒，并在阴影中消逝。我一直想着玛莎说的话，"这看起来像个墓地……"之前我们看到的是可怕的荒野，沉闷的枯寂，暗流涌动的威胁，而这里其实是彻底的悲伤，说不出的痛苦，是没有回应的单相思。我可以感觉到，在这片无人涉足的空间中，我们这个杂牌小团队又被人类亲情关系式的无形线编织在一起了。

"好吧，"格拉杜索夫以一种特有的暴躁方式说道，"我们会找一点儿乐趣，然后告别。是时候生火做饭了，我饿了。"

***

我徘徊在云杉林中寻找干柴，突然发现乌洛姆河岸边的一块空地。它依偎在一个安静的角落里，由于被冷风绕过，已经比别的地方先暖和起来。它已经被短小明亮的绿草所覆盖，在冰河苛刻、黑暗、严峻的色彩面前，显得如此不寻常。苍白的雪花散落在草地上，像豌豆一样。那里的气味难以捉摸，就像融化的雪水的味道一样令人陶醉。我摘了一束半透明的、精致的蓝花楹，它还未脱去霜冻的痕迹。它们羞涩、审慎的美让我怜爱不已。

回码头的半路上，我在云杉林里碰到了柳霞。

"这是给你的花，柳霞。"我把一半的花束分给她。

"啊！花！"柳霞尖叫着，目不转睛，好像我递给她的是一束蝎子。她抓起花朵，把鼻子塞进花里，诡秘地对我说：

"让我给你一个吻吧。"

她用胳膊搂住我的脖子。她的吻远非纯洁。但当我搂住柳霞的肩膀时，她立即低声说：

"不要告诉任何人这件事！否则他们会杀了我的！"

"作为一个男人，我发誓！"然后柳霞马上就跑开了。

当我从云杉林中走出来时，她站在码头上的老爷们中间。她尖叫着，把花束藏在背后，把格拉杜索夫从她身边推开。

格拉索夫面无表情，像个吸血鬼，在码头迎接我。

"地理老师，"他用低沉的声音说，"你为什么要送这种花？"

"冷静点儿，"我劝他，"别整那副表情。"

我把另一半花束送给坐在巨石上的玛莎。玛莎没有看我，默默地接过花，放在自己身边。

切比金在码头上生起大火，火大到几乎看不到锅。邱金焦急地拿着一个勺子跑来跑去。

"稍等一会儿，大锅就开了！"他夸口说，一边在泡茶，"学学怎么做饭吧！翻翻，炒炒，搞定！我们可不是季米涅夫，我们是切比金和邱金……啊哈，汤来了！"

切比金在切面包。每个人都拿着盘子预备着。突然邱金的大衣挂住了火钳。横杆被顺势带起，大锅翻倒。汤汁像星星一样飞溅到地上，在余烬上炸开。每个人都沉默不语，呆住了。格拉杜索夫从靴子上捡起一块肉，放进嘴里，用几乎听不见的声音说着：

"这就是我们的午餐……你可真棒，邱金。"

邱金看起来是最可怜的。每个人都把自己的眼神藏了起来。

我们又饿又气地走开了。开船前，我在码头上转了一圈，看看有没有什么东西被遗忘。玛莎留下的蓝花楹，在熄灭的黑色火圈旁的巨石上闪闪发光。我没有拿那束花。在老码头的中间，它看起来就像放在无名烈士墓前的鲜花。

***

继续上路。开始下雨了。不间断落下的涟漪使河水变得模糊不清。河流的远端充满雾气。浑浊的、不均匀的天空在岩石上移动。

我们的双体船完全泄气了。很明显，我昨天涂上的胶水已经脱胶了。双体船开始向我这边歪斜。我这一侧的浮筒的一角没进了水里。皱巴巴的，没有形状的一堆，在我下方。

"将就一下吧，老爷们！"我说着，挥动我的船桨。

我把桨放好，装上气泵。老爷们继续划桨，时不时回头看我一眼。我用泵打着气。我的肩膀一上一下，空气在软管中发出啪啪声，双体船荡漾起来。

"这就像……"季米涅夫开始联想。

"你别说！"柳霞大叫。

老爷们傻笑着。我也知道它听起来像什么。

"就是那个声儿。"我点破了。

柳霞发着牢骚，玛莎愤愤不平地哼了一声，老爷们都笑了。

继续漂流。

"地理老师，"巴尔曼若有所思地叫我，"如果到梅日村大约有二十公里，我们可以在早饭前划过去，不是吗？我们都可以钻进帐篷里不被淋湿了，也不需要划船了，是吗？"

"搞什么鬼！"格拉杜索夫立即大喊，"你们是来这里干什么的，划船还是什么？有什么大不了的，硬着头皮上啊！前面有激流或关卡怎么办？那就冲过去，就像粪车一样！"

但大家已经展开帐篷，从雨中钻进帐篷。

"哎呀，你们怎么了！"格拉杜索夫生气了，"那我自己划！"

"我也来，"切比金说，"这点雨算什么？屁事儿没有。"

我在遮雨的篷布下打气。这里很暖和，很潮湿。

"人们为什么要去野营？"邱金开始兴奋了，"他们挨饿，受冻，淋雨，睡眠不足，疲惫不堪，像黑奴一样劳动……而这一切都是他们自己的意愿，还得花自己的钱……"

"别无病呻吟。"奥维契金打断了他的话。

双体船的晃动逐渐减少。浮筒恢复到之前的大小。然而，一个小时后，它又会瘪下去。我暂停了打气，躺在杂物袋上。篷子下很安静，每个人都听着雨点打在篷布上的声音，在雨声中入睡，就像在听外婆讲童话故事。

***

我醒来的时候，格拉杜索夫正用他的桨戳我。

"地理老师，似乎有一场暴雨要来！"他说。

我拉开帐篷，坐起来。寒冷刺痛我的脸。雨停了。风从河面上冲过。岸边的森林沙沙作响。在昏暗的空气中，每一棵树的形象都非常清晰。云层被耙成一堆，底部是黑色的，边缘是灰色的鬃毛。这些鬃毛膨胀着，在云山之间明亮的深蓝色缝隙中发出阴森的光。河流紧张地燃烧着，在来势汹汹的暗淡阴沉的水中有成片的蓝色倒影。远处的白色岩石像一个逃犯，在大路上等待着被人用鞭子抽打。

一片强劲的雷雨军团从北方袭来。云彩划破了半边天际。它是深蓝色的，像火药。雷雨云的前锋扫过五公里外的泰加林。云中有一道闪电。过了一会儿，一声闷雷攻了过来。河岸边的树木摇摆着树梢和树干，仿佛在鞠躬接受洗礼。

"没错，会有一场暴雨。"我同意，"躲到帐篷里去。"

"那谁来划船？"格拉杜索夫唾弃道，"你在睡觉的时候，这里会变成了一座漂浮的岛屿！我们会被卷入溪流，我们会被击溃，巴尔曼会弄湿他的靴子——这将是一场灾难！你自己到帐篷里去吧，你能有什么用！半个小时后，我们又得给你那边的漏洞啪啪打气，你知道吗？"

"我已经感到厌烦了，"我说，"还有，为什么是格拉杜索夫命令我去做事？"

切比金和格拉杜索夫的衬衫在风中招展。一片云在头顶掠过，像嘴巴一样张开。从上面飞来的光线突然瞬间熄灭。在半明半暗中，雷雨张着血盆大口呼啸着向我们袭来，猛地吞没了我们。岸边的云杉树喘着粗气躲开。我迅速地把篷布拉到我身上，把腿塞进去。我最后能看到的是高空波浪中闪着黄色的火焰云。雷雨在后面驱赶着乌云，就像牧羊犬驱赶着羊群。

白色的火光刺痛了双眼。与此同时，一连串可怖的炮火在我们头上爆炸。躺在双体船上的每个人都立刻被惊醒了，跳了起来。巨大的雨滴立即砸向帐篷，就像吉他的一连串扫弦。倾盆大雨瞬间到来。篷布像铁皮一样隆隆作响。格拉杜索夫和切比金在外面像被赶出小屋的狗崽一样嚎叫。整片整片的冰雹从天空落下，隔着帐篷雕塑着我们。暴雨就这样打在我们的身上，让我们全身都在感受它的液体状态，它流动的重量。我的头顶、后脑勺、耳朵、肩膀上，我感觉我听到了咔嚓声。

"哦，我的上帝啊……"有人呻吟着。

"雷暴就在我们的头顶啊……"柳霞用颤抖的声音说。

"这样强烈的雷暴不会持续太久。"奥维契金安慰道。

"只要闪电不劈到水面上，"邱金感叹道，"否则每个人都会完蛋……在我们村……"

"闭嘴！"巴尔曼打断了他。

可怕的隆隆声再一次震撼着灵魂，使人的神经感到恐惧。天空似乎在刀砍斧劈下爆裂，碎成无数无烟煤块。雷声在我们身上滚动，就像激流在岩石上滚动。双体船慢慢沉向我的角落。老爷们蹒跚着，抓牢他们的背包。柳霞尖叫起来。玛莎突然抽搐起来，转向我。她的眼神已经疯狂了，她的嘴唇在跳动，她的脸湿透了。她结结巴巴地拼命喊着：

"维克……谢尔……地理老师！管爆了……"

"天塌了……"柳霞尖叫着，邱金也恐怖地号叫。

是我刚才在手忙脚乱的时候，把气泵管从浮筒的盖子里踢出来了，所以空气又跑走了，我们真的要被淹没了。

我转过身来趴在地上，从篷布下探出半截身子。船尾进了水里。一汩汩的气泡从里面迸发出来。我把胳膊伸到水里，抓住船尾，捏了捏。我立即行动起来，姿势就像一艘离开滑道的船一样驶下斜坡。在我眼角的余光中，我可以看到沸腾的河流，和席卷天地的黑色雨幕中蠕动着的被闪电照亮的白色森林。

"姑娘们，抓紧我……"我大喊，"玛莎，气泵……"

玛莎两只手抓着我的裤子，柳霞拖着我的背包。我疯狂地把气泵软管塞进插口，开始打气。我的袖子和胸口都在进水。冰雹在我的头上、肩上、背上、腿上跳舞。一条白色泡沫中的黑色河流。格拉杜索夫和切比金呆呆地看着我。他们打着赤膊，上半身闪闪发光，脸色发青。他们的头发贴在额头和耳朵上，他们的嘴唇已经被寒冷从脸上抹去。一顶帐篷从后面盖住了我。

"谢谢，姑娘们。"我说着，气喘吁吁，然后继续干活。

岸边有灯光闪烁。一片多层的烟灰蓝云雾在河面上幽灵般地燃烧着。我们的正上方是风暴之眼：在坚实的厚度中，有一个阴森、癌变的增生。它看起来像一只电动章鱼，缠绕密布着紫色的灯光。它把触角交织在云中。血管在其中爆裂，白色的、发光的、有毒的血液在其中流动。光芒的翅膀自地平线扇动，雕刻出强大的云层。随着每一声雷鸣，河岸、岩石和泰加林的无目之眼似乎都睁开了。但大地在虚空中沉睡。

我爬到帐篷下，全身湿透了。没有人开口。我在沉默中摇晃。雨水不断从帐篷外扫进来。然而，我能感觉到它的速度似乎在减慢。

当我们的双体船浮筒弹起来时，我只能听到风吹动篷布的声音。我把篷布从头上翻开。四散的云的尾巴悬挂在河面上空。黑暗继续在它下面涌动，闪电划过，雷声滚过，雨点摇曳。在我们周围，已经是一片寂静和安宁。风沿着河岸沙沙作响，仿佛森林正在喘息。冰河中的水仍旧湍急，水中没有任何冰雹的反光。云团在天空中散开，云是轻的，属于空气的，空的。其中一片云遮住了低沉的太阳。从它后面飞出一整条长长的、发光的线，慢慢地爬过泰加密林，穿过冒烟的缝隙，穿过闪光的岩石。就在那里，在云彩冒出来的地方，一道彩虹在冰河上方深紫色天空中升起，在它里面还套着一道彩虹。一模一样，但更小。

***

雷暴过后的夕阳无烟无尘地燃烧着，灼热而刺眼。空气似乎被掠过的闪电削薄了。白天并没有消逝，只是颜色从明亮的日光色流向黑暗的午夜色。天空是灰色的，斜向东方，仿佛被压垮了一般。光线顺着森林的底部，像水一样，顺着地表的坡度流淌。熠熠生辉的黑暗之刃，在河的顶端浸满了鲜血。在地平线上的猩红条纹中，躺着深红色的太阳，仿佛一只巨大的翼手龙下了一个史前的蛋。

沿着一个个河湾，茂密的云杉在岸边延伸着。没有一片绿荫，没有一处间隙。躲避的时间太久，该继续行动起来向前航行了。终于，巴尔曼发现了一片草地。我们上了岸，大家都出来张望。老爷们来回踱步，边跺脚边四处张望，踢着灌木丛，喊叫着。最后他们返回来了。

"见鬼去吧！"巴尔曼气急败坏地说，"如果你不愿意，你可以做你想做的事！要不，我们在拐角处为你建了一座该死的官殿！"

我们继续航行。一个接一个的转弯，一个接一个的河岸，一个接一个的激流。除了云杉山坡就是岩石。渐渐地，天色变暗了。刺刀似的云杉，渐渐遮天蔽日，挡住了阳光。最后的倒影里，温度像候鸟一样，飞走了。阴沉的夜色闪耀着。苍白的悬崖看起来像冰山。野生的、赤裸的月亮挂在天顶。它的绿色火焰梦幻般地勾勒出浮云的轮廓，一个难看的、发光的、弯曲的图案在我们上方移动。一股寒意从水中升起，灵魂陷入死寂。巴尔曼咒骂道：

"现在爬到岸上，格拉杜索夫，一手拿着火柴，一手拿着放大镜，找个他妈的舒服的地方！你比任何人了解一切，你知道一切！你是一个英雄！战神！如果你先看到哪块空地，先把内裤扯下来占住，甭管是否在那里过夜。要是让我去找，那它不是一片空地，而是一摊狗屎！就别在其他人面前到处炫耀……"

听到这个"其他人面前"，柳霞愤愤不平地哼了一声。

"还有你们所有人！"巴尔曼对柳霞的冷笑感到愤怒，"你们选择了我作为指挥官，那么你究竟为什么要听格拉杜索夫的号令？我们继续航行吧，我们会找到一个更好的……这就是我们正在做的事！我们正在寻找！"

格拉杜索夫磨着牙暗忖，没有回答。

我在沿岸什么都看不到。哪里有什么空地？悬崖？山坡？黑暗将我们团团围住，暗哑的万物。我们划啊，划啊，划啊……

"是不是有片房子在前面……"切比金不确定地眯着眼说。

"也许是梅日村？"邱金胆怯地说。

"还太早了，"我说，"到达梅日村之前，会在多尔甘碰到激流，我们还没有穿过它。那一定是无人居住的拉索卡村，地图上写着的。我以为那里什么都没有，就像在乌洛姆村一样，但看来，那里还真有房子……"

"不是一片房子，而是一栋房子。"切比金纠正道。

很快，我就认出了一座暗淡昏暗的白色建筑。

"让我们靠岸吧！"巴尔曼坚定地说。

***

我们很快就在远离河边的房子的凉台上扎下了营地。除了这座白色的房子外，拉索卡村里看不到任何东西。没有其他任何房子，没有道路，没有电线杆，更没有灯光。我们摆开东西，匆匆忙忙地搭起帐篷。切比金拖来一堆木板，生起了火。

"邱金，去再收集一些柴火。"切比金说着，挂上大锅，"岸边有很多木板散落着。"

"我害怕一个人到黑暗中去。"邱金抱怨道。

"小心我捶烂你的头。"切比金警告说。

邱金叹了口气，离开了。大家围着火堆。格拉杜索夫浑身发抖，带着两根大木头从黑暗里现身。

"生病的人在干活，健康的人像树桩一样。"他把木头扔到火堆前，坐下来。大家也都坐下了。

"你感冒了，是吗？"柳霞同情地问格拉杜索夫，"来，我在你身边坐下……"

"不，不是感冒，是在雨中煎熬！"格拉杜索夫厌烦地说。

柳霞小心地把手掌放在他的额头上。

"好烫啊！"她惊恐地说，"需要吃药了！"

格拉杜索夫大声擤着自己的鼻子。玛莎去拿药了。

"你今天早上一直淋雨。为什么不在雷雨时爬到帐篷里？"柳霞对格拉杜索夫说。

格拉杜索夫沉默不语。又伤感又骄傲。

"你有干衣服吗？"柳霞问道，摸着他的肩膀和膝盖，"要我把我的毛衣给你吗？"

"像这样，是吗？"格拉杜索夫在他的衣服里鼓起两个胸脯，"不需要！"

巴尔曼看到了这一切，眼神渐渐阴郁。

"啊，让我们喝些伏特加吧！"他拼命地提议。

没有任何响应。巴尔曼闷闷不乐地盯着火堆。

"你们都见鬼去吧！"他突然绝望地说道，扔掉他盛汤的盘子，走进帐篷。

"柳霞，你可真是个随风飘扬的红旗。"我说。

"红旗在哪儿？"柳霞惊讶地说。

玛莎和奥维契金苦笑着。格拉杜索夫咬牙切齿。

"地理老师，我今晚会掐死你，"他警告说，"去你妈的！"

旧木板当柴火，汤煮得异常快。切比金给大家把汤分到盘子里，给邱金的那份放在了巴尔曼的盘子里。吃完他立即把水倒进大锅里，把它挂起来等着清洗。

我们开始喝茶。毫不吝啬地放了很多茶叶。茶水很浓，很香。

"玛莎，要不，我们去睡觉吧？"奥维契金喝完茶后悄悄地说。

"你去吧！"玛莎耸耸肩，"我要留在这里。我想待在火堆旁。今晚是最后一个晚上了……"

奥维契金和巴尔曼一样，一直闷闷不乐的不开口，然后起身离开了。今晚我们的帐篷，属于所有被伤害的人。

最后一晚……玛莎说这些话毫无意义。仿佛她在宣读一项判决。

老爷们什么也不说，对着热气腾腾的杯子吹气。黑暗中响起了木头的噼啪声。邱金出现了，带来了一堆木板。他把它们堆进火堆里，大声吼着：

"都吃饱了，是吧？我差点死了……太可怕了……你们肯定觉得好笑，对吧！"他喝了口汤，拿起面包，"我回来了，汤都凉了。"他抱怨着，摆弄着勺子，"这汤淡得一点咸味都没有……切比金，你刚还说，会熬得很浓稠，结果连根面条都捞不到，更别说肉了……"

"大傻逼，"切比金看着邱金的盘子说，"这不是汤，是我从河里盛的洗锅水。"

每个人都欢快地笑着。

我们只是默默地坐在那里。风吹动了火堆的挡板。四周一片寂静和黑暗。我既看不到冰河，也看不到河岸，什么都看不到。只有绿色的云状花边在天空中闪耀，不是月亮。

"好了，该睡觉了，"格拉杜索夫起身后阴沉地说，"米特罗法诺娃，我们走吧。"

季米涅夫、邱金和切比金跟在他们身后。

只剩下我和玛莎两个人。我们默默地坐着。昨晚的事……都过去了。我什么都没弄好。我输了。上帝没有抛弃我，是我自己搞砸了。我喝了酒，我有我的乐趣，我吓跑了我的幸福。但它是美丽的，尽管我没能成功。我们在火堆旁的这几分钟解决不了任何问题。我不想拥抱或亲吻玛莎，也不想和她说话。我只想静静地坐着，永远地避开。这就是它的全部，不是吗？谁说我是个失败者？我得到了我生命中最好的运气。我可以在苦中作乐。

"哎，维克多·谢尔盖耶维奇……"玛莎开口了，"和你坐在一起，看着火光，真好……从一开始就应该这样，每天晚上……"玛莎的声音很忧伤，"但是您总是喝醉，大喊大叫，胡言乱语，和男孩们开无聊的玩笑……您需要控制自己，做一个正常人……这对每个人都有好处，对您和您周围的人都有好处。"

玛莎没有加上"对我"。

突然间，我想起了我曾经从邱金那里听到的一句话。

"玛莎，"我疲惫地说，"我比你大。我经历的事情更多。我更有经验。毕竟，我是你的老师。但我并不会教你如何生活……"

玛莎起身，默默地走进帐篷。

只剩下我一个人坐在火边。

最后的昼夜

老爷们已经在吃早餐了。我是最后一个被叫醒的人。我走到河边，在被踩乱的岸边坐下，胡乱地洗了把脸。仿佛有一把无形的刀在剐蹭我灵魂上的死皮。我全身心地感受着这里的空间、这里的意志和这里的寒冷。天哪，清醒的感觉真好，没有宿醉，天气是我最喜欢的：阴沉，多云，有风。风吹起了我的衬衫，像是给我的肋骨上裹上一条冰冷的毛巾。空气，是一片海洋。空间，屏息无声。宽阔而黑暗的冰河有力地流向远方。云朵成群结队地奔跑，浑浊的白色，变幻莫测，不安分。

我的碗里盛满了粥。但我坐在火堆旁，先抽了支烟。格拉杜索夫从一块巨大的焦木旁边转过头，我刚用它点了烟。

"你怎么不用原木点烟呢，蠢货！"他喊道。

"那就拿来。"我轻描淡写地回应，静静地品味着第一口烟。我的头变得阴晴不定，仿佛很久没有做的梦正在融化。

"那么，地理老师，今天我们去多尔甘过激流，然后我们从梅日村回家，是吗？"巴尔曼问道。

"终于要回家了……"邱金叹了口气。

"去打猎吗？"切比金想知道，"我想再划一年！"

"那就划吧！"邱金同意，似乎有了些勇气。

"我们必须再看看这个村庄，"切比金说，"它看起来很奇怪……"

我沿着岸边看去，岸边是密密麻麻的柳树和桦树。还有一些砖砌的废墟，遍地都是。奇怪，竟然是砖做的。被遗弃的拉索卡看起来一点也不像被遗弃的乌洛姆。那里是一片光秃秃的原木，这里是一丛丛的废墟。但本质上，都是一样的。

"有必要去，"切比金支持邱金，"如果发现宝藏怎么办？"

"天哪。"玛莎说，害怕地用手捂住眼睛。

***

早餐后，我们愉快地进入村庄。我们冲破山坡上的灌木丛，来到最近的建筑物前。在灌木丛中，我们突然发现一条笔直的、像尺子一样的杂草带。我们踩着它继续前进。突然，邱金尖叫一声，翻倒在地。

"怎么了，笨蛋？"格拉杜索夫烦躁地喊道。

"踩到钉子了！"邱金抱怨道，并抬起腿。

但他的鞋底没有钉子。一条粗大的硬线从靴子里伸出来。我们走近一看，惊得瞪大了眼睛。切比金蹲下身子，把长长的锈迹斑斑的带刺铁丝从橡胶鞋底中拉出来。

"到处都是！"巴尔曼说着，仔细地窥视着脚下的杂草。我们也在看地上的东西。在褐色的树叶和腐烂的牛蒡茎中，波浪形的红色铁丝散落扭曲着。恶魔的口哨。

"这不是一个村子，而是一个劳改营！"奥维契金轻声说。

柳霞差点哭起来，用手紧紧捂住自己的嘴。

的确，我们就在一个废弃的劳改营里。世界好像皱起了眉头。云朵在逃窜，好像它们也想离开这个地方。河水不流了，毫无办法地停滞了。太阳用手肘遮住了自己的脸。甚至远处山峰上突出的悬崖也被遮住了尖顶。这片土地充满了灾难。

"够了！"格拉杜索夫愤怒地说道，"有什么好抱怨的！"

我们走过一个废弃的劳改营。建筑物周围都是成堆的瓦砾和碎砖。没有屋顶。里面是一片片瓦砾，半腐朽的横梁，倒塌的椽子。玻璃碎片闪闪发光。弯折扭曲的电线在哗哗作响。时不时，我们看到一些生锈的机器残骸堆积在一起。云层不断地流过剥落、斑驳的墙壁。光秃秃的树枝从窗户伸出来。荒凉。愁苦。

"人已经走了，但他们的苦难还在。"玛莎突然说。

灌木丛里的废物，就像海底水草里的沉船残骸一样，一堆发黑的铁器：汽车车轮、管道、皱巴巴的锻造物、生锈的锅炉。在某个地方，我们发现了一个杂草丛生的长方形大坑，那里肯定是木头窝棚的废墟。另一个地方，一个卡车车厢倒卧着。还有一个地方，一整座由床铺组成的两层楼高的山峰高高耸立，细细的白桦树枝从里面冒出来。眼前，道路被杂草丛生的隔离带截断，上面像灯塔一样躺着红色的轮毂盖。

"这都是那些日子留下的吧，地理老师？"格拉杜索夫对我说。

"太残酷了。"切比金同意。

"如果我在这里，我肯定会死掉。"柳霞承认。

"我们村里有一个男孩在监狱里，"邱金说，"但他活得挺好。"

"那你找个舒服的地方住下来吧。"玛莎说。

"我他妈的会从这里逃出去。"格拉杜索夫说。

"我宁可死在泰加林里。"

"在泰加林比在这里爽多了。"切比金说。

***

我们来到一栋巨大的单层建筑，窗户开到了地上。屋顶上长着灌木丛。

"哦，一个惩戒房！"格拉杜索夫漫不经心地说，"禁闭室！"

一股阴森的气息席卷了我们所有人。仿佛我们正沿着一个废弃的墓地行走，突然撞见一个新出土的坟墓。

切比金第一个爬过惩戒房入口处的栅栏。

"啊！这里有一具被锁住的骷髅……"他在里面大声地喊道。

"妈妈，我好害怕！"柳霞尖叫着。

老爷们把她推进去，随后自己也爬进去了。我是最后一个进去的人。

半明半暗的空间。笼子模样的东西。白色的根系从天花板上垂下来，触到我的额头和耳朵。脚下的垃圾哗啦啦响。厚重的堡垒般的墙壁和狭窄的通道。窗户的凹槽被两层厚栅栏覆盖。

老爷们分散着探索牢房。奥维契金试图摇晃窗户的栅栏。切比金在床铺上蠕动着。你可以从他的脸上看到，他正在倾听自己的感受。玛莎站在一旁，用胳膊环抱着肩膀。她茫然地看着周围。她的眼睛在黑暗中闪闪发光。大家踢着墙壁，似乎在测试它们的承重。柳霞踮起脚尖，盯着窗外，突然疯狂地尖叫起来。所有人都被吓了一跳。

"我要把你打成筛子！"格拉杜索夫愤怒地大叫。

"在那里，快看！"柳霞可怜兮兮地指着窗外说。

起初，窗外看到的都是黑暗、错综复杂的灌木丛，光秃秃的，野性十足。然后，一阵恐惧袭上我的太阳穴。原来，在灌木丛中，几乎无法分辨的地方，还有挂着铁丝的杆子。它们就像古老的、黑色的神像，带着异教徒般可怕、险恶的样子在神秘中闪现。

"就像恶灵一样。"季米涅夫惊呼，与我的想法不谋而合。

"这里真的鬼里鬼气！"玛莎强硬地说，并用手拂眼睛，好像要把蜘蛛网拨掉。

老爷们闷声交谈着，终于走出了惩戒房。我在牢房的角落里抽了支烟。我的手指在颤抖。拉索卡村让我很不爽。突然我听到了墙后的声音。

"玛莎，又怎么了？你在抽什么风？"

"没什么……这个地方……让人不舒服。劳改营的事情。"

"别撒谎……你昨天和地理老师说了什么？"

"你在审讯我吗，奥维契金？我是什么，你的妻子吗？"

"玛莎，你什么都明白。还要我向你解释什么呢……"

"是啊，我明白，我想你也明白。"

"明白什么？"

"你是个好人，"玛莎艰难地说道，"我非常喜欢你……但我不爱你。就这么回事儿。"

奥维契金什么也没说。他似乎连呼吸都没有了。

"我很抱歉，"玛莎真诚地补充道，"我不是有意要伤害你。但这是事实。请不要生气。我见过更糟糕的情况。"

"我见过更糟糕的情况。"我对自己说着，坐在废弃劳改营旧惩戒室的床铺上。

* * *

从拉索卡出发时，我们拖延了很长时间才起航。我们再次冲入河流、森林、霜冻天气中呈灰色的山脊、白色的悬崖，还有广袤的阴暗。沿着河岸出现了居住点的迹象——有杆子堆放的草地、岔路、空地。沉重的、黑暗的、倾斜的云层在流动的云雾中滑动，就像雪堆中的冰块。半小时后，又下起了小雨，细密而沉闷。

老爷们立即钻进帐篷里，开始玩扑克牌。没有人再待在外面。每个人都觉得闯关已经结束，剩下就是等待时间结束。谈话中充满了我们即将见到的那些人的名字，每句话都溢出了家、回家的字眼……我无话可说。我不知道我要回哪里，我自己的家在哪里。而且，我还不想离开冰河。我觉得还有很多东西没得到满足。一切还不够。

"地理老师，快看，"巴尔曼向我喊道，"那不是跛脚岩吗？"

我拉开篷布。河流在雨雾中蜿蜒，上方是一块歪斜的岩石，山脊上还有一片黑色的森林。那就是跛脚岩。

"让我们靠岸，"我告诉大家，"我们去侦察一下激流。"

我们停船上岸，立刻挤在一起。聪明的切比金拖来一块防水篷布，一下子就把所有人都盖上了。

"我们必须把双体船绑起来。"巴尔曼叹息道。

"那就你去吧，你是指挥官。"格拉杜索夫幸灾乐祸地答道。

"让我们一起去吧。"切比金建议说，他有些同情巴尔曼。

这个想法出乎意料地让所有人都高兴起来。我们迈着小碎步，互相踢着脚后跟，挪到船后面，把它绑在灌木丛中。

"太酷了！"切比金笑道。

接着，我们只是站着，等待雨的到来。站着很无聊。季米涅夫想抽烟，但他被骂了。邱金弯腰挠膝盖，被格拉杜索夫踢了屁股。

"听着，我们为什么不弄点伏特加来喝喝取暖？"巴尔曼建议。

"好啊，喝起来！"我提高了声音，"你打算在家门口喝个烂醉了吗？"

"这一次，地理老师反对喝酒。"奥维契金不屑道。

"我自有分寸，"我同意，"蠢货们，我们最好先去侦察下水况，看看有没有被冻住。看看是暴雨还是毛毛雨。"

"那现在有路过去吗？"柳霞问道。

"为什么不能？岸边就有一条路。"

我们转向同一个方向，像穿着盔甲骑马的骑士一样走过空地。乡间小路在我们的脚下自己忽地展现出来。我们顶着篷布咯咯笑着，尖叫着，前伸后缩，慢慢地走出空地，沿着河边缓行。很快，斜坡下面的冰河开始发出巨响。震荡延宕的水声，预示着多尔甘激流即将到来。我们又近了一步。

"等等，"我说，"看，这里有一块标志牌。"

老爷们掀开头上的篷布。闪亮的镍牌被镶嵌在道路上方的岩壁上。

"在这里，游客谢尔盖·多尔甘诺夫于 1967 年 5 月 7 日不幸去世。1948 至 1967。"切比金读着。

"这就是为什么它被称为多尔甘激流？"柳霞问道。

"是的，地理老师告诉我一千次了。"巴尔曼说。

"行吧。"柳霞冷漠地回答。

"最好盯紧前面的路，"巴尔曼说，"不然这里就要再挂上一块牌子了……"

我们沿着多尔甘河继续前进。一片浅滩将溪流分成若干条水流不等的激流。这些激流似乎相互盘旋，击起泡沫，像连绵不断的肥皂。在浓浓的沸腾的水流中，石刺伸了出来。淡黄色的溪流在闪闪发光，像出水海豚的背鳍一样消失。喷泉飞溅起来。轰鸣声和撞击声此起彼伏。我可以清楚地看到三个凸起的泡沫屏障，那是三级多尔甘瀑布。是的，多尔甘激流是非常严肃的。不像击溃我们双体船的七人峰下面的激流。

我从篷布下爬出来，用手指出混乱漩涡中的各个部分。这是匕首冲，这是水桶流，这是鹅卵石，这是斜轴流，这是漏斗流，这是有釉色的漂石，这是滑轨，这是反流，这是陷阱，这是大漩涡，这是切线流，这是渔获点，这是甘菊冲，这是马蹄流。我绷紧喉咙，大声盖过激流的噪声。我解释我们应该如何通过多尔甘。我向大家解释该如何协作。我说出地标的名称。我甚至承认，指挥位应该是我的，我和巴尔曼必须交换。

巴尔曼听着我的话，皱着眉头，嚅动着嘴唇。格拉杜索夫把手插在口袋里，眯着眼睛用轻蔑的眼神看着河水，然后呼了一口气。切比金听到这些气势汹汹的漂亮词语时，不禁缩了缩脖子：脉冲波、撞击射流、遥感、倾覆。邱金的脸上显露出一种对死亡的渴望。季米涅夫，一如既往，很平静。奥维契金皱着眉头，一脸不满，仿佛在接受一项沉闷而艰巨的任务。柳霞惊恐地张着嘴瞪着我。玛莎看起来有点内疚，也许还有点难过：如果我们面对的是一个没有规律可循的自然现象，是否值得如此费尽心机和不自量力？所有这些浮夸的术语都是命运表面漂荡的泡沫。

我们到达了多尔甘的起点，俯视下方，环顾身后。从这里我们可以看到，所有激流沿着河床长长的、破旧的、被刮掉的阶梯冲击而去，愤怒的、盲目的水在上面冲刷奔腾着。

"维克多·谢尔盖耶维奇，我不太敢。也许，您可以自己指挥双体船？"巴尔曼问。

"不，"我回答，"你来开吧。指挥官是带领大家走到最后的人。要对自己有信心。如果你自己可以发光发热，就忘掉别人教你的东西。最好始终如一地做你认为正确的事。而其他人，要毫不犹豫地服从你们的指挥官。顺便说一句，服从有时比指挥更难。"

老爷们久久地凝视着前方的临界点，若有所思。

"爽爆了……"切比金最后说。

"这太吓人了，"柳霞反对，"我们可以到岸边去吗？"

"是的，可以。如果你害怕，就上岸去。还有什么问题吗？"

"没有问题。"

"那就好。"我说，"接下来返回营地准备晚餐。而我要去梅日村。就在那边，跛脚岩的后面。离这里有两公里远。每天下午四点钟有一班车从格拉尼特出发。我们赶不上这班了。但我会努力安排司机在十点钟左右再来接我们。我们有足够的时间来拆卸、晾晒和收拾跨越瀑布后的双体船，整理东西，吃晚饭。而在十点钟，我们将离开这里去车站，晚上回家。大家对这个计划清楚吗？"

"明白了。"巴尔曼点点头。

"有没有人想和我一起去，做个伴？"我问。

当然，我不是傻瓜，不会冒雨去的。

"我想，"玛莎突然说，"您愿意带我去吗，维克多·谢尔盖耶维奇？"

***

披着防水篷布，玛莎和我沿着乡间小路走去。左边是森林，右边是冰河。我们互不说话。我把手放在口袋里，在旧车辙的水坑里踩着脚印。

"维克多·谢尔盖耶维奇……"玛莎最后开口了，"维克多·谢尔盖耶维奇……我想告诉您……请原谅我。"

"原谅什么？"我沙哑着嗓子问。

"为我昨天对您说的话。我们今天就要走了，而我却觉得我浪费了这么多时间。"

她竟然这么说……她一直表现得无可挑剔，我也是这么感觉的。所以，世上真的有一种叫作圣洁的罪。

"我觉得我是在开导您……但有必要吗？因为有奥维契金，他做的一切都是很好的。但我不喜欢他。"

我侧脸看了一眼玛莎。玛莎低头看着自己的脚下。

"我也意识到了，我很容易就爱上您了。学生总会爱上老师……而您呢？您的忧愁总是多过欢乐……而我却在对您说教，真是笨……"

"别这样，玛莎……"我的声音几乎听不见。

我突然有一个疯狂的想法，那就是在与玛莎的谈话之后，有些事情还可以继续。这种想法会不会是徒劳的，或者太晚了？我们不是八十岁的人，我们又不是生活在不同的半球……为什么我的灵魂被即将到来的永恒的分离预感啃噬？

"您真的爱我吗，维克多·谢尔盖耶维奇？"

"真心的，玛莎。你也爱我吗？"

"我，可能没有您就活不下去。"

我咧嘴一笑，把脸藏在冲锋衣的帽兜里。你会活下去的，玛莎。没有你，我也可以活下去。问题是，如何活下去？伤口会愈合，但失去的却不会再回来。

***

乡间小路将我们带到一条小河岸边，这是冰河的一条支流。它又来了！洪水将这条小河淹没，河面宽度足足七米。水流很强，水是红色的，两岸都是被冲走的崖上的黏土。一根黏稠的原木被冲到了我们旁边。

"这是一根脆弱的木头……"我说着用脚碰了碰它，"也许，玛莎，你回去，我自己去？"

"怎么，我不会在木头上爬吗？"玛莎笑着说。

我坐在木头上面，往前爬着，手掌抓着木头，屁股一扭一扭。水在离我的靴子几厘米的地方奔流。在原木的中间，我回头看了看。玛莎悄悄地爬到我身后。我继续爬行，我的直觉告诉我，有麻烦了。在我们的重压下，原木末端开始慢慢地解体。随着一声轻响，一条红褐色的木质裂缝出现。可以看到其中深色的脉络。

"玛莎，回去！"我大喊，片刻间我们都掉落在了水里。

我失重般地被冲翻过去。一股狂野的寒冷刺入我的身体。我像子弹一样被射到水里。"玛莎！"玛莎的脸出现在我身边，上面覆盖着头发、草木和黑色的叶子。玛莎的脸像死人一样苍白。我伸出手臂，抓住了玛莎的什么东西——她的帽兜。河水强有力地带着我们奔向冰河。我试着站在靠近水底的地方。水流把我带跑，我的脚在湿乎乎的黏土上滑倒。然后我用左手紧紧抓住头顶上的一根柳枝。树枝像绳索一样伸展开来。玛莎和我被旋转成一个弧形，并被抛入沿岸的灌木丛中。穿过灌木丛，我们像蜘蛛一样爬上一个斜坡，然后瘫倒到地上。

玛莎终于平静了下来，慢慢地站起身，但还在剧烈地、大幅地颤抖着。我用水坑里的水擦洗着她。我的手掌感受她跳动的眼皮、石化的颧骨、冰冷的嘴唇。

"维克多·谢尔盖耶维奇，请原谅我……"玛莎小声说。

"傻姑娘……"我回答，并回头看了看愤怒的河流，"已经这样了，玛莎，我们回不去了。只能向前走，到梅日村，找地方取暖……"

***

又是一条小路，从远处的岔口伸出来，带着我们陡然进入泰加林区，谨慎地绕过跛脚岩，通向梅日村。我们沿着光秃秃、湿漉漉的草地向山下走去。雨水仿佛看到已经湿透了的我们，决定不再心慈手软，像马鞭抽打马臀一样抽打着地面。玛莎跌倒了。我抓住她的手。

跛脚岩像船首一样高悬在冰河之上。我先登上了碎石路，玛莎跟着我。岩石的顶部在前面隆起，向上是一个没有规则的白色闪亮的立方体。从顶部看去，平坦的河流景色豁然开朗，看起来就像冰河在慢慢向侧面倾斜。陡坡下的小路是歪斜的，狭窄而不平。我滑了一跤，还好抓住了岩壁。一块大的岩石碎片从我的靴子下滚下来，像青蛙一样跳下悬崖。我失去了平衡，挥舞着手臂，跟着它翻滚。

我的额头和腹部撞向岩石，最后屁股卡在石块上，才停了下来。由于撞击，一团团球状的闪电从我的眼睛里喷射出来。我躺在那里，好似被砸成了碎片。一股沉重的火焰在我的脑海中甩动。一切都在痛苦中变得黑暗。火焰从我的膝盖湿漉漉地爬到大腿上。

"维克多·谢尔盖耶维奇，您怎么了！"玛莎惊恐地尖叫着。

我站起来，重新爬上小路。我的面部肌肉不听使唤。

"差点就挂了……"我假意欢快地喃喃自语，"再远就别走了，这条小路会更加危险。我们会滑倒，我们俩都会飞下去。下去吧，玛莎。我们沿着公路绕远去梅日村。"

我们走回被雨淋湿的草地上。我的头在旋转，我的腿直不起来。玛莎回头看着我，突然她的脸扭曲了起来。仿佛她的某个关节骨折了，她蹲了下来。起初她沉默不语，然后她开始抽泣，最后她开始大哭。

"现在怎么了，怎么了？"我疲惫地关切着，在她身边沉下身子。

"我做不到，维克多·谢尔盖耶维奇！我做不到！"玛莎摇着头。

我可以看到棕色的雨滴落在她的背上。咸咸的雨水顺着我的嘴唇流下来。我的手掌在她的脸上滑过。我的手掌是猩红色的，像血一样。或者说，它就是血。我的鼻子破了。我的冲锋衣的整个胸前都是血。我用手指捏住鼻子。

"别这样，玛莎……"我安抚着她，并把她拉起来，"我的鼻子受伤了，那又怎样……我们走吧。否则我们会被冻死在这里的……"

雨水像机关枪一样，一阵阵地断断续续。

我们沿着小路向泰加林行进，远离冰河，避开坚不可摧的跛脚岩。

***

小路曲曲折折，很快我就不知道冰河在哪边了。我们沿着起伏的山脉慢慢地上上下下。云杉树、松树、松树、松树、松树，没有别的。玛莎步履蹒跚。我牵着她的手。靴子陷进了泥里。天气很冷。雨。我看了看电子表，十几个小时过去了。这是一个漫长的过程……玛莎静静地坐在泥地里。

"我不能再继续了……"她说。

我让她休息一下，把她扶起来，拖着她继续走。

我们走啊走，走啊走，走啊走，走啊走。一切都是一样的：弯道、颠簸、凹陷、云杉、松树、雨、冷、泥。我希望路上有车经过我们……我希望有一个人，至少有一个身影……那个该死的村庄在哪里？

"村子在哪里？"玛莎哭泣。

一个岔路口。我觉得需要往左走。那就向左走吧。转弯。转弯。转弯。转弯。转弯。转弯。什么都没有。

玛莎再次躺在路边的泥地里。

"不要碰我！"她喘息着说，"我不行了，我不行了，我不行了……"

我站在玛莎身旁。一条小溪从路边的沟里向我们流来。它流向冰河。所以冰河就在我们身前。所以刚才那个岔路口之后，我们都在远离梅日村。我又拉住了玛莎。

"起来，玛莎，亲爱的，起来……你不能躺下，你会冻死的……我们必须走了，请起来……"

我不是那个说话的人。是倒在原木下的人说的。我不再为玛莎感到可怜。我不再为自己感到遗憾。我宁愿玛莎在那条河里淹死。我宁愿在跛脚岩坠落而死。我对一切都漠不关心，这令人恐惧。我的神经衰弱到了极点。

奇迹让我帮助玛莎重新站了起来。我们往回走。我呆呆地迈着步子，像一挺机枪。我的手感觉就像在玛莎的手掌上冻成的一个冰环。玛莎摇摇晃晃。她的眼睛是闭着的。

岔路口。我们是从哪里来的？我想是那条路……所以我想这就是我们要去的地方。上下，上下，松树，松树，转弯，转弯，转弯……我看到了一个刈草场，周围都是电线杆。我盯着它看了很久。那么，村庄就在附近。

"玛莎……"我含糊不清地说，"牛叫声……村子就在附近……"

但仍然没有村庄。车辙、泥浆、雨水、转弯、山丘、天空。

房子。在山上，房子！我们到了！我把玛莎拉上山。这不是一个村庄。它甚至不是一个房子。它是一个没有门窗的棚屋。雨水在屋顶上炸开了。我们必须继续前进……而我们确实必须这样做了。我们必须是不朽的。

我们下到峡谷，再次爬上悬崖峭壁。在它的另一边，梅日村的房子挤在斜坡上，厚厚的屋顶朝向河边。右边，软弱的石头变白了。我们终于到了。我们已经到达了，我们已经逃出来了。我们胜利了，我们完成了一项壮举。虽然我们只是到达了一个小小的泰加林区里的梅日村。但是，为了到达那里，我们不得不忍受和改变我们的想法！如果我决定不去往梅日村，而是，比如说，朝着北极星走，我将会遭遇什么？

* * *

我们走在梅日村的街上。我走遍每一户人家，请求给个歇脚的地方，但处处碰壁。我为什么要期待这些呢？我反思了下我们现在的样子。我们从泰加林区里出来，全身湿透，站在泥地里。我浑身酒气，胸口在流血，有五天没刮胡子。玛莎几乎站不稳。我在森林里对她做了什么？谁愿意承担这个罪过？但我被愤懑填满了。我们好不容易到了梅日村，就为了这个？就为了在别人门口发牢骚？都见鬼去吧！我要去买点面包和伏特加，我有打火机和保鲜膜缠着的干烟，我们去路上看到的那个小屋，生火，吃饭，喝酒，过夜……就算没有梅日村，我们也不会迷路。我从下一间房子里出来时，带着一罐两升的自酿土酒，我把它递给玛莎。

"这是什么？"玛莎轻声问道，紧紧抓住栅栏的板条。

"我们的燃料。"我说，并让她喝了一口。

商店已经关门了，但可以在面包店买面包。我在村子边缘找到了面包店。一个老妇人在门口冒雨干活，把一根沉重的钢筋当门闩插进去。

"等等，大婶！"我喊道，"能买些面包吗？"

"已经卖光了。"女人回答，并疑虑地看着我，然后看看玛莎，她无助地坐在一根原木上，"你们是谁？"

"游客，"我茫然地回答，"起来吧，玛莎，我们回去吧……"

"小玛莎……"女人看着玛莎透明的脸，怜悯地说道，"至少在面包店暖和一下吧，你们这些可怜的旅行者……烤箱还热着。哎呀，你已经走了很远的路了……"

***

面包店的一半被巨大的刷成白色的烤炉占据。桌子、长凳、木料堆、托盘架、火钳、水泥地。唯一的窗户少了半扇玻璃。暖热。这里有臭味、发酵面团味、蟑螂味、热砖味。天堂！

我把这位好心大婶身后的门锁上，然后冲到灶台前。玛莎已经站在旁边了，抱着肩膀。它是温暖的，它竟然是温暖的，我的上帝，它是温暖的！我的头上没有下雨！不必去任何地方！可以坐下，可以躺下！这里没有食物，但有一些啤酒和香烟！玛莎也活过来了！我们直到明早上才会离开这个天堂！

我疯狂地脱到只剩内裤，大口大口地喝着自酿土酒，把烟塞进嘴里，整个背对着灶台，闭上眼睛。哦嚯……有什么东西在我脑中晃动，带着我轻轻地、迅速地进入到炎热的黑暗中。

当我睁开眼睛时，玛莎正站在同样的位置，穿着衣服。

"穿着衣服只会更冷，"我说，"把衣服脱了吧……"

玛莎微微摇头，不同意。

"想想那些沉船遇难者吧，都穿得好好的。别害羞，"我试图说服她，"原则上讲，我不会看到什么新东西的……"

玛莎沉默不语。我很慌张，这让我变得有些暴躁。

"我会转身离开的。"我说，但玛莎沉默了，"你在怕我吗？"我试图理清，玛莎还是沉默不语。她蜷缩着身体，低着头，肩膀跳动着，膝盖颤抖着。玛莎好不容易取上暖了，稍微放松了些，结果就这样，完蛋了。一个人竟然要这样在自家门前冻死。"看来她什么也不能做了！"我哑然失笑地意识到。

我把烟头弹开，像个强奸犯一样扑向玛莎。我扒下她被水泡得冰冷的衣服，把她剥得一丝不挂。玛莎在她的冲锋衣和牛仔裤下没有穿毛衣或保暖衣，也没有穿毛线袜。我才知道为什么玛莎这么快就萎靡不振了。

"哎，你怎么能穿成这样，玛莎，笨蛋！"我喊道。

我把土酒倒进玛莎的嘴里，在炉子前把她转过来，把她的背部、腹部、两侧转向热源。我无情地拍打和揉搓她僵硬的肌肉，对她的裸体不以为耻。玛莎像一棵树一样在我的手下摇摆；她哼哼着，哭泣着——这来自痛苦，来自羞愧，也来自幸福。我，就像一列铲雪火车，推动血液流遍她的动脉。

"快动起来！"我咆哮着，"快热起来！快活过来！"

我把她面向炉子，把我的肚子靠在她的背上，保护她免受破窗飞进来的寒气侵扰。我享受着透过玛莎身体传来的烤炉的温暖，并把它回馈给她，就像月亮把阳光回馈给地球。宇宙光滑的舌头，从破窗中探出头来，冰冷舔舐着我的脊背。我喝着自酿土酒，抽着烟，没有放开玛莎。我为她担心。我觉得需要抢救她，给她做人工呼吸，做心肺复苏。

"您也要注意保暖……"玛莎说，"我不会死的……"

"她复活了。"我想着。也让自己暖和一下，就在长椅上坐下来。

"过来歇着吧。"我命令道。

玛莎疲惫地侧身坐在我的腿上，喝着酒，把头靠在我的肩膀上。我也在喝着酒，抽着烟，向旁边呼出烟气。我也筋疲力尽了。只是兽性的疲惫。窗外已经完全黑了。面包店的屋顶上有雨。面包店里红宝石般的虫子在烤炉的黑洞里爬行，神秘地亮着。玛莎似乎在打盹。我的手紧贴着她的腰部曲线，感受着她肋骨安宁、平静、均匀的起伏。我也闭上眼睛。半梦半醒间，我的意志紧张得像要崩断的缰绳一样。

醒来时，我发现玛莎的手掌正毫无重量地滑过我的颧骨，滑过我的胸膛，滑过我的腹部。

"不要这样，玛莎。"我说。

"把酒给我。"她沉默了一会儿说。

玛莎喝了几口，吸了一口气，又喝了起来。我把罐子拿走，放在凳子下面。玛莎的嘴唇上有自酿土酒的味道，令人陶醉，自由，快乐，像春天。

"维克多·谢尔盖耶维奇，我爱您……"玛莎摸着我的脸轻声说。

她的手轻如鸿毛，那是无法抓住的手掌。

"你还是个女孩，玛莎……"我像个傻瓜一样说。

"那又怎样……我爱您……我爱您……"她重复道。

她从我腿上滑下来，背对着长椅躺下，把我拉到她身边。我顺从地躺在她身边，把我的胳膊塞到她的头下。我想要玛莎。玛莎也想要我。

我想要玛莎。而且没有什么能阻止我得到她。我想象着可能发生的一切——所有的闪电、舞蹈和蜜雨。但与此同时，我也记得玛莎是如何在邪恶的河水中挣扎的，她是如何在被雨淋湿的草地上四肢着地地哭泣的，她是如何在泰加林小路边的泥泞中瘫坐的。我身上已毫无激情。激情在那片被水淹没的森林的夜色中燃烧殆尽。剩下的只有欲望。它是温柔的，沉默的，一动不动的，像无风天里的白桦树枝。我不会接受玛莎，不是因为我觉得她只是个孩子，不是因为男人面对女孩时的胆怯，也不是因为一个罪人在天使面前的敬畏。不，我不会因为其他那些我自己都想不明白的原因而接受玛莎。我只是知道，不需要这样做。我想要玛莎。但我不会破坏她。

"我爱您……"玛莎轻声说，依偎在我身边。

"不要着急，"我说，"我自己会去完成一切的……"

我用指尖描画着她脸上的线条。在她的眉毛上，在她的眼皮上，在她柔软的嘴唇的曲线上，那个我从未敢去亲吻的嘴唇。玛莎最后一次睁开眼睛，然后终于闭上了眼睛。像即将落山的太阳一样。

"我爱您……我爱您……我爱您……"玛莎在睡梦中重复着，仿佛被施了魔法。

"我也爱你……"我说，"继续睡吧……一切都好。"

片刻后，玛莎已经睡着了。我抱着她的头，久久不敢动弹，看着玛莎的脸，那是一张悲伤的、疲惫的、美丽的俄罗斯脸庞。然后我悄悄地放开手，在长椅上弯腰坐下来，像被人重拳击在腹部一样。扼杀自我欲望的狂野心痛将我撕成了碎片。

最后我站了起来，摸摸衣服。它们几乎都干了。我穿上了衣服。然后小心翼翼地，像玩偶一样，给赤裸的玛莎穿上衣服。最后，我点上一支烟，拿起土酒，打开门。

雨已经停了。

***

而我，地理老师，维克多·谢尔盖耶维奇，浑蛋，崩溃的、亲爱的和心爱的，正坐在面包店的门槛上，眺望着沉睡的梅日村。我抽着烟，喝着酒。没有雨，没有月亮，黑暗厚实的苍穹似乎被一些昏暗的雾气照亮了。我可以看到浓密的烟云山丘。在地平线上，在泰加林区的上方，天空被一片阴沉的黑暗所吞噬。沿着斜坡，梅日村伫立着。倾斜的屋顶略微发光，灯光星星点点地闪烁着。夜色中，看不见的岩石送来冰河的声音，远处传来孤独的狗的嗥叫声，不是在抵抗它的噩梦，就是在花园里挖老鼠。泰加林于辽远中隆隆作响，仿佛在抱怨泛滥的雨水。

玛莎已经睡着了。我坐在面包店门口，想着玛莎。从此玛莎再也不会是我的了。我的快乐现在肯定就在我身后。但我很平静，因为没有人能强加给我任何选择——无论是人，还是命运，还是玛莎本人。就让玛莎在不明白任何事情的情况下，很快转身离开我，去过她新鲜、狂野、美丽的生活吧。好吧，她有她的初恋，但这绝不是她最后的爱情。我不会失去玛莎的。你只能失去你所拥有的。你所拥有的，总也无法留住……我没有得到玛莎。玛莎会留在我身边，就像极地之星，它的光束会照耀地球很久很久，即使星星熄灭。

我不想得到玛莎，如果是那样的话，我所有珍视的都会变成肮脏的。我没有做太多的事情，但我非常怜爱它。那样的话，最后我会发现，我把玛莎从邪恶的河里捞出来，在草地上安慰她，把她拖过森林小路，甚至还头破血流，这一切都不是因为我担心她——就像互相担心的人类一样，也不是因为我爱她，而是因为我被情欲挑动了。真正的善良是自由的。现在我有了这张王牌，这个事实，这个契机。无论我做什么，无论我感觉多么糟糕，无论别人怎么说我——酒鬼、蠢货、失败者——我将永远有机会依靠这个事实活下去。但我不确定，在我愚蠢的生活中，玛莎是否能成为比这个事实更加可靠的支撑。

我依然记得我们的整个徒步旅行，从彼尔姆二号站一直到梅日村。而现在，在这里，在面包店门口的深夜里，我们的徒步旅行的模糊意义对我来说变得似乎无比清晰。我们沿着这些河流划船——从七人峰到拉索卡——仿佛是在穿越这片土地的命运，从古代圣地到劳改营。我们沿着这些河流漂流，就像穿过我的爱情一样——从黑暗帐篷里的细微嫉妒到面包店门口的永恒平静。我感觉我不仅是这片土地的微尘与血肉，我也是它的象征。我以我的命运、我的爱、我灵魂的所有曲折来重复它的意义。我以为我是出于对玛莎的男女之爱而进行这次跋涉，但事实证明，是爱安排了这一切。也许我想教给我的老爷们的是爱，尽管我并不想教给他们什么。爱土地，并不简单。因为爱度假村很容易，但爱野蛮的洪水、五月的大雪和河上的暴雨却很难。爱他人，并不简单。因为爱上文学中的人物很容易，但爱你在河两岸遇到的人却很难。爱个体的人，并不简单。因为爱一个天真的孩子很容易，但爱一个地理老师、一个浑蛋、一个酒鬼却很难。我不知道，我会因此得到什么。但无论如何，我愿尽力使老爷们变得更强大、更善良，而不是羞辱或贬低他们。

但我所做的一切都错了。没有作为一个老师，没有作为一个指挥官，没有作为一个朋友，没有作为一个男人。我推翻了奥维契金，我抛弃了老爷们，我欺骗了玛莎。我甚至打破了我的根本原则：我成了玛莎幸福的保证，也让她成了我的幸福的保证。玛莎，玛莎，玛莎……在家里，我的朋友们会讥讽：你真是个傻瓜，你错过了那个女孩！而另一些人则会嗤之以鼻：你真可耻，勾搭一个女孩，一个未成年人，你自己的学生……但如果我的灵魂现在处于如此巨大的平静之中，难道我会是对的吗……谁会理解我呢？谁会欣赏这个事实？没有人。只有时间……未来。但你无法从中得到任何东西。

而我是什么呢？也许有一种生物可以理解我。一个多头的、脾气暴躁的、永远在喊叫、永远在唠叨的生物。老爷们。只是我怎么才能看到他们理解了呢?

现在我想到了老爷们。他们站在多尔甘的激流面前。我必须在黎明时分奔向他们,在他们起航前截住他们。多尔甘是个可怕无比的东西。没有我,他们不能漂流。先把玛莎留在跛脚岩,我们稍后再去接她。我要游过冰河,这没办法。我们今天必须回家。是时候了。我已经从野营中得到了所有。

我向东看。第一道曙光正从陡峭的跛脚岩上闪现。我一口气喝完了酒。

***

就像写完一本书,我关上了面包店的门,拿起靠在墙上的钢筋,插进去,然后沿着围墙边的小路走到街上。玛莎轻踩着我身后的水坑。村庄一动不动。它的静止使风的运动更加尖锐。风吹动有鸟巢的电线杆子,玩弄着下垂的电线。从太阳即将升起的地方,白色的天空中,阴云一圈一圈地散开,仿佛太阳是一块石头,被扔进天池中激起一片片涟漪。泰加林在周围的山顶上大口呼吸着。河流淙淙作响。

我们走在街道中间,在水坑中溅起水花。两侧的房屋,窗户上挂着白色的窗帘。门廊上摆着闪亮的套鞋。菜地的左边是一条黑色的冰河,对岸有几块白色的巨石,披着云杉和狼皮外套。

在十字路口,我们在一口井边停下。我把衣服褪到腰部,把自己浸到冷水里洗漱。寒冷的早晨像女孩一样怯怯地拥抱着我。寒冷似乎让我振作，一切都归于平静。生命被注入我的身体，思想进入我的头脑，勇气进入我的灵魂。看着我，玛莎摇摇晃晃地耸了耸肩，紧了紧喉咙上的头巾系带。我记得玛莎的冲锋衣下甚至没有穿毛衣，而这是一个寒冷的早晨。

"要我把我的毛衣给你吗，玛莎？"我问。

"为什么你一开始不给我呢？"玛莎咧嘴一笑。

我为什么不提议？因为我已经和她告别了。

我们换好衣服，继续前进。村外。不变的棚子，生锈的拖拉机和伐木场的原木堆。街道变成了一条泥泞不堪的道路，转而离开河边。更远的地方是一片小树林。有一条小路穿过它，沿着冰河通往跛脚岩。我们沿着这条路走着，很快就来到了一个长满覆盆子的斜坡。有些地方有白色的树芽从覆盆子间伸出来。

"玛莎，你需要留在这里。我和老爷们一起划船过来，再把你带走。"我说。

"为什么我必须留下来？"玛莎很惊讶。

"你不记得我们昨天在跛脚岩那里狼狈不堪的样子了吗？"

"昨天下着雨，泥泞不堪。我们都很紧张，难爬的不是跛脚岩。"

事实上，玛莎是对的。跛脚岩只是一个普通的悬崖。它甚至不是很高。为什么我突然这么害怕？我也不知道。

"但当我要游过被洪水冲毁的小河时，你还是得等我。在这里等不是更好吗？"

"我也要一起游过去。我和您一起去。"玛莎坚定地说。

"你害怕一个人待着吗？"我生气了，拍了一下皮带。

"不，我并不害怕。只是我想和您一起去。就这样。"

玛莎绕过我，开始率先爬跛脚岩。我气喘吁吁地跟着她爬。我放弃了。

跛脚岩的山顶是一个巨大的石墩，一侧被弯曲的、块状的松树所覆盖。它们的根部已经撕裂，钻过石墩，把它分成不同高度的台阶。我们靠着这些台阶爬上悬崖。玛莎仍然走在我前面。

她走到台阶的顶端，突然停在了最后一级台阶上。

"维克多·谢尔盖耶维奇！"她拼命地喊着，"男孩们正在冲向激流！"

我像火箭一样往上蹿。顶上宽阔的积雪就像被装在一个盘子里。我的眼睛被吓得凸起来，仿佛我的眼睛像望远镜的目镜一样被扭出来。一把沉重的锤子敲打着我的太阳穴。我清楚地盯着一切，虽然很模糊。我们的双体船正顺着河流驶向多尔甘激流。

也许，老爷们当中有人跟着我们去了梅日村，也看到了那条邪恶的河流。老爷们明白，我们就在对岸。他们意识到，我们在梅日村过夜了。这些傻瓜在早上不等我过河回来，就决定自己划船到梅日村。就这样，他们出发了。没有我的陪伴。全靠自己，勇闯激流险滩。

我的灵魂被冻结了。

即使从这个距离，我也能看到双体船上的补丁已经在移动。老爷们把船掉了个方向重新组装起来。现在坐在双体船中间的人可以直接在激流中向浮筒打气了。他们所有的装备都被包裹在了帐篷里，并反复用绳索绑住。柳霞就坐在这个包袱上。我可以看到风吹拂着她的长发。柳霞不停地用泵打气。船头右边的划手的桨尖上有一个红点。奥维契金在他的桨柄上缠了红色胶带。他正坐在之前切比金的座位上。船头左边划手的桨叶被涂成黄色。那是巴尔曼的桨。巴尔曼还是坐在他原来的位置——属于他的地方。柳霞的右边和左边坐着的，无疑是邱金和季米涅夫。切比金坐在格拉杜索夫坐的地方。格拉杜索夫取代了我的位置——指挥官的位置。我从格拉杜索夫的红头发认出了他。格拉杜索夫现在是船长。巴尔曼是否拒绝，格拉杜索夫是否擅自决定的，或者老爷们是否重新选举了指挥官，到底什么样子的，我不知道。但现在格拉杜索夫正带领双体船穿越激流。

在跛脚岩的视角下，一切都显得那么渺小，那么微不足道……但我知道，老爷们周围的波涛是怎样咆哮着涌向天空，激流的轰鸣声，泡沫的响声是怎样将耳膜撕裂的。

我的灵魂是一尊冰冷的雕像。

双体船像开进沟壑里的拖拉机一样，用它的船头插进第一级瀑布中。它开始被揉捏和翻腾，被波浪击中，被泡沫窒息，被涡流震荡，被喷流鞭打。它像马一样在鞭笞下抽搐着。接着双体船的船头像火箭一样飞了起来，巴尔曼和奥维契金的腿悬在空中。船尾又翻起来，格拉杜索夫和切比金仰面倒下。然后左舷下沉，我可以看到双体船整个侧起，像一个方形小匣子，里面装了七个人。然后，右舷发出隆隆声，左舷翘了起来，像疯狗吐口水一样冒着泡沫。水在龙骨上翻滚着，激流像腰带一样缠在划手们的身上。我看到这艘船被推到一块岩石的边上，于是所有人都不约而同地摇到了一边。我看到水流把双体船拖过一道倾泻而下的巨浪，又撞上一个新的障碍物。我看到老爷们落入水洞之中，在里面跃动，争先恐后地冲出漩涡，就像用船桨从雪崩中挖出自己。

玛莎和我一动不动地站在跛脚岩的顶端，默默地看着。我的灵魂已经彻底冻僵。与此同时，老爷们正在冲过激流。

他们正在突破第二级瀑布。他们的路线完全不对，不是我之前解释的那样。也许，是格拉杜索夫决定改变战术。也许，他还是在遵循了我的建议：走你能走的路，但不要让船舷受到剧烈冲击。也许，格拉杜索夫搞错了我的指令，被多尔甘的噩梦蛊惑。或者，也许船员们缺乏忠诚于命令的力量。但这现在并不重要。重要的是，老爷们按照自己的方式冲进了激流。

尽管这是不可能的，但我真的能听到格拉杜索夫的大喊大叫，他骂每个人是蠢货，并发誓让他们滚回锯木厂去。我听到柳霞恐惧的沉默，用泵打气的速度越来越快。我听到切比金的喘息声、哽咽声和呜咽声，季米涅夫惊讶地吹着口哨。我听到奥维契金的嘶哑声和巴尔曼疲惫的呼吸声。老爷们都湿透了。船桨在阳光下闪闪发光。泡沫在飞舞。激流像刀子一样闪闪发光。多尔甘不安地翻来覆去，像只熊，拍打着自己的背，抽动着自己的毛皮，颤抖着，抽搐着，隆隆作响，奔腾不息。

当我看到老爷们潜入本应从左边绕过的水洞时，一股冰冷的忧虑攫住了我的心。他们从斜方切入，而不是顺着溪流钻过去。尽管通过乱石对双体船更容易些，但他们却一头扎进绞肉机，跳着华尔兹似的撞上了巨石的前额。从上面看去，这一切都像蚂蚁在布满肥皂泡的火柴盒中挣扎一样。

"到第三级瀑布了，"玛莎轻声说，过了一会儿又说，"过去了……"

　　我看到湿漉漉、亮晶晶的双体船在仍有泡沫但已经平静下来的激流中侧身航行。船桨不再闪电般飞舞，而是静静地在水面上摇荡。穿着红色救生衣的七个人回头注视着多尔甘那可怕的阶梯瀑布。他们刚刚从上面闯过去。

　　老爷们没有按照我教他们的那样做。他们做错了一切。但重要的是，他们成功了。

　　我灵魂中的坚冰融化了。现在，让我痛苦的是，我没有和我的老爷们一起在多尔甘冒险。我的手开始疼痛，那双在严寒中被冻僵，又在温暖中复苏的手，开始疼了。但我注定要去承受这份喜悦的疼痛。因为，这就是生命之痛。

第四十七章 无法填满的空虚

顺着铃声打开门，斯鲁什金看到了格拉杜索夫。

"活见鬼！"他惊呼道，"我欠你什么？"

"真不巧，地理老师……"格拉杜索夫叹了口气，"我们需要谈谈。"

"进来吧。"斯鲁什金闪身到一侧。

"你妻子不会杀了我吧？"

"如果她在家里的话，当然会。"

厨房里，格拉杜索夫坐在凳子上，抓耳挠腮磨叽了很久，直到斯鲁什金给了他一支烟。

"总之，"他说，"罗莎让我们去参加你的考试。"

"谁是我们？"斯鲁什金警觉起来。

"就是，我……叶尔金、班尼科夫，还有双胞胎兄弟……"

"什么，这些人，难不成都是九年级的差生……"斯鲁什金大吃一惊。

"嗯……一共八个人。"

"母老虎欺人太甚了！"斯鲁什金愤怒地敲掉烟灰，"她没有权力强行塞人参加考试！"

"她没强迫谁……是我先报了名，然后那些兔崽子跟着我一起……他们听了不少关于野营的事情后都觉得，地理老师太酷了！所以我们决定，跟定你了。"

"干得好！"斯鲁什金有些来气，"只是别把我往坑里带啊，你们这些浑蛋……什么，难道我又要因为你们再把腿摔断一次？"

"腿真的不必……"格拉杜索夫宽慰道，"想点儿其他什么的……"

"有什么可想的？照着重点去背。我都把考点写给你们了。"

"还有一个星期就……"格拉杜索夫垂头丧气，"我们没有记下任何东西，你知道的……我们什么也背不下来，我们太笨了。"

"那我能做什么呢？"斯鲁什金摊开手。

"就想想办法吧！"格拉杜索夫喊道，"我是好心好意来求你的！况且这不是我们的问题，是你的问题！如果给我们不及格，这跟我们有屁关系？他们照样会给我们颁发毕业证书，好歹我们也在这里上了学。而你将会被解雇，因为连一个拿及格的学生都没有！这就说明你的教学水平不行！"

"好了，别嚷嚷了，别在厨房里嚷嚷……"斯鲁什金紧皱眉头。

"罗莎向你抛出了一个卑鄙的诡计，而你还在假装诚实的老好人，"格拉杜索夫低声补充道，"我们学得咋样？其他科目我们一窍不通，地理课也不会好哪里去……我们已经定了要去技校……而你却要因为我们被折磨。"

"也许我可以给你们每个人递个小抄，以示关心？"斯鲁什金问道。

"不用，"格拉杜索夫慷慨地表示，"你最好想想别的办法。"

斯鲁什金阴沉着脸思考着。格拉杜索夫听话地沉默着。

"好吧，我有个想法，"斯鲁什金最后说，"现在去找柳霞，向她要地理笔记。我看到她记得很好。五点前召集你的同伴们，到我教室来。让每个人都带上水桶、抹布、肥皂、洗衣粉。我们要清洁课桌。没有干净的课桌，一切免谈。明白了吗？"

喝完茶后，格拉杜索夫告辞了。原来，其他小兔崽子们都在楼梯上耐心地等着他。透过窗户，斯鲁什金看到格拉杜索夫离开了楼栋，他的跟班们紧随其后，一班二班最杰出的差生们都在那里，还有那对双胞胎。格拉杜索夫向他们宣布了一些事情，对着叶尔金的鼻子示威性地举起了拳头，并稳稳地带路走向了柳霞·米特罗法诺娃居住的九号楼。

下午五点，斯鲁什金来到他的教室。差生们已经挤在门口了。斯鲁什金让他们进来，打开一扇窗户，在窗台上坐下，点了一支烟。

"好了，"他说，"你们可以开始打扫了。清洗地板，擦洗课桌。桌面必须擦洗干净，否则我们将永远无法完成任何工作。"

怨气冲冲的差生们去打水，开始面无表情地清洁教室。地理老师的身影不情愿地融化在漫天抹布和肥皂泡沫里。斯鲁什金坐在窗台上，解释着他的计划。

"旧的作弊方法对你们的木头脑袋没任何用，"他说，"打小抄传纸条的方式，不行……你们不能用这种低级手段来欺骗罗莎·鲍里索夫娜。所以我们要这样做。我们将在每张桌子上写一份答案。你们拿着准考证，看清号码，一个个数好，然后坐在对应的桌子上。教室里有二十张桌子，二十四张准考证。你们可以把知识点写在那四张备用桌子上……祈祷你们运气好，能坐上去。你们最好用一种特殊的方式把东西写在桌子上。把字写满桌子的整个表面。从上到下，一行行写，这样更容易认出来。字母要写得非常小，并将它们之间的距离拉宽。在这种情况下，即使从一米远的地方看，也会觉得桌子很干净。当你们答题时，不要照着答案直接抄，而是用你们自己的话。不要自作聪明，不要忘记，你们都是白痴。"

斯鲁什金一直和差生们在一起忙活，直到快天黑。差生们似乎对自己想要地理及格的决定感到有些后悔。斯鲁什金毫不退让。他们在四张桌子上都写上了字。斯鲁什金把柳霞给的大纲撕成纸片后，才把他们遣散。他们筋疲力尽地走了，沉默不语，垂头丧气。

考试前一天，罗莎·鲍里索夫娜来检查地理教室。那时，斯鲁什金已经设法把它们都处理妥当了。他打扫了窗户，修理了摇摇欲坠的椅子，还从歌唱室搬来了两张新桌子，这样监考委员会的人就不会坐在备用桌子上，发现秘密了。斯鲁什金还摆起了他的几件视觉教具，以增加最后的光彩。他谦虚地把马达加斯加地图挂在远处的墙上，把拉彼鲁兹的画像挂在黑板上方，把一块长石试着放在讲台的一边，然后换到另一边，最后把它扔进了垃圾桶。母老虎，怯生生地环视四周，在教室里走来走去。

"是您自己清洁的桌子吗，维克多·谢尔盖耶维奇？"

她问。

"不，我让最高产的画家来做的。"

"为什么您的地图这么少？"

"我来的时候就那么多。"

"那其他的呢？"

"还有别的吗？"斯鲁什金好奇。

"是的，当然都有，"罗莎庄重地说，"去年这里是初级军事培训教室，地理教室是现在的化学教室。我敢肯定，别的地图还躺在储藏柜里。您真的整年都是这样教课的吗？"

"是这样教的，"斯鲁什金同意，"早在九月份就告诉过您，我需要地图，但您一直没有回答我。"

"我不能处理每一件小事！"母老虎道，"我很生气。我完全惊叹于你的无所事事，维克多·谢尔盖耶维奇！"

斯鲁什金没有回答。

"马上把地图拿过来，挂在墙上，"母老虎命令道，"明天，请您来参加考试，不要迟到。看看你自己都教了学生们什么。"

第四十八章 死胡同

考试那天，斯鲁什金自己也不知道为什么，甚至比必要的时间早到了一个小时。他在教室里漫无目的地闲逛，在讲台后坐下。他的手习惯性地伸向香烟，但现在吸烟，哪怕是对着窗外，也是极其危险的。

教室的门突然被打开，一股气流扫过斯鲁什金的头发。门槛上站着玛莎。

玛莎穿着端庄严谨的白色连衣裙和黑色外套，头发上有一个巨大的白色蝴蝶结。这套服装，以及戒指、耳环、脖子上的细链、涂抹的嘴唇和画的眼线，使玛莎看起来完全一副成人模样。

"玛莎！"斯鲁什金惊愕地说，"你今天真是太漂亮了……"

"我去参加物理考试，决定顺路来看看您……"玛莎愧疚地说，关上了门。

他们沉默不语，互相看着对方。

"自从那次野营后，我们甚至没怎么说过话……我太想您了……"玛莎可怜兮兮地说，"我现在都无法靠近您，您变得如此受欢迎……男孩们整天围着您转，女孩们也都爱上了您。"

"你们班的女孩都是怎么说我的？"斯鲁什金笑了。

"您还记得我吗，维克多·谢尔盖耶维奇？"

"当然记得，玛莎，"斯鲁什金从椅子上起身到讲台边，伸出双手，"过来……"

玛莎犹豫不决地走近。斯鲁什金微笑着把她拉近，小心翼翼地亲吻了她脸颊。

"您爱我吗，维克多·谢尔盖耶维奇？"玛莎静静地问。

"非常爱。"

"而我比世界上任何一个人都更爱您……"

玛莎的声音微微颤抖，她用胳膊搂着斯鲁什金的脖子，似乎要用拥抱的力量来掩盖她声音的虚弱。斯鲁什金也在外套下搂着玛莎的腰，亲吻了一下金色卷发后的粉红耳朵，像吃樱桃一样含住她的耳环。

"维克多·谢尔盖耶维奇……我们接下来该怎么办？"

玛莎的问题中包含了某种并非幼稚的、并非青春期的忧愁，斯鲁什金把嘴唇从她的耳环上挪开。

"我不知道，玛莎……"他沉重地回答，"被死胡同包围了……"

"没有出路了吗？"

斯鲁什金沉默不语，用鼻尖在玛莎的颧骨上摩擦。

"你还这么小，而我已经这么老了……"他低声说，"我身后有一大堆东西，我几乎无力负担……"

"但不能就这样结束！"玛莎痛苦地说，看着他的眼睛。

"谁知道呢……"斯鲁什金目不斜视地轻声回答。

然后，一股气流再次拂过他的头发，扇动了玛莎张着的翅膀。

"这……这是什么情况？"传来一声气馁虚弱的惊叹。

门口站着的正是罗莎·鲍里索夫娜。

玛莎猛地想逃，但斯鲁什金没有让她走掉。

"请把门关上。"斯鲁什金对母老虎说，几乎无法控制自己的怒火。但母老虎径直走进教室，关上了身后的门。这不是斯鲁什金想要的。玛莎把手从斯鲁什金的肩膀上拿开，半转过身，用一种诡异的眼神看着教导主任。

"玛莎，离开教室！"教导主任用死人般的声音命令道。

"不关你的事！"玛莎用低微，但带着憎恨的声音回答道。

"滚出去，你这个妓女！听见没！"悄悄地，一字一顿地，母老虎说道。

"罗莎·鲍里索夫娜……"斯鲁什金咆哮着，但玛莎很快用手捂住了他的嘴，然后突然猛地一抽身，从他手中挣脱出来，越过母老虎跑出教室。

斯鲁什金沉默不语地坐在讲台后。他喘着粗气，低着脸庞，紧握拳头，绷紧下巴。母老虎背对着他，花了异常长的时间来锁住门上的锁。

"不用锁了，罗莎·鲍里索夫娜，"斯鲁什金嘶哑地说道，"最好离开教室……而且再也不要不敲门就进来，也不要在我面前说女孩是妓女……"

母老虎像一门火炮一样慢慢转向斯鲁什金。

"我怎么叫我女儿，用不着你来教我。"她发射出一记重击。

"女儿？！"茫然失措的斯鲁什金哑口反问道，并第一次直视母老虎的脸。

罗莎·鲍里索夫娜站在黑板前，用手遮住脸。被沾湿的睫毛膏的黑线，从她的手掌间沿着脸颊延伸开。

斯鲁什金甚至无法闭上嘴巴，她被罗莎·鲍里索夫娜的表情和话语惊呆了。

"别看我，维克多·谢尔盖耶维奇……"她突然用一种所有人类女性都拥有的脆弱声音请求道，"我求您了，维克多·谢尔盖耶维奇，请您马上离开，向校长申请辞职……有您没您，我们都要考试了。"

一刻钟后，斯鲁什金把辞职申请书放在校长的桌子上，要求在今天就办理离职。校长没看斯鲁什金，他哼了一声，耸了耸肩，斜着眼睛签了字："不反对。"从此以后，斯鲁什金就再也不是一个地理老师了。

当天晚上，所有的差生们在格拉杜索夫的带领下，来到斯鲁什金家，送给了他一瓶昂贵的葡萄酒。他们都以合格的成绩通过了考试。只有格拉杜索夫收到了一张成绩单，他得到了一个优秀。

第四十九章　学会失败

斯鲁什金坐在厨房里，喝着茶，抽着烟，看着从邻居家信箱里偷来的报纸。娜佳在灶台前切土豆做晚饭。塔塔在房间里玩医生游戏。普吉克坐在敞开的窗前，看着鸟儿。

"你为什么一直在读啊读啊，"娜佳烦躁地说道，"你在家里像个独狼一样，从你嘴里挤不出半个字。你为什么不和我说话？"

"我必须尽快读完它，"斯鲁什金目不转睛地说，"然后把它放回信箱里，这样他们就不会发现……"

"不要拿别人的东西。"

"可我又没钱……"

"那就去挣啊！顺便说一下，你还没有解释你为什么辞职。"

"有什么好解释的呢？"斯鲁什金耸了耸肩，"我和老板吵了一架，就这样。老板认为，雇用我，就像养了一条一英里长的虫子。"

"没准儿说的是真的。"

"这让我怎么和你说呢，娜佳，如果我每说一句话都要被你羞辱？"斯鲁什金叹了口气。

"你活该，"娜佳喃喃道，"那你现在要去哪里找工作呢？

我不打算养活你，请你注意了。"

"啊，我不知道。会有那么一天的，会有面包的。布德金叫我去他的公司。不管是去扎轮胎还是偷香肠……"

娜佳把锅放在煤气上，盖上盖子，在斯鲁什金对面的桌子上坐下。

"我不想让你去布德金那里工作。"她坚定地说。

"这是为什么呢？"斯鲁什金有些吃惊，把报纸推到一边。

"我不想在任何事情上依赖他。"娜佳点上一支烟，"我也不想让他有任何私人借口到我家来。"

"这倒新鲜了，"斯鲁什金严肃地说，把报纸彻底放在一边，"其实，布德金不需要借口来拜访……他自己就是借口。但似乎到现在为止，对不起，你很乐于跟他面对面……"

"别提这个！"娜佳凶狠地打断了斯鲁什金的话。

"那么，我想我已经快读完报纸了。"沉默了一会儿，斯鲁什金说，"呃……那篇关于模特受苦受难的文章在哪里？"

娜佳固执地沉默着，抽完了烟，才坚定而冷漠地说道：

"从现在开始，我和布德金之间没关系了。"

斯鲁什金叹了口气，又收起了报纸。

"我去野营时，你们之间发生了什么事？"他问道。

"没什么。"娜佳阴沉着脸回答。

"怎么可能呢？不讲情不讲理的就……分手了？"

"没什么情没什么理好讲，"娜佳点了点头，"只是我突然意识到，我不需要他。我有一个孩子，一个房子，一份工作，一个某种形式上的丈夫，一个正常生活的模样，这就足够了。而布德金是多余的。"

"我不明白，"斯鲁什金小心翼翼地站起来，"你们是不爱对方了，或者只是不想再睡了，还是不想说话了——到底怎么回事儿呢？"

"布德金对我来说什么也不是。"

"能给一个理由吗？"

"没有理由。我觉得我已经受够了——该结束了，这就是理由。这一切没有为什么。"

"你还像之前爱他吗？"

"是的。"

"他还爱你吗？"

"他也爱我。"

"这太怪了……完全就是自我折磨……"

"你不会明白的。但我必须这样做。而且你知道，当我决定一件事时，不会再悔改。不像你，我不是一个意志薄弱的破烂。"

斯鲁什金若有所思地又抽了一支烟。

"那么，你现在感觉非常糟糕吗？"

"非常，"娜佳平静而真诚地说，"但我不需要你的安慰。"

"我不会做任何事情来安慰你……好吧，是你自己选的，所以你必须承担这个打击。学会失败是生命中最必不可少的东西。你的决定，不出所料，又是我的过错？"

"你错最多。"

"这是什么意思？是我阻挡了你的爱，还是你决定留在我身边更稳定，还是别的什么？"

"以上都是，"娜佳冷漠地回答，"第一条，第二条，第三条，还有第十条。都是你的错。"

"那我应该怎么做？从沙发搬回到床上？"

"不，"娜佳疲惫地摇了摇头，"继续睡你的沙发。我们之间一切都保持不变。永远不变。"

第五十章　孤独

5月25日上午，斯鲁什金把塔塔送到托儿所后就回去睡觉了。现在他已无处可去。醒来后，他没有刮胡子，也没有梳头，坐在厨房里喝着冷茶，然后到阳台上抽烟。

沿着地面，风把一些乱七八糟的音乐碎片声在街上拖来拖去。斯鲁什金抽着烟。几乎都听不出是哪段旋律。但突然间，在街道的石头走廊里，一些气旋经过，旋律上裹着的噪声被剥掉了，一瞬间就结晶了，斯鲁什金听出来那是学校里华尔兹的歌词："不重复，不重复，永远不重复……"

学校里有什么东西在对他进行最后的召唤。

斯鲁什金在阳台上窜来窜去，像笼子里的老虎。他把烟扔到楼下，自己也飞身下楼——没刷牙，没刮胡子，穿着沾满油漆的衬衫和破旧的牛仔裤，光脚穿上运动鞋，来到了楼下。

华尔兹还没播放完，他就一溜烟跑到了学校。二楼教师休息室打开的窗户里的喇叭播放着音乐。毕业生们在排球场上排成一排，先是十一年级，然后是九年级。在球场周围，教师、家长和学生们挤在一起。校长在全场安静下来后，开始了讲话，远远的，他的眼镜闪着光。他的声音传到了斯鲁什金耳中，但话语却令人费解。

斯鲁什金沿着学校的围栏移动，用手指机械地摸索着栅栏。他绕过排球场，在远离人群的地方，翻过了围栏。他没有靠近正在进行的典礼，而是站在远处，拿一棵松树粗大的树干打掩护。

他可以看到整排的九年级学生。他看到了玛莎——戴着蝴蝶结的漂亮姑娘，柳霞，阴险的斯塔科夫，昏昏欲睡的斯卡奇科夫，还有整帮小土匪——红发格拉杜索夫和他的跟班们，双胞胎兄弟，还有老爷们——巴尔曼、切比金、奥维契金、邱金、季米涅夫，以及所有那些整整一年来一直让他心烦意乱，要么调皮捣蛋上课胡闹；要么低头死读书；要么与同桌聊天，而毫不在意地理老师的同学。

排球场上，一个高大的十一年级学生将一个一年级女孩扛在肩上。女孩把大铃铛举过头顶，然后丁零零地摇了起来。十一年级学生和她，俩人并驾齐驱，走在毕业生队伍的最前面。那音乐就是《最后的钟声》。

斯鲁什金转身离开，他翻过栅栏，向目力所及之处走去。但很明显，他的眼睛没有看向任何地方，而他的脚步却越来越快。从旁观者角度看去，斯鲁什金好像就是在老滨河区疯跑，这一头撞上了无形的障碍物，转身跑向一边，五分钟后，那头又撞上了什么透明玻璃墙。双脚带着斯鲁什金来到切库什卡曾经住过的房子。他拐进一条小巷，发现自己在列娜·安菲莫娃的家门口。他又转了一圈，发现自己来到了布德金一家的老公寓前。斯鲁什金从他们家的阳台下溜过，快步走了几下，抬眼就到了基拉·瓦列里耶夫娜的高层公寓楼。为了避开这栋楼，他差点撞上了薇特卡家的房子。他刚想到公园的灌木丛里躲一躲，但对面就是娜佳单位的办公楼。冲出去离开这里，斯鲁什金又差点进入船厂办公楼的视野，那扇窗户后面是萨莎工作的地方。精疲力竭的斯鲁什金就这样奇迹般地来到了河湾边。卡马河上的天空万里无云，河湾里的水在风中荡漾，鳞片一般。河湾是空的。所有的船都走了。

坐在河边悬崖的灌木丛中，斯鲁什金抽了三支烟，然后就回家了。返回的路上，他去托儿所接了塔塔。于是他不得不再次经过学校。

排球场上的仪式已经结束了，但九年级的学生们显然在学校的院子里停留了很久——他们互相看着对方的毕业证书，按班级和个人拍照，和老师合影什么的。当斯鲁什金经过学校的温室大棚时，斯塔科夫从校门里欢快地走出来迎接他。玛莎挽着他的胳膊。

"你好，维克多·谢尔盖耶维奇！"斯塔科夫喊道。

"你好！"斯鲁什金回答，一副石化了的表情。

玛莎默默地盯着塔塔。

"您今天怎么没来参加典礼？"斯塔科夫兴高采烈地问，"我们本来可以和您拍一张纪念照的！"

"生病了。"斯鲁什金简单地解释道。

"什么病？"斯塔科夫接着问。

"麻风病。"

斯鲁什金和塔塔走了过去。玛莎一直没有抬头。

望了眼斯鲁什金的背影，斯塔科夫对玛莎说："他没有钱把酒续上，可不就生病了。"

斯鲁什金领着塔塔回家了。当他们走到单元楼门口时，普吉克从地窖爬出来，跟他们一起回去了。家里，斯鲁什金喂了塔塔，喂了普吉克，抽了支烟，从沙发下拿出同学们送的那瓶葡萄酒，走到阳台上。

他用牙齿拔出软木塞，仰脖喝了几口。普吉克轻轻地跳到他身边的栏杆上，斯鲁什金抚摸着它毛茸茸的背。这时，塔塔手里拿着一个小方凳走了过来，把凳子靠着栏杆放下，站上去，看着外面的街道。

"爸爸，你在喝葡萄酒吗？你又要喝醉了吗？"她开口问道。

"这不是酒，"斯鲁什金说，"我把水装在瓶子里，用来浇花。"他把酒倒进挂在栏杆上的一个土盆子里。那盆子里的花已经一千年没有开过了。

"爸爸，"塔塔抬头看着斯鲁什金问道，"你为什么留着胡子？"

"因为我老了。"斯鲁什金悲伤地说。

"我们来玩吧，"塔塔建议，"猜猜看，现在哪辆车会先走？"

"蓝色的。"斯鲁什金说。

"我说是红色的。"

一辆黑色、银色和彩虹色相间的外国汽车在阳台下缓缓驶过，像只屎壳郎。

"没人猜对，"塔塔遗憾地宣布，"现在哪一辆会呢？"

"金色的。"斯鲁什金说。

明媚的正午，太阳照耀着滨河区。树上细密的嫩叶闪闪发光，在风中泛起泡沫，在阳台上溅起水花。斯鲁什金站在阳台上抽着烟。右手边，他的女儿站在小方凳上，等待一辆金色汽车。左手边，猫咪普吉克趴在栏杆上。前边，明亮而璀璨的孤独沙漠正延伸向远方。

吴颎颎译于新疆伊犁晃晃村